자연과 함께한 인생

옮긴이 장상원

홍익대학교를 졸업하고, California State University of Los Angeles에서 교육학 석사를 마쳤다. 지은 책으로는 「간호영어사전」이 있으며, 현재 영어교재 제작과 번역 일을 하고 있다.

감수 장상욱

일본 간사이대학교와 고베대학원에서 공부했다. 그 후 미국의 조셉 B. 코넬에게 '자연나눔(Sharing Nature)'을 교육받았으며, 현재 'Sharing Nature(자연나눔)™' 한국 연구소 소장직을 맡고 있다. 세계적인 환경교육프로그램 SN, PLT, PW, Wet, 나무클라이밍(Tree+ing) 등을 운영하는 국내 유일의 상급지도자이자, 1급 청소년 지도사다. 현재 여러 대학교와 사회단체에서 이론 강의는 물론이고, 자연체험 환경교육프로그램을 현장 교육하고 있다. 또한 자연체험 관련 글들을 꾸준히 집필 중이나.

지은 책으로는 「Sharing Nature(자연나눔) 지도자 매뉴얼」이 있으며, 옮긴 책으로는 「존 뮤어」, 「스티킨」, 「아이들과 함께 나누는 자연체험 1, 2」 등 다수가 있다.

＊Sharing Nature(자연나눔)™ 연구소 : 연락처 02-502-7896, 011-224-0035 / 이메일 sharing1318@hanmail.net / 홈페이지 www.sharingnature.or.kr

자연과 함께한 인생

립공원의 아버지 **존 뮤어** 단편집

존 뮤어 지음 **장상원** 옮김

느낌표

지금이 21세기니까, 19세기에 살았던 사람에 대한 이 야기라면 아주 먼 옛날이야기겠지요? 호랑이가 담배를 피던 시절은 아니지만, 그래도 1800년대라고 하면 그 시대적 이미지가 얼른 떠오르진 않습니다.

그렇게 멀게만 느껴지는 그 옛날에 어떤 한 사람이 먼 후손 — 물론 지금의 우리들도 포함됩니다 — 을 위해 자연이 있는 그대로의 모습으로 보전될 수 있도록 노력하고, 지금 우리가 그 혜택을 누리고 있다면 어떨까요? 그럼 말이 달라질 것 같습니다. 단순한 시대적 이미지나 사건보다, 그토록 위대한 일을 해낸 사람의 일생과 가치관이 궁금해지지 않을까요? 그리고 그 사람의 뜻을 헤아려 지금 우리가 누리는 혜택을 고스란히 우리의 후손 — 그 위대한 인물의 후손이기도 합니다 — 에게 물려주어야 하지 않을까요?

19세기, 정확하게 1838년에 존 뮤어는 스코틀랜드의 한 마을에서 태어났으며, 그로부터 52년 뒤인 1890년 그의 생태학적 이념을 바탕으로 그 유명한 미국의 요세미티 국립공원이 탄생했습니다. 그리고 1892년 뮤어는 현재 전 세계적으로 60만 명의 회원이 등록된 '시에라 클럽'을 만들어 미국 전역의 자연보호를 위해 죽는 날까지 노력했습니다. 그의 눈부신 노력의 결과로 미국이라는 선진국에는 구석구석 국립공원이 자리 잡고 있으며, 국민들은 자연보호 정신을 자손들에게 그대로 전달하고 있습니다.

존 뮤어는 전 세계로 여행을 다니면서 자연에서 보고 느낀 감정들, 자연에서 만난 사람들과 동물들과 식물들에 대한 감상들을 노트에 자세히 기록하고 스케치했습니다. 그리고 이것들을 나중에 책으로 한 권 한 권

퍼냈습니다. 『자연과 함께한 인생』은 그의 짧은 기록들을 여러 책에서 선별(저자 약력에 나온 지은 책 참고)하여 묶은 것으로, 뮤어의 인생이 원시 자연 세계와 함께 생생하게 담겨 있습니다. 즉, 뮤어가 스코틀랜드에서 보낸 어린 시절에서부터 자연주의자가 되기 전에 발명가로 활동했던 시절, 그리고 자연 속으로 들어가 본격적으로 탐험여행을 시작했던 시절까지의 이야기가 시대 순서대로 엮여 있습니다.

　존 뮤어의 수많은 글 가운데 자연과의 직접적인 교감을 바탕으로 한 글, 자연에 대한 뮤어의 가치관과 인생철학이 담긴 글, 그리고 표현력과 묘사력이 돋보이는 글들을 선별 기준으로 삼았습니다. 그런 만큼 『자연과 함께한 인생』을 따라가다 보면, 존 뮤어가 아닌 나 자신이 자연 속에서 탐험여행을 하면서 인생의 의미를 깨달아 가고 있다는 느낌을 받게 될 것입니다. 그래서 책을 덮는 순간에는 자연스럽게 '아, 나무와 별을 볼 수 있는 숲에 한 번 가야겠다' 라는 생각이 절로 들게 됩니다.

　　우리나라에 존 뮤어라는 위대한 인물이 잘 알려져 있지 않다는 사실에 안타까워하며 적극적으로 추천해 주신 'Sharing Nature(자연나눔)™' 한국 연구소의 장상욱 소장님이 아니셨다면 이 책은 세상에 나오지 못했을 것입니다. 그 분의 열정과 자연 사랑에 감동받았으며, 진심으로 감사드립니다. 그리고 직접 요세미티를 다녀올 정도로 열성을 가지고 뮤어의 생각을 온전히 담아 멋지게 번역해 주신 장상원 선생님에게도 머리 숙여 감사드립니다. 마지막으로, 많은 사람들이 이 책을 편안한 마음으로 즐겁게 읽으면서 자연과 인생의 의미를 되새기고, 빽빽한 빌딩숲에서라도 밝은 미소를 잃지 않길 바랍니다.

2007년 첫날, 편집인 유현희

차
례

들어가는 글 _ 4

스코틀랜드에서의 어린 시절 _ 8

신세계 _ 42

새들의 낙원 _ 54

지식과 발명 _ 72

세상과 대학 생활 _ 84

여행 중에 만난 사람들 _ 102

테네시를 회상하다 _ 116

공동묘지에서 야영을 하다 _ 118

뉴욕 _ 130

시에라 산맥과의 첫 만남 _ 132

벌들의 낙원 _ 136

하이 시에라를 향해 출발하다 _ 142

목동 빌리와 바람둥이 애견 잭 _ 148

이끼 낀 표석과 나뭇잎 그림자 _ 152

인디언 _ 156

식량이 떨어지다 _ 160

요세미티 폭포의 벼랑에 서서 _ 168

곰과 파리, 그리고 메뚜기 _ 174

웅장한 요세미티 폭포 _ 182

물까마귀 _ 186

요세미티에서 에머슨과 함께 _ 206

지진 _ 212

설연 _ 218

숲 속의 강풍 _ 226

난쟁이 소나무와 은빛 소나무 _ 240

더글러스 다람쥐 _ 246

세코이아 _ 264

네바다 주의 너트 파인 _ 290

섀도 호수 _ 296

산에서의 추락 _ 300

리터 산 _ 302

섀스타 산에서 위험했던 하룻밤 _ 308

빙하만 발견 _ 328

애견 스티킨 _ 336

빗속의 화염 _ 364

알래스카의 오로라 _ 368

옮긴이의 글 _ 374

스코틀랜드에서의 어린 시절
더불어 사는 삶의 소중함을 느끼기 시작하다

'뮤어'라는 이름은 스코틀랜드 말로 '광활한 황무지' 또는 '광야'라는 뜻이다. 평생을
자연과 함께 보낸 그에게 그야말로 딱 어울리는 이름이 아닐 수 없다. 평생 동안 자연과
더불어, 자연을 벗 삼아 살았던 존 뮤어의 어린 시절은 과연 어떠했을까? 뭔가 특별
했으리라 생각되지만, 그 역시 또래아이들과 마찬가지로 뛰어놀기를 좋아하고
부모님께 혼나는 것이 두려운 평범한 아이였다. 그래도 다른 점이 하나 있다면, 어린
존 뮤어는 파란 하늘과 맑은 새소리를 마음으로 느낄 수 있었다는 것이다.

스코틀랜드에서 보낸 어린 시절부터 나는 자연에 존재하는 모든 것을 좋아했다. 그리고 세월이 흐를수록 이런 감정은 더욱 깊어져서 황야, 들, 숲뿐 아니라 야생 동식물까지 모두 사랑하게 되었다. 내가 그럴 수 있었던 것은 거친 북해를 옆에 끼고 있는 나의 고향 던바(Dunbar) ^{스코틀랜드 로디언 주의 이스트로디언 행정구에 있는 칙허 특권도시(1369년)이자 항구도시, 포스 강 어귀의} ^{남부 연안에 위치함} 덕분이었다. 던바의 땅은 대부분 농지로 개간되어 있었지만, 그래도 야생의 자연을 부족함 없이 경험할 수 있는 아름다운 곳이었다.

나는 생기 넘치는 개구쟁이 친구들과 함께 새들의 노랫소리를 따라 들판을 헤매거나, 바닷물이 빠져나간 바위 틈 사이의 웅덩이에 서식하는 게, 바다뱀장어, 조개 등을 신기한 듯 바라보면서 하루하루를 즐겁게 보냈다. 그래도 가장 즐거웠던 일은, 바다 쪽으로 삐죽 나온 곳이나 폐허가 된 고성(古城)의 돌 더미 위에 올라서서 하늘을 갈라놓을 듯 우레와 같은 소리를 내며 밀려오는 파도를 바라보는 것이었다. 하늘과 바다, 파도와 검은 구름이 뒤섞여 하나가 된 그 광경은 그야말로 장관이었다.

우리는 말썽을 피우겠다는 생각을 해본 적은 없지만, 대여섯 살이 된 후로는 집 밖에서 못된 짓이나 하지 않을까라는 부모님의 우려 때문에 매주 토요일과 방학 동안에는 집 정원이나 뒷마당에서만 놀아야 했다. 하지만 우리는 부모님의 엄중한 경고에 전혀 아랑곳하지 않은 채 일요일을 뺀 나머지 날들을 줄곧 바닷가나 들판에서 재미있게 보냈다. 물론 어김없이 엄한 체벌이 그림자처럼 뒤따랐지만, 밤하늘의 빛나는 별을 손으로 가릴 수 없듯 체벌 또한 우리를 막을 수는 없었다. 우리의 피 속에 흐르는 원시의 야생성을 가로막을 수 있는 것은 이 세상 어디에도 없었다.

시골에서 보낸 내 어린 시절의 추억 가운데 가장 오래된 것은 세 살도 채 안 된 시기에 할아버지와 함께 산책을 하던 기억이다. 어느 날 할아버지가 로더데일 경(Lord Lauderdale)의 정원으로 나를 데려가셨다. 그 정원에서 양지 바른 벽을 타고 올라가던 무화과에 감탄해 몇 개를 따 먹었던 기억과 사과를 원하는 만큼 실컷 먹었던 기억이 아직도 생생하다.

또 하나의 생생한 기억은 건초 밭에서 산책을 하다가 일어난 일이었다. 건초 더미 위에 앉아 쉬고 있는데 갑자기 찢어지는 듯한 날카로운 울음소리가 들려왔다. 나는 무척 놀란 나머지 다급한 목소리로 할아버지를 불렀지만, 할아버지는 아무렇지도 않은 듯 차분한 말투로 바람 소리에 뭘 그렇게 놀라느냐고 하셨다. 그러고는 낯선 소리의 근원을 찾아 건초 더미를 파헤쳐 내려가셨다. 그러자 잠시 뒤 털도 채 다 나지 않은 대여섯 마리의 들쥐 새끼가 어미의 젖꼭지에 매달려 있는 모습이 보이는 것이 아닌가! 정말 경이롭고 놀라운 광경이었다. 사냥꾼이 야생의 숲이나 동굴에서 어미 곰과 새끼 곰을 찾아낸 일 못지않은, 무척이나 가슴 떨리는 발견이었다.

나는 네 살이 채 안 된 나이에 학교에 들어갔다. 학교에 간 첫날은 분명히 모든 것이 새롭고 신기했을 테지만, 안타깝게도 그때의 일들은 전혀 기억나질 않는다. 눈에 들어간 비눗물을 씻어 주던 하녀와 새 책을 넣은 초록색 가방을 잃어버리지 않도록 어깨에 메어 주시던 어머니, 그리고 바닷바람에 휘날리는 깃발처럼 등에서 달랑달랑 흔들리던 가방만이 기억날 뿐이다.

학교에 들어가기 전까지 할아버지는 길거리 간판을 가리키면서 나에게 글자 하나하나를 깨우쳐 주셨다. 처음에 읽었던 작은 책과 첫 번째 책보다 조금 두껍던 두 번째 책, 그리고 두 번째보다 조금 더 두껍던 세 번째 책……, 이런 식으로 책을 읽고 뜻을 깨우쳐 나가던 나 자신이 얼마나 자랑스러웠는지 모른다. 책을 한 권 한 권 읽을 때마다 나의 학습능력은 조금씩 성장했는데, 그때 느꼈던 뿌듯함이 지금도 가슴속에 뚜렷이 남아 있다.

내가 제일 재미있게 읽었던 책은 들쥐 다음으로 날카로운 울음소리를 내는 동물로 유명한 '르웰린의 개(Llewellyn's Dog)'에 관한 것이었다. 주인의 오해로 죽임을 당하게 된 르웰린의 개 이야기가 흥미진진하면서도 가슴 아프게 전개되는 슬픈 내용으로, 친구들과 눈물을 흘려 가며 읽고 또 읽었다. 주인공인 충실한 개 겔러트(Gelert)는 사나운 늑대와 사투 끝에 주인집 아들을 구해 돌아왔다. 하지만 아들을 찾아 헤매느라 정신이 나갔던 주인은 피투성이가 되어 돌아온 아들을 본 순간 그만 이성을 잃어 가족과도 같은 겔러트를 죽이고 만다. 이 책은 어른들과 달리 아이들은 친구나 이웃뿐 아니라 동물들과도 슬픔과 관심을 공유할 수 있다는 사실을 전달하고 있었다.

이 책을 읽는 동안 나는 마치 내가 웨일즈(Welsh) 사냥터에서 동물을 모는 나팔소리를 들으며, 죽임을 당한 겔러트를 바라보고 있는 듯한 환상에 빠지곤 했다. 사나운 늑대와 싸워 마침내 행방불명되었던 주인집 아들을 구해내지만, 주인의 오해로 인해 결국 죽임을 당하고 마는 겔러트의 고귀하고 슬픈 운명에 가슴 아파하고 눈물을 떨

11

어뜨리던 기억은 나의 어린 시절 추억 가운데 뚜렷이 남아 있는 한 장면이다.

이 책에는 한 성직자와 해적의 이야기를 그린 사우디(Southey)의 「인치케이프의 종(The Inchcape Bell)」이 나오는데, 내가 참 좋아하던 시였다. 어느 착한 목사는, 어두운 밤에 몰아치는 태풍을 뚫고 항해하는 선장들에게 위험을 알리기 위해 깎아 세운 듯한 아슬아슬한 작은 바위섬 위에 종을 달았다. 태풍이 심하고 파고가 높을수록 종소리는 커져서, 바다를 오가는 배들에게 이 종은 무척이나 소중한 존재였다. 그런데 종소리가 은은하게 울리던 어느 화창한 오후, 해적들이 이 바위섬으로 올라가 "종을 바다 속으로 집어던져 아버브로소크(Aberbrothok) 수도원장을 골탕 먹이자"라고 하면서 종에 묶여 있던 밧줄을 잘라 종을 떼어낸 뒤 바다 속으로 던져 버렸다. '부글부글 물거품이 솟아오르는 소리와 함께 종은 바다 깊숙이 가라앉았다. (중략) 해적선 선장인 랄프와 일행은 며칠 동안 바다를 휘저었고 약탈한 물건들이 제법 늘자 다시 스코틀랜드 해안으로 배를 돌렸다.'

그런데 칠흑 같은 어둠 속에서 태풍이 불어 닥치고 파도가 높아지기 시작하자 해적들은 "지금 위치가 어딘가? 위치를 알 수 없네. 인치케이프(Inchcape) 스코틀랜드 앵거스 동쪽 해안에 있는 악명 높은 암초 의 종소리라도 들리면 알 수 있으려만!"이라고 소리쳤다. 그리고 '절망감에 사로잡혀 머리가 신발이 될 정도로' 자신들을 저주했다. '그렇게 견고하고 단단하던 해적의 배는 인치케이프를 들이받았고, 그 충격으로 인해 배는 종이 가라앉아 있는 바다 속으로 약탈품과 함께 잠겼다.' 이 이야기는 모든 행동에 자연은 공평하게 보답한다는 교훈을 전달하고 있었다.

12

첫 학창 시절에 경험했던 여러 가지 무서운 일들은 에든버러 (Edinburgh)에 있는 하숙집의 집사가 저지른 범죄 행위에서 비롯되었다. 이 집사는 집이 없는 가난한 사람들에게 약간의 돈을 받고 벤치나 마룻바닥에서 잠을 자게 해주었다. 그런데 밤이 되면 죽음의 사자가 그들의 영혼을 데려가고, 시체는 의과대학 해부 실습용으로 닥터 헤어(Dr. Haer)에게 팔려 간다는 것이었다. 누가 맨 처음 이 이야기를 했는지는 알 수 없었지만 그 당시 하녀들에게 들은 바에 의하면, 멋지게 생긴 의사들이 긴 검은색 외투를 입고 강력 테이프를 손에 든 채 밤마다 한적한 길이나 때로는 대담하게 큰길에서 팔아넘길 아이들을 찾아다닌다고 했다. 그 의사들은 팔아넘길 아이를 발견하면 소리를 지르지 못하도록 재빨리 입과 코를 강력 테이프로 막는다고 했다. 그런 다음 긴 검은색 외투 속에 아이를 집어넣어 에든버러로 끌고 갔으며, 그곳에서 아이는 자신이 어떻게 생겼는지 보기 위해 기다리던 학생들에게 난도질당한다는 것이었다.

우리는 어두워지면 늘 숨죽인 채 귓속말로 이 의사들에 대한 이야기를 주고받으면서 밖에 나갈 엄두조차 내지 못했다. 해가 짧은 겨울에는 학교 수업이 끝나기도 전에 날이 어두워졌고, 날씨가 흐린 날에는 하인이 손전등을 들고 마중 나오지 않으면 집으로 가는 길을 헤매기도 했다. 하지만 무시무시한 의사들이 돌아다닐 시간이면 대부분 학교 수업은 끝난 상태였다. 설령 벌을 받아야 할 일이 생겨도 선생님은 우리를 늦게까지 교실에 잡아둘 수가 없었다. 우리로서는 밤에 미스터리 의사와 마주치는 일보다 저녁밥을 굶는 편이 더 나았기 때문이다.

우리는 학교 건물과 큰길 사이에 있는 데빌 브래(Davel Brae)라는 언덕을 넘어 다녀야 했다. 어느 날 어둑어둑해질 무렵 언덕을 막 넘으려고 하는데, 한 소년이 "미스터리 의사, 미스터리 의사다"라고 소리치는 바람에 우리는 학교 사택으로 뛰어갔고, 그곳에 계신 선생님들은 우리를 보고 깜짝 놀라셨다. 브래 언덕에 무서운 미스터리 의사가 나타나서 집에 돌아갈 수 없다고 열심히 설명하던 소년을 인자한 얼굴에 장난기 어린 표정으로 바라보시던 선생님들의 모습을 지금도 잊을 수가 없다. 다른 아이들도 이 무서운 이야기에 가세했다. "저희들도 봤어요. 긴 검은색 외투에 손에는 강력 테이프를 들고 있었다고요." 하지만 선생님은 별 일 아니라는 듯 공포에 떨고 있던 우리에게서 뒷걸음치신 다음, 덩치 큰 두 소년들 쪽으로 돌아서서 그들을 야단치셨다. 그들은 언덕까지 우리를 데려갔다가, 쫓기는 다람쥐가 구멍으로 뛰어들듯 허둥지둥 학교 사택으로 달음박질한 장본인들이었다.

그 당시 우리는 수업을 마치기 전에 모두 일어나서 찬송가 '주여 복을 비옵나니(Lord, dismiss us with Thy blessing)'를 불렀다. 강남에 갔던 제비가 돌아오는 봄 무렵이면 그들을 반기는 노래도 불렀다.

환영합니다, 환영합니다, 꼬마손님.
민 이국땅에서 수많은 어려움을 뚫고
무사히 돌아오신 것을 환영합니다.

우리는 노래를 부르면서 음률에 맞춰 몸을 흔들었다. 매년 봄이 될 때마다 부르는 '뻐꾸기(The Cuckoo)'라는 노래도 좋아하는 곡 가운데 하나였다. 어떤 새나 동물 이름이 얼른 떠오르지 않아서 부를 노래가 마땅치 않을 때는 이 노래에 가사만 바꿔서 부르곤 했다. 예를 들면 이런 식이었다.

나는 고래가 좋아.
깊고 깊은 바다로 뛰어드는 고래가.

그 당시 내가 두려워하던 노래 가사는 '주여 복을 비옵나니' 가운데 중요한 첫 소절 세 마디였다. 하지만 나는 이 노래를 가장 많이 애창했다.

학교 공부와 더불어 아버지는 성경구절과 찬송가도 가르쳐 주셨다. '만세 반석 열리니(Rock of Ages)'를 배울 때는 1페니를 주기도 하셨는데, 그럼 나는 갑자기 부자가 된 듯했다. 그 당시 스코틀랜드 아이들은 돈의 효용성에 대해서 잘 몰랐다. 우리는 검소하고 절약하던 시절의 가난한 미국 소년들이 생각하는 1달러보다 1페니를 더 가치 있게 여겼다. 나는 1페니를 받으면 그것으로 무엇을 할까라는 호사스런 고민에 빠져들었다. 먼저 밖으로 뛰어나갔다. 그리고 무엇을 살까 결정하기 전에 가게 진열대에서 나를 유혹하는 물건들을 들여다봤다. 조니 뮤어(Jonny Muir)가 1페니를 가졌다는 소문이 마을에 퍼지면 동네 아이들도 덩달아 제 것인 양 마음이 들뜨기 시작했다. 오렌지, 사과, 사탕 등을 생각하면서 입 안에 가득 고인 침을 삼켰다.

그 당시에는 아기가 태어나고 며칠이 지나면 세례를 받고 예방주사를 맞는데, 동생 데이비드(David)가 예방주사를 맞을 때 벌어졌던 한바탕 소동이 아직도 기억난다. 내가 학교에 들어가기 전이었던 것 같은데, 거무칙칙한 얼굴에 무뚝뚝해 보이는 키 큰 의사 선생님이 동생에게 뭔가를 하고 계셨다. 나는 그것이 무엇인지 도무지 알 수 없었다. 그런데 두 팔로 동생을 안고 있던 어머니는 의사 선생님이 데이비드의 팔에 상처를 내고 피가 흐르게 만드는 모습을 보면서도 아무렇지 않은 듯 가만히 앉아 계셨다. 그 옆에서 구경만 하던 나는 그런 어머니를 믿을 수 없다는 생각에 자리에서 벌떡 일어나 "내 동생을 해치면 가만두지 않겠어요"라고 소리친 뒤 의사 선생님의 팔을 물어 버렸다. 놀란 어머니와 의사 선생님은 그저 허허 웃기만 하셨다.

아버지는 자신이 만든 정원을 대단히 자랑스럽게 여기면서 에덴 동산이라도 가꾸는 양 정성을 다하셨다. 그리고 정원의 한쪽 모퉁이를 우리 형제들에게 나눠 주신 뒤 가장 좋아하는 식물을 하나씩 심도록 하셨다. 우리 형제들은 커다란 구덩이를 판 뒤 강낭콩과 완두콩을 심었다. 그런 다음 딱딱하고 바싹 말라 있던 씨앗들이 어떻게 팔랑이는 잎을 맺고 꽃망울을 터트리며 햇빛을 향해 움직이는지를 매일매일 지켜봤다.

우리처럼 한쪽 모퉁이를 배당받은 이모는 그곳에 백합을 한가득 심었다. 이모의 백합 화단을 본 사람은 누구나 존경과 감탄을 자아낼 정도로 화단은 무척 아름다웠다. 우리가 커서 굉장한 부자가 되더라도 그런 멋진 백합 화단을 가질 수 없을 것 같았다. 백합 한 송이 한 송이에는 돈으로 환산할 수 없는 그 이상의 가치가 담겨 있다고 믿었던 우리는 잎사귀 하나, 꽃잎 한 장을 감히 만질 생각조차 하지 못했다. 그저 경외감에 사로잡혀 바라만 볼 뿐이었다.

그로부터 오랜 세월이 지나 캘리포니아(California)에서 다시 한번 아름다운 야생 백합을 볼 수 있는 축복의 기회를 맞이했다. 뭉고 시돈스(Mungo Siddons) 소학교 시절 던바에서 꽃박람회가 열렸는데, 백합꽃을 한 아름씩 안고 온 많은 참가자들을 그때 처음 봤다. 이모의 백합 화단을 봤을 때처럼 그 아름다움에 놀라움을 금치 못했다. 나는 또다시 얼마만큼의 돈이 있어야 이런 아름다운 화단을 가질 수 있을까 궁금해졌다.

이모의 신성한 화단에 핀 백합을 감히 만질 생각조차 못하던 나는, 이웃 마을의 가난한 사람들에게 정기적으로 왕진을 나가면서 의사 노릇을 하던 약제사 피터 로슨(Peter Lawson) 씨의 정원에서 그저 그런 꽃을 훔치다가 호되게 혼났던 추억도 있다. 그때 일이 지금도 생생하다. 로슨 씨에게는 거칠고 위험하기까지 한 조랑말 한 마리가 있었다. 그는 왕진을 갈 때마다 이 굉장한 조랑말을 타고 나섰다. 조랑말은 마구간에 오랫동안 매여 있던 탓에 밖에만 나오면 위험할 정도로 뛰어다녔다. 로슨 씨가 "이랴 이랴" 하며 능숙하게 몰 때까지는 뒷발질을 해대며 거리의 이쪽저쪽을 춤추듯이 펄쩍펄쩍 뛰어다니는 것이었다. 아이들은 거친 조랑말을 능숙하게 잘 다루는 로슨 씨를 보면서 감탄하곤 했다.

이런 저런 이유로 퍽 유명해진 로슨 씨는 꽃을 무척 좋아했다. 나는 그의 정원을 경계 짓던 철조망을 젖히고 들어가, 꽃을 다발로 낚아채듯 꺾은 뒤 달아나곤 했다. 그러던 어느 날 로슨 씨에게 들켰고,

17

거리로 도망쳐 나오던 중에 그만 잡히고 말았다. 한 번만 용서해 주면 다시는 그런 짓을 하지 않겠다고 울며불며 매달렸다. 하지만 피터 씨는 아무 말 없이 조랑말이 있는 마구간으로 나를 끌고 가더니, 조랑말의 뒷발굽 바로 앞에 밀어놓은 채 밖에서 문을 꽝 걸어 잠가 버렸다. 나의 울부짖음은 두려움으로 인해 곧 사그라졌다. 너무 무서운 나머지 숨소리조차 낼 수 없었다. 유일한 희망이라곤 침묵 속에 가만히 앉아 있는 것뿐이었다. 상상해 보라, 내가 견디어야 했던 두려움과 공포를! 그 후로 꽃을 훔치는 일은 결코 하지 않았다. 로슨 씨는 어린이를 어떻게 다뤄야 하는지를 잘 알고 있는 분이셨다!

이런 일이 일어나기 전 내가 두세 살가량이던 무렵, 로슨 씨의 신세를 몇 번 진 적이 있었다. 잠자리에 들기 직전에 하녀들이 우리를 목욕시키곤 했는데, 안식일 전날인 토요일 저녁에는 타월로 너무 박박 미는 탓에 우리 형제들은 하녀들을 싫어했다.

어느 날 누나 사라(Sarah)가, 내가 차례를 기다리며 앉아 있던 긴 다리의 의자를 달라면서 나를 그냥 밀쳐냈다. 그 바람에 흥얼대며 혼자 앉아 있던 나는 목욕탕 모서리에 턱이 부딪혀 혀를 깨물었고, 입 안에 피가 흥건히 고였다. 비명소리에 달려온 어머니는 나를 번쩍 안아 하녀의 팔에 안겨 준 뒤 정원을 가로질러 로슨 씨 댁으로 서둘러 달려가라고 했다. 로슨 씨는 그저 지혈제를 묻힌 약솜뭉치를 입 안에 넣어준 뒤 피가 멈출 때까지 입을 다물고 있으라고 했나. 어머니는 겁먹은 나를 달래며 이불을 덮어 주셨고, 곤히 잠들 수 있도록 옆에서 지켜 주셨다. 이내 곯아떨어진 나는 약솜을 그만 삼켜 버렸는데, 순간 혀도 삼킨 것이 아닌가라는 생각이 들었다. 나의 비명소리에 깜짝 놀라서 달려온 어머니는 다급한 목소리로 무슨 일이냐고 물으셨다. 그래서 나는 혀를 먹었다고 대답했다. 그런데 사랑하는 자식이 혀를 삼켜 버렸다는데도 어머니는 그저 웃기만 하셨다. 이 일이 있은 뒤부터 누나들은 어쩌다가 내가 말을 많이 할 때면 "너, 그때 혀를 반밖에 안 삼켰구나!"라며 놀려댔다.

몸과 마음의 건강을 위해 하는 목욕이라지만, 당시 스코틀랜드의 목욕 방식은 아이들에게는 좀 가혹한 편이었다. 그래도 아이들이 물을 좋아하는 것은 자연스런 일이다. 두세 살이나 되었을까, 하녀의 손에 이끌려 바닷가로 놀러갔던 기억이 어린 시절 추억으로 남아 있다. 커다란 바위로 둘러싸인 깊은 웅덩이 옆에 옷을 벗어 놓은 채, 바다가재가 기어 다니고 미끌미끌한 바다뱀장어가 구불구불 헤엄치며 달아나는 물속으로 뛰어들었다. 숨이 차면 물 밖으로 소리를 지르며 솟아올랐다가 다시 물속으로 곤두박질치곤 했다.

나는 목욕시간이 다가올 때면 집 안에서 가장 어두운 곳을 찾아서 숨곤 했는데, 때로는 식구들이 나를 끌어내는 데 꽤 오랜 시간이 걸리기도 했다. 하지만 나이가 좀 든 뒤에는, 아이들을 잡아먹는 괴물이 사는 웅덩이만 조심스럽게 피해 다니며 해변에서 뛰어놀던 것과 마찬가지로 목욕도 즐기게 되었다. 당시 우리는 물 소용돌이가 치는 웅덩이를 사람 잡아먹는 귀신이 사는 곳이라고 했다. 우리는 이런 웅덩이를 잘 알고 있었다. 그러나 낯선 웅덩이를 만나면 그냥 지나치지 않았다. 우선 뛰어들기 전에 긴 나무 막대기로 물속을 찔러 본 뒤, 막대기를 잡아당기는 것이 없으면 그때서야 용감히 뛰어들어 물장구를 치며 즐겁게 놀았다.

우리가 놀이터로 즐겨 찾던 곳은 에드워드(Edward) 왕이 배넉번 (Bannockburn)^{스코틀랜드 스털링 주의 일부} 전투에서 패한 뒤 피신해 있던 던바 고성이었다. 우리는 1,000년 전에 세워진 던바 성의 역사적 의미에 대해서는 잘 몰랐지만, 이 성벽 주위에서 벌어졌던 싸움에 얽힌 전설들은 익히 알고 있었다. 그래서 여기저기에서 이따금 보게 되는 뼈들이 전투에 참여했던 병사들의 것이라고 믿었다. 우리는 바위로 뒤덮인 험준한 봉우리를 누가 가장 높이 올라가나 내기를 하기도 했다. 노련한 등산가도 감히 시도하지 않았을 일들을 우리는 겁 없이 해냈던 것이다. 모험심이 많았던 어린 시절이었지만, 위험한 암벽등반을 실수한 번 없이 마칠 수 있었던 것은 지금의 나를 보면 결코 우연의 일이 아니다.

우리가 즐겨 하던 놀이는 달리기, 뛰어오르기, 레슬링, 기어오르기 등이었다. 특히 기어오르기는 어떤 장소에서도 자신 있었다. 우리 집에는 무서운 이야기로 아이들을 공포에 빠뜨리길 좋아하는 하녀가 있었는데, 어느 날 그녀는 나쁜 짓을 하면 지옥으로 굴러 떨어진다며 겁을 주었다. 기어오르기라면 누구보다 자신 있었던 나는 그 이야기를 처음 들었을 때 굴러 떨어지면 다시 기어 나올 수 있다고 우겨댔다. 지옥을 바위벽으로 된 깜깜한 웅덩이쯤으로 생각해서 지옥에도 울퉁불퉁한 성벽 바위처럼 손과 발을 지탱할 수 있는 틈새가 많으리라 여겼던 것이다. 그리고 무서운 불구덩이 지옥 이야기도 약발이 그리 오래가진 못했다. 진실한 신앙만이 지옥의 두려움을 물리칠 수 있다는 사실을 깨달았기 때문이다.

스코틀랜드의 아이들은 대부분 귀신이 존재한다고 믿었고, 그 중에는 어른이 된 뒤에도 그렇게 믿었다. 공동묘지 귀신을 특히 위험한 존재로 여겼다. 그래서 겁이 많은 아이들은 어두운 밤이면 공동묘지를 피해 삥 둘러 다녔다. 하녀들에게 검정귀신, 하양귀신, 마귀할멈 등 여러 귀신의 생김새와 성격, 습관 등에 대해서 듣곤 했던 우리는 귀신을 따돌릴 정도로 빨리 달릴 수 있다고 자부했다. 그래서 이를 증명이라도 해보이려는 듯 시골길을 전속력으로 오랫동안 달리곤 했다. 로버트 번스(Robert Burns)^{1759~1796, 스코틀랜드의 국민 시인}의 시에 나오는 탐 오샌터(Tam O' Shanter)에게는 암말이 있었는데, 그 암말은 적어도 다리 건너편의 아치형 종석이 있는 안전한 곳에 도달할 때까지 많은 마녀들을 따돌리며 달아날 수 있었다. 그래서 우리도 그렇게 할 수 있으리라 생각했다.

우리가 살던 집에 예전에는 의사가 살았다고 한다. 하녀들은 무거운 창틀세^{17~19세기 영국에서 창틀이 7개 이상인 집에 부과했던 세금} 때문에 죽은 의사의 영혼이 지금도 캄캄하게 막아 놓은 2층 빈방을 떠다닌다고 말했다. 내 침실은 바로 의사 귀신이 나온다는 방 바로 옆이었다. 그 방 안에는 유리 실험관, 놋쇠 증류기, 시험관 같은 화학 실험기구들이 가득했다. 나는 죽은 의사 귀신이 이러한 낯선 기구들을 사용해 아직도 의약품을 만들고 있다고 생각했다.

낮이 유난히 길던 어느 여름날, 해도 지기 전에 나와 동생 데이비드는 벌써 이불 속으로 들어가 잠 잘 준비를 해야 했다. 어머니는 침실의 오래된 커튼을 내린 뒤 이불을 덮어 주면서 말 잘 듣는 스코틀랜드 아이처럼 잘 자라고 인사를 하고 나가셨다. 하지만 우리는 어머니가 계단을 내려가는 소리가 들리자 곧 침대에서 빠져나와 담력을 시험하는 '스코처'라는 놀이를 했다. 해가 아직 떠 있는 그 시간에 얌전히 침대 속에 누워 있을 리 없는 우리였다. 우리는 귀신의 방으로 돌진하는 일이 굉장히 용감한 행동이라고 생각했다. '스코처'는 방 쪽으로 조심히 걸어가다가 무서워지면 잽싸게 되돌아오는 놀이였다. 나는 되돌아올 때마다 데이비드를 단숨에 제치곤 했다.

오래된 성의 울퉁불퉁한 성벽이나 바위산뿐 아니라 우리 집의 지붕도 산타기를 연습하기에 안성맞춤인 장소였다. 2층 침실은 지붕 창문이 있어서 햇볕이 잘 들었다. 어느 날 나는 담력을 시험하기 위해 그 창문을 열고 창문턱을 잡은 채 지붕 슬레이트에 대롱대롱 매달렸다. 잠옷이 고무풍선처럼 바람에 휘날렸다. 동생 데이비드에게 한번 해보지 않겠느냐고 하자, 데이비드도 그대로 따라했다. 그래서 이번에는 한쪽 손을 놓은 채 창문턱에 매달렸다. 데이비드도 한쪽 손으로만 매달렸다. 다시 조심스럽게 손가락 하나만으로 매달리자, 데이비드도 똑같이 따라했다.

그 다음에는 창문턱에 올라앉아 담 너머로 펼쳐진 전경을 내려다보고 있었다. 하지만 바람이 내 몸을 밀어내칠 것처럼 거세게 부는 탓에 나는 몸을 지탱하기 위해 간신히 창문턱을 부여잡은 뒤 방 안으로 무사히 내려왔다. 물론 담력을 시험하기 전에는 늘 세심한 주의를 기울였고, 위험함을 정확히 파악한 뒤에야 시행했다. 그리고 동생 데이비드에게 혹시라도 내가 미끄러져 치마 밑 홈통에라도 매달리게 되면, 그 즉시 아래층으로 뛰어 내려가 아버지에게 사다리를 부탁하라고 주의를 시켜 놓았다.

강한 바람 탓에 오래 앉아 있을 수 없어서 방 안으로 돌아온 나는 의기양양한 표정을 지어 보였다. 이런 나의 모습을 본 데이비드는 나에게 질세라 지붕창 위로 기어 올라간 뒤 창 꼭대기에 용감하게 걸터앉았다. 그런데 그 다음이 문제였다. 방으로 돌아오려고 밑을 내려다보다가 그만 겁에 질린 것이었다. 급기야 "무서워서 꼼짝도 못하겠어"라며 울음을 터트리고 말았다. 나는 "알았어. 울지 말고 거기에 가만히 있어. 도와줄게. 아버지가 너의 울음소리를 들으면 종아리를 때리실 거야"라고 말한 뒤 창문턱 쪽으로 몸을 내밀었다. 그리고 창틀을 한손으로 잡은 뒤 창문턱에 기대서는 데이비드에게 다리를 잡을 수 있도록 한쪽 다리를 창문턱 쪽으로 내리라고 말했다. 그러고는 내 몸으로 안전한 버팀목을 만든 뒤 데이비드의 발꿈치를 방 안으로 끌어당겼다. 데이비드는 거기에 의지해 천천히 기어 내려왔다. 이것으로 야간 담력 시험은 끝이 났고, 놀란 우리는 이불 속으로 말없이 들어갔다.

낮이 짧은 겨울에는 이른 시간에 어둠이 내리기 시작하는데, 그럼 우리는 잠들기 전까지 이불 속에서 세계여행놀이를 하며 시간을 보냈다. 어머니가 잘 자라는 인사와 더불어 이불을 덮어 준 뒤 계단을 내려가시면, 우리는 세계여행을 떠날 준비를 했다. 두더지가 굴을 파듯이 이불 속을 휘젓고 다니면서 잠이 들 때까지 프랑스, 인도, 미국, 호주, 뉴질랜드 등 우리가 들어본 적이 있던 나라들을 모두 여행했다. 어머니는 잠자리에 들기 전에 마지막으로 우리가 이불을 잘 덮고 자는지를 확인하기 위해 올라오시는데, 어떤 날은 우리가 어디에 파묻혀 자고 있는지를 알 수 없을 정도로 우리를 찾아내기가 쉽지 않았다. 하지만 아침이면 우리는 착한 스코틀랜드 아이처럼 늘 얌전히

23

누운 자세로 잠에서 깼다.

50년이 지난 뒤 고향을 방문했을 때 어린 시절에 함께 놀던 친구에게서 옛날 내가 살던 집의 현재 주인을 소개받았다. 나는 그분의 허락을 받아 내가 지내던 2층을 구경할 수 있었다. 어렸을 때 담력을 시험하기 위해 올라갔던 2층 지붕창과 산타기 연습을 하던 지붕을 다시 한번 봤는데, 성인이 된 나에게도 그곳은 결코 쉽게 도전할 만한 대상이 아니었다. 어린아이로서 정말 대단한 일을 한 것이었다.

어린아이들은 잔인함과 너그러움, 냉혹함과 다정함 등 상반된 감정의 변화를 자주 보이는 잔혹한 순진성을 지니고 있다. 이웃에 대한 사랑, 또는 사람이나 동물에 대한 애정은 잔혹함, 거칠음, 섬세함 같은 인간 본성과 함께 자라난다.

우리가 바다나 들판을 돌아다니는 모습을 보다 못한 아버지가 안전한 뒤뜰에서만 놀라고 하셨을 때 우리는 어쩔 수 없이 무료하게 시간을 보내야 했다. 기꺼해야 고양이들을 다치지 않게 잡는 놀이를 할 뿐이었다. 그런데 이 영리한 고양이들은 개구쟁이들이 자신에게 해를 끼치지 않으리라는 사실을 느끼면서도, 그들을 완전히 신뢰하는 것 같지는 않았다.

노련한 늙은 톰이라고 불리던 고양이에게 돌 던지기 놀이를 하던 기억이 나는데(톰은 좋은 장난감이었지만, 다치라고 한 것은 절대 아니었다), 이 영특한 고양이는 내가 움직이기만 하면 마구간으로 뛰어 들어가 건초 여물통 위로 달아나 버리곤 했다. 그래도 톰은 여전히 우리의 사정권 안에 있었다. 우리가 더욱 빨리 돌을 던지자, 톰은 우리의 행동이나 소리에 전혀 미동도 하지 않은 채 눈만 껌벅이며 죽은 듯이 앉아 있었다. 한번은 크기가 적당한 돌을 던져 정통으로 맞혔는데, 그때도 톰은 눈만 껌벅이면서 아무렇지도 않은 듯 가만히 웅크리고 있는 것이 아닌가!

"치명상을 입은 게 틀림없어."

"그렇다면 고통을 덜어 주기 위해 죽이는 게 더 낫지."

잔인한 듯하지만, 우리의 대화에는 아량과 자비도 더불어 스며 있었다. 우리는 "불쌍한 톰에게 자비를 베푸소서"라는 기원과 함께 손에 쥘 수 있는 가장 큰 돌을 집어던지기 시작했다. 하지만 이 늙은 고양이는 우리를 무척이나 잘 알고 있었다. 우리는 고양이가 죽은 줄 알았지만, 이 영특한 톰은 돌 세례가 심해지자 후퇴할 때가 되었다고 판단한 듯했다. 갑자기 휙 소리를 내며 몸을 날려 우리의 머리 위를 타고 넘어선 뒤, 뒷마당을 가로지르고 정원의 담을 넘어서 옆 건물의 지붕 위로 올라가 버렸다. 개구쟁이 사내아이들의 장난을 더 이상 견딜 수 없다는 듯 사력을 다해 도망친 것이었다.

톰의 목숨이 아홉 개라는 말을 들은 다음부터 우리는 아무리 높은 곳에서 떨어져도 고양이는 다치지 않는다는 것을 직접 증명해 보이려고 했다. 톰은 아니지만, 우리는 뒷마당에서 작고 다루기 만만한 고양이 한 마리를 잡은 뒤 집의 2층으로 안고 올라갔다. 하지만 다루기가 쉽지 않았다. 창문을 열고 창문턱에 걸쳐 놓자 겁에 질린 고양이는 발악하듯 몸부림을 치며 방으로 기어 들어오려고 했다. 하지만 이미 결정된 일, 우리는 마침내 2층에서 그 고양이를 떨어뜨렸다. 나는 목숨이 위태로운 생명체가 떨어지면서 어떻게 자신의 몸을 긴장시켜 균형을 잡고 안전하게 착륙하는지를 확실하게 알았고, 지금도 기억하고 있다. 이 일은 장난꾸러기 악동들이 저지른 짓이긴 했지만, 무척 잔인했다. 고양이의 빵빵하게 부어오르고 새파래진 얼굴과 겁에 질려서 엉금엉금 기어가던 모습을 본 다음부터는 다시는 이런 짓을 하지 않겠다고 맹세했다.

하지만 악동들의 잔인한 행동은 여기에서 끝나지 않았다. 우리는 개싸움이나 심지어 피범벅인 도살장 훔쳐보기를 즐겼다. 돼지 멱따는 소리가 들려오면 우리는 돼지 잡는 광경을 보기 위해 먼 거리를 전속력으로 달려가서 벽을 타고 지붕 위로 올라갔다. 돼지를 잡는 사람이 마음씨가 좋은 경우에는 가까이에서 들여다볼 수 있도록 해달라고 부탁하거나 오줌통을 달라고 해서 축구공처럼 갖고 놀았다.

악동들이 늘 나쁜 짓만 저지르고 다녔던 것은 아니다. 우리 집 뒷마당에는 느티나무 세 그루가 있었는데, 집 가까이에 있는 나무 위에는 개똥지빠귀 한 쌍의 둥지가 있었다. 개똥지빠귀의 새끼가 태어날 무렵이면 유명한 영국 용기병들이 던바를 방문했고, 어김없이 멋진 서너 마리의 말이 우리 집 마구간에 머물곤 했다. 어느 날, 마당에서 칼과 안전모를 닦던 병사들이 나무 위의 새둥지를 눈여겨봤다. 그리고 던바를 떠날 때 한 병사가 나무에 올라가 어린 새끼들을 강탈해 갔다. 가슴이 찢어질 듯이 아팠지만, 우리는 속수무책으로 바라볼 수밖에 없었다. 무정한 병사는 재킷 속으로 새끼를 한 마리 한 마리 집어넣었다. 새끼 두 마리는 둥지를 빠져나와 달아나려고 했지만, 얼마 못 가 땅 위에서 퍼덕거리다가 이내 병사의 손에 잡히고 말았다. 사랑과 정성을 다 바쳐 키운 새끼가 울부짖는 모습을 머리 위 하늘에서 지켜보며 울어대던 어미 새의 모습은 차마 눈 뜨고 볼 수 없을 정도로 슬펐다. 하지만 화려한 군복을 입은 병사들은 보무도 당당하게 커다란 회색 말을 타고 유유히 사라져 버렸다. 병사들은 새끼를 팔아서 맥주를 사 마실 생각이었다.

사라져 가는 병사들의 뒷모습을 바라보며 우리 형제는 하염없이 눈물을 흘렸다. 그 가슴 아팠던 기억이 엊그제 일처럼 아직도 생생하다. 어머니는 우리를 침대에 눕히며, 병사가 데려간 새끼들은 예쁜 새장 속에서 맛있는 먹이를 먹고 잘 자라 아름다운 목소리로 노래를 부르게 될 것이라고 위로해 주셨다. 하지만 놀라 울부짖던 어린 새끼들과 슬퍼하던 어미 새의 모습이 자꾸 떠올라, 어머니의 말씀도 큰 위로가 되지 못했다. 울다가 반쯤 잠이 들었을 무렵 아버지가 올라오셨고, 우리는 "아이들이 어린 새들을 빼앗겨 마음의 상처를 크게 입은 것 같아요"라는 어머니의 목소리를 들은 다음에야 깊은 잠 속에 빠져들었다.

남자답지만 호전적인 나이라고 할 수 있는 대여섯 살이 되자, 하루도 주먹 싸움 없이 학교생활을 넘기는 날이 없었다. 일주일에 보통 여섯 번 정도는 일이 생겼다. 또래 아이들이 누가 제일 강하냐며 싸움을 걸어올 때는 지체 없이 데빌 브래 언덕으로 올라가 문제를 해결했다. 우리 모두 우등생이 되는 영광을 누리려고 노력했지만, 훌륭한 전사가 되는 것이 최고의 바람이었다. 학교 공부는 그 다음 문제였다. 우리는 스코틀랜드 사람이라면 누구나 존경하는 애국자 윌리엄 맬러스(William Mallace)와 로버트 브루스(Robert Bruce)의 자랑스러운 전투 이야기를 하면서 대부분의 시간을 보내곤 했다. 그리고 우리 모두는 당연히 군인이 되고자 했다.

우리는 데빌 브래 싸움터에서 일대일로 싸우는 것보다 더 흥미진진하고 진짜 전투 같은 놀이를 가끔 하곤 했다. 먼저 두 팀으로 나눈 뒤 양쪽의 대장을 정했으며 겨울에는 약간 녹은 눈뭉치, 여름에는 모래와 잔디뗏장을 무기로 사용했다. 그리고 진짜 같은 전투가 벌어질 때마다 "배넉번! 배넉번! 스코틀랜드여, 영원하라. 인도에서 최후의 결전을!"이라며 함성을 질러댔다. 우리는 전투에서 이기기 위해 모자에 눈뭉치, 모래, 때로는 자갈을 가득 채운 뒤 대포알처럼 서로에게 던졌다.

우리는 당연히 방학을 학수고대했지만, 방학은 늘 늦게 찾아오는 것 같았다. 방학식 날이 되면 나이가 지긋하신 몽고 시든즈 선생님은 구즈베리 쿠키와 건포도를 우리에게 나누어 주면서 즐거운 방학이 되라고 말씀하셨다. 방학을 맞이해 학기말 특별 행사로 노래와 시낭송 등을 했지만, 나에게는 단지 여러 가지 모양의 구즈베리 쿠키와 학교에서 해방되었다는 기쁨, 그리고 들판을 뒹굴던 일과 파도가 몰아치던 해변만 기억날 뿐이다.

일곱, 여덟 살이 되자 가슴 뛰는 하루하루가 점점 더 다가왔다. 그 때까지 다니던 데빌 브래 스쿨을 졸업하고 초등학교에 들어가게 된 것이다. 새 학교에는 신입생이 맞닥뜨려야 하는 새로운 도전들이 기다리고 있었다. 신입생의 경우에는 도전해 오는 동갑내기 학생이 있을 때마다 일일이 응해야 했다. 학교 동급생들에게 자신을 소개하는 일반적인 통과의례였던 것이다. 입학해서 서너 달은 싸움 실력을 선보이느라, 새로운 과목 특히 불어와 라틴어를 공부하느라, 그리고 낯선 급우들과 친해지고 학교 규칙을 익히느라 정신없이 보냈다.

라틴어와 불어의 첫 수업시간에 리온(Lyon) 선생님은 우리의 장난기 어린 실수들을 온화한 웃음으로 넘기셨다. 하지만 곧 엄격한 수업 분위기가 조성되었고, 완벽함을 요구하던 선생님은 우리가 실수를 할 때마다 어김없이 벌을 내리셨다. 우리는 매일매일 라틴어, 불어, 영어 이외에도 철자법, 역사, 수학, 지리 등의 수업을 받아야 했다. 특히 단어의 경우에는 would-have-loved, could-have-loved, should-have-loved 같은 단어들을 라틴어로 완벽하게 활용할 수 있을 때까지 되풀이해서 공부했다. 영문법의 경우에는 읽기 수업과 연관 지어서 규칙·불규칙 동사들을 마치 시처럼 외우고 또 외웠다.

이와 더불어 아버지는 매일 성경구절을 가르쳐 주셨는데, 그 덕에 열한 살 무렵에는 『구약성경』의 4분의 3과 『신약성경』의 전부를 외울 수 있었다. 『신약성경』은 마태복음부터 마지막 요한계시록까지 한 구절도 빠짐없이 줄줄 외웠다. 그 당시에는, 가정에서만큼은 아이들을 쉬게 해야 한다며 무리한 주입식 교육의 위험성을 지적하는 사람이 아무도 없었다. 그래서 나는 매일 저녁마다 학교에서 가죽 줄로 묶어 어깨에 메고 온 교과서를 펼쳐 놓은 채 잠자기 전까지 예습을 해야 했다. 이때마다 나는 마치 수백만 달러짜리 소송을 맡은 변호사처럼 집중력을 발휘했다. 비록 체벌이 두려워서였지만, 지금은 그 당시만큼 공부에 대한 집중력을 발휘할 수가 없다.

스코틀랜드의 전통적인 선생님들은 배움의 지름길을 찾는다거나 오늘날 많이 언급되고 있는 새로운 교육심리 따위를 좇는 데 시간을 허비하지 않았다. 말할 필요도 없이 배움에는 왕도가 없다는 견해를 지니고 있었던 것이다. 병사가 적을 향해 총구를 조준하듯, 책이 목표가 된 경우 우리는 '목표, 조준, 모두 외워라!' 라는 엄격한 명령을 받았다. 사소한 실수라도 저지르는 날에는 어김없이 체벌이 뒤따랐다. 이러한 공부 방법은, 피부와 기억력 사이에는 밀접한 상관관계가 있어서 피부를 자극하면 어느 정도까지는 기억력을 촉진시킬 수 있다는 스코틀랜드 사람들만의 속설에서 비롯되었다.

전투는 교실 밖에서도 계속되었다. 교실 밖 싸움은 고등학교에 올라가면서 더욱 격렬해졌다. 누구라도 도전을 받게 되면 바닷가에서 싸움을 치렀는데, 선생님에게 당한 것을 앙갚음이라도 하려는 듯 싸움은 무척이나 격렬하고 치열했다. 다행히 눈탱이가 방탱이가 되기 전에 싸움이 끝나면 조용히 싸움터를 빠져나와 집으로 돌아왔다. 싸움으로 생긴 가벼운 상처나 흔적들은 교회의 우물에서 씻거나 옷으로 슬쩍 감췄고, 정 안 되면 운동장에서 놀다가 다쳤다고 얼버무렸다. 하지만 시퍼렇게 멍이 든 눈은 변명의 여지가 없었다. 만에 하나 싸운 사실이 알려지기라도 하는 날에는 체벌이 두 배로 늘어났다.

하지만 이러한 체벌을 비웃기라도 하듯, 우리의 전투는 몰아치는 폭풍우처럼 조금도 사그라지지 않은 채 계속되었다. 이교도의 핏속에 흐르는 타고난 호전성은 죽음을 제외한 그 어떤 체벌에도 결코 잠잠해지지 않았다. 부모님과 선생님이 우리에게 가하는 선의의 폭력은 받아들이기 힘들었지만, 우리끼리 치르는 폭력은 그래도 즐길 만했다. 이러한 여러 유형의 폭력들은 기억력을 향상시킬 뿐 아니라 우리에게 강한 의지력도 심어 주었다. 그런데 만일 체벌이나 맞는 것이 두려워 싸움을 피하는 경우에는 그날로 놀이터에서 겁쟁이라며 놀림을 당해야 했다. 스코틀랜드의 놀이터에서 나도는 소문은 우리의

30

행동을 구속하는 강력한 힘을 지니고 있었다. 그래서 우리는 아메리카 인디언들이나 참아낼 법한 고통을 견디면서 의연하게 버틸 수밖에 없었다.

　이러한 고통을 이겨내야 하는 것과는 별개로 우리가 즐겨하던 놀이가 또 하나 있었다. 그것은 철사같이 단단한 마디풀(Polygonum) 줄기를 아주 질긴 노끈으로 묶어서 60센티미터 길이의 회초리로 만든 뒤 서로를 때리는 놀이였다. 친구 가운데 한 명이 놀이에 참가한 두 사람에게 회초리를 건네면, 그들은 가까이 마주 보고 서서 서로를 때리기 시작했다. 아픔을 참지 못해 달아나 버리면 놀이에서 지는 것이었다. 이처럼 우리의 놀이는 좀 격렬한 편이었다. 예를 들어 레슬링, 사냥놀이, 시니^{하키와 비슷한 놀이} 또는 감옥놀이(Prisoner's base)^{달아나는 상대편을 붙잡은 뒤} ^{자신의 진지로 끌고 오는 놀이} 같은 것들이었는데, 이 놀이들은 모두 강인한 인내력을 기르는 데 안성맞춤이었다. 게다가 우리 모두는 병사가 되고자 했기 때문에 체벌과 고통을 전쟁에 대비하기 위한 하나의 훈련쯤으로 생각했다.

　토요일에는 가끔 다른 학교와 한바탕 패싸움을 벌이기도 했다. 싸움의 발단은 대부분 건방지게 째려보는 상대방의 눈빛이었다. 예를 들어 누군가가 "밥, 뭘 째려봐?"라고 퉁명스럽게 내뱉으면 밥은 "남이야 째려보든 말든……. 왜 기분 나빠?"라고 맞받아쳤다. 그럼 화가 난 당사자는 "오, 그래. 본때를 좀 보여 줘야겠군!"이라고 하면서 밥의 얼굴에 한방 날리는 것이었다. 이런 식으로 싸움이 시작되면 각 학교의 학생들이 서로 뒤엉켜 한바탕 난투극이 벌어졌다. 양측이 지칠 대로 지치면, 서로 뒤엉켜 소란한 싸움터 한가운데에서 우두머리쯤 되는 학생이 "자, 그만하자. 너희들이 그만두면 우리도 멈춘다"라며 주위를 진정시켰다. 국가와 국가 간의 전쟁이 그러하듯, 싸움도 이렇게 막을 내리는 것이었다. 싸움은 시작할 때와 마찬가지로 별 이유도 없이 싱겁게 끝났다.

규율이 엄격했음에도 학교 내에서는 질서가 잘 지켜지지 않았다. 우리 동네에는 그리 멀지 않은 거리에 학교가 두 개 있었는데 하나는 수학과 항해술을 가르치는 학교였고, 다른 학교는 내가 다니던 그래머스쿨(Grammar School)^{주로 대학 입시 준비를 하는 영국의 7년제 인문계 중등학교}이었다. 선생님들은 대부분 학교에서 얼마 떨어지지 않은 커다란 석조 집에 살았다. 학교와 집이 가까웠던 만큼 가끔 필요한 것을 가지러 가거나 학생에게 심부름을 시켰다. 선생님이 잠시 자리를 비울 때면 우리는 책상과 걸상 위로 올라가거나 그 밑으로 기어 들어가 서로 당기고 구르며 한바탕 몸싸움을 해댔다. 심지어 이 짧은 시간에 반끼리 거친 대항전을 치르기도 했다. 망을 보던 한 학생이 선생님이 집을 나섰다는 신호를 보내오면 학생들은 재빨리 자기 자리로 돌아가 앉았다. 선생님은 교실로 들어서면서 "조용히!"라고 소리치셨고, 회초리로 책상 위나 일진이 좋지 않은 학생의 등을 내리치셨다.

학교를 졸업한 지 47년 만에 스코틀랜드를 방문했을 때 던바에 살고 있던 사촌 한 명이 학교 역사를 잘 알고 있다는 목사를 한 명 소개시켜 주었다. 나와 목사는 새로 부임한 교장선생님의 저녁식사에 초대를 받았다. 나는 즐거움과 고통이 스며 있는 추억의 장소들과 모래사장의 싸움터를 다시 보고 싶은 마음에 초대에 흔쾌히 응했다. 저녁식사 자리에서 나는 유능한 선생님이자 한편으로는 폭군이었던 리언

선생님이 내가 학교를 떠난 뒤 30년 동안 교장직을 역임하면서 많은 학생들을 영국의 대학에 진학시켰고, 최근에 런던에서 돌아가셨다는 사실을 알았다. 내가 학창시절의 즐거움과 싸움을 회상하자 목사는 교장선생님에게 "다시 옛날의 담임선생님이 되어 존 뮤어에게 회초리를 내리치는 영광을 누려 보고 싶지 않으세요?"라고 말했다. 이러한 재미있는 제안은 목사 자신도 학창 시절에 싸움꾼이었다는 사실을 입증하는 것이었다. 학교의 구식 석조건물은 아직도 튼튼해 보였다. 하지만 칼자국과 잉크로 얼룩진 책상들은 자취를 감췄다.

학교 운동장 뒤의 언덕에 올라가면 바다가 보였는데, 그곳에서 해안을 지나가는 배들을 바라보는 일도 즐거웠다. 우리는 올라간 돛을 보고 어느 항을 출발해 어디로 가고 있는지, 무엇을 싣고 있는지, 몇 톤 정도인지 등을 알아맞히는 놀이를 즐겼다. 비바람이 몰아치는 날에는 배들이 구름과 물안개 속으로 자취를 감췄고, 솟아오른 파도에서 흩어지는 소금기 어린 물줄기는 학교 운동장의 담벼락까지 밀려왔다. 비바람이 심하게 부는 날에는 침수되거나 전복된 많은 배들이 바위투성이인 해안가에서 부서져 이리 밀리고 저리 밀렸다. 마을에서 그다지 멀지 않은 해안가에서 배가 난파되면, 우리는 바닷가로 밀려온 물건들을 줍기 위해 서둘러 달려 나갔다. 지금 특별히 기억나는 것 가운데 하나는 사과를 싣고 항해하던 어느 범선의 잔해다. 흩어지는 파도 속으로 달려 들어가 우리는 밀려온 빨간 사과들을 새하얀 물거품 속에서 주워 모았다.

우리가 배우던 교과서에는 여러 종류의 배들이 화려한 모습으로 그려져 있었다. 그 당시의 아이들은 나무를 깎아 여러 물건들을 만드는 공예 솜씨가 뛰어났다. 우리는 정성과 심혈을 기울여 나무를 깎고 다듬은 뒤 돛과 돛줄을 달고 있는 슬루프(Sloops)뿐 아니라, 스쿠너(Schooners) 및 브릭스(Brigs) 범선, 전장비형범선(Full-Rigged Ships) 등을 만들었다. 어떤 늙은 뱃사람이 우리의 배에 이름을 붙여 주고 각각의 돛과 돛줄도 잘 조절해 주었다. 우리는 납 용골까지 있는 이 정교한 장난감으로 마을 근처의 연못에서 배를 띄우는 법을 배웠다. 바람에 맞춰 돛을 적절히 조절하면 배는 건너편으로 나아갔고, 그곳에서 기다리던 아이들은 다시 돛을 조정해 배를 이쪽으로 돌려보냈다. 때로는 배 경주를 벌이기도 했다.

그래도 제일 재미있던 놀이는 뭐니 뭐니 해도 화약놀이였다. 우리는 가스 파이프를 적당한 모양의 나무에 부착해 총을 만들었다. 조금씩 추렴한 돈으로 화약을 사고, 여기저기서 납 조각을 주워 모아 조각낸 뒤 산탄을 만들었다. 이 산탄을 총에 집어넣고 화구에 불을 붙여 목표물을 겨냥하면 무척 그럴 듯했다. 우리는 이 총을 지닌 채 바닷가를 돌아다니다가 우리 앞을 스쳐 날아가는 갈매기나 북양 가마우지를 쏘곤 했다. 하지만 다행히도 내가 아는 한, 우리는 한 마리도 맞히지 못했다.

또 우리는 땅에 구멍을 파서 화약 한두 주먹을 넣고 흙으로 잘 덮은 다음, 주위에 보리 짚으로 만든 도화선을 만들어 조심스럽게 성냥불을 붙이는 놀이도 했다. 우리는 이 놀이를 '시신을 일으키는 폭탄'이라고 불렀다. 때로는 물로도 지워지지 않는 화약가루를 뒤집어 써서 머리카락과 얼굴이 온통 숯검댕이가 되어 돌아오곤 했는데, 그럼 당연히 아버지나 선생님께 호되게 야단을 맞았다.

우리가 즐겨 하던 놀이로 나무타기와 정원 담장 오르기도 빼놓을 수 없다. 열 살 전후의 사내아이들이 또래를 목마 태워 인간 사다리를 만들면 어떤 담장이라도 오를 수 있었다. 침입자를 막기 위해 담장 위에 유리조각을 꽂아 놓은 경우에는 그 위에 잡초 같은 것을 두껍게 얹기만 하면 식은 죽 먹기였다. 아무리 뾰족한 유리조각이 박혀 있는 담장이라도 쉽게 올라가 앉을 수 있었다. 과일들이 채 익기도 전에 먹어 치우는 다람쥐들처럼, 우리는 사과가 막 익기 시작할 무렵이면 담장에 올라가 마구 따 먹었다. 그럼 어김없이 아주까리기름으로나 치료할 수 있는 심한 배탈에 시달렸다. 지나가던 농부들은 "이놈의 자식들! 너희 동네로 썩 꺼지지 못해! 요 녀석들이 또 말썽을 피우려고……. 하나님이 언젠가는 벌을 내릴 거다"라는 말로 인사를 대신했다.

당시의 아침식사는 간소했다. 지름이 10~12센티미터 되는 작은 욕조 모양의 그릇 '러기스(Luggies)'에 우유 또는 당밀과 오트밀을 섞은 죽이 담겨 나오는 것이 고작이었다. 러기스는 조금 긴 한쪽이 손잡이 구실을 했는데, 찬장 한쪽에 쭉 놓인 러기스의 개수를 보면 그 집의 가족 수를 짐작할 수 있었다. 그 당시에는 아침식사로 오트밀 죽에 만족해야 했다. 오트밀 죽을 먹고 나면 다른 음식이 나올지도 모른다고 기대하거나 더 달라고 하는 것은 꿈도 꾸지 못할 일이었다. 그나마 양도 적어서 마파람에 게 눈 감추듯 서너 숟가락만 후딱 먹고 학교에 가야 했고, 점심때가 되면 배가 고파서 경주하듯 집으로 달려왔다. 점심식사로는 대부분 야채수프와 삶은 양고기 한 조각, 통보리 스콘빵이 나왔다. 잘 정재하지 않은 보릿가루로 만든 스콘빵은 아무도 좋아하지 않아서 마음껏 먹을 수 있었다. 나는 식사 전후 시간 대만 되면 늘 배가 고파서 음식을 게걸스럽게 먹어 치웠다.

학교에서 돌아오면 티타임이라고 해서 간식을 먹는 시간이 있었는데, 내 기억으로는 버터를 바르지 않은 흰빵 한 조각과 따뜻한 물에 우유를 탄 밍밍한 음료수를 먹었다. 간식을 먹고 나면 책가방을 들고 길 건너 할아버지 집으로 달려갔다. 할아버지는 학교 공부를 예습하는 우리의 모습을 보면서 늘 흐뭇해하셨다. 저녁시간이 되어 집으로 돌아오면 삶은 감자에 통보리 스콘빵으로 차려진 식탁이 우리를 기다리고 있었다. 저녁식사 후 우리는 가정 예배를 드리고 모두 잠자리에 들었다.

토요일 오후나 방학 동안의 가장 큰 즐거움은 집을 벗어나 들판에서 맘껏 뛰어노는 것이었다. 특히 새들이 지저귀는 봄이면 그 재미가 더욱 커서 지금까지도 잊을 수가 없다. 하지만 아버지는 우리 형제들이 말썽꾸러기들과 어울려 들판에서 노는 것을 좋아하지 않으셨다. 우리가 점차 구제불능이 되지나 않을까, 벽 타기를 하다가 떨어져 다치지나 않을까, 사냥터 주인에게 잡혀 혼나지나 않을까, 바닷가 절벽에서 미끄러져 큰 상처를 입지나 않을까 늘 노심초사하셨다. 그래서 아버지는 "뒷마당에서 마음 편히 신나게 놀아라. 말을 듣지 않고 들판에 나갔을 경우에는 무슨 일이 일어날지 모른다는 사실을 늘 잊지 말고"라고 낭부하셨다. 평상시 엄한 모습과는 거리가 멀고 나쁜 아이들은 이승과 저승에서 벌을 받는다는 확신을 가지고 있던 아버지는 이럴 때마다 대단히 냉혹하고 엄한 목소리로 우리에게 경고를 하셨다.

대자연의 순교자임을 자처한 우리는 엄한 경고를 들었음에도 아버지가 바쁘신 틈을 이용해 바닷가로, 햇빛 가득한 초록 들판으로 무작정 뛰어나갔다. 친구들과 어울려 돌아다니면서 우리는 새소리를 따라 둥지를 찾아다녔고, 자신이 찾은 새둥지의 수를 자랑스럽게 외쳐댔다. 예를 들어 이런 식이었다.

"난 열일곱 개 찾았는데, 조니 너는 겨우 열다섯 개야."

"네가 나보다 더 많이 찾았을지는 몰라도, 내가 찾은 것 가운데 다섯 개는 일류 가수인 종달새와 개똥지빠귀의 둥지야. 넌 겨우 삼류 가수들뿐이잖아."

"네 말이 맞다고 쳐도 난 황금색 새둥지가 여섯 개나 되는데, 넌 하나뿐이잖아. 나머지는 대부분 참새, 울새뿐이네, 뭐!"

"누구도 나를 이길 수 없어. 스물세 개의 둥지를 찾았고, 그 가운데 새알 오십 개, 어린 새끼 오십여 마리가 있었다고. 얼마 안 있어 백여 마리가 될 거야. 그리고 까마귀 둥지 오십 개, 여우굴도 세 개나 찾았어."

"이건 공평하지 않아. 우린 까마귀 둥지와 여우굴은 개수에 포함시키지 않았다고. 그리고 밥 너는 벨 헤이븐(Belle-Haven)에 살고 있어서 이 숲을 속속들이 알고 있잖아."

"그래. 하지만 나는 벌집도 많이 찾아냈어. 다리가 빨갛고 노란 새들도……."

"그까짓 벌집은 아무것도 아니야! 그보다 더 근사한 게 있어. 아버지가 여우사냥에 데려가 주셨는데, 사냥개와 날렵한 다리를 가진 말이 제방과 냇가 울타리를 훌쩍훌쩍 뛰어넘는 모습이 얼마나 멋진지 알아?"

　예쁜 알과 귀여운 어린 새끼들이 가득한 새둥지는 기분 좋을 때 나오는 부모님의 노랫소리만큼이나 소중하다. 하지만 내가 알고 있는 한, 스코틀랜드 소년만큼 종달새 노랫소리를 소중하게 생각하는 아이들은 없다. 우리는 가끔 던바 근처의 광활한 들판 위에 서서, 멋지고 아름다운 목소리로 노래 부르며 하늘로 날아오르는 종달새를 몇 시간씩 바라보곤 했다. 숲 속에 감춰져 있는 둥지에서 수컷 종달새가 하늘을 향해 총알처럼 갑자기 날아올라 9~12미터까지 올라갔다. 잠시 공중에서 날개를 파닥거리며 맑고 감미로운, 때로는 우렁찬 목소리로 노래를 부른 수컷 종달새는 다시 아래로 내려왔다가 또 힘차게 하늘로 날아올랐다. 그리고 전보다 더 아름다운 목소리로 지저귀었다. 어느 시인의 말대로, 종달새는 쾌청한 날이나 구름이 잔뜩 낀 흐린 날에도 솜처럼 부드러운 구름 속으로 사라져 보이지 않을 때까지 아름다운 목소리로 노래하며 높이높이 날아올랐다.

　그럴 때마다 우리는 누구의 시력이 더 좋은지 내기를 했다. 날아오른 종달새가 우리의 시야에서 벗어날 정도로 하늘 높이 날아올라 희미한 점처럼 보이면 우리는 "아직 보여", "그래 아직 보여"라고 외치며 하늘에 있는 종달새의 움직임을 따라갔다. 하지만 어느 순간 종달새는 우리의 시야에서 완전히 벗어나 버렸다. 비록 종달새는 우리의 시야에서 벗어났지만, 아름다운 노랫소리는 여전히 귀에 들려왔다. 그렇게 높은 곳에서도 부드럽고 아름다운 목소리로 노래할 수 있다는 것은 웬만한 날갯짓과 힘찬 목소리를 지니지 않고서는 불가능한 일이었다. 그런데 어느 순간 노랫소리가 뚝 끊기면, 종달새는 갑자기 하늘에서 떨어지듯 수직 하강해 자기 짝이 알을 품고 있는 둥지 속으로 금세 사라져 버렸다.

아직 제대로 날지도 못하는 새끼종달새를 잡아 죽이는 일을 우리 마음이 절대 허락하지 않았다. 우리는 새끼종달새를 집으로 데려와 둥지를 만들어 주고 정성을 다해 키웠다. 이렇게 1~2년간 잘 키운 새끼종달새가 그 이듬해 봄에 부모 종달새들이 하늘로 날아오르는 것처럼 자신도 날기 위해 날개를 퍼덕일 때면 그 모습이 참으로 애처로워 보였다. 우리는 종달새를 건강하게 키우기 위해 새끼종달새가 야생에 있는 것처럼 느끼도록 둥지의 아래 바닥에 30~60센티미터 되는 정사각형 모양의 잔디뗏장을 만들어 주었다.

새끼종달새는 이 잔디 뗏장 위에서 둥지로 날아오르기 위해 몇 번이나 날개를 퍼덕이며 뛰어올랐다. 그 모습이 무척 가여워서 우리는 결국 이 사랑스런 포로를 데리고 그가 태어난 던바의 서쪽 숲으로 갔다. 그리고 앞날의 축복을 기원하며 자연으로 돌려보냈다. 그럼 우리에게는 하늘로 높이 날아오른 종달새의 아름다운 노랫소리가 값진 보상으로 주어졌다.

겨울이 되어 들판에서 할 만한 놀이가 없을 때는 달리기 시합을 하곤 했다. 12~13명이 오로지 인내심 테스트를 위해 중간에 멈추는 일 없이 무작정 신작로를 따라 산들바람이 불어오는 언덕을 넘어 사냥개처럼 달리고 또 달렸다. 이 시합에서 제일 곤혹스러웠던 점은 이따금 옆구리가 아파온다는 것이었다. 한 친구가 날계란을 먹으면 효과가 있다고 했다. 그래서 뒷마당에서 닭을 키우고 있던 우리는 그 다음 주 토요일에 비위가 좀 상하긴 했어도 날계란을 몇 개 먹어 치웠다. 우리는 달리기 속도가 빨라질 수 있는 일이라면 뭐든지 했다. 그리고 효능을 확인하기 위해 몰래 집을 빠져나와 언제 돌아올지 생각도 하지 않은 채 무작정 16~32킬로미터를 내달렸다.

그 당시 우리는 태양의 위치로 시간을 재는 방법을 전혀 몰랐고, 시계를 갖고 있는 사람도 없었다. 실제로 어두워질 때까지는 시간관념이 없었다. 어두워지고 나서야 비로소 우리를 기다리고 있을 부모님과 체벌이 떠올랐다. 늦거나 이르거나에 상관없이 아버지가 집에 계신 날이면 한바탕 난리는 피할 수 없는 일이었다. 그런데 만일 아버지가 아직 안 계시다면, 어머니는 서둘러 우리를 잠자리에 들게 했다. 그럼 우리는 체벌을 피할 수 있었다. 아버지는 성스러운 안식일에 우리에게 매를 들 정도로 냉정한 분은 아니셨다.

하지만 아버지의 체벌이 아무리 무섭다고 해도 숲과 들에서 뛰어노는 즐거움을 막을 수는 없었다. 회초리가 기억력을 높이는 데는 효과가 있을지 모르지만, 우리를 집에 묶어 두는 데는 별 소용이 없었다. 우리를 부르는 대자연의 소리가 늘 귀에서 맴돌았다. 자연은 우리에게 학교 공부와 교회의 성경 공부뿐 아니라 자연이 주는 교훈도 소중히 배우고 익혀야 한다고 속삭이고 있었다. 대자연 속을 실컷 돌아다니고 싶어하는 우리의 뛰는 가슴이 자연에 대한 순응 그 자체가 아닐까 싶다.

오, 봄기운이 완연한 어느 토요일, 아버지의 눈을 피해 산과 들을 달리던 일은 얼마나 큰 행복이며 축복이었던가! 상쾌한 바람, 눈부신 햇살이 가득한 푸른 언덕과 하늘은 어린 두 눈을 경외심과 호기심으로 반짝이게 만들었다. 윙윙거리며 꽃을 찾아 헤매는 꿀벌과 즐거이 지저귀는 작은 새들, 그리고 졸졸 흐르는 시냇물은 우리를 감격과 환희로 충만케 했다.

왕들만 축복을 받은 것은 아니었다. 우리도 그들 못지않게 축복받은 사람들이었다. 학교 공부, 잔소리, 정신적·육체적 체벌 등은 대자연의 품속에 파묻힐 때 느끼는 행복감 하나로 충분히 상쇄되고도 남았다. 평생 자연과 함께 보낸 나의 여정은 산과 들에서 뛰어놀던 어린 시절에 이미 시작된 것이다.

신세계
새로운 세계에서 새롭게 시작하다

국립공원의 아버지 존 뮤어가 아버지, 누나 사라, 동생 데이비드와 함께 신세계로 항한 때는 1849년 2월이었다. 뮤어는 신세계에 도착한 순간부터 그곳의 자연 경관에 빠져들었다. 그리고 여느 아이들과 마찬가지로 빠르게 적응하면서 하루하루를 즐겁게 보냈다. 다시 고향 던바를 찾기까지 44년이 걸렸으며, 그 기간에 그는 신세계에 빠른 속도로 완전히 녹아들었다.

나와 데이비드가 할아버지 집의 난로 앞에서 공부를 하고 있던 어느 날 저녁, 아버지는 개구쟁이라면 제일 듣고 싶어하던 꿈같은 소식을 가지고 들어오셨다.

"오늘밤에는 더 이상 공부를 하지 않아도 된단다. 내일 아침 우리는 미국으로 떠날 거야."

신기한 것들이 가득한 숲 속, 당분이 풍부한 나무들, 땅속에서 자란다는 황금덩어리, 하늘을 가득 메운 매·독수리·비둘기, 셀 수 없이 많은 새둥지 등이 있고 우리를 막아설 사냥터지기가 없는 그곳에 가게 되다니! 우리는 기뻐서 어쩔 줄 몰랐다.

아버지가 방을 나가자 할아버지는 우리에게 기념으로 금화 한 닢씩을 주면서 외로운 말년을 예감한 듯한 어두운 표정을 지으셨다. 하지만 무척 들떠 있던 우리는 어린 마음에, 앞으로 보게 될 아름다운 새들과 둥지, 나무, 금 등에 대해 떠들어댔다. 그리고 할아버지에게는 바다 건너 신천지에서 금으로 가득 찬 커다란 당분 나무 상자를 보내겠다고 약속했다.

이제 얼마 안 있으면 고독하고 외로운 처지가 될 할아버지는 눈을 마루 위로 떨군 뒤 낮고 떨리지만 걱정스러운 목소리로 "오, 가엾은 것들! 바다 건너 신천지에는 금덩이나 당분 나무, 새둥지, 자유 이외에 다른 많은 것들이 기다릴 거란다. 공부를 안 해도 되리라 생각해서는 곤란해! 얼마나 힘들고 고된 많은 일들이 너희들을 기다리고 있을런지……"라고 말씀하셨다.

할아버지의 말씀은 사실이었다. 하지만 이러한 할아버지의 충고도 수많은 기대감으로 들떠 있던 우리의 마음을 진정시키지는 못했다.

또한 너무 들뜬 나머지 할아버지의 걱정과 근심의 그림자, 슬픔을 헤아리지 못했다. 그날 밤 길거리에서 만난 친구에게 "나 내일 아침에 미국에 간다"라고 소리쳤다. 친구는 내 말을 믿지 않았다. 그래서 나는 "내일 아침 내가 학교에 나왔는지 확인해 봐"라고 말했다.

다음 날 아침 나와 아버지, 사라 누나, 데이비드는 기차로 글래스고(Glasgow)까지 간 뒤 들뜬 마음으로 배를 탔다. 그리고 사랑하는 스코틀랜드를 떠나 엉겅퀴(Thistle)^{스코틀랜드의 국화(國花)}의 씨앗처럼 아무 걱정도 없이, 바람의 날개에 우리의 운명을 맡긴 채 신세계로 향했다. 그 당시 우리는 신세계에서 우리가 어떤 일과 맞닥뜨리고, 무엇을 얻고 잃을지에 대해 전혀 알 수도, 또 이해할 수도 없었다. 학교와 책조차 아직 없다는 신세계로 향하는 것에 대한 두려움이나 후회의 감정을 갖기에는 우리가 아직 어렸고, 신세계에 대한 열정과 설렘은 어른들 못지않았다.

우리를 무척 사랑하는 할아버지와 할머니의 곁을 떠나고 어머니, 누나들, 어린 동생들을 고향에 남겨 두었다는 이별의 아픔도 기쁨과 흥분에 곧 파묻혀 버렸다. 그 당시에 아버지는 어머니와 제일 큰누나인 마가렛(Margaret), 그리고 아직 어린 다니엘(Daniel), 메리(Mary), 안나(Anna)는 신세계에 집을 지은 뒤 함께 살기로 하고, 사라 누나(당시 13세)와 나(11세), 데이비드(9세)만 데리고 신세계로 향하셨다.

증기선이 나오기 전까지는 아무리 미국식 쾌속 범선을 탄다고 해도 대서양을 횡단하는 데 꽤 오랜 기간이 걸렸다. 무려 6주 하고도 3일이 걸렸던 것이다. 하지만 학교 수업이 있는 것도 아니었기 때문에 사내아이들은 오랜 항해에도 결코 지루해하지 않았다. 아버지와 사라 누나는 다른 어른들과 함께 배의 아랫부분에 머물렀다. 날씨가 궂어서 배가 흔들릴 때마다 배의 아랫부분에 있던 사람들은 심하게 멀미를 했고, 그럼 다시는 이 빌어먹을 고물 흔들의자 같은 배를 타지 않겠다며 투덜댔다. 날씨가 다시 쾌청해지면, 사람들은 저녁 무렵에 빙 둘러 앉아서 '젊은 뱃사공 프랭크와 볼드(The Youthful Sailor Frank Bold)' 또는 '왜 나는 고향을 떠나 이 깊은 바다를 건너고 있나(Oh, why left I my hame, why did I cross the deep)' 등의 노래를 부르곤 했다. 이런 어른들과 달리, 낡고 느린 배가 파도에 치여 곧 뒤집힐 것 같아도 개구쟁이 사내아이들은 전혀 아랑곳하지 않은 채 매일 갑판으로 나갔다. 비록 배 멀미로 고생하긴 했지만, 밧줄을 당기거나 타고 올라가는 선원들의 모습을 지켜보곤 했다. 때로는 선원들이 부르는 노래를 따라 부르기도 하고, 밧줄이나 돛과 관련된 여러 명칭들을 배우기도 했다. 어떤 때는 허락을 받아서 선원들의 일을 돕기도 했다. 갑판에 물기가 마르면 평온한 날씨 속에서 아이들은 놀이를 즐겼고, 비바람으로 배가 흔들리면 휘몰아치는 파도에 맞춰 나름대로 유쾌한 시간을 보냈다.

선장은 가끔 나와 데이비드를 선장실로 불러서 우리가 다녔던 학교에 대해 이것저것 묻거나 읽을 책을 건네 주곤 했다. 스코틀랜드 시골뜨기가 책을 읽고, 완벽한 악센트로 발음하며, 라틴어와 불어를 알고 있다는 사실에 놀라는 듯했다. 스코틀랜드에서는 학교 수업이 영어로 진행되었다. 그래서 스코틀랜드 사람들은 모두 영어를 할 줄 알았지만, 같은 동족과 얘기할 때는 스코틀랜드 말만 사용했다. 하지만 종교나 정치에 대한 토론으로 흥분하기 시작하면 어김없이 영어가 튀어나왔다. 즉, 토론을 시작해 상반된 이견을 조목조목 주고 받을 때까지는 스코틀랜드 말을 하지만, 화가 치밀어 흥분하기 시작하면 그 즉시 또박또박 정확하게 영어로 말하는 것이었다. 그럼 상대방은 대부분 "영어가 튀어나오는 걸 보니 이 논쟁도 더 이상 진행이 어렵겠군!"이라며 한 발 뒤로 물러선다.

우리는 신세계 해안이 다가올수록 점점 더 많이 눈에 띄는 고래, 돌고래, 참 돌고래 등을 경이롭게 바라봤다. 마음씨 좋은 선원 아저씨는 고래의 종류와 그에 얽힌 여러 이야기들을 들려주었다.

배에는 정말 많은 사람들이 타고 있었다. 그중에는 신혼부부도 꽤 있었다. 그들은 신세계에 도착하면 어디에 정착하면 좋을지 삼삼오오 모여서 이야기를 나누곤 했다. 아버지는 처음에는 어퍼 캐나다(Upper Canada)^{지금의 캐나다 온타리오 남부}의 미개척지로 갈 예정이었다. 하지만 항해가 끝날 무렵 위스콘신(Winsconsin)이나 미시건(Michigan) 주가 훨씬 나을 것 같다고 생각했다. 그곳의 땅은 캐나다보다 비옥하고 경작하기 수월하다는 말을 들었기 때문이다. 캐나다의 산림은 나무들이 너무 빽빽이 들어찬 데다 땅도 거칠어서 몇 평방미터의 땅을 개간하는 데만 해도 장정이 평생을 바쳐야 한다는 말이 나돌았다. 그래서 아버지는 마음을 바꿔 서쪽으로 더 들어가기로 결정하셨다.

무작정 서쪽으로 향하던 도중에 버펄로(Buffalo)의 한 곡물상을 만났다. 그는 자신이 취급하는 곡물이 대부분 위스콘신산(産)이라고 말했다. 이 말에 결국 아버지는 위스콘신을 정착지로 정하셨다. 밀워키에 머물던 우리는, 포트 위네바고(Fort Winnebago)라는 시골에서 밀을 한 짐 지고 온 농부에게 30달러를 주면서 킹스턴(Kingstown)이라는 작은 마을까지 태워달라고 부탁했다. 봄기운에 의해 이제 막 녹기 시작한 질척질척한 대초원의 길을 100여 킬로미터나 가는 동안 농부는 끊임없이 한숨을 쉬어댔다. 마차는 가끔 진흙에 빠져 헛바퀴만 돌곤 했다. 그럴 때마다 이 가엾은 농부는 두 번 다시 이렇게 힘든 짐 운반은 하지 않겠다고 소리치면서, 몸도 고달프고 마차도 거의 망가지며 말 또한 반죽음 상태가 되는 이런 일을 100달러 넘게 준다는 사람이 있어도 다시는 안 하겠다고 맹세했다.

스코틀랜드를 떠날 때 다른 이민자들과 마찬가지로 아버지 역시 마치 미국에서는 아무것도 구할 수 없다는 듯 믿기지 않을 정도로 많은 짐을 챙기셨다. 쇠로 두른 상자 하나는 거의 180킬로그램이나 나갔다. 그 속에는 구식 저울의 철재 평형추 한 세트가 들어 있었는데, 두 개가 한 세트인 이 추는 25킬로그램, 12킬로그램…… 400그램 등 등 무게가 두루 갖춰져 있었다. 이외에도 많은 철재 쐐기들과 목공도구, 그리고 기타 자질구레한 물건들이 들어 있었다. 게다가 아버지는 버펄로에서 커다란 무쇠 스토브를 비롯해 냄비, 솥, 장기간의 포공격에도 견딜 수 있을 정도의 많은 예비품, 그리고 밀을 벨 때 쓸 낫과 낫 틀을 구입하셨다. 아버지는 이 물품을 하나도 빠짐없이 모두 위스콘신 원시림에 무사히 내려놓으셨다.

킹스턴의 한 토지 알선업자에게서 알렉산더 그래이(Alexander Gray)라는 농부에게 보여 줄 소개장을 하나 받았다. 아버지는 그래이 씨가 개척지의 변경(邊境) 근처에 살아 토지 구획선을 잘 알고 있는 만큼, 농사짓기에 적합한 땅을 찾는 데 도움을 줄 것이라고 생각하셨다. 그래서 아버지는 킹스턴에 세를 얻은 뒤 나와 동생을 남겨 둔 채 땅을 물색하러 가셨다. 우리는 한 시간도 채 안 되어 마을 아이들과 친해졌고 모두 다함께 레슬링, 달리기, 나무타기 등을 하면서 즐겁게 놀았다. 비록 가족들과는 멀리 떨어져 있었지만, 하루 이틀이 지나자 우리는 이곳이 편해졌고 나름대로 즐거웠다. 며칠 후 집에 돌아온 아버지는 농사짓기에 적합한 호수 옆의 양지바른 땅을 찾았고, 그래이 씨가 살고 있는 곳까지 우리를 실어다 줄 커다란 짐마차가 곧 올 것이라고 말씀하셨다.

우리는 16킬로미터나 이어지는 낯선 숲 속 여행을 즐겼다. 짐마차를 끄는 세 마리의 소가 어찌나 힘세고 영리하며 순하던지, 정말 신기할 정도였다. 목에 진 멍에와 단 한 줄의 쇠사슬로 이렇게 무거운 짐을 끈다는 사실도 놀라웠다. 게다가 소는 "이랴 이랴!"라는 마부의 소리에 오른쪽, 왼쪽으로 순순히 방향을 바꿔 가며 나무들과 그루터기들을 피해갔다. 그래이 씨의 집에 도착하자마자 아버지는 우리를 남겨둔 채 다시 며칠 일정으로 집을 떠나셨다. 서쪽으로 6~8킬로미터 들어간 곳에서 발견한 사방 800미터의 땅에 오두막집을 짓기 위해서였다. 그 사이에 나와 데이비드는 숲과 들판을 돌아다니면서 나무, 꽃, 뱀, 새, 다람쥐 등을 실컷 보며 자유를 만끽했다. 아버지는 가까운 이웃사람들의 도움을 받아서 가시참나무로 벽을 세운 뒤 흰참나무로 마루를 깔고 지붕을 얹었다. 오두막집은 하루도 채 안 걸려서 다 지어졌다.

아버지는 양지바른 곳에 위치한 예쁜 오두막집에서 바라보면, 꽃이 만발한 빙하초원과 하얀 수련이 빙 둘러 핀 멋진 호수가 한눈에 들어온다고 말씀하셨다. 우리 가족은 소가 끄는 마차에 올라타, 길도 나지 않은 습지를 가로지르고 둥그런 수관이 달린 참나무들의 터전인 낮은 구릉을 넘어 오두막집을 향해 갔다. 오두막집에 도착하자마자 나와 데이비드는 집이나 주위 경관에는 전혀 신경 쓰지 않은 채 마차에서 서둘러 뛰어내렸다. 큰 어치의 둥지를 발견했던 것이다. 우리는 둥지가 있는 나뭇가지의 근처까지 잽싸게 올라간 뒤 귀여운 초록색 알과 아름다운 새들을 정신없이 바라봤다. 새로운 세계에서의 잊을 수 없는 첫 발견이었다!

스코틀랜드에서는 본 적 없는 이 멋진 새는 자신들이 남의 둥지를 빼앗는 것처럼, 우리가 자기네 둥지를 빼앗지나 않을까 싶었던지 마구 울어댔다. 알에는 손가락 하나 대지 않았지만, 우리는 벌써부터 부자가 된 듯한 기분이었다. 햇살이 쏟아지는 이 광활한 숲 속에서 우리는 얼마나 많은 둥지를 발견하게 될 것인가! 나와 데이비드는 나무와 풀숲, 덤불을 찾기 위해 오두막집이 서 있는 언덕배기를 정신없이 몇 번이나 오르락내리락했다. 마침내 우리는 푸른 울새와 딱따구리의 둥지를 찾아냈다. 작은 시냇물과 옹달샘에서는 개구리, 뱀, 그리고 거북과 서로 얼굴을 익혔다.

원시 그대로인 자연과의 갑작스런 조우와 대자연의 따뜻한 환영에 어찌나 행복하던지! 가슴속에 흐르고 있던 본성이 자연에게 위대한 교훈을 가르쳐달라는 듯했다. 오랫동안 우리를 괴롭혀 온 재미없는 문법공부와는 차원이 달랐다. 우리도 모르는 사이에 자연은 학교가 되어 있었다. 자연에서의 모든 수업은 사랑으로 이루어졌다. 회초리를 휘두르는 일 없이도 우리를 집중시켰다.

오, 눈부시도록 아름다운 위스콘신의 대자연이여! 모든 만물이 청순한 봄기운으로 새롭게 무르익은 그때, 자연의 고동 소리가 울려 퍼지면 신기하게도 내 가슴의 고동도 함께 울려 퍼졌다. 어린 가슴, 어린 잎사귀, 꽃, 동물, 바람과 시냇물, 반짝이는 호수……, 이 모든 만물들도 환희에 몸부림쳤다.

말을 안 듣거나 부주의로 실수를 저지른 경우 으레 따라오는 스코틀랜드식 회초리는 신세계의 황야에서도 위력을 발휘했다. 물론 회초리를 맞는 사람은 거의 대부분 나였다. 하지만 그 와중에도 우리를 즐겁게 만든 추억이 하나 있었다.

아버지는 스코틀랜드에 두고 온 가족을 맞이하기 위해 목조 가옥을 만드느라 몹시 바쁘셨다. 어느 날 아침, 아버지가 일을 나가기 위해 마차를 모는 채찍을 찾았는데 보이질 않았다. 아버지는 채찍을 못 봤느냐고 물으셨다. 처음에는 못 봤다고 말했지만, 결국 스코틀랜드 사람의 솔직함이 사실을 털어놓게 만들었다. 장난한답시고 채찍을 조랑말 워치의 꼬리에 묶어 놓았는데, 워치가 숲 속 어디론가 가버렸고 돌아왔을 때는 채찍이 없었던 것이다. 나는 "꼬리에서 떨어져 숲 속 어딘가에 있을 텐데, 잘 모르겠어요"라고 대답했다. 채찍이 어디에 떨어졌는지 알 도리가 없지 않은가! 나와 함께 놀았던 데이비드에게도 채찍을 잃어버린 것에 대한 책임이 있었지만, 그 녀석은 한 마디도 하지 않았다. 데이비드는 부모님이 잔뜩 화가 나셨을 때마다 말조심하는 신중함을 보였기 때문에 부모님의 호통에도 늘 무사할 수 있었다.

나는 이번 일로 인해 거센 폭풍우가 휘몰아치리라 예상했지만, 이상하게도 평소보다 심한 욕을 먹은 것 외에는 별다른 처벌을 받지 않았다. 그러나 안도의 한숨도 잠시, 아버지는 고귀한 태양에게 부끄러운 일을 보이고 싶지 않다는 듯 나를 오두막집으로 데려가셨다. 폭풍우는 오두막집 안에서 몰아치려는지, 아버지는 데이비드에게 숲에 가서 회초리 하나를 구해 오라고 하셨다. 데이비드가 회초리를 구하러 나간 사이에 아버지는 나의 못된 장난을 야단치면서, 나처럼 말을 안 듣는 아이들이 가게 될 지옥에 대해 일장 훈계를 하셨다. 나는 곧 맞게 될 회초리가 무서워서 울음 섞인 목소리로 "그냥 장난을 좀 치고 싶었을 뿐이에요. 나쁜 짓이라고는 생각하지 못했어요. 다시는 안 그럴게요, 다시는……"이라고 빌었다.

　나의 궁상맞은 애원이 다 끝나가는데도 데이비드가 돌아오지 않자 아버지는 조바심을 내셨다. 사실 나도 그랬다. 일이 빨리 끝나길 바랐으니까 말이다. 마침내 데이비드가 순진무구한 얼굴로 어린 가시참나무의 묘목을 질질 끌면서 들어왔다. 그러고는 "이것밖에 없어요"라고 말하면서 아버지에게 가시참나무의 묘목을 내밀었다. 묘목은 꽤나 컸다. 6센티미터 정도의 두께에 길이가 3미터나 되는, 그야말로 울타리 기둥으로 써도 될 것 같은 회초리였다! 오두막집 안에서는 휘두를 공간도 없을 듯했다. 겁을 먹은 와중에도 그 회초리를 본 순간 나는 웃음을 터트리고 말았다. 하지만 아버지는 이 우스운 광경이 전혀 눈에 들어오지 않는지 데이비드에게 버럭 화를 내셨다.

　"그렇게 긴 장대로 도대체 뭘 하겠다는 거지? 그게 회초리냐? 데이비드, 네가 대신 맞아야겠구나."

　데이비드는 고개를 숙인 뒤 눈을 아래로 깐 채 아무 말도 하지 않았지만, 겁을 먹은 것 같지도 않았다. 늘 그렇듯이 그는 한 마디의 대꾸도 하지 않았다.

그 당시 스코틀랜드 부모는 자식들을 말 잘 듣는 고분고분한 아이로 키우는 일이 결코 쉽지 않았다. 할 일이 너무 많아서 우리를 제대로 돌보지 못하던 아버지였지만, 그래도 온전한 회초리 하나만 있으면 우리를 충분히 교육시킬 수 있다고 믿으시는 듯했다. 하지만 이날은 해가 벌써 중천에 떴기 때문에 아버지는 서둘러 늙은 소 톰과 제리를 짐수레에 묶은 뒤 킹스턴의 목재상으로 출발하셨다. 다행히 나는 한 대도 맞지 않았고, 나의 장난은 멈출 줄 몰랐다. 참나무와 히커리나무 사이로 아버지가 사라진 순간 모든 근심 걱정도, 지옥에 대한 협박도, 아버지의 일장 연설도 깨끗이 사라져 버렸다. 나는 다시 즐거워져서, 고집 세고 늙은 암퇘지를 올가미로 묶은 뒤 어떻게든 마구에 익숙해지게 만들려고 분투했다.

이 돼지는 농장에서 키우기 위해 아버지가 사들인 첫 번째 가축으로, 진짜 멋진 동물이었다. 몇 주일이 지나자 많은 새끼를 낳았는데, 이 신기하고 귀여운 새끼들만큼 우리를 유쾌하게 만드는 동물은 없었다. 크기나 모습, 걸음걸이나 몸짓, 특히 그들의 싸움질은 진짜 우습고 재미있었다.

납작한 코가 예쁜 귀여운 새끼돼지들이 태어난 지 한 달 정도 되자, 어미는 새끼들을 이끌고 숲 속으로 갔다. 하루하루가 지날수록 돼지들은 도토리나 나무뿌리를 찾아 오두막집에서 점점 더 멀리 갔다. 그러던 어느 날 오후, 숲에서 총소리가 들렸다. 주위에는 다른 사람들이 전혀 살지 않았기 때문에 우리는 총소리에 무척 놀랐다. 우리는 포티지(Portage)와 팩워키(Packwaukee) 호수 사이로 흐르는 폭스

52

(Fox) 강의 오른쪽 둑길에서 인디언들이 쏜 것이라고 생각했다. 오두막집에서 1.5킬로미터도 안 되는 거리에 인디언들이 다니는 길이 있었다. 총소리가 나고 몇 분 지나지 않아, 어미돼지가 새끼들과 함께 겁에 질린 채 헐떡이며 달려오는 모습이 보였다. 그런데 한 마리가 보이지 않았다. 우리는 인디언들이 먹잇감으로 쏴 죽인 게 틀림없고 생각했다. 다음 날 우리는 호수의 끝 쪽에서 뻗어 나온 작은 시냇물과 인디언들이 다니는 길의 교차점에서 피의 흔적을 발견했다. 아버지가 고용한 일꾼 한 명은, 배가 고픈 인디언들에게는 이런 미물 한 마리를 잡아먹는 것쯤은 일도 아니라고 말했다.

나는 겁에 질린 어미돼지와 새끼돼지의 눈망울을 지금도 잊지 못한다. 그것은 극도의 공포에 휩싸였을 때 보이는 인간의 눈망울이었다. 공포에 휩싸인 눈망울은 동물이나 인간이나 조금도 다르지 않다는 사실을 나는 이때 처음 알았다.

새들의 낙원
작은 관찰 하나에서도 큰 행복을 찾아내다

존 뮤어는 새를 무척 좋아했다. 그래서 새들의 생태나 습성 등을 꾸준히 관찰했고, 그 결과 많은 새들에 대해서 자세히 알게 되었다. 뮤어는 초기 개척자들에게 익숙했던 야생화와 식물, 새들을 후손들에게도 물려주기 위해 위스콘신의 한 지역을 자연보호구역으로 지정하려고 애썼다. 그런 점에서 그는 특정 지역을 자연보호구역으로 지정하려는 운동에 있어서 선구자라 할 수 있다. 그렇다면 어렸을 때 뮤어가 바라본 새들의 세상은 어떠했을까? 그가 바라보는 새들의 낙원은 지금과 어떻게 달랐을까?

위스콘신의 참나무 개간지는 노래하는 새들의 여름 낙원이었다. 그곳에는 참나무가 듬성듬성 나 있어서 봄이 되면 새들이 찾아와 짝을 이루고, 둥지를 틀고, 알을 품고, 어린 새끼를 키우며 행복한 생활을 하는 데 안성맞춤이었다. 가을이 되어 새끼가 날 수 있게 되면 새들은 무리를 지어 길 떠날 준비를 하는데, 그 모습도 참으로 보기 좋았다.

거위, 오리, 비둘기를 제외한 거의 모든 여름새들은 홀로 또는 작은 무리를 지어 날아왔다. 하지만 서리가 내리고 낙엽이 떨어져 겨울이 다가오면, 새들은 따뜻한 곳으로 돌아가기 위해 들판의 고목이나 앙상한 나뭇가지 위에 무리를 지어 앉아 있었다. 이 모습은 마치 서로 인사를 나누고 앞으로의 긴 여정에 대해 의논하는 것처럼 보였다. 어떤 새들은 남쪽으로 향한 긴 여정을 몇 주일 앞두고 정기적으로 모임을 갖기도 했다. 그런데 이상하게도 새들이 떠나는 모습을 나는 한번도 보지 못했다. 어느 날 아침 일어나 보면 새들이 보이지 않았다. 늘 한밤중에 떠나는 듯했다. 겨울 동안 이곳에 남아 있는 새는 그리 많지 않았다. 동고비, 박새, 올빼미, 초원 뇌조(雷鳥), 무리에서 벗어나 길을 잃은 몇 마리의 오리, 어치, 매, 푸른 지빠귀 등이 다였다. 푸른 지빠귀와 어치는 사람들이 정착한 이후부터 머무르기 시작했으니 그리 오래된 철새는 아니었다.

혹독한 겨울 추위에도 아랑곳하지 않는 용감한 동고비와 박새는 일 년 내내 사람의 도움 없이 자신의 힘만으로도 잘 지냈다. 푸른 하늘처럼 새파랗고 용감하면서도 귀여운 푸른 지빠귀가 돌아오면 곧 봄이 온다는 의미였다.

우리는 푸른 지빠귀를 무척 좋아했다. 청량하고 넉넉한 음량이 우리의 기분을 상쾌하고 즐겁게 만들었기 때문이다. 푸른 지빠귀의 노랫소리가 우리의 가슴속에서 울릴 때면 조물주의 따뜻한 사랑이 온몸으로 느껴질 정도였다. 이런 푸른 지빠귀도 자신의 둥지를 지키는 일에 있어서는 무척 강인하고 용감무쌍한 싸움꾼으로 변신했다. 개구쟁이 사내아이들이 옹이구멍에 있는 둥지에 다가가기라도 하면, 귀엽고 용감한 이 친구는 야단치듯 지저귀면서 우리의 얼굴을 공격하기 위해 달려들었다. 어떤 때는 눈을 쪼일 것 같아 무섭기도 했다. 이처럼 둥지를 지키려는 푸른 지빠귀의 용기백배한 모습을 보면 볼수록 우리는 더욱더 푸른 지빠귀를 좋아하게 되었다.

위스콘신의 숲에서는 푸른 지빠귀가 친척뻘 되는 개똥지빠귀보다 우리를 더 따뜻하게 환영했다. 이 새는 원시림에 발을 들여놓은 개척자를 경계하기는커녕 오히려 친숙함을 드러내려는 듯 우리 정원 주위에서 새끼들을 키웠다. 청량한 목소리로 "두려워하지 말아요. 두려워하지 말아요. 용기를 갖고 기운을 내세요"라는 격려의 노래를 부르는 이 우아한 새의 아름다움과 고귀함을 어찌 찬양하지 않을 수 있겠는가! 게다가 이 새는 가슴이 붉은 스코틀랜드의 개똥지빠귀를 닮아서 우리는 이 새를 더 좋아했다. 이곳의 푸른 지빠귀처럼 스코틀랜드의 개똥지빠귀도 둥지를 지킬 때는 어떤 위험한 상황에서도 용감무쌍했다. 그래서 우리는 점잖은 이 새가 어떻게 그처럼 용감한 전사가 되고, 또 달콤한 목소리가 어떻게 그처럼 격렬한 소리로 변하는지 늘 궁금했다.

위스콘신 사람들을 유쾌하게 만드는 명가수 가운데 제일 유명하고 사랑을 많이 받는 새는 갈색 개똥지빠귀였다. 강인하고 명석한 갈색 개똥지빠귀는 사람들과 그리 친하지는 않았지만, 어디에서나 쉽게 볼 수 있었다. 천둥번개가 물러가고 세상이 붉은빛으로 물든 저녁 무렵이면 갈색 개똥지빠귀는 즐겁게 노래를 부르기 시작했다. 그럼 바람이 잦아들면서, 얕은안개가 땅 위로 깔렸으며, 나뭇잎과 꽃에서 흩어져 나온 향기가 사방을 가득 채웠다. 특히 갈색 개똥지빠귀 수컷은 저녁이 되면 서둘러 작은 나무 위로 날아 올라가, 크고 맑은 목소리로 해가 질 때까지 즐겁게 노래를 불렀다. 그 시간에 암컷은 숲 한쪽에서 알을 품으며 노랫소리를 감상하고 있었으리라! 노래를 부르면서도 경계를 늦추지 않는 용감하고 성실한 그대여, 한밤중에 둥지를 노리는 다람쥐나 뱀에게 천벌이 내릴지니! 우리는 딱새가 매를 쫓아내듯이, 갈색 개똥지빠귀가 용감하게 적에게 달려들어 머리를 쪼며 쫓아내는 모습을 가끔 볼 수 있었다. 갈색 개똥지빠귀의 풍부한 음량과 다양한 음조는 정말 공기를 울리게 만들었다. 우리는 거친 방울소리 같은 이 멜로디를 글로 옮기기 위해 애쓰기도 했다.

개똥지빠귀가 온 다음에는 쌀새가 날아왔다. 쌀새는 수풀 속에 감춰져 있는 둥지에서 하늘로 날아올라, 마치 마르지 않는 샘에서 물이 퐁퐁 솟아나는 듯한 다채롭고 아름다운 음량으로 광활한 폭스 강변을 달콤한 노랫소리로 물들였다. 작은 몸집으로 어찌나 힘차고 멋지게 노래를 부르던지, 참으로 놀라울 정도였다. 노랫소리를 듣고 있노라면 마치 쌀새 한 마리 한 마리가 몸속의 뼈마디를 하나하나 다 이용해 멜로디를 만들어내는 듯했다. 사람들이 거주하는 곳에서 가까운 나무 위에 앉아 지저귀는 개똥지빠귀와 달리, 쌀새는 마을에서 떨어진 폭스 강변의 광활한 습지에 살고 있어서 친해지기가 쉽지 않았다. 쌀새는 가을이 되면 명가수 가운데 제일 먼저 남쪽 곡창지대를 향해 떠났다. 그곳에서 지천에 널린 풍부한 곡물을 실컷 먹고 살이 통통하게 오른 쌀새는 사람들의 먹잇감이 되었다. 죽어서까지 자신의 몸을 바치는 명가수의 슬픈 운명이 어찌 숭고하지 않겠는가!

봄이 되면, 진홍빛 견장을 한 작고 귀여운 쌀새 암컷은 습지의 골풀로 만든 둥지에 앉아 있었고, 수컷은 근처 참나무의 가지에 걸터앉아 하루 종일 암컷에게 아름다운 노래를 바쳤다. 하지만 그 노래는 사람들의 말대로 '바움팔리 바움팔리' 또는 '보발리 보발리' 하는 아주 단조로운 선율이었다.

여름이 되어 새끼들이 다 자라 둥지를 떠나면 즙이 풍부해진 인디언 옥수수밭에 수백 마리, 수천 마리의 쌀새가 모여서 한바탕 축제를 벌였다. 들판 여기저기에서 옥수수에 달려들어 3~5센티미터 정도 껍질을 벗긴 뒤 유쾌하게 잔치를 벌이는 것이었다. 모두들 실컷 먹고 난 다음에는 일제히 날개를 힘차게 휘저어 하늘 높이 날아올랐다. 쌀새들이 날아오를 때 들리는 소리는 마치 옛날 교회 집회에서 부흥사가 "일어나 주님을 찬양합시다"라고 말하면 신도들이 발을 구르며 우르르 일어나는 소리와 비슷했다.

잠시 뒤 쌀새들은 근처의 나뭇가지에 내려앉아 진심을 다해 노래를 불렀다. 잔잔하거나 느린 템포의 전주도 전혀 없이 갑작스럽게 웅장한 콘서트가 시작되는 것이었다. 건조한 떨림과 선율을 타고 기쁨에 찬 수백, 수천 개의 달콤한 목소리가 '바움팔리'라는 소리로 울려 퍼졌다. 이 노래는 새들의 낙원인 이곳에서 흔히 들을 수 있는 소리와 달리, 열정과 형언할 수 없는 환희로 가득 차 있었다. 마치 백파이프에 플롯, 바이올린, 피아노, 그리고 사람의 목소리가 한데 어우러져서 만들어낸 아름다운 선율처럼 들렸다. 그러다가 어느 순간 한 마리의 쌀새가 '치어 치어'라는 소리를 내면 마치 총소리라도 난 듯이 노랫소리가 갑자기 뚝 끊어졌다.

'삐리리 오디칼' 하며 단조롭지만 소박하고 달콤한 목소리를 내는 들종다리도 빼놓을 수 없다. 또한 볼티모어 꾀꼬리와 대롱대롱 매달려 있던 그의 둥지도 무척 앙증맞았으며, 불꽃처럼 정열적인 진홍빛 풍금조도 금세 좋아졌다.

하지만 가슴에 작은 반점이 있는 멧종다리만큼 사람의 심금을 울리는 새도 없었다. 이 새는 봄이 오면 제일 먼저 찾아와 둥지를 틀고 지저귀기 시작했다. 멧종다리가 낮은 수풀에 앉아 맑은 음색으로 달콤하면서도 애수에 찬 노래를 부르면 어느 샌가 우리의 눈은 촉촉이 젖어 있었다.

명랑하고 온순한 작은 박새는 순수한 사람이라면 남녀노소 가리지 않고 모두 다 좋아했다(물론 순수하지 않은 사람들 중에도 좋아하는 이들이 많았다). 겨울이 다가올수록 박새는 우리에게 점점 더 다가왔다. 얼어붙은 대지 위로 은방울 같은 맑은 음색이 '디 디 디' 하며 울려 퍼졌다.

우리는 겨울 동안 우리와 함께 지내는 동고비를 무척 좋아했다. 물구나무 선 자세로 참나무나 히커리나무의 줄기에 매달려 나무껍질을 벗긴 뒤 벌레를 잡는 모습을 보고 있노라면 시간 가는 줄 몰랐다. 이 작은 새는 마치 생명의 불꽃으로 시시각각 데워지기라도 하듯, 겨울 혹한에도 제철을 만난 양 활개를 치고 다녔다. 동고비들은 박새와 함께 엄숙하기까지 한 겨울 내내 유쾌한 날갯짓으로 하늘을 휘젓고 돌아다녔다. 장작을 패기 위해 밖에 나갈 때마다 중무장한 우리도 추위로 얼어붙을 지경인데, 어떻게 그 가냘픈 맨발로 몸의 온기를 유지할 수 있는지 놀라울 따름이었다. 기온이 영하로 떨어진 강추위에 나무 옹이구멍에서 자고 있는 조그마한 동고비를 보면 감탄을 금할 수 없었다. 동고비는 아침이 되면 얼마 안 되는 벌레와 하얀 서리뿐인 식사를 서둘러 마치고, 식사와 날씨가 모두 흡족하다는 듯 기분 좋은 선율로 지저귀며 한바탕 놀이마당을 펼쳤다. 이웃사람들은 이 사랑스런 새를 데빌 다운헤드(Devil-downhead)라고도 불렀다.

커다란 올빼미도 멋들어진 겨울 음악을 선사했다. 혹독한 추위도 물러가게 할 듯한 야성적이면서도 씩씩한 선율은 올빼미의 용맹성을 여실히 드러냈다. 장엄하게 울려 퍼지는 올빼미의 노랫소리는 온갖 겨울 소리 가운데 가장 야성적으로 들렸다.

초원 뇌조는 무리를 지어 오두막집 주변을 어슬렁거리다가 집에서 키우는 닭과 함께 씨앗이나 메뚜기를 쪼아댔다. 보리밭과 옥수수밭이 넓어질수록 초원 뇌조의 수도 점점 더 늘었다. 하지만 마을 사람들이 쏘는 총의 목표물이 된 다음부터는 그들 역시 거칠어지기 시작했다. 교배 시기에 들리는 초원 뇌조 수컷의 울음소리는 이른 봄의 소리 가운데 가장 요란하면서도 낯설었다. 이른 아침에는 1.5킬로미터 내외의 거리에서도 수컷의 울음소리를 쉽게 구분할 수 있었다.

대지를 뒤덮은 하얀 눈이 사라지면 초원 뇌조는 밭고랑을 따라 탁 트인 곳에 12~20마리씩 모여 있었다. 그리고 깃털을 곤두세우고 기묘한 색을 띤 목 옆의 주머니를 부풀린 뒤, 목이 메듯 북소리 같은 '붐 붐 붐' 소리를 내면서 칠면조 수컷마냥 이상한 몸짓으로 거들먹 거렸다. 예전에 동생 다니엘이 옥수수밭 근처에 있던 초원 뇌조 암컷 한 마리를 잡은 적이 있었다. 병아리처럼 생긴 초원 뇌조의 새끼들은 부화하자마자 어미와 돌아다니면서 가을까지 함께 지냈다. 먹이는 땅 위에서 구했고, 특별히 놀라지 않는 이상 잘 날지 않았다. 겨울이 되어 다 자라게 되면, 무리를 지어서 움직였다. 그리고 해가 질 무렵 에는 높다란 나무 위 보금자리로 날아갔다가, 아침이 되면 먹이가 있 는 곳으로 향했다. 하얀 눈이 대지를 뒤덮으면 마을 근처에서 먹이를 찾기도 했지만, 초원 뇌조는 추수가 채 끝나지 않은 옥수수나 어린 자작나무, 또는 버드나무 수풀의 싹을 제일 좋아했다.

폭스 강, 그리고 야생 벼가 자라는 푸커웨이(Pucaway) 호수 주변의 습지는 여름철만 되면 오리의 서식처가 되었다. 인디언서머(Indian summer)^{북아메리카에서 한겨울과 늦가을 사이에 비정상적으로 따뜻한 날이 계속되는 기간}에는 벼이삭이 영글 어서 오리들도 통통하게 살이 올랐다. 야생 물오리는 특히 마을사람 들에게 무료로 제공되는 훌륭한 산해진미였다. 왜냐하면 총 한 방으 로 여섯 마리를 한 번에 잡을 수도 있었기 때문이다. 하지만 우리는 사냥을 위한 한 시간의 시간도 허락받지 못했기 때문에 한 마리도 잡 지 못했다.

인디언들은 가을의 오리 사냥 시즌을 제일 좋아했다. 오리뿐 아니 라 야생 쌀을 배부르게 먹을 수 있었기 때문이다. 인디언들은 벼가 자라는 습지 사이로 카누를 타고 나아가면서 벼를 한 움큼씩 잡아당 긴 뒤 작은 노를 사용해 배 안쪽으로 곡식을 털어 한가득 모았다.

집 근처 초원에 있는 작은 시냇물은 따뜻한 샘물이 솟아서인지 일년 내내 얼지 않았다. 그래서 원앙오리 몇 쌍은 그곳에서 겨울을 보내기도 했다. 나는 오리 중에서 원앙오리가 가장 아름답다고 생각한다. 처음 본 원앙오리를 지금도 생생하게 기억하고 있을 정도다. 눈보라가 휘몰아치던 어느 날, 아버지는 냇가에서 오리 한 마리를 사냥해 집으로 돌아오셨다. 그리고 우리를 부른 뒤 "애들아, 하나님께서 만드신 이 아름다운 색깔의 원앙오리를 보렴. 하나님만이 이 아름다운 날개를 만들 수 있단다. 윤기 나는 색채에 오색 무지갯빛을 섞어 놓은 듯한 이 멋진 새가 정말 아름답지 않니?"라고 말씀하셨고, 우리는 그 말에 동의했다.

이렇게 예쁜 새를 전에는 한 번도 본 적이 없었다. 초원 옆으로 4.5미터 높이의 참나무 그루터기가 서 있었는데, 매년 원앙오리 한 쌍이 제일 높은 곳에 구멍을 낸 다음 둥지를 틀었다. 나는 어미 원앙오리가 아직 솜털이 가시지 않은 어린 새끼를 그 높은 둥지에서 어떻게 데리고 내려와 초원을 가로질러 호수까지 가는지 늘 궁금했다. 등에 업고 내려오는 건지, 입으로 물고 내려오는 건지 알 수 없었다. 실제로 그 광경을 본 적이 없으며, 또 봤다는 사람을 만난 적도 없었다. 그런데 그해 여름, 예리한 관찰자인 홀러버드 씨가 어미 원앙오리가 새끼를 입으로 물고 둥지에서 내려오는 모습을 봤다고 했다. 어미 원잉오리가 가까운 물가를 잽싸게 오가더니 채 몇 분도 안 되어 어린 새끼들을 모두 데리고 보란 듯이 헤엄쳐 나갔다는 것이었다.

때로는 긴 여정을 떠나는 백조의 무리가 높은 하늘을 날아가는 광경이 펼쳐지기도 했다. 백조의 맑은 울음소리가 무척 멋지게 들렸다. 하지만 백조가 우리 마을 근처의 호수를 방문하는 일은 거의 없었다. 그래서 우연히 백조가 호수를 방문한 경우에는 오랫동안 그 이야기가 화제로 떠올랐다. 한번은 물방아용 저수지에서 대장장이가 총신이 긴 샤프 총으로 백조 한 마리를 잡았는데, 그 백조를 보기 위해 마을 사람들이 꽤 모이기도 했다.

회색기러기나 캐나다기러기는 봄 또는 가을에 생기를 불어넣는 대형 새들 가운데 유난히 조심성이 많고 야생적이었다. 사냥꾼이 수풀 속에 숨어 있을지도 모른다는 두려움 때문인지 마을 근처의 작은 호숫가에 내려앉을 생각을 좀처럼 하지 않았다. 하지만 겨울 밀의 어린 싹을 무척 좋아하는 백조는 남쪽으로 가는 길에 몇 센티미터 자란 밀의 싹을 보고 아주 가끔 우리 밭에 내려앉아 있다 가곤 했다. 때로는 휘몰아치는 눈보라를 피하고 굶주림으로 지친 날개를 쉬기 위해 등에 눈을 소복이 얹은 채 옥수수밭에 머물렀다. 나는 이런 어려움에 처한 새들을 볼 때마다 측은한 마음이 들었다. 가끔 사냥을 위해 총구를 들이대기는 했지만 말이다.

기러기는 매우 신중하고 용의주도한 새다. 그래서 내려앉기 전, 그 근처에 적이 없다는 사실을 확인하기 위해 주변 숲이나 울타리의 상공을 몇 번씩 선회했다. 식사 중에는 한 마리가 늘 망을 봤다. 그래서 들키지 않고 기러기에게 접근하는 일이 결코 쉽지 않았다. 만일 기러기를 가까이에서 보고 싶다면 기러기가 오기 전에 미리 숨어 있어야 했다. 이런 용의주도한 새를 총으로 쏴서 맞히는 것이 그 당시 개구쟁이들의 꿈이었다.

나는 그때까지 기러기를 두 마리밖에 잡지 못했다. 이마저도 운

좋게 한 방에 두 마리를 잡은 것이었다. 또다시 기러기를 잡으려고 달려들었을 때 이미 한 마리는 멀리 날아가 버렸고, 나머지 한 마리는 부상을 당해 멀리 도망가지 못한 채 퍼덕이고 있었다. 내가 잡으려는 순간, 공포와 절망에 빠진 기러기가 비명을 내질렀다. 이 비명소리를 앞서 날아가던 기러기 무리의 대장이 들었다. 비명소리에 혼비백산한 기러기 떼가 이리저리 흩어졌지만, 이내 다시 대열을 정비한 뒤 무리를 지어 날아갔다. 그런데 무리의 대장이 갑자기 자신의 동료를 구하기 위해 소리를 내지르며 용감하게 나에게 달려들었다. 나는 이 용맹한 기러기의 모습을 결코 잊을 수 없다. 나는 손으로 머리를 감싼 채 주저앉아 간발의 차이로 기러기 대장의 공격을 피할 수 있었다.

부상당한 기러기 동료가 대장 기러기의 절친한 친구, 또는 이웃이나 가족이었을지도 모른다. 어쨌든 부상당한 동료를 구하기 위해 위험도 무릅쓰고 달려든 기러기 대장은 다행히 내가 총을 울타리 위에 두고 온 덕에 목숨을 보존할 수 있었다. 평소에는 겁이 많은 새가 사냥꾼을 공격하다니, 이 얼마나 용맹스럽고 의리 있는 행동인가! 하지만 나로서는 생소한 사냥 경험이었다. 야생 기러기가 이렇게 위협적이고 살신성인을 마다하지 않는 숭고한 성품을 지닌 동물일 것이라고는 전혀 생각지 못했기 때문이다.

질생긴 메추라기의 요란하지만 깨끗한 노랫소리도 봄에 딱 어울릴 정도로 유쾌했다. 얼마 안 되어 우리가 메추라기의 노랫소리를 흉내 낼 수 있게 되자, 우리의 소리를 암컷의 노랫소리로 착각한 수컷이 곧잘 용감하게 날아오곤 했다. 어린 새끼들은 부화되면 곧 어미 뒤를 쫓아다니며 봄까지 함께 지냈다. 메추라기는 옹기종기 모여서 땅에 잠자리를 틀고, 언제든지 흩어져서 날아오를 수 있도록 머리를 위로 향한 채 잠을 잤다. 우리가 처음 숲 속에 도착했을 때는 이 멋쟁이를 거의 볼 수 없었지만, 밀농사로 먹이가 풍부해지자 기하급수적으로 수가 늘었다. 그러나 기온이 영하로 떨어지고 눈이 60~90센티미터 높이로 쌓여 대지에 널려 있던 먹이가 묻히는 혹독한 겨울에는 메추라기도 극심한 시련을 겪었다. 어떤 때는 사냥꾼의 추격과 극도의 굶주림이 끝없이 이어져 이 조심성 많은 메추라기가 먹이를 찾아 헛간 앞마당으로 뛰어들거나 심지어 문 앞까지 오기도 했다. 빵 부스러기나 음식찌꺼기를 찾는 모습이 마치 구걸하는 듯했다. 어떤 이웃 사람은 눈을 헤치고 기어 나오는 메추라기 한 무리를 봤는데, 몇 마리는 문까지 걸어오는 도중에 쓰러져 그대로 죽었다고 했다. 이렇듯 평소에는 원기 왕성해 행·불행과는 전혀 무관한 것처럼 보이는 새들도 마치 눈보라에 갇혀 동상으로 목숨을 잃는 이주민처럼 혹한에 시련을 겪거나 죽었다. 이웃 중에는 거친 눈보라로 인해 발, 귀, 손가락 등에 동상이 걸린 사람이 많았지만 다행히 목숨을 잃은 사람은 한 명도 없었다.

호수의 물이 녹기 시작하면 야생 동물 가운데 제일 거칠고 특이한 소리를 내는 아비의 처량한 노랫소리를 들을 수 있었다. 그 노랫소리는 마치 이승에서는 들을 수 없는, 우는 듯하면서도 웃는 듯한, 슬픔과 비탄에 잠긴 기이한 소리였다. 그렇지만 이 커다란 북방 물새는 말 그대로 용맹하고 강건하며 멋졌다. 물 위를 헤엄치듯 날아다니면서 민첩한 물고기들을 먹잇감으로 낚아챘던 것이다.

호수를 가득 메우곤 하던 아비는 무척 신중하고 조심성이 많은 새였다. 마을의 사내아이들이 자신의 사냥 실력을 뽐내기 위해 열심히 아비를 잡으려고 했지만, 오랫동안 한 마리도 잡을 수 없었다. 그런데 엄동설한의 정월 초하루, 호수로 물이 흘러 들어가는 입구 한쪽에 놀랍게도 아비가 있었다. 따뜻한 샘물이 솟아나는 그곳에는 얼음이 얼지 않았다. 하지만 그곳은 박차고 날아오르기에는 너무 협소했다. 꽤 무게가 나가는 아비가 날개에 힘을 받아 날아오르기 위해서는 도움닫기로 약 800미터가량 차고 나갈 물 위의 활주로가 필요했다. 물고기 지느러미처럼 폭이 좁은 날개는 커다란 몸을 지탱하기에는 터무니없이 작아 보였다. 아마도 공중뿐 아니라 물 위에서도 활동하기에 알맞도록 진화한 듯했다. 민첩한 비행 실력과 긴 창 같은 부리의 날쌘 일격은 물고기를 잡아먹는 데 최적의 조건이었다.

우리는 서둘러 총을 들고 습지로 뛰어나가 보트에 올라탔다. 그리고 그 불쌍한 길 잃은 겨울 철새를 추격했다. 물론 아비는 몇 번이고 물속으로 뛰어들었다가 숨이 차면 다시 고개를 내밀곤 했다. 우리는 잽싸게 머리를 향해 한 방을 쐈다. 아비가 놀랐는지, 아니면 상처를 입었는지 우리는 결국 아비를 잡을 수 있었다.

우리는 전리품을 들고 의기양양하게 집으로 돌아왔다. 잡은 아비를 팔에 안고 왔는데, 도망치려는 발버둥이나 일격을 가하려는 어떤 움직임도 없었다. 부엌 난로 앞에 내려놓자 죽은 듯이 가만히 누워 있었다. 마치 선반 위의 박제마냥 목을 곧추세우고 고통의 기색도 없이 잠자코 있었던 것이다. 그저 작고 검은 눈만이 극도로 경계의 눈빛을 보이고 있었다. 하지만 7.5~9센티미터 정도 되는 곡괭이 모양의 부리는 정확히 수평을 유지하고 있어서 위엄이 느껴졌다. 아비는 여전히 날갯짓은커녕 꿈쩍도 하지 않았다.

우리는 노련한 톰이라고 부르는 삼색 얼룩고양이를 키우고 있었다. 이 녀석은 몹시 추운 날씨에는 난로 옆에 누워 있길 좋아해서 빗자루로 내쫓으려 해도 소용이 없었다. 하지만 죽어가는 아비의 냄새를 맡은 톰은 구석으로 냅다 달아났다. 톰은 그때까지 커다란 몸집에 흰색과 검은색이 어우러진 낯선 새를 한 번도 본 적이 없었다. 그래서인지 구석에 웅크리고 앉은 채 의심쩍은 눈빛으로, 수려하지만 위험해 보이는 이 낯선 이방인을 조심스럽게 관찰했다. 그런데 호기심이 발동했는지, 좀 더 자세히 관찰하고 냄새를 맡기 위해 드디어 용기를 내어 한 발짝 한 발짝 아비 쪽으로 다가섰다. 하지만 이 멋쟁이 새는 여전히 미동조차 하지 않았다. 이에 용기를 얻은 늙은 톰은 대담하게 아비에게 다가가 거의 150~180센티미터까지 접근했다.

톰의 접근을 못마땅하게 여긴 이 신중하고 의심 많은 아비는 자신의 둥지를 공격하던 밍크나 사향 쥐가 떠올랐는지 서서히 방어태세를 갖추기 시작했다. 기다란 곡괭이 모양의 부리를 조심스럽게 수평으로 유지하면서 천천히 꼬리 뒤쪽으로 뺐다. 이 위험한 부리가 시야에서 사라지자 톰은, 아비가 자신에게 적의를 보이지 않는다고 생각했다. 이에 자신감을 얻었는지 톰은 미심쩍은 눈초리로 코를 벌름거리면서 아비의 부드럽고 하얀 가슴팍에서 불과 45~50센티미터 떨어진 곳까지 접근했다. 한들거리는 꽃처럼 온화해 보이는 이 멋쟁이 새는 노란색 털북숭이 적이 아주 가까이에 와 있다는 사실을 알아차렸다. 아비는 자신의 창이 어디까지 미치는지를 정확히 알고 있었다. 순간 아비는 번개처럼 재빨리 상대를 찍었다. 공격 준비 때 보였던 침착하고 신중하던 몸가짐과는 전혀 딴 판이었다. 부리는 정확히 목표물을 찍었다. 톰은 눈과 눈 사이에 정통으로 부리를 맞았다. 그 순간 나는 톰의 머리뼈가 부서졌으리라 생각했다. 아마 그랬을 것이다. 이 갑작스러운 공격에 놀란 톰의 모습은 고통, 공포, 분노 등 어떤 말로도 표현할 수 없었다. 놀란 눈을 한 채 비명을 지르며 줄행랑치는 톰의 모습이 그때의 상황과 톰의 상태를 단적으로 말해 주고 있었다.

직격탄을 맞은 순간 톰은 고양이 소리라고 할 수 없는 괴이하고 이상한 소리를 질러댔다. 그 소리는 응축되었다가 절규하듯 터지는 파열음이었다. 톰은 '꽥' 소리를 내며, 놀란 야생마처럼 공중으로 뛰어올랐다. 그리고 바닥에 다시 떨어지자마자 방을 가로질러 달려가더니, 회 덧칠을 단단히 한 벽을 죽어라고 기어 오르려 했다. 이 정체불명의 적에게서 벗어나기 위해 추운 날씨는 아랑곳하지 않은 채 무조건 밖으로 나가려 했던 것이다. 잠시 뒤 톰은 아비에게 당한 그 방에서만 벗어날 수 있다면 어디로든 갈 듯했다. 톰이 한숨을 돌리고 뒤를 돌아봤을 때 그 야만스러운 괴물은 미동도 하지 않은 채 그대로 난로 옆에 앉아 있었다.

이 모습을 본 톰은 마음을 가라앉히고 조심스럽게 자신의 상처를 살피기 시작했다. 이 무지막지한 새에 대한 경계심을 늦추지 않은 채, 한쪽 구석의 벽에 기대어 앞발에 침을 묻힌 뒤 부어오른 상처를 살살 문질렀다. 가끔 용기가 나면 적을 노려보면서 으르렁댔다. 이때 톰의 표정과 목소리는 사람과 매우 비슷했다. 마치 "야, 이 비열

한 놈아! 도대체 왜 그러는 거야? 내가 뭘 잘못했다고. 신의도 없고, 다리도 없는, 입만 긴 이 나쁜놈아!"라고 중얼거리는 듯했다. 이런 기가 막힌 일을 당하면 동물에게서도 인간성과 비슷한 본성이 드러나게 마련이다. 세상의 모든 동물은 비슷한 성질을 가지고 있다는 사실을 고양이와 아비의 관계를 통해서 쉽게 확인할 수 있었다.

나그네 비둘기 일진이 농장에 날아든 날은 오래도록 기억에 남을 만큼 대단했다. 그 광경은 스코틀랜드의 학교를 다닐 때 읽었던 비둘기 이야기를 생각나게 했다. 위스콘신 하늘을 가로질러 날아가는 날개 달린 것 가운데 나그네 비둘기만큼 아름다운 새는 없을 것이다. 나그네 비둘기는 각 지방의 날씨에 따라 수백만 마리씩 무리를 지어 도토리, 너도밤나무 열매, 덩굴월귤, 딸기, 허클베리, 곱향나무나 팽나무 열매, 메밀, 쌀, 밀, 귀리, 옥수수, 송과(松果) 북아메리카 서부산(産) 소나무류의 열매 같은 먹이를 찾아 바람처럼 들과 숲을 수천 킬로미터씩 날아다녔다.

나는 가을에 남쪽으로 날아가던 나그네 비둘기 무리를 본 적이 있었다. 그 규모가 어마어마해서 하루 종일 하늘을 뒤덮고 있는 듯했다. 마치 하늘에 시속 60~80킬로미터로 흐르는 강물이 있는 것 같았다. 나그네 비둘기 무리는 폭포처럼 넓어졌다가 좁아졌다. 그리고 때로는 꼬꾸라지듯 가라앉았다가 갑자기 이곳저곳으로 솟구쳐 날아오르곤 했다. 나그네 비둘기가 하루에, 아니 일 년 또는 평생 동안 날아다니는 거리는 도대체 얼마나 될까?

따뜻한 햇살이 흰 눈을 쫓아낼 무렵, 나그네 비둘기는 위스콘신으로 날아왔다. 그리고 지난 가을에 미처 다 먹지 못한 도토리를 찾아 숲 속에 내려앉았다. 비교적 적은 무리라고 해도, 넓게 전열을 이루어 똑바로 숲 속을 가로질러 나아가면 수천 평방미터에 달하는 도토리가 몇 분 안에 다 사라졌다. 이런 방식으로 모든 새들이 똑같이 먹이를 나눠 먹을 수 있었다. 뒤따르던 새들은 가끔 무리를 넘어 선두로 치고 나가서 선봉이 되기도 했다. 바퀴가 굴러가듯이 무리들은 앞서거니 뒤서거니 하면서 끊임없이 움직였고, 멀리에서도 이들의 낮은 날갯짓 소리를 들을 수 있었다. 밀과 귀리를 좋아하는 나그네 비둘기는 여름이 되면 배불리 먹은 다음에 밭고랑을 따라 늘어선 나무 위에서 쉬곤 했다. 이때 가까이 다가가서 보면, 나그네 비둘기는 목을 앞뒤로 움직이면서 아름다운 무지갯빛 깃털을 드러내고 있었다. 그런데 사람들의 모든 총구는 나그네 비둘기를 겨누고 있었으며, 모두들 비둘기 파이를 즐겼다. 하지만 나그네 비둘기의 눈부신 수려함에 많은 사람들이 마음을 빼앗기고 말았다.

나그네 비둘기 수컷의 가슴은 붉은 장밋빛이며 목 뒤와 옆 부분은 붉은색, 황금색, 에메랄드 초록색, 선명한 진홍색 등 변화무쌍한 색조를 띠었다. 머리는 회색빛이 도는 청색, 그 아래 부위는 하얀 빛이었다. 키는 43센티미터 정도 되며, 미세하고 날렵하게 빠진 꼬리는 20센티미터, 날개 길이는 60센티미터 정도 되었다. 암컷도 수컷 못지않게 아름다웠다. 우리는 처음 나그네 비둘기를 손에 넣었을 때 "우와, 예쁜데! 정말 예쁜 새야!"라며 감탄사를 연발했다. "이 멋진 색깔 좀 봐! 가슴은 장미처럼 붉고, 목 주위의 타는 듯한 색조는 마치 아름다운 원앙 같아. 이런 예쁜 새를 죽이면 정말 천벌을 받을 거야!"

그런데 그때 아는 척하길 좋아하는 나이든 한 녀석이 "그래, 이런 예쁜 새를 죽이는 일은 몹쓸 짓이야. 하지만 홍해를 건너 광야에서 굶주림에 처한 이스라엘 백성에게 메추라기가 주어졌듯이, 비둘기들은 우리 먹잇감이 되기 위해 태어난 거야. 게다가 이렇게 멋진 색으로 포장한 고기는 세상 어디에도 없을걸"이라고 말했다.

뉴잉글랜드^{아메리카의 동북부 여섯 주를 가리킴}나 캐나다 숲에는 나그네 비둘기가 좋아하는 너도밤나무 열매가 참 많다. 또한 북쪽으로 더 올라가면 덩굴월귤이나 허클베리가 풍성하다. 나그네 비둘기는 북쪽 지역의 먹이를 다 먹어치운 뒤 겨울이 오면 쌀, 옥수수, 도토리, 산사나무 열매, 산포도, 사과 같은 먹이를 찾아서 남쪽으로 내려갔다. 나그네 비둘기에게는 먹이 공급처로 북미 대륙의 반 이상이 필요할 듯했다. 즉, 잘 익은 먹이를 찾아 이 식탁에서 저 식탁으로 옮겨 다니듯 나그네 비둘기는 이 들판에서 저 들판으로, 그리고 이 숲에서 저 숲으로 일 년 내내 날아다녔다.

화창한 인디언서머 기간이 되면 나그네 비둘기는 하늘 높이 떠서 앞서거니 뒤서거니 하며 남쪽으로 날아갔다. 무리의 선두는 아마도 수백 킬로미터를 앞서 가고 있을 것이다. 맞바람이 불면, 나그네 비둘기는 지표면의 기복을 이용해 비교적 낮게 비행했다. 모두들 우두머리의 반복되는 상하 비행에 따라 언덕과 계곡을 날아갔다.

나그네 비둘기는 앞서가는 우두머리가 눈에 보이지 않더라도 조금의 주저함도 없이 수직이나 수평으로 방향을 틀었다. 무리의 규모가 엄청나게 클 경우에는 몇 개의 주에 걸치거나 기후가 다른 지역을 날기도 한다.

지식과 발명
왕성한 호기심이 끝없는 창작으로 이어지다

존 뮤어는 지적 호기심과 손재주가 남달랐다. 그는 나무 조각과 여러 잡동사니로 생활에
필요한 공구, 시계, 온도계 등을 직접 만들어 사용했다. 그의 이런 손재주는 아버지에게
물려받은 듯하다. 그의 아버지는 경제에 보탬이 되는 일을 전혀 하지 않은 채 오직
성경공부에만 매달렸지만, 직접 바이올린을 만드는 등 남다른 손재주를 지니고 있었다고
한다. 그런데 뮤어의 어머니는 아들에게 여러 지역을 돌아다니는 사람이 될 것이라고
말했다. 물론 이 말에 아버지는 무척 불쾌한 반응을 보였다.

나는 성경 구절 또는 셰익스피어와 밀턴의 시들이 영감 및 기분을 고양시키고 즐거움을 증폭시키는 원천이 될 수 있다는, 그야말로 엄청나고 놀라운 사실을 발견했다. 그 후로 나는 모든 시인을 알고 싶다는 마음이 무척 간절해졌다. 그래서 가능한 한 시집을 많이 사기 위해 돈을 푼푼이 모았다. 3~4년 후에는 셰익스피어, 밀턴, 쿠퍼, 헨리 커크 화이트, 켐벨, 사이드 등의 작품과 지금은 거의 읽히지 않는 다른 많은 작품을 소장하는 장서가가 되어 있었다. 열다섯 살이 되었을 무렵에는 명작을 탐닉하고 좋아하는 시를 읊을 수 있을 정도가 되었다.

하지만 책을 읽을 시간이 거의 없었다. 한가한 겨울 저녁에도 겨우 몇 분밖에 시간이 나질 않았다. 아버지의 엄격한 규율로 인해 가정 예배가 끝나면 곧바로 잠자리에 들어야 했기 때문이다. 겨울에는 보통 8시 즈음에 예배를 마쳤다. 나는 가족들이 각자 방으로 돌아간 다음에 책과 촛불을 들고 부엌을 어슬렁거렸다. 아버지가 촛불의 빛을 눈치 채기 전에 단 5분이라도 책을 읽을 수 있으면 정말 행운이었다. 아버지의 명령이 떨어지면 우리는 즉시 침대 속으로 들어가야 했다. 하지만 나는 매일 밤 부엌을 어슬렁거리면서 어떻게든지 책 읽을 시간을 만들고자 했다. 1분 1초가 어찌나 소중하던지! 어느 겨울날에는 아버지가 촛불의 빛을 전혀 눈치 채지 못하는 바람에 무려 10분이나 책을 읽을 수 있었다. 그 황금 같은 시간은 마치 국경일 날짜나 지질 연대처럼 오랫동안 기억에 남았다.

어느 날 저녁 『교회사』를 읽고 있는데, 그날따라 기분이 좋지 않으셨던 아버지가 "존 그만 잠자리로 돌아가지 못해! 이렇게 매일 저녁

일일이 자라고 소리를 질러야겠니? 지금부터 우리 집에는 예외란 없다. 내가 아무 말 하지 않아도 모두 잠을 자러 가면 너도 자는 거야. 알았니?"라며 냅다 소리를 지르셨다. 그래도 종교서적을 읽고 있는 나에게 너무 심했다 싶으셨던지 "정 책을 읽고 싶으면 아침 일찍 일어나 읽거라. 아침에는 아무 때나 일어나도 괜찮으니까"라고 덧붙이셨다. 그날 밤 나는 누군가가, 또는 무엇인가가 나를 일찍 깨워 주길 바라며 잠자리에 들었다.

다음 날 아침, 정말 기쁘게도 아버지가 깨우기 전에 잠에서 깼다. 눈 덮인 숲 속에서 하루 종일 고단하게 일한 소년은 깊은 잠에 빠져 들었지만, 다음 날 아침 마치 기상나팔 소리라도 들은 듯 잠자리에서 벌떡 일어났던 것이다. 몇 시간이나 일찍 일어났는지 확인하기 위해 나는 동상으로 인한 발의 통증도 아랑곳하지 않은 채 아래층으로 달려 내려갔다. 그리고 선반에 놓여 있는 시계에 촛불을 갖다 대었다. 이제 겨우 새벽 1시였다! 무려 다섯 시간이나 빨리 일어났던 것이다. 거의 반나절이나 되는 시간이었다. "다섯 시간이 내게 주어지다니! 다섯 시간, 이 엄청난 시간!" 내 일생에 어떤 일도, 어떤 발견도, 혹한의 새벽 다섯 시간만큼 큰 기쁨을 주지는 못했다.

기쁨과 흥분에 사로잡힌 나는 갑자기 생긴 이 자유 시간에 무엇을 해야 할지 몰랐다. 먼저 책을 읽을까 생각했지만, 이런 영하의 날씨에는 난로에 불을 피워야 할 것 같았다. 하지만 나무를 패는 데 시간이 걸리기 때문에 아버지가 장작 쓰는 일을 반대하리라는 생각이 들었다. 그래서 나는 지하창고로 내려가 제재용 자가 톱을 만드는 작업을 계속하기로 했다. 다음 날 아침에도 나는 그 전날처럼 거뜬히 일찍 일어났다. 지하창고의 기온이 영하를 밑돌고, 불빛이라야 촛불 하나가 전부였지만 나는 즐겁게 작업을 진행했다. 창고의 한쪽에는 스코틀랜드에서 아버지가 가져온 바이스, 망치, 줄, 끌 등의 연장이 있었다. 톱은 조잡한 데다 모조리 휘어 있었다. 게다가 그 톱은 히커리나무나 참나무처럼 단단한 나무를 켜는 데 적합하지 않았다. 그래서 유행이 지난 코르셋에서 철사를 뽑은 뒤 결이 자디잔 톱을 만들었다. 이 톱을 사용하면 아무리 단단한 나무라도 부드럽게 켤 수 있었다. 철사나 낡은 줄을 이용해 톱뿐 아니라 작은 송곳, 펀치, 컴퍼스 등도 만들었다.

나의 작업실이 아버지 침실의 바로 아래에 있었던 탓에 톱니바퀴, 저널^{굴대의 목 부분}과 캠^{회전운동을 왕복운동으로 바꾸는 장치} 등을 만들기 위해 망치와 줄을 사용할 때마다 그 소리가 아버지 귀에 거슬렸던 듯싶다. 아버지는 얼마 못 가서 내가 더 이상 새벽 1시에 일어나지 못할 것이라고 생각했기 때문에 2주일 동안은 아무 말 없이 지나가셨다. 하지만 나는 겨울 내내 단 5분도 어긋남 없이 새벽 1시에 일어났다. 꼭두새벽에 일어남으로써 생길 수 있는 부작용에 대해서는 전혀 생각지도 못했다. 또한 수면 부족이 건강에 어떤 문제를 일으킬 수 있는지에 대해서도 생각해 보지 않았다. 나는 그저, 엄동설한에도 따뜻한 이부자리를 일찍 벗어나 수면시간이 갑자기 다섯 시간이나 줄어듦으로써 생긴 피로감을 스스로 잘 극복했다는 사실이 의지의 승리처럼 느껴졌을 뿐이었다. 나는 그동안 내가 꿈꾸고 바라던 것 이상을 모두 이루었던 셈이다. 이보다 더 행복할 수는 없었다.

아버지는 스코틀랜드에서와 마찬가지로 식사 전에 반드시 감사기도를 드리셨다. 이는 단순히 형식적이거나 크리스천이라면 누구나 행하는 의례적인 일에 불과한 것이 아니었다. 아버지는 일용할 양식을 하늘에 계신 하나님이 직접 내려준 선물로 여기셨다. 따라서 모든 음식은 '성 만찬식'에 걸맞은 마음가짐과 몸가짐을 요구하는 성찬과도 같았다. 식탁에서의 불필요한 이야기는 조금도 허락되지 않았다. 시시덕거리며 장난치거나 허튼소리를 해서도 안 되었다.

귀중한 자유 시간을 얻은 지 2주일 정도가 지난 어느 날 아침식사 시간, 아버지는 뭔가 중요한 말을 하려고 할 때의 버릇대로 헛기침을 하셨다. 그 순간 나는 아침 일찍 일어나는 문제에 대해 말씀하실 것 같다는 걱정이 들었다. 새벽마다 일으키는 잡음 때문에 일찍 일어나는 일에 반대하지 않으실까라는 두려움이 든 것이었다. 그렇지만 아침에는 원하는 시간에 일어나도 좋다는 약속이 어떤 의미에서는 얼떨결에 이루어졌지만, 나는 스코틀랜드인이라면 약속을 반드시 지켜야 한다는 희망을 버리지 않았다.

엄숙하고 신성하기까지 한 무거운 침묵은 "존, 도대체 아침 몇 시에 일어나는 거니?"라는 전혀 바라지 않았던 질문으로 인해 깨지고 말았다. 나는 죄인이 된 것처럼 기어 들어가는 목소리로 "1시요"라고 대답했다. 그러자 아버지는 "아니, 도대체 그때가 몇 시라고 생각하고 한밤중에 일어나 온 식구들의 잠을 방해하는 거냐?"라고 물으셨다. 그래서 나는 아버지가 아침에는 아무 때나 일어나도 좋다고 허락하지 않으셨냐고 대꾸했다. 아버지는 괴롭다는 듯이 "알고 있다. 그래, 내가 못할 짓을 했구나. 네가 그런 꼭두새벽에 일어나리라고는 꿈도 꾸지 못했으니까"라고 말씀하셨다. 나는 아무 말 없이 그저 듣기만 했다. 하지만 그 이후로도 하늘에서 울리는 새벽 1시의 자명종 소리는 계속해서 들렸다. 한 번도 거른 적이 없었다.

나는 제재용 자가 톱을 완성한 뒤 습지에 흐르고 있던 냇물을 막아 기계를 작동시켜 봤다. 그리고 제재용 자가 톱에 이어서 다른 기계들도 많이 만들었다. 예를 들어 방아의 물레바퀴, 자물쇠, 걸쇠, 온도계, 습도계, 고온계, 필요한 시간에 말에게 먹이를 줄 수 있는 장치, 점등기, 난로 점화기 등이었다.

제재용 자가 톱이 잘 작동되자, 이번에는 시계를 만들었으면 좋겠다는 생각이 들었다. 이 시계는 시간을 표시할 뿐 아니라 요일과 날짜도 보여 주고, 침대 틀에 부속장치로 연결하면 원하는 시간에 잠을 깨우도록 고안되었다. 또한 점화, 점등 같은 기타 장치도 부착되어 있었다.

나는 책에서 전자운동의 법칙에 대해 배운 적이 있었다. 하지만 시계 내부를 들여다본 적은 없었기 때문에 시계에 대해서 아는 것이 하나도 없었다. 오랜 생각 끝에 마침내 시계의 윤곽을 대충 잡을 수 있었다. 본격적으로 시계를 만들기에 앞서 내구성과 성능, 외관 측면에서 전혀 손색이 없도록 철저히 구상했다. 밭에 일을 하러 갈 때마다 작은 나무 조각들을 주머니 속에 넣고 나갔다. 그리고 아버지의 눈을 피해 짬이 날 때마다 틈틈이 나무를 깎았다. 한창 수확할 시기인 한여름에 새로운 시계가 거의 완성되었다. 나는 그 시계를 연장들을 모아둔 2층 방에 숨겼다. 제작과 보완 과정은 밭에서 주로 했다.

그런데 어느 날 오후, 내가 잠시 자리를 비운 사이에 아버지가 망치와 다른 연장을 가지러 2층 방에 올라갔다가 침대 뒤에서 이상한 기계를 발견하고 말았다. 쪼그리고 앉아서 그 기계를 살펴보던 아버지를 목격한 마가렛 누나가 "존, 네가 2층에서 만들던 기계를 아버지가 보셨어"라고 조용히 일러 주었다. 가족들은 내가 무엇을 하는지 전혀 모르고 있었다. 하지만 그런 작업들을 아버지가 좋아하지 않을 것이라는 점은 확실히 알고 있었다. 그래서 나의 계획이 위협받을 것 같은 상황이 닥치면 친절하게 그 사실을 전해 주었다. 거의 완성된 발명품이 똑딱거리지도 못한 채 사라질 판이었다. 오랜 궁리 끝에 완성한 멋진 장치인데 말이다. 번즈(Robert Burns)^{1759~1796, 낭만주의 운동의 선구자로 스코틀랜드의 국민 시인}의 시 「생쥐의 보금자리」처럼 쉬지 않고 힘들게 만들어 왔는데……. 이 불행한 일이 일어나고 며칠 뒤, 아버지는 저녁식사 중에 무슨 말씀을 하시려는 듯 헛기침을 한 뒤 마침내 물으셨다.

"존, 2층에서 만들고 있는 게 도대체 무엇이냐?"

"저도 뭐라고 불러야 할지 모르겠어요." 자포자기 심정으로 대답했다.

"뭐라고? 네가 뭘 하고 있는지 모른다고?"

"아니요, 잘 알고 있어요."

"그렇다면, 그게 도대체 뭐지?"

"용도가 무척 다양해요. 하지만 주된 기능은 사람들을 아침 일찍 깨우는 거예요. 그래서 '일찍 깨우는 기계' 정도가 될 것 같아요."

안 그래도 한겨울 내내 일찍 일어났던 내가 깨우는 기계를 만들었으니, 아버지로서는 참으로 우스꽝스러운 일이 아닐 수 없었다. 하지만 아버지는 웃음을 꾹 참으면서 근엄한 표정에 엄한 목소리로 "그런 엉뚱한 짓에 시간을 낭비하다니, 너는 뭔가 잘못 됐다는 생각은 안 드니?"라고 물으셨다.

"아니요, 제가 잘못하고 있다고 생각하지 않아요." 나는 개미 같은 목소리로 대답했다.

"음, 나는 네가 잘못하고 있다고 생각한다. 그런 쓸데없는 일에 허비할 시간이 있다면 그 열정의 반만이라도 성경공부에 투자하거라. 그것이 훨씬 좋은 일이니까. 나는 네가 십자가에 못 박혀 돌아가신 예수님 이외에는 아무것도 알고 싶지 않던 사도 바울 같은 믿음의 아들이 됐으면 좋겠다."

이 말에 나는 아무런 대꾸도 하지 않았다. 그저 나의 멋진 발명품이 불태워질 것이라는 우울한 생각만 들었다. 그리고 한편으로는 그것을 고안하고 만들던 과정이 즐거웠노라며 스스로를 위로했다.

그 후 며칠이 지나도록 아버지는 아무 말씀도 없으셨다. 아버지는 나의 발명품을 불살라 버릴 생각은 없으신 듯했다. 그래서 나는 더 이상 그 작업을 감출 필요가 없었다. 나는 점심시간 30분을 이용해서 그 기계를 최종 마무리한 뒤 거실에 있는 두 개의 의자 사이에 장착했다. 그리고 수피리어(Superior) 호수에서 주운 둥근 빙퇴석을 추로 달아 작동시켰다. 이 일을 마친 뒤 나는 곡식을 곳간으로 옮기는 일을 했다. 당시 아버지는 농사일은 전혀 돌보지 않은 채 오로지 성경공부에만 몰두하셨다.

내가 만든 자명종 시계는 멋진 소리를 냈다. 여동생은 이 소리를 들은 아버지가 거실로 가더니 무릎을 꿇은 채 시계를 찬찬히 들여다보셨다고 귀띔해 주었다. 시계는 상자 속에 들어 있는 것이 아니어서 속이 훤히 들여다보였다. 아버지는 시계를 몇 번씩 살펴봤고, 그런 장치를 발명한 내가 대견한 듯한 표정을 지으셨다고 했다. 하지만 내 앞에서는 그런 내색조차 안 하신 데다, 앞으로 그런 것을 더 만들어 보라는 격려의 말씀도 없으셨다. 하지만 이제는 그만둘 수 없는 일이 되어 버렸다. 시계를 고안해서 깎고 만드는 일이 전보다 훨씬 빨라졌다.

나는 시간 할아버지^{대머리에 수염을 길게 기르고 손에 큰 낫과 모래시계를 든 노인으로, 시간을 의인화한 것임}의 큰 낫을 상징하는 낫 모양의 히커리 시계^{히커리(Hickory)의 재목은 연한 갈색으로 무겁고}

^{단단하며 질겨서 기구재, 가구재, 차량재, 운동구 따위로 쓰임. 북아메리카가 원산지로, 시계를 만들 때 사용되기도 함}를 만들었다. 시계추는 시간이 화살 같다는 의미에서 한 묶음의 화살 모양으로 만들었다. 나는 이 시계를 세월의 무상함을 나타내는, 잎에 이끼가 무성한 참나무 그루터기에 매달았다. 낫의 긴 자루에는 '살아 있는 모든 생명체는 풀과 같다' 라는 경구를 새겨 넣었다. 아버지는 이 경구를 무척 좋아하셨다. 물론 엄마와 누나들, 그리도 동생들도 칭찬을 아끼지 않았다. 첫 번째 만들었던 시계와 마찬가지로 이 시계도 요일과 날짜를 보여 주었고, 깨우는 시간에 맞춰 울리도록 되어 있었다. 50년 전에 만든 것이지만 아직도 시간이 잘 맞는다.

시계에 대한 나의 열정은 조금도 사그라지지 않았다. 이번에는 마을 한복판에 있는 것처럼 문자판이 네 개인 대형시계를 고안해냈다. 시간을 나타내는 숫자는 밭에서 일하는 이웃들뿐 아니라 우리도 한 눈에 볼 수 있을 정도로 큼직하게 만들었다. 이 시계는 헛간 지붕 꼭대기에 달 생각이었다.

하지만 거의 완성을 눈앞에 두고 아버지로부터 제지를 당하고 말았다. 사람들이 헛간 앞으로 너무 많이 모여들 것이라는 이유에서였다. 그래서 집 근처에 있는 큰 떡갈나무 꼭대기에 매달면 어떻겠냐고 물었다. 나무의 제일 큰 가지를 살펴보니 대형시계를 충분히 달 만했다. 그리고 주위의 작은 가지와 잎들이 비바람을 잘 막아 줄 것 같았다. 120센티미터에 2초 간격으로 움직이는 긴 시계추는 상자에 잘 넣은 뒤 나무줄기 옆에 달아 놓았다. 나는 이 유용한 대형시계가 조금 큰 매의 둥지 정도로 보이기 때문에 나무의 외관을 해치지 않을 것이라고 말했다. 그래도 아버지는 "그 주변에 사람이 많이 모여들면 귀찮아. 그리고 나무 꼭대기에 이상한 물건을 매달았다는 얘기를 어느 누구도 들어본 적이 없을 거다"라며 끝까지 반대하셨다. 그래서 나는 할 수 없이 그것을 발명했다는 즐거움을 위안으로 삼은 채 커다란 수레바퀴와 캠, 그리고 나머지 부속품들을 떼어냈다. 그리고 마음속으로, 기다란 시계추가 2초 간격으로 왔다갔다하며 장엄한 소리를 내는 모습을 그려 보았다.

나의 발명품 중에는 마차 부품인 쇠막대기로 만든 길이 90센티미터, 직경 2.5센티미터의 커다란 온도계도 있었다. 이 온도계의 팽창과 수축은 작은 굴렁쇠 조각으로 만든 일련의 지렛대에 의해 이루어졌다. 지렛대에 대한 쇠막대기의 압력은 평형추로 일정하게 유지되었다. 따라서 쇠막대기 길이의 작은 변화도 32,000배로 확대되어 90센티미터 크기의 지침판에 즉시 표시되었다. 눈금이 매우 크고, 하얀색을 칠한 지침판 위의 커다란 검은 바늘도 눈에 잘 띄어서 집 아래 밭에서 일하면서도 온도를 확인할 수 있었다. 아주 덥거나 추울 때는 눈금 바늘이 몇 번씩 회전했다. 회전 수는 지침판 위의 다른 작은 눈금판에 숫자로 표시되었다. 온도계는 집 옆에 고정시켜 두었다. 이 온도계는 무척 민감해서 사람이 120~150센티미터 내에 들어서면 그 사람의 체온으로 인해 온도 표시 바늘이 급격히 올라갔다. 그리고 그 사람이 뒤로 물러서면 바늘은 서서히 다시 원 위치로 내려갔다. 이웃사람들에게는 말할 것도 없고, 성경만 아는 아버지에게도 이 온도계는 경이로운 물건이었다.

소년들은 대개 여행기를 좋아한다. 하루는 몽고 파크(Mongo Park)의 『아프리카 여행기』를 읽고 있는데 어머니가 "존, 너도 언젠가는 파크나 홈볼트(Humboldt)처럼 이곳저곳을 여행하게 될 거야"라고 말씀하셨다. 이 말을 들은 아버지는 "그런 쓸데없는 말로 얘들한테 바람 넣지 말아요"라고 소리치셨다. 하지만 그때는 아버지의 그런 말도 다 소용없었다.

동생들은 나이가 들자 하나둘씩 집을 떠났다. 하지만 나는 떠나고 싶지 않았기 때문에 1년간 더 집에 머물렀다. 어머니는 내가 목사가 되길 바라셨다. 누나들은 내가 위대한 발명가가 될 것이라고 생각했다. 나는 의사가 되고 싶었다. 하지만 의사 교육을 받기 위한 자금을 모을 방법이 없었다. 그래서 나는 잠시 동안이나마 철공소나 공장에 들어가 기계를 만지면서 생활하기로 결심했다. 왜 그랬는지는 모르지만, 나는 원래 수줍음을 많이 타고 나 자신이 늘 남보다 못하다는 생각을 갖고 있었다. 반면에 주위 사람들은 나를 보고 천재라고 말하면서 반드시 성공할 것이라고 격려해 주었다.

어느 날 친한 이웃 분에게 나의 계획을 말했더니 그분은 "그렇다면 존, 너의 발명품을 주 박람회에 한번 출품해 보는 것이 어떻겠니? 너의 발명품을 본 사람들은 서로 가져가려고 할 거야"라고 조언해 주었다. 나는 그 말이 못 미더운 듯 "사람들이 나무로 만든 이런 것들에 관심이나 가질까요?"라고 물었다. 그러자 그분은 "중요한 것은 무엇으로 만들었느냐가 아니라, 그 제품의 독창성이야. 너의 발명품은 전 세계를 통틀어 유일무이하잖아. 그게 바로 네 발명품의 매력이지. 게다가 산간벽지에서 온 물건들은 무조건 다 좋다는 인식이 있지 않니"라고 말했다. 이 말에 나는 집을 떠날 용기를 얻었으며, 곧바로 주 박람회가 열리는 메디슨(Medison)으로 떠날 준비를 했다.

세상과 대학 생활
자연이라는 대학 속으로 뛰어들다

가난과 중노동도 존 뮤어의 공부에 대한 열망과 발명에 대한 열정을 사그라뜨리지

못했다. 일주일에 50센트로 버텨야 하는 궁핍한 생활이었지만, 그리고 부모님의 도움을

전혀 기대할 수 없는 상황이었지만 그는 자신의 발명품을 팔아 학비를 마련하고 근근이

생활도 이어갔다. 그리고 자신이 그렇게 원하던 위스콘신대학에 입학에 공부를 시작했다.

그는 자신에게 필요하다고 판단되는 과목만 수강했으며, 또한 졸업하기 전에 자연이라는

대학으로 배움의 장소를 옮겼다. 그가 자연이라는 대학을 선택한 이유는 과연 무엇일까?

이제는 독립하고 싶다고 아버지에게 말한 뒤 내가 돈이 필요할 때 보내줄 수 있는지를 물었다. 그랬더니 아버지는 "안 된다. 네 자력으로 해결해라"고 하셨다. 나는 맞는 말씀이라고 수긍하면서도 한편으로는, 지금까지 집안을 위해 열심히 일한 내성적이고 집만 아는 아들에게 좀 심하시다는 생각도 들었다. 그때 내 수중에는 스코틀랜드를 떠날 때 할아버지가 주신 금화와 황량한 모래더미 땅에서 곡식을 긁어모아 만든 10달러가 전부였다. 그래서 집을 떠나 독립할 때 내 주머니에는 단돈 15달러가 있었다.

아버지는 평소에 "인간은 먼지 속의 벌레처럼 비천하며 죄 많은 존재라는 사실을 잊지 마라"고 늘 말씀하셨다. 그로 인해 우리 형제들은 자만심과 자신감을 미리미리 억누르는 것이 신성한 의무라고 철썩 같이 믿었다. 하지만 아버지는 이러한 믿음이 자칫 인간의 모든 욕망을 죄악시할 수 있다는 사실을 미처 깨닫지 못하셨다. 칭찬을 죄악으로 여기던 아버지는 죄로 가득한 세상을 향해 떠나는 아들에게 "이 애비를 무정한 사람이라고 생각할지도 모르지만, 이 사악한 세상에 나가 보면 낯선 사람들이 훨씬 더 냉혹하다는 사실을 알게 될 것이다"라고 단언하셨다. 하지만 아버지의 말씀과는 반대로 세상 사람들은 친절하고 동정심이 많았다.

내가 집에서 들고 나온 짐이라고는 시계 두 개와 빨래판으로 만든 작은 온도계가 전부였다. 덮개나 상자 없이 그것들을 한데 묶었더니 굉장히 복잡한 기계처럼 보였다.

어머니, 형제들과 헤어지자니 무척 가슴이 아팠다. 아버지는 데이비드에게 나를 파디(Padee)까지 데려다 주고 오라고 하셨다. 그곳은 히커리 언덕의 집에서 남쪽으로 15킬로미터밖에 떨어져 있지 않았지만, 나는 한 번도 가본 적이 없었다.

여관에 도착해서 보니 마을은 꼭 폐허 같았으며, 사람도 눈에 띄지 않았다. 나는 금방이라도 무너져 내릴 것 같은 여관 현관에 짐을 내려놓았다. 데이비드는 작별인사를 한 뒤 나를 세상에 홀로 남겨둔 채 집으로 돌아갔다. 마차를 돌릴 때 나는 삐거덕 소리에 주인이 문을 열고 얼굴을 내밀었다. 주인은 제일 먼저 나의 이상한 짐 꾸러미를 바라봤다. 그리고 잠시 뒤 나에게 시선을 돌리고는 "안녕하신가, 젊은이? 그런데 그건 도대체 뭔가?"라고 물었다.

"아침에 일찍 깨워 주는 기계와 그 외에 여러 가지 장치가 달린 물건들입니다."

"음, 그거 굉장한 기계들이군. 자네는 분명 동부 출신의 양키일 거야. 그래, 기계 도면들은 어디에서 구했나?"

"제 머릿속에서 나왔습니다."

뭔가를 물끄러미 바라보던 주인장 주위로 동네 사람들이 호기심 어린 눈빛을 한 채 모여들었다. 이 작은 마을에서는 서너 명만 모여도 충분한 구경거리가 되었다. 20분 정도 지나자 많은 수의 마을 사람들이 히커리 언덕에서 만들었다는 이 괴이한 물건들의 주위를 둘러쌌다. 나는 사람들의 눈길을 피해 무리 밖으로 빠져나온 뒤 태연히 그들의 대화에 귀를 기울였다.

구경꾼의 대부분은 "저게 뭐야? 어디에 쓰는 물건이지? 누가 만들었대?"라는 질문을 했다. 그럼 주인장은 사람들에게 "저기 타지에서 온 젊은이가 만들었다네. 아침에 일찍 깨워 주는 장치가 부착된 시계라나 뭐라나. 그밖에도 다른 장치가 장착되어 있다는데 난 잘 모르겠어"라고 설명했다. 그러자 구경꾼 가운데 한 사람이 "거짓말! 그럴 리가 없어. 다른 용도로 쓰이는 물건 같은데. 그것도 좀 수상쩍은 용도로 말이야. 두고들 보라고. 틀림없이 조만간 신문에 대문짝만하게 날 테니까"라고 단언했다.

이때 작달막한 키에 호기심 많게 생긴 어떤 사람이 다가와 발돋움한 자세로 이 요상한 물건을 바라봤다. 그리고 새벽닭의 울음 같은 목소리로 "알았다. 이 물건의 정체를 알았어! 이건 생선뼈를 발라내는 기계야"라며 또박또박 말했다.

그 당시에는 골상학이 굉장한 유행이었다. 마을의 온갖 담과 헛간 벽에 커다란 두개골 포스터가 붙어 있을 정도였다. 그 가운데 '너 자신을 알라'는 표어가 붙은 포스터는, 학교에서 열리는 강연에 참석해 자신의 머리가 어떻게 생겼는지 설명을 듣고 자신의 적성과 배우자에 대한 조언을 들으라고 권유했다. 그런데 나의 기계 뭉치가 골상학을 연상시켰던 모양이었다. "이 기계를 만든 젊은이의 머리를 한번 봤으면 좋겠네. 그 친구의 머리는 틀림없이 발명에 어울리는 짱구일 거야"라며 한 마디씩 거들었다. 그중에는 "그 젊은이 머리랑 내 머리를 바꿀 수 있다면 얼마나 좋을까? 미국에서 제일 좋은 목장을 갖느니 그 친구의 머리를 갖고 싶군"이라며 칭찬을 아끼지 않는 사람도 있었다.

다음 날 기차를 타기 위해 나는 그 작은 여관에서 하룻밤을 묵었다. 그리고 아침 일찍 일어나 역으로 가서 플랫폼에 짐을 내려놓았다. 이윽고 기차가 지축을 흔들며 웅장하게 모습을 드러냈다. 난생 처음 보는 기차였다. 승무원이 나의 괴상한 기계를 보더니 "젊은이, 도대체 그게 뭔가?"라고 물었다. 이 질문에 나는 "아침 일찍 깨워 주는 장치와 그 외의 여러 기능이 추가된 기계입니다. 기차에 갖고 타도 될까요?"라고 말했다.

"갖고 타는 것은 상관없지만, 사람들 사이에서 부딪히다 보면 망가지지 않을까? 차라리 수화물 보관소에 맡기는 것이 어떻겠는가?"

이 말에 나는 수화물 담당자에게 짐을 건넨 뒤 다시 승무원에게 기관차에 올라타도 되느냐고 물었다. 그는 "그럼. 자네에게 딱 어울리는 자리지. 어서 달려가 기관사에게 내가 허락했다고 말하게나"라고 친절히 대답했다.

하지만 기관사는 "승무원이 무슨 말을 했든 나와는 상관없어. 태워줄 수 없어"라며 딱 잘라 거절했다. 기차가 출발하길 기다리며 플랫폼에 서 있던 승무원이 내가 다시 되돌아오자 나에게로 다가왔다. 나는 그에게 "기관사가 태워 주지 않으려고 하는데요"라고 말했다. 친절한 승무원은 "태워 주지 않는다고? 그럴 리가 없는데. 날 따라오게나"라고 했다.

승무원은 나를 위해 일부러 기차의 맨 앞쪽에 있는 기관실까지 함께 가 주었다. 그러고는 "안녕 찰리! 손님을 기관실에 태운 적이 없나 보지?"라며 기관사에게 말을 건넸다.

"네, 거의 없습니다."

"하지만 이 젊은 친구는 한 번 태워 주지 않겠나? 이 친구는 내가 난생 처음 본 아주 이상한 기계를 화물칸에 실었다네. 그 기계만 있으면 기차도 만들 수 있을 것 같더군. 그래서 기차가 어떻게 움직이는지를 보고 싶어하는 것 같아. 한 번만 태워 주게나."

말을 마친 승무원은 나에게 "얼른 타게"라고 속삭였다. 나는 기뻐서 어쩔 줄 몰랐다. 기관사는 허락도, 거절도 하지 않았다. 기차가 움직이기 시작하자 기관사는 승무원이 말한 '이상한 기계'가 무엇이냐고 물었다. 그래서 나는 "아침에 일찍 깨워 주는 장치와 몇몇 기능이 추가된 시계입니다"라고 재빨리 대답했다. 그리고 기관사가 더 많은 질문을 하기 전에 "기관실 밖으로 나가서 좀 둘러봐도 되겠습니까?"라고 물었다.

기관사는 흔쾌히 허락하면서 "떨어지지 않도록 조심해. 역에 가까워져서 기적이 울리면 바로 돌아오라고. 기관차에서 사내아이를 뛰놀게 했다는 사실이 윗사람들 귀에 들어가는 날에는 바로 모가지니까"라는 말을 덧붙였다. 금방 돌아오겠다고 약속한 나는 기관실 밖으로 나와서 보일러 옆의 발판을 걸었다.

기차는 살아 있는 생명체처럼 힘차고 멋지게 산과 들을 헤치며 달리고 있었다. 기차 앞쪽 배장기^{장애물을 제거하기 위해 기차의 앞쪽에 설치했던 기구}의 단에 앉아 있자니 하늘을 나는 듯한 기분이 들었다. 기차 옆으로 멋진 전경이 힘찬 모습으로 지나갔다. 스코틀랜드를 떠난 이후 처음 타는 기차인 데다, 기관실은 꿈도 꾸지 못했었다. 메디슨에 도착한 나는 멋진 여행 기회를 선사해 준 친절한 승무원과 기관사에게 감사의 말을 전하고 헤어졌다. 그리고 발명품 전시장이 열리는 장소가 어디인지를 물어본 다음, 발명품을 어깨에 짊어진 채 그곳으로 향했다.

나는 발명품 전시장 입구에 있던 매표소 직원에게 출품할 물건이 있다고 말했다.

"출품할 물건이 뭔데?"

"여기 있습니다. 보세요."

직원은 매표소에서 고개를 내밀어 나의 물건을 흘끔 쳐다보고는 "오, 멋진데! 너는 표를 살 필요 없어. 어서 들어와"라며 들뜬 목소리로 말했다. 그럼 내 발명품을 어디에 전시해야 하는지를 묻자 "커다란 깃발이 꽂혀 있는 언덕 위의 건물이 보이지? 그곳이 미술품 전시관이야. 너의 멋진 발명품은 그곳이 어울릴 거야"라고 했다.

언덕 위의 미술품 전시관으로 올라간 나는 이런 멋진 전시관에 목공예품을 전시할 수 있을까라는 걱정이 앞섰다. 전시관 입구에서 점잖아 보이는 한 신사가 친절한 목소리로 "젊은 양반, 무엇을 가지고 오셨소?"라고 물었다.

"시계 두 개와 온도계 한 개입니다."

"자네가 만들었나? 아주 멋지고 진기한 물건이군. 전시회에서 꽤나 인기가 있겠는데."

"어디에 놓을까요?"

"전시관을 둘러보고 가장 마음에 드는 곳을 고르게. 건물 안의 어디든 자리를 잡을 수 있으니까. 그리고 목수 한 사람을 정해서 필요한 선반을 제작하는 데 도움을 받아도 된다네."

나는 재빨리 발명품을 모두 전시할 수 있을 정도의 선반을 만들었다. 그리고 밖으로 나가 시계추로 쓰기에 적당한 반들반들한 둥근 돌을 주어 왔다. 20분 만에 준비를 다 끝내고나니 시계가 움직이기 시작했다.

나의 발명품은 전시장의 다른 어느 물건보다도 높은 인기를 끌었다. 관람객과 신문기자들에게 찬사도 많이 받았다. 이 지역의 신문 기사가 동부지역의 신문에 보도되기도 했다. 벽지의 소년이 이런 멋진 물건을 발명했다는 사실에 다들 감탄을 연발했다. 그리고 관람객들은 저마다 나의 전도양양한 미래를 예견하기도 했다.

하지만 칭찬을 듣고 우쭐해하는 일은 하나님에게 죄를 짓는 행위라고 배워 온 나로서는 신문에 난 호의적인 기사를 읽는 것조차 두려웠다. 그래서 기사를 오려 두거나 수집하는 일은 생각조차 하지 못했다. 그저 신문기사를 흘끗 쳐다본 뒤 자만심을 억누르기 위해 이내 시선을 다른 곳으로 돌릴 뿐이었다. 전시회 주최 측은 전시 품목으로 기재조차 되지 않았던 나의 발명품에 10~15달러 상당의 상금과 상장을 수여했다.

수년이 지나 여러 편의 글과 책을 썼을 무렵, 미술품 전시관의 책임자였던 점잖은 신사에게서 한 통의 편지를 받았다. 그가 박람회가 열리던 당시에 위스콘신대학의 영문과 교수로 일하고 있었다는 사실을 그때서야 알았다.

한참이 지난 뒤 그는 자신의 강의록을 보내왔다. 그는 나를 강의 주제로 삼아서, 이런저런 이야기와 더불어 허름한 옷에 진기한 발명품을 어깨에 둘러메고 미술관으로 들어서던 나의 모습을 학생들에게 생생하게 들려주곤 했다. 나의 발명품들은 그다지 대단하지는 않았지만, 그 이후 오랫동안 지속된 기회의 문을 나에게 활짝 열어 주었다. 내 생각에 나의 발명품들은 그저 독창성과 장래성을 드러냈을 뿐이었다.

전시회가 열리는 동안 나는 어떻게 해야 미래를 위한 확실한 길을 정할 수 있을지에 대해 여러 방면으로 심사숙고했다. 전시회에 참가했던 사람 가운데 위어드(Wiard)라는 발명가가 있었다. 당시 쇄빙선을 전시하던 그는 겨울 동안 프레리 드 챈(Prairied du Chien)에서부터 세인트 폴(St. Paul)까지 미시시피 강 상류를 운항했다고 했다. 그러면서 강이 얼어붙어 늘 다니던 항로를 운항할 수 없게 된 순간 새로운 항로를 만드는 데 자신의 쇄빙선이 얼마나 큰 구실을 했는지에 대해서 자세히 설명했다. 나의 발명품을 본 위어드는 자신의 공장에서 일해 보지 않겠느냐고 제안하면서 자신이 도울 수 있는 일은 다 돕겠다고 약속했다.

나는 그의 제안을 받아들였고, 우리는 함께 프레리 드 챈으로 향했다. 하지만 그곳에 머문 지 얼마 되지 않아, 위어드의 공장에서 배울 것이 그리 많지 않다는 생각이 들었다. 그러던 중 숙식을 제공받는 만큼만 일하고 나머지 시간은 기계 제도나 기하학, 물리학을 공부할 수 있는 곳을 찾아냈다.

새로운 고용주는 매우 친절했지만, 나의 공부에는 전혀 도움이 되질 없었다. 그래서 프레리 드 챈에 몇 개월 더 머문 뒤 학교를 다니고 싶은 마음에 다시 메디슨으로 돌아왔다.

메디슨에서 나는 아침에 일찍 깨워 주는 기계를 몇 대 더 만들었다. 이 기계는 일반 시계에서 부품을 분리한 뒤 침대 다리에 설치만 하면 됐기 때문에 이 기계를 서너 대 더 만들어 팔아 돈을 벌었다. 일반 시계는 시중에서 1달러면 살 수 있었으므로 부담스러운 일도 아니었다. 나는 또한 보험회사 사무실에서 광고 유인물에 주소를 쓰는 일로 몇 푼을 더 벌었다. 그리고 말 돌보기나 잔심부름을 하면서 숙식을 해결했다. 식대를 벌 수 있다면 허드렛일도 마다하지 않았다. 그런 와중에도 나는 주립대학에 입학해 공부할 수 있을 만큼의 돈을 벌게 되길 진심으로 기원했다. 아무리 힘이 들어도 주립대학에서 공부하고 싶은 소망은 조금도 사그라지지 않았다.

내가 보기에 위스콘신 주립대학만큼 캠퍼스가 멋진 대학도 없었다. 캠퍼스의 멋진 잔디와 수목, 아름다운 호수가 내 마음을 온통 사로잡았다. 캠퍼스를 거닐다 보면 책을 든 채 오고 가는 학생과 경위의(經緯儀) _{지구 표면의 물체나 천체(天體)의 고도와 방위각을 재는 장치} 로 거리를 측량하는 학생들이 종종 눈에 띄었다. 그들과 어울리고 함께 공부한다면 내 생애에서 그 이상의 기쁨은 없을 것 같았다. 새로운 지식에 대한 갈구는 어떤 일이든 견딜 수 있다는 각오를 더욱 강하게 만들었다.

어느 날 우연히 어떤 학생과 대화를 나눌 기회가 있었다. 그는 전시회에서 나의 발명품을 봤다고 했다. 내가 "이런 멋진 캠퍼스에서 공부하다니, 참 행복하겠어요. 나도 이 대학에 정말 다니고 싶은데……"라고 말하자, 그 학생은 "그럼 왜 들어오지 않으세요?"라고 물었다. 나는 "아직 돈이 충분하질 않아서요"라고 대답했다. 이에 학생은 "돈은 그렇게 많이 들지 않아요. 그리고 분명히 신입생으로 입학할 수 있을 거예요. 그럼 우리처럼 일주일에 1달러 정도로 숙식도 해결할 수 있어요. 빵과 우유 장사가 매일 오거든요"라고 설명해 주었다. 그 학생의 말대로라면 첫 학기 정도는 수중에 있는 돈으로 공부할 수 있었다. 그래서 일단 시도해 보기로 결심했다.

걱정과 두려움이 앞섰지만, 일단 학부장인 스털링(Stirling) 교수를 찾아갔다. 그 당시 학장대리직을 맡고 있던 그에게 사정을 이야기했다. 그리고 집에서 혼자 어느 정도 공부했으며, 11세에 스코틀랜드를 떠난 이후 집안의 농사일을 돕느라 동네 학교에서 몇 개월 공부한 것이 전부라는 사실도 밝혔다. 내 이야기를 들은 친절한 교수는 따뜻하게 나의 입학을 환영해 주었다. 천당 다음으로 가장 멋진 곳이라고 여겼던 대학에 내가 입학한 것이다!

예비반에서 몇 주일을 보낸 뒤 정식으로 1학년 수업에 들어갔다. 라틴어 교과서 중에는 스코틀랜드에서 배운 것도 있었다. 12년이란 긴 공백 기간이 있었지만, 예전에 배웠던 내용들을 다시 익혀 나갔다. 참 신기하게도, 12년 전에 공부했던 내용들이 거의 다 기억났다. 특히 던바의 중학교에서 외웠던 문법은 생생하게 기억날 정도였다.

대학 4년 동안 나는 긴 여름방학만 되면 수확기 들판에서 일하면서 1년 동안 필요한 돈을 벌었다. 하루에 1.6제곱킬로미터(약 4,900평)의 밭에서 밀을 베고 다발로 묶어 쌓아놓는 힘든 일이었다. 하지만 책을 사고 수업료로 1년에 32달러를 내야 하는 데다 가끔 산제, 증류기, 벨 모양의 실험관, 플라스크 등도 사야 했다. 그래서 숙식비를 일주일에 50센트로 줄여야 할 때도 있었다.

어느 해 겨울에는 메디슨에서 남쪽으로 16킬로미터 떨어진 학교에서 한 달에 20달러를 받으며 아이들을 가르치고 숙식도 해결했다. 내 공부는 밤에 할 수밖에 없었다. 그 당시 시계를 살 돈이 없었던 나는 직접 만든 히커리 시계를 사용했다. 이 시계는 시간을 나타낼 뿐 아니라, 추운 겨울날 아침에 학교 난로를 피우거나 수업시간을 알려주는 구실도 했다.

어느 겨울날 아침, 나는 시계를 둘러멘 뒤 낡은 통나무 교실로 갔다. 그리고 단단한 통나무 하나에 못을 박아 선반을 만들고 그 위에 시계를 올려놓았다. 그해 겨울은 몹시 추웠다. 그래서 학생들이 오기 전인 8시 정도에 불을 지펴서 교실을 훈훈하게 만들어 놓아야 했다. 솔직히 말해 매일 불을 지피는 일이 무척 귀찮았다. 그런데 히커리 시계가 있으면 이 일을 쉽게 처리할 수 있을 듯했다.

저녁식사를 마친 어느 날 저녁, 하숙집 주인에게 양초 한 자루만 있으면 지금 교실에 가서 난로가 아침 8시에 자동 점화되도록 장치하고 오겠다고, 그럼 내일 아침에는 수업시간에 맞춰 9시까지만 가면 된다고 말했다. 그러자 주인은 "맞아. 그 신기한 물건을 교실에 갖다 놓았더군. 하지만 그게 잘 작동할까?"라고 물었다. "그럼요, 작동하고말고요. 아주 간단하거든요"라고 대답하고는 한 시간도 안 걸려 준비를 끝마쳤다.

먼저 난로 바닥에 불쏘시개로 대패를 조금 넣고 그 옆에 한 숟갈의 염소산칼륨 가루와 설탕을 뿌려 두었다. 그리고 지정된 시간에 황산이 한 방울 떨어지도록 장치했다. 수업이 다 끝난 다음에는 타고 남은 재를 긁어서 눈 속에 버리기만 하면 되었다. 그리고 다시 커다란 상자 모양의 난로에 통통한 오크나무 장작을 가득 채워 넣은 뒤 난로 바닥에는 불쏘시개로 대패를 깔고 아침 8시에 황산 한 방울이 떨어지도록 점화장치를 해두면 끝이었다. 이에 걸리는 시간은 단 몇 분에 불과했다.

이 간단한 장치가 작동되는 첫날 아침, 나의 장치에 의구심을 가졌던 주인에게 창가에 서서 어떤 일이 일어나고 있는지를 직접 보라고 했다. 그 창가에서는 낡고 납작한 교실 굴뚝에서 나오는 연기를 볼 수 있었다. 잠시 뒤 시간이 되자, 어김없이 찬 공기를 뚫고 모락모락 연기가 피어올랐다. 하지만 주인은 감탄하기는커녕 "자네 언젠가는 학교를 태워 먹고 말겠군"이라며 침울하게 중얼거렸다. 이 믿음직한 점화장치는 긴 겨울 동안 하루도 빠짐없이 제 구실을 다해서, 나와 아이들이 교실에 도착할 무렵이면 늘 난로는 발갛게 달궈져 있었다.

긴 여름방학이 시작되면 수확을 거들면서 학비도 벌기 위해 히커리 언덕의 농장으로 돌아갔다. 기차 요금을 아끼기 위해 집까지 걸어서 갔다. 하루에 1.6제곱킬로미터나 되는 밭에서 밀을 베어야 하는데다, 식물연구도 병행해야 했기 때문에 몹시 힘들고 어려운 나날이었다.

점심시간에는 여러 식물들을 한 아름 모아서 시들지 않도록 물에 담가두고, 저녁식사를 마친 다음에는 이것들을 분류해서 조사했다. 이로 인해 수면시간은 4시간도 채 되지 않았다. 그래도 식물학 강의를 들은 첫 학기의 끝 무렵에는 인근 지역의 주요 식물들을 모두 조사할 수 있었다.

식물학을 공부하게 된 것은 그리즈월드(Griswold)의 영향 탓이었다. 지금 그는 위스콘신 주의 워키쇼(Waukesha)에서 판사로 재직 중이다. 그리즈월드는 "가르치는 일이야말로 나에게는 가장 큰 즐거움이다"라고 떠벌리며 다녔다. 잊히지도 않는 6월의 어느 날, 북쪽 기숙사의 돌계단에 서 있던 나에게 다가온 그리즈월드는 다짜고짜 나를 가르치려고 들었다. 그는 까치발로 개아카시아 나뭇가지에서 꽃 한 송이를 꺾은 뒤 그것을 내게 불쑥 내밀면서 "뮤어, 이 나무가 무슨 과(科)에 속하는지 알아?"라고 물었다.

"모르겠는데. 나는 식물에 대해서는 잘 몰라."

"뭐, 상관없어. 그럼, 이게 뭐처럼 보여?"

"완두콩 꽃 같은데."

"그래 맞아. 이 나무는 완두콩과에 속하는 식물이야."

"그럴 리 없어! 완두콩나무는 연약하고 멋대로 뻗어나가는 넝쿨인데, 개아카시아는 가시가 있는 크고 단단한 나무잖아."

"맞는 말이야. 크기만 생각한다면 너의 말도 틀린 것은 아니지. 하지만 식물은 기본적인 특징 면에서는 모두 비슷해. 그러니까 같은 과에 속한다는 말도 맞는 말이야. 개아카시아 꽃의 특이한 모습을 한번 봐. 위쪽의 꽃잎을 화판이라고 하는데, 널찍하고 꼿꼿이 서 있지? 완두콩 꽃의 위쪽 꽃잎도 같은 모양이야. 화판의 두 장 아래 꽃잎은 익판이라고 하는데, 날개 모양으로 퍼져 있어.

완두콩도 이것과 똑같아. 익판 밑의 두 장의 꽃잎은 가장자리가 하나로 되어 위로 휘어져 있는데, 이를 용골판이라고 해. 완두콩의 꽃잎도 똑같은 모양인 거 보이지? 자, 이제는 꽃의 수술과 암술을 한번 봐. 열 개의 수술 중 아홉 개는 수술의 화사(花絲)를 갖고 있는데 이것들은 암술 주변에 있는 엽초(葉鞘)로 통합되어 있지. 하지만 열 번째 수술은 화사가 없어. 모습이 꽤 특이하지 않니? 그리고 이상하게 들릴지 모르지만, 완두콩 꽃에서도 같은 모양을 볼 수 있어. 다음에는 개아카시아의 배주(胚珠)^{꽃의 암꽃술에 있는 중요 기관으로 밑씨라고도 함. 속씨식물에서는 씨방 안에 생기고, 겉씨식물에서는 밖으로 드러나 있음} 나 씨를 한번 봐. 완두콩 씨처럼 꼬투리 속에 싸여 있을 거야.

이젠 잎을 봐. 개아카시아의 잎이 어린 잎 몇 장으로 되어 있는 게 보이지? 완두콩 잎도 같은 모양을 하고 있어. 자, 이번에는 개아카시아 잎을 한번 먹어 봐."

그리즈월드가 시키는 대로 맛을 보자, 완두콩 잎과 똑같은 맛이 났다. 비록 하나는 덩굴이고 다른 하나는 커다란 나무지만, 자연이라는 같은 양념을 쓰고 있었던 것이다.

"이런 유사한 특징들이 단순한 우연이라고 생각하지는 않겠지? 그렇다면 혹시 덩굴 완두콩과 개아카시아 나무를 만드신 창조주는 이런 특징들을 바탕으로, 모든 식물을 마음대로 분류해서는 안 된다는 사실을 보여 주려고 한 것은 아닐까? 어쩌면 인간에게는 식물을 분류할 아무런 권한도 없을 거야. 반면, 자연은 기본적인 통일성을 바탕으로 무한한 다양성을 제공하면서 천지 만물을 다루고 있지. 따라서 식물학자는 오직 식물들의 다양한 관계 속에서 조화를 배우기 위한 목적으로만 식물들을 연구해야 해."

이 훌륭한 강의에 감동받은 나는 요동치는 열정을 안고 숲과 초원으로 달려 나갔다. 모두들 그렇듯이 나도 꽃을 무척 좋아했다. 꽃의 순수하고 아름다운 매력이 나를 사로잡았다. 꽃들은 숭고한 신의 뜻을 드러낼 뿐 아니라 나를 심연의 우주 속으로 인도했다.

나는 기회가 있을 때마다 식물을 찾아서 멀리까지 돌아다녔다. 호수 근치끼지 가서 식물견본을 노아온 뒤 그것들이 시들지 않도록 물이 담긴 양동이에 꽂아 두기도 했다. 학교 수업을 마치면 밤늦게까지 견본들을 조사했다. 눈을 감아도 식물들의 아름다움이 눈앞에 선하게 펼쳐져서 쉽게 잠을 이룰 수가 없었다.

이 와중에도 발명에 대한 나의 열정은 결코 식지 않았다. 당시 나는 학기 초마다 읽어야 하는 책들을 순서대로 준비해 주는 책상을 발명했다. 이와 더불어 매일 아침 정해진 시간에 잠을 깨워 주는 침대와 어두운 겨울 아침에 정해진 시간마다 램프가 켜지는 장치도 만들었다. 옷을 갈아입고 나면 잠시 후 찰카닥 하는 소리와 함께 책상 상단부의 아래쪽에 위치한 책꽂이에서 그날 공부해야 할 첫 번째 책이 쑤욱 나와서 펼쳐졌고, 그 책은 정해진 시간만큼 책상 위에 놓여 있었다. 정해진 시간이 지나면 책상은 그 책을 덮어서 다시 책꽂이에 꽂았고, 그 다음에 읽어야 할 책을 펼쳐 놓았다. 나는 하루에 공부해야 할 교과목의 수를 고려해 각 과목에 필요한 시간을 할당했다.

또한 나는 해가 일찍 뜨는 여름철에는 시계 대신 아침 햇빛을 이용하는 것이 좋겠다는 생각을 했다. 그래서 침대 옆 창가에 만들어 놓은 틀에 작은 망원경에서 뽑아낸 렌즈를 붙인 뒤 아침 햇빛이 내리쬐는 쪽으로 고정시키는 아주 간단한 작업을 했다. 렌즈를 통과한 햇빛이 장착된 실에 모이면 실이 타들어 가기 시작하면서 침대머신이 작동해 아침에 시계 없이도 일어날 수 있었다. 원하는 기상 시간에 맞춰서 렌즈 틀의 축을 돌려놓기만 하면 되었다. 에머슨(Ralph Waldo Emerson)^{미국의 19세기 평론가, 시인, 철학자}의 조언대로 별빛을 이용하기도 했다.

이뿐만 아니라, 나는 햇빛의 움직임과 식물이 자라는 모습을 시각적으로 관찰할 수 있는 장치도 고안해냈다. 그것은 유리 상자 속에 들어 있는 매우 정교한 장치였다. 교수들은 여러 발명품이 있는 나의 방을 무슨 전시장쯤으로 여겼는지, 주말만 되면 방문객을 데려오곤 했다.

학교를 나오고 18년이 지났을 무렵, 휴가기간에 학교 캠퍼스를 찾아갔다. 학교 관리인에게 나의 학창 시절에 무척 인기가 많았던 관리인 페트는 어떻게 지내느냐고 물었다. 페트는 늙어서 일을 하지 못할 뿐 아직 살아 있다고 했다. 학창 시절 내가 오랫동안 머물던 기숙사를 가리키자 그는 "아, 당신이 누군지 알겠어요"라며 내 이름을 대는 것이 아닌가! 그래서 "어떻게 제 이름을 아세요?"라고 물었다. 그는 "페트는 신입생들이 들어올 때마다 저 방을 가리키면서 그 방에 있었던 여러 진기한 물건들에 대해 두고두고 얘기하곤 했죠"라고 대답했다. 나의 작은 발명품들이 오랫동안 기억되고 있었던 것이다.

나는 대학 4년 동안 정규 과정을 밟지 않고, 나에게 필요하다고 판단되는 과목들만 수강했다. 특히 화학은 나를 새로운 세계로 인도했다. 화학 이외에도 수학, 물리학, 그리스어, 라틴어, 생물학, 지질학 등을 조금씩 공부했다.

하지만 학교에서 배우는 것만으로는 만족할 수 없었다. 그래서 학교에서의 정규과정을 다 마치지 않은 상태에서 생물 및 지질 연구를 위해 여행을 떠나기로 결심했다. 이렇게 시작된 연구 여행은 거의 50년이나 계속되었고, 아직도 끝나지 않고 있다. 나는 늘 행복하고 자유로웠으며, 가난 속에서도 풍요로웠다. 비록 학위나 명성은 없었지만, 설레는 가슴을 안고 창조주의 손끝이 닿지 않은 것이 없는 자연의 아름다움을 찾아 나섰다.

연구 여행을 떠나기로 결정한 나는 멘도타(Mendota) 호수의 북쪽에 위치한 언덕 위에서 회한과 미련에 잠긴 채, 비록 배고팠던 시간이 많았지만 행복과 희망으로 가득했던 아름다운 학창 시절을 떠올리며 마지막으로 캠퍼스를 바라보았다. 그리고 흐르는 눈물을 닦으면서 축복 받은 모교에 작별을 고했다. 하지만 이 작별인사는 한 대학에서 다른 대학으로 옮기는 것에 대한 하나의 과정에 지나지 않았다. 즉, 위스콘신의 자연 대학이 나를 기다리고 있었던 것이다.

여행 중에 만난 사람들
1600킬로미터의 대장정을 시작하다

존 뮤어는 1600킬로미터의 멕시코 만 대장정에서 만난 사람들에 대한 이야기와 그들을 묘사한 작은 삽화들을 노트에 자세히 기록해 두었다. 가진 것 없이 맨몸으로 대장정을 떠난 만큼, 그는 평범한 사람들의 진솔한 모습을 많이 접할 수 있었다. 특히 남북전쟁이 끝난 직후였기 때문에 서민들의 곤궁한 생활을 온몸으로 느꼈다. 동물, 식물뿐 아니라 사람에 대한 관찰력도 뛰어난 뮤어였다.

1. 도둑

얽히고설킨 덩굴이 울창하게 뻗어 있는 평지를 몇 킬로미터 지나자 컴벌랜드(Cumberland) 산비탈이 나타났다. 내 발길과 눈길이 닿은 첫 번째 산이었다. 산을 올라가기 시작하고 얼마 지나지 않아 말을 탄 젊은이가 나를 앞질러 갔다. 그런데 그 사람이 갑자기 일거리를 찾느니 차라리 도둑질을 하겠다는 자신의 본색을 드러냈다.

나에게 어디서 왔느냐, 어디로 가느냐 등등을 묻더니 짐을 들어주겠다고 했다. 힘이 들 정도로 짐이 무겁지는 않다고 대답했다. 하지만 계속해서 짐을 들어주겠다고 우기고 구슬리고 하더니 이내 빼앗다시피 내 짐을 가져갔다. 짐을 든 그는 갑자기 속도를 내기 시작했으며, 결국 가방을 뒤져도 지나가는 사람이 눈치 채지 못할 정도의 거리까지 앞서 나갔다.

하지만 걷고 달리는 일은 누구보다도 자신 있는 나였다. 길모퉁이를 돌아 30분 정도를 달려가자 내 보잘것없는 가방을 뒤지고 있는 그가 눈에 들어왔다. 내 가방 속에는 머리빗, 칫솔, 수건, 비누, 속옷, 번즈의 시집, 밀턴(Milton)의 『실낙원』, 작은 성경책 등이 들어 있었다. 나를 기다리던 그는 가방을 돌려주면서 두고 온 물건이 있어 돌아가 봐야 한다며 언덕을 다시 내려갔다.

2. 대장장이

컴벌랜드 산비탈을 따라 정상을 향해 두어 시간을 걸어 올라간 나는 해가 넘어가기 전에 어떤 통나무집 앞에 도착했다. 65~80킬로미터에 걸쳐 황량한 고원이 펼쳐진다는 정보를 들은 나는 어두워지기 전에 하룻밤 묵을 곳을 찾아야만 했다.

통나무집의 문을 두드리자 어머니처럼 인자하게 생긴 나이 지긋한 부인이 나왔다. 저녁식사도 하고 하룻밤만 묵을 수 없겠느냐는 나의 물음에 그 부인은 어느 정도의 잔돈만 낸다면 최대한 접대를 하겠다고 했다. 공교롭게도 5달러짜리 지폐밖에 없다고 말하자, 그녀는 "그럼 안 되겠네요"라고 대답했다. 그리고 며칠 전에 노스캐롤라이나에서 온 군인 10명이 하룻밤을 묵고 그 다음 날 아침 잔돈으로 바꿔줄 수 없을 정도의 큰 지폐를 내놓는 바람에 한 푼도 받지 못했다고 덧붙였다. 그래서 나는 "괜찮습니다. 미리 말씀해 주셔서 고맙습니다. 호의를 악용할 바에야 차라리 한 끼 굶는 편이 더 낫습니다"라고 대답했다.

짧은 인사를 하고 뒤돌아서는데, 나의 지친 모습이 안쓰럽게 보였던지 부인은 나를 불러 우유를 한 잔 주었다. 어쩌면 하루 이틀 동안 제대로 음식을 먹지 못할 수도 있다는 생각에 고마운 마음으로 우유를 마셨다. 그리고 부인에게 65~80킬로미터 내에 다른 집이 없는지를 물었다. 이에 부인은 "다음 집은 3킬로미터 정도 떨어져 있어요. 그 집을 지나고 나면 다른 집은 전혀 없답니다. 집이 몇 채 있긴 하지만, 전쟁 중에 주인이 죽거나 쫓겨나서 현재는 빈집들입니다"라고 말했다.

마침내 나는 마지막 집에 도착했다. 문을 두드리자, 마음씨가 좋아 보이는 자그마한 부인이 문을 열고 나왔다. 식사도 하고 하룻밤만 묵을 수 없겠느냐는 나의 부탁에 그녀는 "아, 그러세요. 묵을 수 있어요. 들어오세요. 남편을 부를게요"라고 대답했다. 그래서 나는 "먼저 드릴 말씀이 있습니다. 숙박비로 잔돈은 없고 5달러짜리 지폐밖에 없는데 괜찮으시겠습니까? 당신의 호의에 어긋나는 짓을 하고 싶지는 않습니다"라고 말했다.

그러자 부인은 대장간에서 일하고 있던 대장장이 남편을 불렀다. 가슴에 검은 털이 텁수룩하게 나 있는 그녀의 남편은 땀과 먼지로 뒤범벅된 모습으로 손에 망치를 든 채 나타났다. 이 젊은이가 하룻밤만 묵고 가길 원한다는 부인의 말에 곧바로 "좋아. 젊은이에게 집으로 들어가라고 해"라고 대답했다. 남편이 다시 대장간으로 돌아가려고 하자 부인이 한 마디 덧붙였다. "그런데 지금 잔돈이 없대요. 5달러짜리 지폐밖에 없다는데요." 그녀의 남편은 잠시 머뭇거리더니 돌아서면서 "집으로 들어가게 해. 자신이 먼저 솔직하게 그런 말을 하는 사람이라면 대접받을 자격이 있지"라고 말했다.

집주인은 힘든 하루의 일과를 마치고 집으로 들어와 식탁에 앉은 뒤 옥수수와 베이컨뿐인 검소한 음식을 앞에 두고 감사의 기도를 드렸다. 그리고 잠시 뒤 식탁 건너편의 나를 바라보면서 "젊은이는 이 산속에서 무엇을 하고 있나?"라고 물었다. 나는 "식물들을 조사하고 있습니다"라고 대답했다.

"식물? 무슨 식물을 조사하고 있는데?"

"풀, 잡초, 꽃, 나무, 이끼, 양치류 등등 식물이라면 전부 다 조사하고 있습니다. 저의 관심을 끌 만한 것이라면 무엇이든지 말입니다."

"그럼 혹시 공무원인가?"

"아닙니다. 저는 단지 저 자신을 위해 일하고 있을 뿐입니다. 식물이라면 모조리 다 좋아하거든요. 가능한 한 많은 식물들에 대해 알고 싶어서 여기 남부까지 온 겁니다."

"의지가 강한 젊은이로군. 자네는 확실히 산과 들을 싸돌아다니며 잡초나 꽃을 지나치기만 하는 사람들보다 훨씬 더 많은 의미를 얻을 수 있을 걸세. 하지만 지금은 어려운 시절이야. 그런 만큼 할 수만 있다면 남자는 남자다운 일을 해야지. 꽃이나 꺾고 다니는 일은 시대를 막론하고 남자가 할 일은 아닐세."

이 말에 나는 즉시 반박했다.

"성경을 믿으시지요?"

"그럼 믿고말고."

"그렇다면 솔로몬이 의지가 강하고 현명한 왕이었다는 사실을 잘 알고 계시겠군요. 그런 솔로몬 왕도 식물 연구를 보람 있는 일로 여겼습니다. 그뿐만 아니라 그는 저처럼 꽃을 따기 위해 돌아다니기도 하고, 꽃들을 연구하기도 했습니다. 그런 솔로몬 왕이 레바논 삼나무에서부터 돌담 사이의 미미한 풀까지 다양한 식물에 관한 책을 저술했다는 사실을 알고 계실 것입니다. 따라서 이 문제에 있어서만큼은 선생님과 솔로몬 왕이 서로 다른 의견을 가지고 있는 듯하군요. 자신 있게 말씀드릴 수 있는 것은, 솔로몬 왕은 유대 땅에 있는 산과 들을 오랫동안 거닐곤 했다는 점입니다. 만일 솔로몬 왕이 미국인이었다면, 이 땅의 아주 작은 풀 한 포기에도 자신의 손길을 뻗고 관심을 가졌을 것이 분명합니다.

또 다른 예를 말씀드릴까요? 예수님께서 제자들에게 '들에 핀 백합이 어떻게 자라는지를 보라. 그 꽃의 아름다움이 솔로몬의 영광과 비교될 수 있느냐?' 라고 말씀하신 것을 기억하십니까? 그렇다면 누구의 말을 따르는 것이 옳을까요? 예수님의 말씀일까요, 아니면 당신의 의견일까요? 예수님은 들에 핀 백합을 보라고 말씀하시는데 당신은 그럴 필요 없다고 합니다. 의지가 강한 사람이 식물에 관심을 가지는 것이 과연 보잘것없는 일일까요?"

집주인은 나의 말에 전적으로 공감하면서 자신은 지금까지 그런 식으로 꽃을 바라본 적이 없었다고 말했다. 그리고 다시 한번 나를 강인한 사람이라고 칭찬했다. 또한 꽃을 꺾고 다니는 것도 남자가 할 수 있는 일이라고 인정하면서, 전쟁은 끝났지만 여기저기에 숨어 있는 패잔병들로 인해 컴벌랜드 산을 넘는 일이 아직까지는 안전하지 않다고 말했다. 덧붙여서, 나라가 다시 안정을 되찾고 질서가 잡힐 때까지 멕시코 만(灣)을 따라 걷는 일을 잠시 미루고 집으로 돌아가라고 충고했다.

"걱정 없습니다. 가진 게 하나도 없는 저를 노릴 사람은 한 명도 없을 것입니다."

나는 늘 운이 좋은 편이었다. 다음 날 아침, 집주인은 다시 주의를 주면서 집으로 돌아가라고 간청했다. 하지만 그 어떤 것도 대장정에 대한 나의 장대한 결심을 막지 못했다.

3. 패잔병

9월 11일

정오쯤 되자 길이 점차 희미해지더니, 결국 황량한 들판 사이로 길이 사라지고 말았다. 배가 고픈 와중에도 내가 가야 할 방향은 잘 알고 있었지만, 들장미 더미로 인해 앞으로 제대로 나아갈 수가 없었다. 가시가 많은 들장미로 뒤덮인 오솔길에서 한 발자국도 내딛지 못하고 있었던 것이다. 가시덤불을 헤쳐 나가려고 발버둥을 치는 바람에 옷이 갈기갈기 찢기었고, 발목이 가시에 걸려 발을 뗄 수조차 없었다.

송곳 같은 작은 가지들은 마치 살아서 꿈틀거리는 것처럼 여기저기에서 뻗어 나와 있었다. 벗어나려고 발버둥을 칠수록 심하게 뒤엉키는 바람에 여기저기 상처만 깊어졌다. 남부에는 파리를 잡아먹는 식물뿐 아니라 사람을 잡아두는 식물도 있었던 것이다.

사투 끝에 겨우 길에 접어들어 어떤 집에 도착했다. 하지만 숙식을 제공받을 수 없었다. 그래서 해가 질 무렵 길게 뻗은 길을 따라 걷고 있는데, 갑자기 저 앞에 말을 탄 열 명의 남자가 나란히 서 있는 모습이 눈에 들어왔다. 그들이 먼저 나를 본 것이 틀림없었다. 말을 세우고 아무래도 나를 바라보고 있는 듯했다. 그 순간 그들을 피해 갈 수 없다는 생각이 늘었다. 길도 꽤 넓었기 때문에 당당하게 맞닥뜨리는 것 이외에는 다른 방법이 없었다. 1초의 머뭇거림도 없이 마치 그들 한가운데를 뚫고 지나가겠다는 듯, 나는 속도를 내어 성큼성큼 앞으로 나아갔다. 그들과 나의 거리가 5미터 정도 되었을 때 나는 고개를 들어 그들에게 "안녕하세요!"라고 웃으며 인사를 건넸다. 그러고는 그들을 피해서 다시 길로 접어들었다. 감히 뒤돌아보거나 무심코 겁먹은 모습을 드러내지 않으려고 노력하면서 계속해서 앞으로 나아갔다.

120~130미터 정도 지나왔을 때 용기를 내어 힐끔 돌아보았다. 그러자 그들이 내 이야기를 하고 있는 것이 틀림없는 듯한 광경이 눈에 들어왔다. 아마도 내가 가진 물건이 무엇이고 어디로 가는지, 그리고 나의 물건이 빼앗을 만한 가치가 있는지에 대해 이야기하고 있으리라. 그들은 모두 여윈 말을 타고 있었고, 머리카락이 어깨까지 길게 자라 있었다. 분명히 오랫동안 약탈에 익숙해 있어서 다가오는 평화가 못마땅한 악랄한 패잔병 무리였다. 하지만 그들은 나의 짐 꾸러미에서 삐져나온 식물 초본들을 보고, 그저 이 산악 지역에서 약초를 캐는 가난한 사람 정도로 판단했는지 따라오지는 않았다.

어두워질 무렵 길에서 조금 벗어난 곳에서 흑인들이 살고 있는 집을 발견했다. 그 집에서 완두콩, 버터밀크, 옥수수 빵 등을 얻어먹을 수 있었다. 의자의 앉는 부분이 없어진 식탁에 동석했는데, 시간이 지날수록 몸이 점점 밑으로 떨어지더니 무릎이 가슴까지 올라오고 입은 접시에 닿을 정도까지 내려갔다. 하지만 너무 굶주린 나머지 이런 것쯤은 전혀 문제가 되지 않았다. 또한 쭈그리고 앉은 듯한 기묘한 자세도 왕성한 식욕을 막지 못했다. 물론 잠은 밤하늘을 지붕 삼아 나무 아래에서 자야 했다.

4. 보안관

9월 19일

나의 몰골이 흑인인지 백인인지 구분할 수 없을 정도였기 때문에 노스캐롤라이나의 머피(Murphy)에서 보안관의 심문을 받았다. 보안관은 나에게 어디 출신인지, 가지고 있는 물건이 무엇인지 등을 물었다. 전쟁이 시작된 이후로 낯선 사람은 무조건 범죄자로 간주되었기 때문에 나의 모든 것이 보안관에게는 호기심과 의심의 대상이었다. 보안관과 잠시 이야기를 나눈 뒤 혐의가 없다는 사실이 밝혀진 나는 그의 집에 초대를 받았다.

집을 떠난 이후 처음으로 꽃과 덩굴로 덮여 있는 가옥을 봤다. 깨끗하고 모든 것이 잘 정리된, 세련되고 안락한 분위기의 집이었다.

5. 산사람들

9월 22일

정오 무렵, 바다를 향한 길목에 있는 마지막 산의 정상에 도달했다. 블루리지(Blue Ridge)라고 하는 곳이었다. 산의 앞쪽에는 지금까지 지나온 곳과는 매우 다른 전경이 펼쳐져 있었다. 거무스름한 송림이 일정한 모양으로 광활하게 바다까지 뻗어 있었던 것이다. 언제, 어느 지점에서 보더라도 장관이었다. 하지만 산에서 바라보는 전경이 제일 훌륭했다.

남루하지만 유쾌한 늙은 부인, 젊은 남녀 등 세 명과 함께 여행을
했다. 성령으로 거듭나 하나가 된 듯한 이들은 흔들리는 마차 속에
앉거나 기대거나 누워 있었다. 크기 차이가 많이 나는 노새들이 함께
끄는 마차는 몹시 흔들렸다. 특히 언덕의 내리막길에서는 마차와 마
구를 연결하는 연결고리가 느슨해져서 마차가 노새의 귀 부분까지
내려가, 마치 노새의 등에 타고 있는 듯한 느낌이 들 정도였다. 내리
막길에서 남녀노소가 서로 뒤엉켜 있다가 제자리로 얌전히 돌아가기
전에 마차가 오르막길로 들어서면, 채찍 및 우당탕 하는 소리와 함께
마차 안의 사람들은 뒤켠에서 더욱 흉한 모습으로 엉기고 말았다.

얼마 안 있어 돌투성이인 웅덩이 바닥에 사람과 노새가 함께 뒹굴
고 있는 모습을 보게 되리라 예상했지만, 마차 안에서 앞뒤로 뒤엉킨
사람들의 모습은 무척이나 위엄 있고 당당했다. 만유인력의 법칙에
따라 내리막길의 경사도가 커져서 마차의 뒤쪽이 더욱 높아지면 우
리는 모두 앞쪽으로 기분 좋게 미끄럼을 탔다. 그러다가 마차의 흔들
림이 잠잠해지면 우리는 사랑, 결혼, 야외 집회 등에 대한 주제로 수
다를 떨었다. 마차가 심하게 흔들렸음에도 늙은 부인은 만수국(萬壽
菊) 한 다발을 결코 손에서 놓지 않았다.

6. 선각자

10월 3일

저녁 무렵, 부유한 농장주인 캐머런(Cameron) 씨의 집에 도착했다.

그는 목화밭과 함께 많은 수의 노예를 거느리고 있었다. 노예들은 아직도 캐머런 씨를 '주인님'이라고 불렀다. 그는 노예 해방이 있기 전이 인건비가 훨씬 적게 들었다고 했다. 내가 도착했을 때 그는 녹슨 조면기(繰綿機)목화의 씨를 빼는 기계를 열심히 닦고 있었다. 빌 셔먼(Bill Sherman)의 불량배들이 기계를 부수지 못하도록 연못 바닥에 감춰 두었던 것이다. 방앗간과 조면 압착기에 들어가는 주요 부품들도 그런 식으로 감춰 두었다. 그는 "빌 셔먼 일당이 다시 맨손으로 나타나기만 해봐. 살아서 돌아가지는 못할 테니까"라고 말했다.

내가 식사와 더불어 하루 저녁만 머물 수 없겠느냐고 묻자 "아니요. 저희는 여행자에게 그런 편의는 제공하지 않습니다"라며 쌀쌀맞게 대답했다.

그래서 나는 그에게 나를 간단히 소개했다. "저는 식물학자이고, 지금 여행을 하고 있는 중입니다. 어두워지면 숙박할 곳을 찾거나 여의치 않으면 야영을 합니다. 인디애나를 출발해 긴 여정 동안 자주 그렇게 했습니다. 하지만 당신도 잘 알다시피 이곳은 습지입니다. 빵 몇 조각을 저에게 파시고 물을 조금만 마시게 해주신다면 야영할 만한 곳을 찾아보도록 하겠습니다."

이에 그는 나에게 몇 가지 질문을 던지고 이리저리 나를 살핀 뒤 "야영할 곳을 찾기는 어려울 것입니다. 우리 집에서 묵어도 좋을지 집사람한테 물어보죠"라고 말했다. 나 같은 사람을 묵게 하는 일에 대해 집사람이 어떻게 생각하는지 신경 쓰는 듯했다.

그는 나에게 잠시 문 앞에서 기다리라고 말한 뒤 부인을 불렀다. 인상이 좋은 부인은 전쟁이 끝나자마자 서둘러서 이렇게 먼 남부까지 내려온 이유를 나에게 물었다. 그러고는 남편에게 숙박을 제공해도 될 것 같다고 말했다.

저녁식사를 마친 뒤 우리는 난롯가에 앉아서 나의 주특기인 식물에 관한 이야기를 나누었다. 나는 지나온 여러 지역과 그곳 식물들의 특징 등에 대해 그들에게 말해 주었다. 그 순간 내 몰골에서 풍기던 모든 의심이 사라진 부부는 자신들은 빼앗길 것조차 더 이상 남아 있지 않다고 말했다. 그들의 노파심을 이해할 수 있었다. 인적이 드문 이곳을 지나가는 사람 백이면 백 모두 다 믿을 수 없었을 것이다.

캐머런 씨는 "바로 얼마 전에도 말쑥하게 차려 입은 점잖은 신사 한 사람을 잘 대접했더니 비싼 은쟁반을 가지고 야반도주했답니다"라고 말했다. 그리고 농장에 도착한 나를 처음 본 순간 내가 빌 셔먼의 일당인지를 시험해 봤으며, 아니라는 사실을 알고 더 의심스러웠다고 했다. 혼란스런 시기에 빌 셔먼 일당의 도움 없이 이런 시골 마을에 감히 들어올 생각을 했으니 말이다.

캐머런 씨는 식물에 대한 이런저런 이야기를 들은 뒤 "당신의 취미는 식물학이지만, 나는 전기에 관심이 많답니다. 지금은 전기가 전보를 보내는 데만 쓰이지만, 언젠간 이 신비한 에너지는 기차와 선박을 움직이고 빛을 제공하는 주공급원이 될 것입니다. 한 마디로 전기가 세계를 움직이게 될 것입니다. 그때까지 살아 있을지 모르겠지만, 그런 시대는 반드시 옵니다"라고 말했다.

그 후로 나는 조지아 농장주의 탁월한 선견지명에 자주 놀라움을 금치 못했다. 지금까지 그렇게 미래를 앞질러 간 사람은 없었다. 그의 예견은 거의 모두 실현되었다. 전기는 해마다 그 활용도가 더욱 높아지고 있다.

7. 흑인들

10월 11일

마른 대지 위를 걸었다. 평탄하던 땅이 높이가 몇 센티미터나 되는 모래더미로 인해 여기저기 방해를 받고 있었다. 플로리다의 어떤 곳도 해발 100미터가 넘지 않는다고 했다. 그래서 이곳은 도로를 만들기 위해 땅을 고르는 작업을 할 필요가 없었다. 하지만 많은 다리가 놓였고, 산림을 통과하는 터널도 곳곳에 뚫려 있었다.

인적이 드물고 습지가 많은 산림을 지나 광활한 평지로 들어설 무렵, 갈색 피부의 건강한 젊은이와 맞닥뜨렸다. 그 젊은이는 뭔가를 노리는 눈빛이 역력했다. 하지만 나는 몹시 갈증을 느끼고 있었기 때문에 그에게 이 근처에 샘물이나 물 한 모금 얻어먹을 수 있는 집이 없는지를 물었다. 이에 그는 "있습니다"라고 대답하면서 눈으로는 연신 뭔가를 열심히 찾았다. 그러면서 어디에서 왔느냐, 어디로 가느냐, 무엇을 하러 이런 산에 왔느냐, 강도를 만날 수 있고 생명을 잃을 수도 있다 등 두서없는 말을 계속해서 지껄여댔다.

"강도를 당할 염려는 없습니다. 가져갈 만한 물건이 저에게는 없거든요."

"아, 그러세요. 하지만 돈 없이는 여행을 할 수 없을 텐데요."

내가 다시 걸음을 재촉하자 그 흑인 청년이 길을 막아섰다. 그 순

간 나는 그가 떨고 있다는 사실을 알아차렸고, 나를 때려눕힌 뒤 강
도짓을 할 것이라는 생각이 퍼뜩 들었다. 흑인 청년은 총을 찾으려는
듯 주머니를 노려보더니, 떨리는 목소리로 더듬거리며 "총을 가지고
있나요?"라고 물었다.

　이제 그가 무슨 짓을 하려는지 분명해진 만큼 나도 즉각 반응을
보여야 했다. 비록 총을 가지고 있지는 않았지만, 그를 노려보았다.
그리고 짐짓 주머니에서 총을 꺼낼 것처럼 손을 들어 올리고 그에게
가까이 다가선 뒤 힘 있는 목소리로 "내가 총이 있는지 없는지 보여
줄 수 있지"라고 말했다. 그러자 흑인 청년은 겁을 먹었는지, 움찔하
며 뒤로 물러서 나에게 길을 내주었다. 극적으로 위기에서 벗어난 순
간이었다.

테네시를 회상하다

외로움과 고독을 느끼는 순간에도 자연과 함께……

존 뮤어도 여행 중에 외로움을 느끼거나 고독에 빠져들곤 했다. 그래도 그는 이러한 감정들을 자연 속에서 정화하고, 다시 활력을 되찾았다. 자연의 소리와 느낌을 예사로 넘기지 않는 그의 오감이 그에게 생기를 불어넣었던 것이다.

테네시(Tennessee)를 여행하는 중에 간혹 굶주림과 외로움이 몰려올 때가 있었다. 집이 한 채도 없는 컴벌랜드 산중을 하루 종일 걸을 때 특히 그랬다.

그런 와중에도 파란 잎이 하늘을 가득 덮은 웅달진 시냇물을 건너다가, 냇가에서 가냘픈 딕소니아(Dicksonia)^{고사리과의 양치류}와 난생 처음 보는 목련나무를 발견했다. 나는 그 자리에 멈춘 채 발견의 즐거움을 만끽했다. 나뭇가지 사이로 부는 바람의 신비한 내음과 잔물결을 따라 흐르는 시냇물의 유쾌한 소리! 적당히 경사진 바위 위로 물이 흐르는 시냇가와 울창한 숲만큼 외로움을 만끽하고 누리기에 좋은 곳도 없으리라!

잔잔한 고요함 속에서 나는 이내 고독에 빠져들었다. 그런데 잠시 뒤 이끼 낀 바위 옆 수풀 속에서 작은 새 한 마리가 날아올라 나를 고독에서 깨웠다. 유쾌하고 확신에 차 있는 작은 새는 안식일에 들었던 그 어떠한 말씀보다도 신뢰감이 가득한 설교를 나에게 전달했다. 고독에 빠져 있던 나의 마음과 지쳐 있던 몸은 이내 다시 생기를 되찾았다.

공동묘지에서 야영을 하다
어려움 속에서 싹트고 결실을 맺은 자신만의 철학

존 뮤어는 자연 속에서 삶과 죽음에 대한 이치를 깨달았다. 그리고 아이들에게도 이런 이치를 명확히 알려주어야 하며, 아이들이 자연 속에서 자연과 교감하며 생활할 수 있도록 하는 것이 어른의 의무라고 믿었다. 여행 중에 돈이 떨어진 뮤어는 공동묘지에서 야영을 하게 된다. 그 와중에도 그는 자연에 대한 경외감과 자신만의 인생 철학을 잃지 않았다.

10월 8일

사바나(Sabannah)에 도착했다. 아직 집에서는 아무런 소식도 없었다. 위스콘신의 포티지에 있는 동생에게 급하게 부탁했던 돈이 아직 도착하지 않았다. 빈털터리에 외로움마저 밀려들었다. 제일 초라해 보이는 여인숙에 투숙했다. 예상대로 숙박비가 퍽 저렴했다.

10월 9일

운송회사와 우체국에 다시 다녀온 뒤 거리를 거닐었다. 길을 따라 걷다 보니 보나벤처(Bonaventure) 공동묘지가 나왔다. 성경에 나와 있는 갈릴리 바다 건너편의 공동묘지가 보나벤처 묘지의 반만큼만 아름다웠어도 공동묘지에 사람이 사는 일이 이상하지는 않았을 것이다. 묘지는 사바나에서 5~7킬로미터 떨어져 있었으며, 하얀 조가비가 깔린 길은 평탄했다.

묘지로 가는 길에는 보나벤처의 아름다움과 웅장함을 암시할 만한 것이 땅, 바다, 하늘 그 어디에도 없었다. 길 양옆으로 펼쳐진 황량한 들판에는 거친 잡초들이 무성했고, 개간의 흔적은 찾을 수 없었다. 하지만 이런 풍경이 일순간에 바뀌고 말았다. 금방이라도 쓰러질 것 같은 통나무집과 무너진 담장, 잡초로 무성한 땅을 뒤로 하자마자 화려한 리아트리스(Liatris)^{북아메리카가 원산지인 국화과의 다년생초}가 피어 있는 자연 그대로의 원시림 침상이 기다리고 있었다. 새들의 노랫소리를 들으면서 자그마한 개울을 건너면, 오래된 삼림이 웅장하게 우거진 대자연의 품속에 안기게 되었다. 이 묘지는 무척 아름다워서 지각(知覺)이 있는 사람이라면 나태하고 무질서하게 살아가는 것보다 죽은 자들과 함께 이곳에서 살고 싶어질 것이다.

100년 전쯤 이곳에 대저택을 소유하고 있던 어느 부유한 신사가 대지의 한 구석을 개간하고 떡갈나무들을 심었다고 한다. 이때 대부분의 지역은 자연 그대로 방치해 두었다. 하지만 지금 자연은 사람에 의해 망가진 지역조차도 마치 인간의 손길과 발길이 전혀 닿지 않았던 것처럼 원래의 모습으로 되돌려 놓으려 애쓰고 있었다. 그저 대지의 한 구석에 폐허가 된 낡은 저택과 무덤들만이 자리하고 있을 뿐이었다.

보나벤처에서 제일 먼저 눈에 띄는 아름다움은 도로를 따라 늘어선 웅대한 수목이었다. 그것은 큼직한 잎사귀가 무성한, 15미터 높이에 둘레가 90~120센티미터나 되는 멋진 나무들이었다. 굵은 가지는 도로변까지 뻗어 나오고, 푸른 잎은 나무 전체를 덮고 있었다. 작은 가지들은 이끼, 꽃, 풀, 키 작은 팔메토(Dwarf Palmettos)^{북아메리카 남서 해안} ^{산(産)의 종려나무}로 아름답게 장식되어 있었다.

하지만 이 기이한 묘지에서 제일 특이한 식물은 수염 틸란드시아 (Tillandsia-draped Oak)^{파인애플과(科)에 속하는 식물 중 가장 널리 분포하는 틸란지아속(屬). 약 500종의 아메리카 열} ^{대식물로 이루어짐}였다. 수염 틸란드시아는 2.5~3미터의 길이에 은백색을 띠고, 나뭇가지에 매달려 위에서 아래까지 우아하게 늘어져 있었다. 바람에 의해 하늘하늘 흔들릴 때마다 엄숙한 장례식 분위기가 연출되곤 했다.

이 공동묘지에서는 수많은 작은 수목과 관목들이 제각각의 광채를 빛냈다. 이곳의 반은 소금기를 머금은 늪과 강의 섬에 의해 둘러싸여 있었으며, 강을 따라 핀 갈대와 사초(莎草)가 강가를 아름답게 만들었다. 그리고 늪가에 자라고 있는 나무들 사이로 많은 흰머리 독수리가 먹잇감을 찾아 배회했다. 매일 아침마다 흰머리 독수리의 울음소리, 잎이 무성한 나무의 그늘에서 들려오는 까마귀의 시끄러운 울음소리, 그리고 끊이지 않는 개개비의 노랫소리가 울려 퍼졌다. 많은 나비와 온갖 종류의 곤충들은 기쁨과 즐거움으로 충만해 있는 듯했다. 이 공동묘지는 죽은 자가 아니라 살아 있는 생명체가 지배하고 있었던 것이다.

보나벤처는 내가 지금까지 본 지역 가운데 동물과 식물이 제일 잘 어우러진 곳이었다. 위스콘신의 서부 대초원 출신인 나에게는 생기 넘치는 인디애나와 켄터키의 너도밤나무, 단풍나무, 오크나무, 거무스름하면서도 신비한 사바나 사이프러스(Cypress)^{편백나무과(科)의 상록침엽수} 숲 등도 무척 인상적이었다. 하지만 보나벤처에 와보니 기다란 이끼가 늘어진 보나벤처의 오크나무 숲처럼 인상적인 곳도 없었으며, 이후에도 결코 보지 못했다.

다른 지역에서 온 이방인인 나는 경외감에 사로잡힌 채 보나벤처를 바라봤다. 보나벤처는 죽은 자들을 위한 마을 공동묘지였다. 하지만 무덤들은 주변의 살아 있는 생명체들로 인해 그 존재가 미약하게 느껴졌다. 흐르는 잔물결 소리, 새들의 노랫소리, 즐거워 어쩔 줄 모르는 꽃들의 모습, 평온함, 오크나무들의 웅장한 자태 등 생명과 광명이 가득한 보나벤처는 하나님이 가장 사랑하는 장소 가운데 하나로 만든 공동묘지였다.

죽음만큼 왜곡되고 비루하게 치부되는 것도 없다. 사실 천지 만물에서 생명과 죽음은 매우 우호적이면서도 서로 조화를 이루며 결합해 있다. 그런데도 죽음은 늘 생명의 대적(大敵)인 원죄에 의해 생겨나는 재난이나 피할 수 없는 벌로 인식되어 왔다. 특히 어린아이들은 이러한 잘못된 인식에 사로잡혀 있다. 죽음의 자연스런 모습에 대해서 어른들이 아이들에게 전혀 말해 주지 않기 때문이다.

수천 개의 형태로 나타나는 타살뿐 아니라 축복 받은 죽음도 우리는 비탄과 눈물을 자아내는 음울한 것으로 알고 있다. 장의사, 검은색 옷에 어두운 표정, 특히 침울하고 귀신이 나올 것 같은 기분 나쁜 장소에 묻히는 검은색 관에 의해 죽음은 두려운 대상이 되어 버렸다. 우리가 임종의 자리에서 듣게 되는 가장 믿을 수 없는 말은 "죽는 게 두렵다"라는 것이다.

무엇보다도 어른들은 아이들로 하여금 숲과 초원, 들판과 산, 신성하게 흐르는 별 속에서 자연과 어울리게 해야 한다. 그리고 삶과 죽음이 혼재된 아름다움을 보게 하고, 삶과 죽음이 결코 떼어낼 수 없는 하나라는 사실을 이해하게 해야 한다. 그럼 아이들은 죽음이 결코 나쁘지 않으며, 삶처럼 아름답다는 사실을 깨달을 것이다. 죽음은 전투가 아니기 때문에 승자나 패자가 없다. 그 모든 것은 신의 섭리 안에 있는 하나의 조화일 뿐이다.

보나벤처 무덤들에는 대부분 꽃이 심겨 있었다. 묘지의 머리 부분에는 매그놀리아(Magnolia)^{목련속(屬)의 나무}가 있었고, 똑바로 서 있는 묘비의 발아래에는 장미나무, 그리고 묘의 가상자리 및 봉우리에는 제비꽃 이외에도 여러 화려한 꽃들이 심겨 있었다. 묘지 둘레에는 검은색 철 울타리가 둘러쳐 있었다. 철 울타리의 빗장은 아수라장이 된 전쟁터에서나 나올 법한 창과 몽둥이로 만들어진 단단한 막대기였다.

사람이 저지른 인위적인 실수를 자연이 얼마나 부지런히 치료하고 있는지를 관찰하는 일은 참으로 흥미로웠다. 자연은 철과 대리석, 그리고 늘 솟아 있던 둔덕까지 조금 조금씩 침식해 갔다. 마치 죽은 자 위에 무거운 덩어리를 얹어놓을 수 없다는 듯 아치 모양의 풀들이 하나씩 돋아났다. 솜털처럼 가벼운 씨앗들이 날아들고 운명처럼 침묵이 엄습해 오면, 잿더미로 변해 버린 인조물에 생명의 아름다움이 깃들었다. 양치류로 뒤덮인 강인한 상록수 줄기와 길게 늘어진 이끼가 여기저기로 퍼져 나가 무덤을 온통 뒤덮고 있었다. '살아 움직이는 혼란스러운 인간의 모든 기억을 조금씩 지워 없앤다!'

조지아(Georgia)의 무덤들에는 모두 볼품없는 지붕이 얹혀 있었다. 즉, 햇빛과 비는 사절하겠다는 듯 마치 우물을 덮은 덮개처럼 네 개의 다리가 무덤 위의 지붕을 떠받치고 있었던 것이다. 무덥고 건강에 좋지 않은 날씨로 인해 죽은 시체가 드러나지 않도록 습기와 태양열을 피하는 한 방법인 듯했다.

기다리던 돈은 그 다음 주까지도 도착하지 않았다. 초라하기 그지없는 싸구려 호텔에서 첫날밤을 보내고 나자, 수중에는 1달러 50센트가 남아 있었다. 그래서 며칠간 먹을 빵을 조금 사고 야영을 할 수밖에 없었다. 나는 시끄러운 도시를 벗어나 잠을 자기에 습하지 않은 곳을 찾아다녔다. 바다가 가까이에 있는 변두리 지역에 도착하자, 미역취(Solidago)^{국화과(科)에 속하는 다년생초}가 노랗게 핀 낮은 모래 언덕이 눈에 들어왔다.

하룻밤을 지내기에 적당한, 곤충과 뱀이 없는 키가 큰 꽃의 아래를 찾아다니느라 발목까지 빠지는 모래 둔덕의 여기저기를 지칠 때까지 헤맸다. 무엇보다 사람이 없는 곳을 찾아야 했다. 하지만 빈둥 거리며 어슬렁대는 흑인들이 여기저기에 무척 많았다. 그래서인지 좀 무섭다는 생각이 들었다. 머리 위로는 묵직한 원추화(Panicle)가 기묘한 소리를 내며 흔들리고 있었다. 그 순간, 이렇게 있다가 말라 리아에라도 걸리면 어떡하나라는 걱정이 들었고, 바로 그때 갑자기 공동묘지가 떠올랐다. '그래, 바로 거기야! 무일푼의 떠돌이에게는 안성맞춤인 곳이지'라는 생각이 들었던 것이다. 나는 원혼이나 귀신 이 떠돈다는 미신 따위는 믿지 않았다. 오히려 그곳은 하나님이 나에 게 내려 주신 안락과 평온의 장소였다. 설령 망상에 사로잡힌다고 해 도, 한적하지만 아름다운 그곳에서 달빛을 받은 웅장한 오크나무를 바라보는 것만으로도 충분히 보상받을 수 있을 듯했다.

해질 무렵, 나의 올바른 결정에 흡족해하면서 나는 보나벤처로 향 했다. 나는 어머니에게 가능하면 바깥에서 잠을 자지 않겠다는 약속 을 했었다. 그런 면에서 어머니에게 좋은 변명거리가 생긴 셈이었 다. 흑인들이 사는 오두막집과 논을 지나기도 전에 해가 졌고, 나는 어둠이 깔리는 고요한 시간에 무덤 근처에 도착했다.

무더운 날씨에 시내에서 공동묘지까지 5~6킬로미터나 걸었더니 갈증이 몹시 났다. 자세히 보니 공동묘지 바로 바깥쪽의 길 아래로 커피색의 시냇물이 완만하게 흐르고 있었다. 어둠 속에서 뱀이나 악 어가 나타나지 않을까라는 두려움이 있었지만, 나는 잡목으로 우거 진 물가로 내려가 목을 축였다. 물을 마시고 기운을 차린 나는 드디 어 죽은 자들의 기묘하고 아름다운 거주지에 들어섰다.

지금까지 걸어온 길은 가로수에 의해 그늘이 져 있었다. 하지만 묘비들은 종종 새하얀 빛을 발했고, 스파클 베리(Sparkleberry) 덤불들은 수정처럼 반짝였다. 바람도 회색 이끼를 다른 곳으로 옮기지는 못했으며, 나무의 거무스름한 가지들은 하늘 위에서 합쳐져 거리를 뒤덮고 있었다. 하지만 듬성듬성한 그물 같은 나뭇잎 사이로 하늘이 모습을 드러냈다. 그리고 그 틈 사이로 한 줄기 달빛이 스며들어 깜깜한 어둠에 은빛을 선사했다. 피곤하긴 했지만 황홀경에 사로잡힌 나는 잠시 공동묘지를 거닌 뒤 웅장한 오크나무의 아래에 누웠다. 때마침 베개 대용으로 알맞은 둔덕이 있었고, 나는 식물 표본집과 가방을 옆에 둔 채 편안히 휴식을 취했다. 내 얼굴과 손 위로 기어가는 뾰족한 다리의 딱정벌레, 굶주린 많은 모기들이 좀 귀찮기는 했지만 그래도 괜찮았다.

눈을 뜨자, 해는 벌써 높이 떠 있었고 만물은 기쁨으로 충만했다. 침입자를 발견한 새들은 재미있는 말과 몸짓으로 난리법석을 떨었다. 대머리 독수리의 울음소리가 들리더니 그 가운데 몇 마리는 섭금류(涉禽類) ^{두루미나 백로, 황새 등을 말함}를 향해 돌진하고 있었다. 저 멀리에서 흑인들이 사냥개를 모는 소리가 웅성거림으로 들려왔다. 자리에서 일어나 보니 간밤에 내가 베개로 삼았던 것은 바로 무덤이었다!

땅속에 있는 사람처럼 곤히 자지는 못했지만, 그래도 상쾌한 기분으로 주위를 둘러보았다. 이슬이 맺힌 정원과 오크나무 사이로 아침 햇살이 쏟아지고 있었다. 그 광경이 무척 아름답고 찬란하고 상쾌해서, 굶주림과 걱정 근심은 마치 꿈속의 일 같았다.

크래커 두 개로 아침식사를 때운 나는 몇 시간 동안 아름다운 햇살, 새, 다람쥐, 곤충 등을 더 바라보며 즐기다가 다시 사바나로 돌아왔다. 돈과 소포는 아직 도착하지 않았다. 그래서 할 수 없이 공동묘지로 일찍 돌아와, 이슬이라도 피할 지붕이 있는 잠자리를 만들기로 했다. 나는 사바나 강의 오른쪽 둑 가까이에 있는 스파클 베리의 우거진 덤불 사이를 잠자리로 선택했다. 게다가 대머리 독수리와 지저귀는 많은 새들의 쉼터였다. 그곳은 감쪽같이 숨겨져 있었기 때문에 나는 잠자리에 들 때 쉽게 찾을 수 있도록 길옆에 작은 표시를 해두어야 했다.

작은 오두막을 지탱하는 기둥으로 덤불 네 뭉치를 사용했다. 오두막은 120~150센티미터의 길이에 90~120센티미터의 높이였다. 나는 오두막의 지붕으로 사용하기 위해 작은 나뭇가지들을 얼기설기 엮은 뒤 올려놓았다. 바닥에는 침대로 사용할 기다란 이끼를 깔아 두었다. 나의 보금자리는 단순히 잠만 자는 작은 공간이 아니었다. 그 안에서 걸어 다닐 수 있을 정도로 규모가 꽤 큰 집처럼 느껴졌다.

다음 날, 시내에 나가 봤지만 여전히 돈은 도착하지 않았다. 할 수 없이 고급주택지와 마을 광장에 있는 정원에서 식물을 조사하면서 하루를 보내다가 공동묘지의 집으로 돌아왔다. 죄라도 지은 듯, 나는 아무도 눈치 채지 못하도록 깜깜해진 다음에야 집에 왔다. 그런데 어느 날 잠자리에 누워 있는데, 갑자기 뱀인지 개구리인지 두꺼비인지 알 수 없는 차가운 동물이 손에 잡혔다. 본능적으로 이 불쌍한 미물을 움켜잡은 뒤 덤불 위로 던져 버렸다. 이 일이 유일하게 겪은 깜짝 놀랄 만한 소동이었다.

아침이 되면 다람쥐와 햇살, 그리고 새들만이 나에게 다가왔다. 작은 새들은 아침만 되면 내 보금자리에서 마구 소리를 질러대며 나의 잠을 깨웠다. 청명하게 아침 노래를 지저귀는 것이 아니라, 나의 보금자리에서 60~90센티미터 떨어진 나뭇잎 사이에서 나의 보금자리를 바라보며 화가 난 듯한 목소리로 재잘대는 것이었다. 이 소동으로 인해 무리는 점차 늘어났다. 이를 계기로 나는 축복받은 자연 속에서 이웃사촌인 새들과 친하게 지낼 수 있었다. 내가 새에게 위협적인 존재가 아니라는 사실을 안 다음부터 새들은 잔소리를 줄이는 대신 노랫소리를 점차 늘려 갔다.

공동묘지에서는 하루에 3~4센트로 생활할 수 있었지만, 5일째가 되니 남은 25센트도 곧 없어질 것 같아 일자리를 알아봤다. 그러나 허사였다. 그 순간 어쩌면 교외로 나가야 할지도 모른다는 생각이 들었다. 하지만 마을 근처에는 아직 추수하지 않은 논밭이 남아 있어서 날 옥수수나 쌀로 연명한다면 그런대로 지낼 수 있을 것도 같았다.

굶주림으로 인해 현기증이 날 무렵, 마을로 가는 도중에 비틀거림과 어지럼증이 무척 심해져서 나 스스로도 놀랄 정도였다. 땅이 솟아오르고 길 양옆으로 흐르는 개울물이 언덕으로 넘쳐나는 것만 같았다. 굶주림으로 건강이 무척 나빠졌다는 사실이 느껴지자, 점점 더 소포를 기다리게 되었다.

6일째 되는 날 아침, 담당자에게 돈이 도착했느냐고 묻자 다행히 그렇다고 했다. 하지만 신원이 확실하지 않은 경우에는 돈을 내줄 수 없다고 했다. 그래서 "여기 있습니다. 내 동생으로부터 온 편지입니다"라고 말하면서 편지를 건넸다. 그리고 "편지 속에 포티지 시 사무소에서 부친 날짜와 어디에서 얼마를 붙였는지 등의 내용이 적혀 있습니다. 이거면 충분하리라고 보는데요"라고 덧붙였다. 하지만 그는 "아니, 그렇지 않습니다. 이 편지가 당신 것이라는 사실을 어떻게 증명하죠? 훔친 것일 수도 있지 않습니까? 당신이 존 뮤어라는 사실을 어떻게 증명하겠습니까?"라고 물었다.

그래서 나는 동생이 '새로운 식물들을 많이 발견하는 즐거운 시간이 되길 바래'라고 쓴 부분을 가리키면서 "내가 식물학자라는 사실은 알겠죠?"라고 물었다. 그러고는 "당신 말대로 내가 이 편지를 훔쳤다고 해도 존 뮤어의 머릿속에 든 식물 관련 지식을 훔칠 수는 없습니다. 당신도 학교를 다녔을 테니, 생물도 어느 정도 배웠을 겁니다. 그럼, 한번 시험해 보시죠. 정말로 내가 식물에 관한 지식을 가지고 있는지 없는지를……"이라고 덧붙였다.

이 말에 마음씨 좋아 보이는 담당 직원은 씨익 웃더니 결국 나를 존 뮤어로 인정했다. 게다가 굶주려서 창백한 나의 몰골을 보고는 돌아서서 사무실 문을 두드리며, "여기 있는 어떤 분이 지난 몇 주일 동안 매일매일 위스콘신 포티지에서 돈이 왔는지를 묻는데요. 우리 마을에서는 이 분을 아는 사람이 한 사람도 없습니다. 그런데 보낸 사람의 이름과 금액은 정확히 맞습니다. 편지도 보여 주는데, 그 내용을 보니 이분이 식물학자라고 합니다. 그래서 신원을 확인하고 싶다면, 식물에 관한 지식을 한번 시험해 보라고 하는데요"라고 소리쳤다.

상사인 듯한 사람이 내 얼굴을 기분 좋은 표정으로 바라보더니 웃음 띤 얼굴로 손을 흔들며 "돈을 내주세요"라고 말했다. 나는 기쁜 마음으로 돈을 주머니에 집어넣었다. 길을 따라 몇 걸음 채 가지 않아서 생강빵을 파는 뚱뚱한 흑인 부인을 만났다. 즉시 몇 푼을 꺼내서 빵을 샀다. 먹는 즐거움을 억누르기는커녕 우적우적 씹어 먹으며 기분 좋게 걸어갔다. 하지만 생강빵으로는 양이 차지 않았다. 그래서 시장에 있는 식당에 찾아 들어가 제대로 된 정식을 즐겼다. 이로써 조지아에서 시작된 대장정은 맛있는 생강빵 한 조각으로 멋지게 막을 내렸다.

뉴욕
또 다른 세상, 빌딩숲에 가다

아마존을 탐험하고 싶었던 존 뮤어는 배에 몸을 실었고, 그가 탄 배는 쿠바의 하바나 항에 도착했다. 그는 북쪽에서 몰아닥치는 폭풍우로 인해 파도가 맹렬하게 철썩이는 바다를 바라보면서 자신의 계획을 수정했다. 브라질로 가는 배를 찾지 못한 그는 다른 배를 타고 뉴욕으로 향했다.

뉴욕에 도착하자, 내 지갑이 가볍다는 사실을 눈치 챈 선장은 배가 캘리포니아로 떠나기 전까지 가까운 식당에서 식사를 해결하면서 배에 머물러도 좋다고 말했다. 그러고는 "이게 우리 선원들의 생활 방식입니다"라고 덧붙였다.

신문을 훑어보니 10일 이내에 애스핀월(Aspinwall)로 가는 첫 번째 배는 네브래스카(Nebraska)였고, 3등칸을 이용하면 파나마 운하를 거쳐 샌프란시스코까지 가는 데 겨우 40달러밖에 들지 않았다.

그 배를 기다리는 동안 나는 아는 사람이 단 한 명도 없는 뉴욕 시내를 돌아다녔다. 하지만 나의 집인 스쿠너선이 시야에서 벗어나는 곳까지는 가지 않았다. 그런데 길에서 우연히 전차에 붙어 있는 센트럴 공원(Central Park)^{미국 뉴욕의 맨해튼 중심부에 있는 공원}이라는 이름을 보게 되었다. 센트럴 공원은 한 번쯤 꼭 가보고 싶었던 곳이었다. 하지만 길을 잃어버릴까 봐 두려워서 감히 엄두를 내지 못했다. 거대한 빌딩숲과 거리의 소음, 그리고 거리를 가득 메운 인파 속에서 나는 완전히 미아가 된 기분이었다.

이 거대한 도시가 사람이 사는 곳이 아니라면, 거친 언덕과 계곡처럼 한 번쯤 탐험해 보고 싶다는 생각이 들 정도였다.

시에라 산맥과의 첫 만남
대자연과 함께 호흡하기 시작하다

캘리포니아에 도착한 존 뮤어. 그가 처음 본 시에라 산맥은 그에게 어떤 첫인상을
남겼을까? 미국 본토에서 가장 높은 휘트니 산이 자리한 시에라 산맥은 뮤어의
기억 속에 오래토록 빛의 산맥으로 남아 있었다. 이 순간부터 그가 본 아름다운
대자연의 모습들을 모두 모아놓은 듯한 전경이 펼쳐지기 시작했다.

마침내 캘리포니아에 이르게 된 긴 여정은 식물 표본집을 어깨에 메고 계절을 따라 움직이는 철새처럼 남쪽까지, 즉 인디애나에서 걸프만(灣)까지 걸어야 하는 외로운 길이었다. 플로리다의 서쪽 해안에서 출발해 쿠바로 건너간 나는 몇 개월 동안 화려한 열대성 꽃들과 즐거운 시간을 보냈다.

나는 그곳에서 남미 북단으로 건너가 열대삼림을 지난 뒤, 아마존 상류까지 올라가 거대한 아마존 강을 타고 바다까지 내려갈 생각이었다. 하지만 다행스럽게도, 남미로 가는 배를 찾을 수 없었다. 게다가 플로리다의 습지에서 걸렸던 열병이 완전히 낫지 않은 데다, 그렇게 오랫동안 여행하기에는 돈도 턱없이 부족한 상황이었다. 그래서 그 유명한 요세미티(Yosemite) 계곡과 캘리포니아의 화려한 꽃을 보면서 1~2년을 보낼 생각으로 캘리포니아로 향했다. 세계는 내 앞에 펼쳐져 있었고 하루하루가 다 휴일 같았기 때문에 대자연의 어느 곳에 먼저 가는지는 전혀 문제가 되지 않았다.

기선 파나마(Panama)호를 타고 샌프란시스코에 도착한 나는 어떤 사람에게 시내를 벗어나는 지름길을 물었다. 그는 "그런데 어디로 가시려고요?"라고 물었다. 나는 "자연이 있는 곳이면 어디든 상관없습니다"라고 대답했다. 나를 미친 사람쯤으로 생각한 그는, 내가 지름길이 가까우면 가까울수록 좋다고 했더니 오클랜드(Oakland) 나루터를 알려주었다.

1868년 4월, 마침내 요세미티 계곡을 향해 걷기 시작했다. 저지대와 해안 지역은 이때가 1년 중 꽃이 제일 흐드러지게 피는 시기였다. 산타클라라(Santa Clara) 계곡에는 햇살이 가득했고, 들종다리의 노랫소리가 울려 퍼졌으며, 아지랑이가 한들거렸고, 온갖 꽃이 물감을 뿌려 놓은 듯 언덕을 덮고 있었다. 캘리포니아에서 첫 번째로 본 이 우아한 정원을 지나는 데 정말 많은 시간이 걸렸다. 가축 방목이나 개간으로 인해 상처를 입은 산과 들은 아직까지 없는 듯했다. 동쪽의 요세미티 계곡을 작은 지도로 확인한 나는 황홀경에 빠진 상태로 구불구불한 길을 따라 앞으로 나아갔다.

햇살 가득한 어느 날 아침, 파체코(Pacheco) 언덕 정상에서 동쪽을 바라보니 지금까지 여행을 하면서 내가 본 아름다운 대자연의 모습들을 모두 모아놓은 듯한 전경이 펼쳐져 있었다.

발밑의 캘리포니아 대평원에는 꽃들이 만발했다. 노란색을 섞은 화려하고 부드러운 화원이 마치 반짝이는 호수처럼 길이 800킬로미터, 폭 65~80킬로미터에 걸쳐 자리 잡고 있었던 것이다. 광대한 황금빛 꽃단지의 동쪽 끝에는 거대한 시에라(Sierra) 산맥이 하늘 높이 솟아 있었다.

시에라 산맥은 화려한 색과 빛을 발하면서 마치 천상의 성벽처럼 아름다운 자태를 뽐내고 있었다. 진줏빛을 띠는 선명한 눈은 산맥의 꼭대기에서 보기 좋게 아래로 펼쳐져 있었다. 눈 아래로는, 길게 이어지는 숲이 푸르고 어두운 자줏빛 줄무늬를 이루었다. 푸른 하늘에서 노란 계곡까지 이르는 이 모든 색상은 하나의 무지개처럼 어우러지면서 말로는 표현할 수 없는 아름다운 빛으로 벽을 만들었다. 따라서 시에라 산맥은 네바다(Nevada) 또는 눈 덮인 산맥이 아니라, 빛의 산맥이라고 불려야 할 듯했다.

이 멋진 기억을 가슴에 품고 이곳저곳을 10년 동안 떠돌아다닌 지금, 파체코 언덕으로 넘어 들어오는 아침 햇살의 광채, 수정 같은 바위에서 품어져 나오는 오후의 발광 및 광휘, 아침저녁이면 퍼져 오는 붉은 노을, 끊임없는 무지갯빛 물보라 등을 생각할 때마다 그 무엇보다도 빛의 산맥이라는 말이 제일 먼저 떠오른다.

벌들의 낙원
야생화의 들판은 축복이다

존 뮤어가 요세미티 계곡에 처음 들어갔을 때는 수 킬로미터에 걸쳐 야생화가 피어 있었다. 이때 본 야생화의 아름다움이 그의 마음속에 오랫동안 선명하게 남아 있었던 듯하다. 수많은 꽃의 아름다움, 벌과 야생동물들의 자유로움이 그에게는 축복처럼 느껴졌다. 그렇다면 그가 처음으로 보게 된 야생화의 들판은 과연 어떤 모습이었을까?

캘리포니아에 사람의 손길이 미치지 않았을 당시에는, 눈덮인 시에라 산맥에서부터 해안에 이르는 북쪽에서 남쪽까지가 모두 꿀벌들의 천국이었다. 꿀벌들은 이 처녀림 안에서 자유롭게 날아다닐 수 있었다. 즉 레드우드(Redwood)^{아메리카 삼나무} 숲, 강둑, 해안의 절벽과 곶, 계곡과 들판, 작은 숲과 공원, 낙엽이 쌓인 깊은 산골짜기, 소나무가 우거진 산비탈 등 어디든 날아다녔다. 벌을 기다리는 꽃들이 수목 한계선까지 만발해 있었기 때문이다.

이곳의 꽃들은 조금 멀리 떨어져서 자랐으며, 그리 넓은 지역은 아니었지만 길이로는 수백 킬로미터에 걸쳐서 피어 있었다. 꽃으로 만발한 수풀 지대, 야생장미의 덩굴 지대, 황금빛이 어우러진 지대, 제비꽃 지대, 박하 지대 등이 펼쳐져 있었으며 브리안서스(Bryanthus)와 클로버 등도 만개해 있었다. 이 꽃가루 숲에는 일 년 내내 여러 종류의 꽃들이 만발했다.

하지만 몇 년 뒤 이 천연의 목장은 쟁기와 양 떼들로 인해 가슴 아프게도 황폐화되고 말았다. 산불이 난 것처럼 수십만 제곱킬로미터의 야생화 단지가 파손되었으며, 꿀벌들이 양봉하기 좋았던 벼랑 위의 바위 틈 사이 또는 울타리 한 구석에 있던 꽃들이 모두 사라지고 말았다.

반면, 산간 지역을 개간해서 얻은 보상은 그리 대단하지 않았다. 기름진 몇 킬로미터의 야생 목장에서 재배하는 장식용 장미들, 야생장미가 타고 올라가도록 작은 골짜기에 세워 둔 시골집 문 주위의 허니 서클(Honeysuckle), 그리고 작고 네모난 오렌지 과수원 등이 고작이었다.

3~5월 캘리포니아 대평원에는 꿀을 머금은 야생 꽃들이 끝없이 펼쳐졌다. 650킬로미터의 거리에 꽃들이 가득해서, 길의 한쪽 끝에서 맞은편 끝까지 걸어가려면 발을 내딛을 때마다 수백 송이의 꽃들을 밟고 지나가야 할 정도였다.

박하, 길리아스(Gilias), 네모필아스(Nemophilas), 카스틸에시아(Castilleias) 등 수만 종류의 꽃들이 서로 뒤엉켜 있었으며, 꿀을 가득 담은 찬란한 꽃봉오리들은 석양이 지는 하늘처럼 화려한 빛으로 타고 있었다. 북쪽에서는 한 무리의 자주색 및 황금색 일대(一帶)가 쏟아져 내릴 듯 한가운데를 지나서 해맑은 새크라멘토(Sacramento) 지역을 이루었다. 남쪽에서는 샌와킨(San Joaquin) 지역과 산에서 곧장 내려오면서 퍼지는 많은 물줄기들이 들쑥날쑥 나무숲의 경계를 이루었다. 또한 평지보다 낮은 저지대가 강을 따라서 언덕을 향해 넓게 퍼져 있었다.

그곳에는 직경 90~240센티미터의 커다란 오크나무가 광활한 초원 같은 평지 위에 쾌적한 그늘을 드리우고 있었다. 물가에서는 화려한 열대성 정글이 자신만의 멋을 자랑했다. 여러 덩굴나무에 뒤엉킨 들장미와 산딸기 덤불은 버드나무, 오리나무를 타고 올라가 화환을 만들었다. 그뿐 아니라 단단한 꽃 줄에 매달려 이 나무의 꼭대기에서 저 나무의 꼭대기로 그네를 타듯이 오고 갔다. 이곳의 야생벌들은 신선한 꽃 속에서 마음껏 파티를 즐기고 있다.

그러다가 건조기에 접어들면 꽃들은 시들어 없어지고 씨만 맺혔다. 한 여름에 딸기가 익으면 산중에 사는 인디언들은 남녀노소를 막론하고 이웃과 어울려 맛있는 딸기를 먹었다. 농부들은 이 기막힌 맛에 감사하면서 야생열매들을 땄다. 한편 과수원에서는 배, 살구, 복숭아, 무화과 열매들이 무르익었고 포도나무에는 포도송이가 주렁주렁 매달리기 시작했다.

이 울창하고 풍성한 저지대는 수목이 없는 밋밋한 평원과는 분명히 구분되었지만, 외견상 징계를 지을 만한 것은 없었다. 전체적으로 꽃이 만발해 있어서 산과 구별될 뿐이었다.

미국의 모든 꿀벌 목장 가운데 제일 광활하고 늘 변함없는 이 대화원을 처음 봤을 때, 저 멀리 희미하게 사라져 가는 금빛 화원은 마치 펼쳐진 지도처럼 종이 한 장에 작은 구릉이 전부 다 들어갈 듯 분명하게 보였다.

길리라스와 루피너스(Lupines)가 만발한 화원과 바위투성이 언덕, 그리고 그 위로 덤불이 우거진 곳을 지나 코스트 레인지(Coast Range) ^{캘리포니아 북쪽에서 남쪽 샌디에이고에 이르는 태평양 연안}의 동쪽 비탈을 타고 내려가자 마침내 대평원의 한가운데에 들어설 수 있었다. 주위에는 풀과 푸른 잎 대신, 다음에 이어지는 구릉까지 발목 또는 무릎까지의 높이로 8~10킬로미터에 걸쳐 찬란한 꽃들이 온통 덮여 있었다.

이곳에는 바이아(Bahia), 마디아(Madia), 마다리아(Madaria), 그린델리아(Grindelia), 그리고 사초(莎草)의 일종인 버리얼리아(Burrielia), 국화과(科)의 일종인 크리솝시스(Chrysopsis)와 코스로진(Corethrogyne) 등이 만발해 있었다. 이 꽃들은 같은 종끼리 무리를 지어 피어 있었다. 자주색을 띠며 멋진 조화로움을 선보이는 클라키어(Clarkia), 오소카퍼스(Orthocarpu), 달맞이꽃 등은 그 가냘픈 꽃잎으로도 한 줄기의 햇살조차 돌려보내지 않은 채 마음껏 받아들이고 있었다.

긴 건조기 끝에 우기가 찾아오기 때문에 이곳의 식물들은 대부분 일년생이었다. 그래서 동시에 싹이 트고 같은 높이로 꽃이 피었다. 하지만 키가 좀 큰 파세리아스(Phacelias) 유리당초과(瑠璃唐草科)의 초본 식물 와 펜트스 티몬(Pentstemon) 북아메리카가 원산지인 현삼과(科)의 초본 식물. 대롱 모양의 아름다운 꽃이 특징임 그리고 박 하의 제왕 샐비어 카두아시아(Salvia Carduacea) 등은 다른 꽃들 위로 한들거리며 피어 있었다.

어디를 거닐어도 일광욕을 즐기고 있는 행복한 수백 송이의 꽃들을 스치고 지나야 했다. 그래서 한 발 한 발 내디딜 때마다 황금빛 용액이 스며들 것처럼 꽃들이 발을 덮었다.

공기 중에는 달콤한 꽃향기가 넘쳐났다. 그리고 내가 한 걸음 내딛을 때마다 종달새가 날개를 치며 올라가면서 축가를 불렀다가 이내 다시 들판으로 가라앉으며 시야에서 사라졌다. 한편에서는 수만 마리의 야생벌들이 윙윙거리며 단조롭게 움직였지만, 벌들은 매일 비추는 햇살처럼 늘 신선하고 달콤했다.

저지대에서는 많은 산토끼와 다람쥐가 얼굴을 자주 내밀었고, 작은 무리의 영양들도 가끔 눈에 띄었다. 작은 무리의 영양들은 언덕 위에서 신기한 듯 아래를 바라보다가 갑자기 튀어 오를 듯 날쌔게 사라지곤 했다. 하지만 영양들은 꽃 한 송이도 건드리지 않은 채 그 자리를 떠났다. 즉, 파괴적인 어떠한 행동이나 자국도 남기지 않던 것이다.

밤이면 나는 아무 곳에나 드러누웠다. 그러고는 끝없이 펼쳐진 황금빛 물결에 에워싸인 채 주위에서 살아 움직이는 수많은 생명체들을 관찰했다.

아, 아름다운 정원이여! 잠을 자다가 종종 눈을 뜨면 내 곁에서 빤히 바라보고 있는 새로운 생명체를 발견하곤 했다. 잠자리에서 일어나기 전부터 나의 자연 연구는 시작되고 있었던 것이다.

하이 시에라를 향해 출발하다
뜻하지 않은 시기에 기회가 주어지고……

1869년 봄, 존 뮤어는 팻 딜레이니의 제안에 따라 양 떼를 이끌고 시에라 산맥의 고지대에 있는 목초지로 향했다. 양 떼를 직접 모는 것이 아니라 감독만 하면 되었기 때문에 뮤어는 심적 부담감을 가졌음에도 목동 빌리, 늠름한 개 카를로와 함께 양 떼를 이끌고 시에라 산맥의 고지대로 향했다. 시에라와의 본격적인 인연이 시작된 것이다. 이때 그의 나이 31세였다.

캘리포니아 대평원인 그레이트 센트럴(Great Central) 계곡에는 계절이 봄과 여름밖에 없다. 봄은 11월에 내리는 첫 강우와 함께 시작된다.

몇 개월간 식물들은 아름다운 꽃을 활짝 피웠다가, 5월 말쯤이 되면 마치 오븐에 구운 야채처럼 말라 죽는다. 따라서 이때가 되면 가축을 몰고 시원하면서도 푸르른 시에라 산맥의 고산 지대 목장으로 올라가야 한다.

나는 오래전부터 이 시기에 맞춰 산에 올라가고 싶었다. 하지만 돈이 없었고, 여행에 필요한 식량을 조달할 방법도 없었다. 그래서 나그네에게 가장 큰 문제인 먹을 것을 해결하기 위해, 무일푼에 짐도 없이 그저 즐거운 마음으로 여기저기를 어슬렁거리거나 등산을 하면서 씨앗이나 딸기 등으로 끼니를 때우는, 야생동물처럼 사는 방법도 생각했었다.

그러던 중에 예전에 함께 일한 적이 있는 팻 딜레이니(Pat Delaney) 씨가 양 떼를 데리고 내가 가장 가고 싶어하던 머세드(Merced)와 투올러미(Tuolumne) 강 상류까지 가보지 않겠느냐는 연락을 해왔다. 그는 양 떼들을 방목하기 좋은 지역에 잠시 머물렀다가 눈이 녹은 고지대로 점차 올라가면 된다고 설명했다.

그 말을 듣자 양 떼를 방목하는 지역이 연구 관찰의 중심지가 될 수 있으리라는 생각이 들었다. 야영지에서 반경 13~16킬로미터 이내는 동물과 식물, 그리고 주위 암석에 대한 정보를 얻기 위해서 이곳저곳으로 발을 내딛기에 알맞은 곳이었다. 게다가 딜레이니 씨는 연구를 위해서라면 언제든지 자유롭게 자리를 뜰 수 있다고 했다.

하지만 나는 그 일자리에 적합하지 않은 사람이었다. 나는 딜레이니 씨에게 높은 산악지대의 지리와 건너야 할 강, 그리고 양을 습격하는 야생동물 등에 대해서 아는 것이 전혀 없다고 솔직하게 고백했다. 특히 곰, 코요테, 강, 계곡, 그리고 가시 돋친 키 작은 떡갈나무 등으로 인해 양 떼의 반을 잃을지도 모른다는 두려움이 생겼다.

그런데 다행히 이러한 문제점이 딜레이니 씨에게는 그리 중요하지 않은 듯했다. 단지 목동이 하는 일을 감독할 만한 신뢰할 수 있는 사람이 필요하다고 말하면서, 시간이 좀 지나면 감당할 수 없는 어려움도 차차 사라질 것이라며 나를 안심시켰다. 게다가 양치는 일은 목동이 모두 할 것이기 때문에 자유롭게 식물과 암석들을 연구할 수 있으리라고 격려해 주었으며, 첫 야영지까지는 자신도 함께 가겠다고 했다. 또한 그는 식료품을 보급하거나 일이 잘 진행되고 있는지를 확인하기 위해 가끔 고지대를 방문하겠다고 했다. 나는 2,050마리의 양 가운데 몇 마리는 결코 돌아올 수 없을지도 모른다는 걱정을 하긴 했지만, 일단 가기로 결정했다.

이번 산행에 목동뿐 아니라 잘생긴 세인트 버나드 종인 개 한 마리도 동행했다. 안면이 있는 한 사냥꾼은 우리가 시에라 산맥에서 여름을 보내게 될 것이라는 소문을 듣고 찾아와서는, 자신의 애완견인 카를로(Carlo)를 데려가 달라고 사정했다. 그러면서 한여름을 이 평지에서 지내다 보면 무더위로 인해 카를로가 죽게 될지도 모른다고 걱정했다.

그는 "자네가 틀림없이 잘 돌봐 주리라고 믿네. 이놈은 자네한테 아주 유용할 걸세. 산짐승들의 특성을 잘 알고 있어서 야영지를 지키

144

고 양 떼를 다루는 데도 한몫할 것이 분명하지. 여러 면에서 유능하고, 충실한 놈이거든"이라고 말했다.

카를로는 우리 얼굴을 바라보며 매우 진지하게 대화 내용을 듣고 있어서, 마치 우리가 무슨 말을 하는지 알고 있다는 느낌이 들 정도였다. 그래서 나는 카를로의 이름을 부르며 함께 가고 싶으냐고 물었다. 카를로는 얼굴을 들어 총명한 눈망울로 나를 바라보다가 이내 주인 쪽으로 고개를 돌렸다. 나를 향한 손짓으로 허락이 떨어지고, 주인이 작별인사로 포옹을 하자 카를로는 마치 대화 내용을 모두 알아들었다는 듯이, 그리고 오래전부터 잘 알고 있었다는 듯이 재빨리 내 뒤를 따라나섰다.

1869년 6월 3일 아침

식량 및 취사도구와 담요, 식물 채집기 등을 두 마리의 말에 실었다. 양 떼들은 황갈색으로 타들어 가는 언덕을 넘어갔으며, 우리 일행이 먼저 구름 속으로 걸어 들어가기 시작했다.

돈키호테처럼 날카로운 데다 키가 크고 깡 말랐으며 무척 짜증스러운 표정의 옆모습을 가진 딜레이니 씨는 짐을 실은 말을 끌며 나아갔다. 그리고 그의 뒤를 따라 우리의 자랑스러운 목동 빌리(Billy), 덤불진 언덕을 넘는 며칠 동안만 양몰이를 해줄 중국인, 디거 인디언(Digger Indian)^{나무뿌리를 먹고사는 북아메리카 인디언}과 허리춤에 노트를 매단 내가 순서대로 걸어갔다.

6월 8일

양 떼들은 연초록색의 잘 자란 풀잎을 뜯어먹으면서, 파일럿 피크 (Pilot Peak) 산등성이 아래의 머세드 북쪽에서 갈라져 나온 계곡 쪽으로 서서히 내려갔다.

딜레이니 씨는 첫 야영지로 이 계곡을 선택했다. 이곳에는 강이 굽어지는 지점에서 경사진 언덕들이 서로 만나 형성된 메뚜기 모양의 그림 같은 공터가 있었다.

먼저 취사도구와 식량을 올려둘 말한 선반을 강변의 나무 그늘 아래에 설치했다. 그리고 각자의 취향에 따라 양치류, 삼나무의 잎, 여러 꽃들로 침상을 만들었으며, 탁 트인 평지에 양 떼들의 우리를 세웠다.

6월 9일 아침

나무와 별빛이 있는 산림의 심장 한가운데에서 얼마나 달콤하고 편안하게 잠을 잤는지 모른다. 엄숙한 폭포 소리와 자잘한 소음들이 스산한 우리의 마음을 달래 줄 정도로 완벽한 조화를 이루면서 우리 모두를 평화의 세계로 인도했다.

산속에서 맞이한 첫날의 날씨는 온화하고 평온하며 구름 한 점 없이 맑았다. 광활하고 화창한 대자연의 모습이 어찌 그리도 아름답던 지……!

사실, 첫날을 어떻게 시작했는지는 잘 기억나질 않는다. 하지만 그곳에서는 환희에 찬 열정을 품은 채 강 주변과 언덕, 그리고 평지와 하늘 등에서 화려한 모습으로 태어난 새 생명의 봄기운이 넘쳐났다. 많은 둥지에는 새 생명들이, 하늘에는 이제 막 날기 시작한 새들이, 그리고 땅에는 초록빛 새싹들과 막 봉우리를 터뜨린 꽃들이 만개해 있었다.

목동 빌리와 바람둥이 애견 잭
자연을 매개로 여러 친구들을 만나다

시에라 산맥에서 보낸 첫 여름, 존 뮤어는 자연도 자연이지만 자신과 함께 지내던

목동과 양치기 개에 대해서도 큰 관심을 보였다. 그들의 특성이나 생활습관이

자연과는 어울리지 않는 듯하면서도 묘하게 조화를 이루고 있었던 것이다. 자연을

사랑하는 사람은 모든 존재를 사랑과 관심의 대상으로 바라보게 되는 것일까?

뮤어의 시선이 재치 있으면서도 정감 넘친다.

목동 빌리

우리의 목동 빌리는 성격이 좀 묘했다. 게다가 대자연 속에서의 생활이 잘 맞지 않는 듯했다. 그의 잠자리는 양 우리 남쪽 벽의 한 부분인 통나무 옆에 자리한, 먼지투성이인 데다 붉은색으로 말라비틀어지고 썩어 빠진 나무 웅덩이였다. 그는 만년 묵은 멋진 옷을 입은 채 빨간 담요를 두르고 그곳에 누워 있었다. 하루 종일 씹는담배를 오물거리는 그는 밤만 되면 암모니아 냄새를 맡기로 작정이나 한 듯, 썩은 나무에서 폴폴 나는 먼지뿐 아니라 양 우리에서 풍기는 악취까지 들이마시고 있었다. 그리고 양 떼를 몰 때마다 한쪽 허리춤에는 무거운 6연발 권총을, 다른 한쪽에는 점심도시락을 차고 다녔다.

그의 허름한 옷은 필터 구실을 했다. 낡은 프라이팬에서 꺼내자마자 허리춤에 매단 구운 고기에서 배어 나온 기름과 국물이 마치 종유석처럼 오른쪽 궁둥이와 다리 쪽에 주렁주렁 매달려 있었던 것이다. 고기의 기름기는 이내 빌리의 보잘것없는 옷에 다 번졌다. 통나무 위에 다리를 꼬고 앉거나 바닥에 구르거나 하면, 기름기가 옷 전체로 번져서 반질반질한 방수옷이 되어 버렸다. 특히 바지는 기름과 송진이 뒤범벅되어 끈적해진 나머지 솔잎, 얇은 돌, 나무껍질, 머리카락, 돌조각, 비닐, 모래, 깃털, 씨앗, 나방과 나비의 날개나 다리, 곤충 더듬이 같은 온갖 것들이 눌어붙어 있었다. 또한 작은 딱정벌레, 나방, 모기도 꽃잎이나 꽃가루와 함께 뒤범벅되어 붙어 있었다. 이 지역의 온갖 식물과 동물, 심지어 광물 조각까지 다 달라붙어 있었던 것이다.

빌리는 자연주의자는 아니었지만, 다양한 식물 종을 수집하다 보니 자신이 알고 있는 것보다 더 풍부한 자연주의자가 되어 있었다. 빌리가 수집한 식물 종들은 맑은 공기의 영향으로 쓸 만하게 보전된 뒤 송진으로 뒤범벅된 채 침상에서 납작하게 제본되었다. 이 귀중한 견본은 결코 떨어지지 않았기 때문에 얼마나 오래된 것인지 아무도 알 수 없었다. 그저 두께와 모양으로 짐작할 수 있을 따름이었다. 입고 있는 옷은 점점 얇아졌지만, 견본은 두꺼워졌다. 하지만 그 두꺼워진 견본의 지질학적 중요성을 우리는 결코 간과해서는 안 된다.

바람둥이 잭

구름 낀 하늘에서 이따금 천둥소리가 들려왔다. 빌리는 양에 대한 이상한 미신을 하나 가지고 있었다. 그는 다른 가축과 달리 양에게는, 고기와 털을 생산하는 시작 단계에서부터 마지막 단계까지 늘 귀신이 붙어 있다고 단언했다. 그러면서 몇 마리가 되었든 결코 없어진 양들을 찾으러 나가지 않겠다고 선언하면서, 한 마리를 찾아오면 열 마리를 잃게 될 것이기 때문이라고 그 이유를 설명했다. 그 탓에 달아난 양들을 찾는 일은 늘 카를로와 나의 몫이었다.

빌리의 작은 개 잭도 매일 밤마다 야영지를 이탈해 브라운(Brown) 평원에 있는 산간 마을로 가서 말썽을 피웠다. 잭은 족보는 별 볼 일 없었지만, 사랑과 싸움에는 굉장히 열심이었다. 자신을 묶고 있는 모든 밧줄과 가죽끈을 끊고 달아날 정도였다. 그럼 빌리는 밤새 덤불진 산을 오르락내리락하면서 달아난 잭을 필사적으로 잡아다가, 개

목걸이 막대기를 꽉 조인 뒤 질긴 어린 나무에 잭을 묶어 놓았다. 하지만 막대기와 어린 나무도 잭이 밤새도록 비틀고 돌리면 힘없이 풀어져 버렸고, 그럼 잭은 다시 야행을 나갔다. 잭은 막대기를 목에 단채 숲을 헤치고 가 인디언 마을에 무사히 도착했다. 그럼 빌리는 또다시 잭을 잡아끌고 와 사정없이 때리고는 "이놈의 바람난 개새끼를 꼼짝 못하게 만들어 놓겠어"라며 심한 말을 퍼부었다.

다음 날 저녁 빌리는 잭의 몸무게쯤 되는 무쇠 솥뚜껑에 잭을 무자비하게 묶어 놓았다. 이 무쇠 솥뚜껑은 잭의 목덜미 바로 밑에 묶였기 때문에 불쌍한 잭은 꼼짝달싹할 수조차 없었다. 어두워질 때까지 낙담한 표정으로 가만히 서 있을 뿐이었다. 주위를 둘러보는 일은 말할 것도 없고, 누울 때도 솥뚜껑을 피해 머리를 다리 사이로 파묻은 뒤 다리를 쭉 펴야만 했다.

하지만 아침이 되기도 전에 저 높은 곳에서 "고지를 향해!"라고 외치는 잭의 목소리를 들을 수 있었다. 무쇠로 된 방패를 가슴에 안고 분연히 일어나 기어 올라간 것이었다. 그 다음 날 빌리는 잭과 무쇠 솥뚜껑을 콩 자루에 함께 집어넣은 뒤 묶어 버렸다. 화가 머리끝까지 난 빌리가 결국 잭을 이긴 것이었다.

방목을 모두 마치고 집으로 돌아가기 얼마 전, 방울뱀에게 턱 아래를 물린 잭의 머리와 턱이 퉁퉁 부어올랐다. 그 탓에 잭은 일주일 정도를 두 배나 커진 얼굴로 생활해야 했다. 그래도 잭은 변함없이 날쌔고 생기발랄했다. 지금은 다행히 완전히 완쾌되었다. 잭의 치료제라고 해봤자 신선한 우유가 전부였다. 독이 올라서 부어오른 턱 아래쪽에 한 번에 3.5~7.5리터 정도의 우유를 부으면 끝이었다.

몰동 빌리와 바람둥이 애견 잭

이끼 낀 표석과 나뭇잎 그림자
자연에서는 작은 존재도 눈부시다

존 뮤어는 다른 어떤 것의 방해도 받지 않으면서 자연과 함께 있는 것을 즐겼다. 그 속에서 그는 자연의 소리를 듣고, 자연의 감촉을 느끼며, 자연의 안락함에 빠져들었다. 그리고 이런 자연을 주신 신에게 진심으로 감사했다.

이끼 낀 표석

7월 14일

주위를 둘러보니, 크고 작은 폭포에서 떨어지는 강력한 물줄기로 인해 생긴 물웅덩이들이 아주 맑고 깨끗하게 보존되어 있었다. 또한 폭포 위에서 떨어진 흙들이 웅덩이에서 밀려나온 흙과 잘 엉겨 댐 모양으로 더미를 이루고 있었다. 하지만 산 중턱의 눈이 녹아내려 상류의 지류들이 요동을 치는 봄이 되면 갑작스런 변화가 일어난다. 강바닥에 떨어져 여름과 겨울 물살로는 움직일 수 없었던 표석(漂石)^{빙하의 작용으로 운반되었다가 빙하가 녹은 뒤에 그대로 남게 된 바윗돌}들이 갑자기 단단한 마당 빗자루로 쓸어내듯이 쓸려나가 폭포 아래의 웅덩이로 굴러 떨어진 뒤, 지난해에 만들어진 둑 위에 새로운 둑을 쌓는 것이었다. 작은 조약돌들은 더 아래쪽으로 밀려 내려가 물줄기에도 버틸 수 있을 만한 곳에 크기와 모양별로 모여 있었다.

그래도 폭포와 웅덩이, 둑에서 일어나는 제일 급격한 변화는 봄의 일상적인 범람이 아니라 불규칙한 간격으로 발생하는 범람에 의해 생긴다. 범람으로 인해 조약돌이 쌓이고 쌓여서 생긴 퇴적물에서 자란 나무들은, 마지막 큰 홍수가 일어나 개울의 움직일 수 있는 모든 것이 한바탕 신나는 여행을 한 지도 벌써 1세기가 넘었다는 사실을 증언하고 있었다. 이러한 변칙적인 범람은 여름철에 특히 자주 일어난다. 천둥번개를 동반한 폭우로 인해 갑자기 불어난 개울물은 비록 짧은 시간이지만 모든 것을 움직이게 만드는 강력한 급류로 바뀐다. 오래전의 범람으로 인한 결과물의 예로, 야영지에서 가까운 폭포 소

(沼)^{호수보다 물이 얕고 진흙이 많으며 침수(沈水) 식물이 무성한 곳}에 생긴 둑 안쪽의 개울 바닥에
버티고 있던 커다란 바위를 들 수 있다.

이 바위는 높이가 180센티미터 정도 되는 입방체 모양의 화강암
이었다. 위에는 이끼가 덮여 있었고, 옆으로는 물이 최고로 올라온
높이를 표시하는 자국이 남아 있었다. 그 바위 위에 올라가 등을 대
고 눕자, 지금까지 가보았던 장소 가운데 제일 로맨틱한 느낌이 들었
다. 이끼 낀 평평한 상단과 부드러운 측면을 지닌 이 커다란 바위는
마치 제단(祭壇)처럼 견고하면서도 외롭게 서 있었다. 제단 앞에서
떨어지는 폭포수는 제단에 뿌려지는 정수처럼 이끼를 신선하게 유
지시켜 주었다. 초록빛을 띠는 소(沼) 아래로 하얀 물거품이 일었고,
반원 모양의 백합들이 자신의 지지자에게 화답이라도 하듯이 피어
있었으며, 햇살을 받은 층층나무와 오리나무가 아치 모양으로 꽃을
피우고 있었다.

무성한 잎을 지붕 삼아 바위에 누워 있자니 평온함과 안일함이 온
몸을 감쌌다. 물소리는 또 어찌나 아름답던지! 떨어지는 폭포에서 물
이 부서지는 장중한 소리와 한가운데 서 있는 바위를 치고 지나가는
물의 여러 저음들, 그리고 강바닥에 깔려 있는 수많은 조약돌들이 구
르면서 만들어내는 다양한 음색들이 정말 아름답게 들렸다. 이 모든
소리로 인해 나는 주위로부터 완전히 격리되었다. 마치 아주 조용한
방에 혼자 앉아 있는 것처럼 물소리 이외에는 어떠한 소리도 들리지
않았다. 이곳에서는 신을 만날 수 있을 것 같다는 생각까지 들었다.

어둠이 내려 야영지도 조용해지자, 나는 더듬더듬 제단을 찾아가
그곳에서 하룻밤을 보냈다. 위로는 물보라가 일었고, 발아래로는 낙

154

엽이 굴렀으며, 하늘에는 별이 초롱초롱 빛나고 있었다. 그래서인지 주변의 경관이 낮에 보던 것보다 한층 더 인상적으로 다가왔다. 어둠 속에서 희미하게 하얀 모습을 드러낸 폭포는 엄숙한 열정을 담아 자연의 연가를 부르고 있었고, 여기에 화답하듯 별들이 잎 사이로 얼굴을 내밀고 있었다. 오, 이 아름다운 밤과 영원히 함께하고 싶어라! 이런 귀중한 선물을 주신 신께 감사드린다.

나뭇잎 그림자

6월 19일

하루 종일 날씨가 화창했다. 나뭇잎이 만들어내는 그림자로 인해 바위의 모습이 어찌나 아름답게 보이던지! 특히 참나무 잎사귀가 만들어내는 그림자는 선명했으며, 그 우아함과 정교함은 어떤 미술 작품과도 비교할 수 없었다.

참나무 잎의 그림자는 바위에 그림을 그리듯 조심스러우면서도 우아하게 미끄러지며 내려왔다. 그러다가 어느 순간 날렵하게 춤을 추듯 기분 좋게 빙글빙글 돌아 내려앉거나, 바닷가 벼랑에 하얀 수를 놓고 부서지는 파도처럼 저돌적으로 달려들어 햇빛 가득한 바위 위에 내려앉았다. 그 그림자의 아름다움이 어찌나 진실되고 사실적으로 보이던지! 오렌지빛의 커다란 백합들은 잎사귀와 꽃의 아름다움을 마음껏 뽐내며 피어 있었다. 아, 완벽한 건강함 속에서 핀 고귀한 식물들이여! 대자연의 아름다움이여!

인디언

자연의 소중함을 아는 사람은 모두 스승이다

존 뮤어는 자연을 해치면서까지 채굴을 하고 다리를 건설하는 백인들에게 무척
실망했다. 그 한편으로는 비록 더디기는 하지만, 백인들이 만들어 놓은 모든 상처를
천천히 스스로 치유해 가는 자연의 모습에 경외감을 가졌다. 자연과 조화를 이루며
살아가는 인디언들과 달리 자연을 훼손하는 백인들로 인해 존 뮤어는 마음의 상처를
깊게 입었던 것 같다.

6월 16일

브라운 평원에서 내려온 인디언 가운데 한 명이 오늘 아침 몰래 우리의 야영지로 들어왔다.

바위 위에 걸터앉아서 노트와 스케치 작품들을 보던 나는 문득 하늘을 올려다보다가 화들짝 놀라고 말았다. 서너 발자국 떨어진 곳에 인디언들이 마치 수세기 동안 풍화에 깎이면서도 꿋꿋하게 서 있는 오래된 그루터기처럼 말없이 서 있었던 것이다.

인디언들은 눈에 띄지 않게 걷는 비법을 터득한 듯했다. 마치 이 근처에서 관찰한 어떤 거미처럼 자신을 투명인간이라고 생각하는 것 같았다. 그 거미는 숲에서 갑자기 나타난 새의 공격으로 위급해지자 거미줄에서 이리저리 펄쩍펄쩍 뛰어다녔다. 너무 빠르게 움직인 나머지 거미가 흐릿하게 보일 정도였다. 자신을 가릴 만한 어떤 것도 걸치지 않았음에도 다른 사람의 눈에 잘 띄지 않는 인디언만의 비법은 아마도 사냥감에 접근할 때나 적을 기습했다가 안전하게 후퇴할 때마다 서서히 습득됐을 것이다. 이러한 경험들이 여러 세대를 거쳐서 내려오면 결국 본능이 되는 법이다.

인디언들의 움직임이 어찌나 일정하고 유연하던지, 주위의 산과 구분이 잘 안 될 정도였다. 시냇가 양쪽으로 나 있는 오솔길이나 잔디가 듬성듬성한 곳을 제외하면, 양 방목지에서는 어떤 흔적도 찾을 수 없었다. 오솔길이나 잔디가 듬성한 곳에서도 제일 매끈한 땅에서만 사슴 발자국이 보였다. 또한 여러 종류의 작은 동물 발자국과 함께 가장 확연하게 볼 수 있는 곰 발자국은 바느질이나 자수의 한 땀 한 땀처럼 확실한 대답을 줄 만큼 많지가 않았다. 강둑과 지류를 따라 인디언들이 오가는 산길이 나 있었지만, 일반 사람이 봐서는 구분할 수 없을 정도로 불분명했다. 아무도 모르는 이 숲을 인디언들은 얼마나 오랜 세월 동안 지나다녔을까! 아마도 콜럼버스가 대륙의 해안가에 발을 내딛기 전부터였을 것이다.

하지만 그 오랜 세월에도 그들은 신기하게 흔적을 남기지 않았다. 인디언들은 조용히 지나다니면서 새나 다람쥐들이 그러는 것처럼 주위 환경을 전혀 건들이지 않았다. 또한 덤불과 나무껍질로 지은 인디언들의 오두막집은 숲쥐의 움막만큼도 오래가지 못했다. 하지만 사냥터로 활용하기 위해 만들어진 견고한 경계비는 건조기에 산불로 없어지지 않는 한 몇 세기나 거의 영구적으로 그곳에 서 있었다.

인디언의 생활은 우리 백인들의 생활과 많이 달랐다. 특히 산 아래에서 벌어지고 있는 행태를 보면 더욱 그러했다. 백인들은 단단한 바위를 뚫어서 길을 만들고, 강을 막아 댐을 만든 뒤 수로를 내고, 광산에서 노예처럼 일할 수 있도록 계곡과 협곡의 양쪽으로 길을 내고 있었다. 그래서 장다리물떼새 다리 사이로 흘러가는 물처럼, 산마루에서 산마루를 건너 공중에 높이 걸려 있는 기다란 교각 밑으로 물이 흘러가고 있다.

또한 백인들은 계곡과 언덕을 넘나들면서 수 킬로미터에 걸쳐 산 표면과 언덕에 쇠 파이프를 박아 넣은 뒤, 채취한 금을 체에 치고 골라낸 거친 금을 도랑을 따라 흘려보냈다. 이런 상흔들은 백인들이 지난 몇 년 동안 마을, 광산, 제재소는 말할 것도 없이 온 산허리에 유행처럼 남겨놓은 것들이다. 이 상처들이 없어지려면 오랜 시간이 걸릴 것이다. 반면 자연은 자신의 상처를 스스로 치유하기 위해 서두르지 않은 채 서서히 새로운 식물을 심고 가꾸며 댐과 인공수로를 쓸어 내리고 자갈더미와 바위들을 다시 제 위치로 옮겨 놓고 있었다.

골드러시 광풍은 이제 끝났다. 여기저기에 있는 폐광에서 삶의 상흔을 드러내는 회색빛 늙은 광부들의 모습은 처연하기까지 하다. 땅 속에서는 아직도 폭음소리가 들리지만, 몇 년 전 삽과 곡괭이로 파헤 치던 것과 비교하면 주위 경관에 미치는 영향은 매우 경미하다고 할 수 있다.

다행히 시에라 산맥은 풍경이 무척 아름다워서 금을 채굴할 수 있는 지역이 산기슭의 작은 언덕으로 제한되었다. 우리의 야영지가 있는 곳은 아직 사람의 발길이 뜸한 곳이었으며, 더 높은 고지대에는 하늘만큼이나 깨끗한 하얀 눈이 쌓여 있었다.

식량이 떨어지다
먹는 것도 더더욱 친자연적으로……

존 뮤어는 완벽한 채식주의자는 아니었지만, 많은 산행을 통해 곡물의 중요성을
몸소 깨우쳤다. 그래서 그는 단맛이 많이 들어간 음식이나 지나친 가축고기 음식을
멀리하면서 인디언들과 동물들의 자연 친화적인 삶을 동경했다. 깨끗한 척하는
인간들이 제일 허약하다고 생각하면서 말이다. 그래도 굶주림은 뮤어에게도
고문과 마찬가지였다. 그는 산에서 굶주림을 겪으면서 어떤 생각을 했을까?
재치 넘치는 그의 글이 재미있다.

7월 6일

딜레이니 씨는 아직 도착하지 않았건만, 빵은 벌써 다 떨어져 우리 모두가 고생 중이다. 우리에게는 익숙한 맛이 아니긴 해도, 어쩔 수 없이 한참동안 양고기를 먹어야 했다. 빵이나 곡물로 만든 음식 대용으로 야생칠면조의 가슴고기를 먹었던 텍사스의 개척자들이 별 고생 없이 지냈다는 말을 들은 적이 있다. 이런 일들은, 비록 안전하지는 않지만 살기 좋았던 그 옛날에 식량이 떨어져 어려움을 겪을 때마다 실제로 일어나곤 했다. 초기의 모피 사냥꾼이나 장사꾼들은 로키(Rocky) 산 지역에서 몇 개월씩 들소와 비버 고기를 먹으면서 지냈다. 또한 연어를 먹는 사람들 중에는 인디언뿐 아니라 식량이 부족한 백인도 포함되어 있었다. 따라서 지금 우리로서는 양고기가 어쩔 수 없는 선택인 셈이다.

우리는 양의 살코기를 몇 점 집었다가 그냥 내려놓았다. 속이 울렁거려서 더 이상 먹을 수가 없었다. 마시는 차는 상황을 더욱 악화시킬 뿐이었다. 위장은 자기도 자신만의 의지를 가진 독립적인 존재라고 주장하기 시작했다. 우리도 인디언처럼 루핀(Lupine) 잎, 클로버, 녹말잎 꼭지, 색시프리지(Saxifrage)의 뿌리를 끓여 먹어야 했다.

나는 위장에서 일어나는 일을 애써 외면하기 위해 벌떡 일어서서 주위를 둘러본 뒤 눈을 다시 산으로 돌렸다. 그리고 비틀비틀거리면서 숲과 바위를 헤치며 산속으로 걸어 들어갔다. 질식할 것 같은 고요함이 밀려오는 데다, 하루 일과와 즐거움마저 맥없이 지나가고 있었다.

점심식사 대용으로 케아노투스(Ceanothus) 잎을 씹었다. 안개처럼 퍼져 가는 두통과 위통을 가라앉힐 요량으로 향기 나는 모나델라 (Monardella)를 씹거나 냄새를 맡으면 정말 많이 진정되곤 했다. 밤이 되자 침상 위의 삼나무 관모(冠毛)와 가지 사이로 별이 빛나기 시작 했다.

7월 7일

오늘 아침에는 힘이 없고 토할 것 같음. 오직 빵 한 조각이 먹고 싶 은 생각뿐임! 보리밭이나 방앗간 근처에 근거를 마련하지 않고는 아 무리 아름다운 숲이라도 며칠 동안 계속해서 둘러볼 수 없는 것처럼, 나의 연구도 거의 진행될 수 없었다. 새장 안의 앵무새처럼 크래커라 면 아무것이나 좋다는 생각이 들 정도였다. 세계 일주를 한 뒤에 남 은 부스러기 비스킷이라도 좋았다. 베이킹소다가 가미된 건강에 좋 은 비스킷이라면 더 바랄 것도 없었다. 여러 차례의 식물 조사 여행 을 통해 알게 되었듯, 육류보다는 곡물이 건강에 훨씬 더 좋았다. 마 시는 차도 쉽게 무시될 수 있었다. 나에게 필요한 것은 오직 빵과 물, 그리고 기분 좋은 노역뿐이다.

무분별하게 욕심내지 않으면서 여러 영양분을 골고루 섭취할 수 있도록, 산사람들은 훌륭한 자연에서 삶을 즐기는 방법을 훈련받고 거기에 익숙해져야 한다. 우리는 육체적인 안락함을 유지하고 있는 사례들을 다른 기후에서 살아가는 사람들의 생활에서 찾아볼 수 있 다. 즉, 에스키모들은 곡물이 재배되는 지역에서 북쪽으로 멀리 떨 어진 곳에서 살기 때문에 기름이 많은 물개와 고래를 주요 식량으로 먹는다. 그래서 가축고기, 과일, 쓴 씨앗 같은 것들은 아주 오랫동안

162

구하기 쉬운 음식들이 아니었다.

반면, 아메리카 대륙에서 해안가가 결빙되는 지역에 사는 사람들은 모두 친절하고 명랑하며 튼튼하고 용감무쌍하다. 생선을 먹는 사람들도 이와 비슷하다는 말을 들은 적이 있다. 이들은 모두 벌레를 잡아먹는 거미처럼 위장이 튼튼하다.

우리는 자신에게 맞지 않는 음식을 대하면 바보처럼 속수무책으로 소심해지고 얼굴을 찡그리며 뱃속에서는 우르르 소리가 나면서 숨이 막히는 듯한 느낌을 갖게 된다. 우리의 몸은 많은 설탕을 공급받는다. 그리고 호전적인 위장은 저녁마다 투덜거리는 아이처럼 달콤한 설탕 맛에 속아 넘어간다. 우리는 마치 왁스로 닦은 것처럼 광이 나는 프라이팬에 많은 양의 설탕을 넣고 요리를 한다. 이로 인해 건강상의 문제가 더욱 악화되고 있는데도 말이다.

인간이야말로 자신이 먹는 음식이 더럽다고 생각해 필요 이상으로 씻고, 턱받이나 냅킨 같은 방어막까지 사용하는 유일한 동물이다. 땅속에서 흙투성이의 벌레를 잡아먹으며 살아가는 두더지는 매일 씻는 물고기나 물개 못지않게 깨끗하다. 또한 다람쥐는 송진이 많은 숲에서 매우 불가사의한 방법으로 자신의 몸을 깨끗하게 유지한다. 끈적끈적한 솔방울을 가지고 놀지만, 그렇다고 털이 끈적끈적하게 뒤범벅되는 일은 결코 없다. 새는 깃털을 청결하게 유지하려고 요란법석을 떨긴 하지만, 늘 깨끗함을 유지하는 대표적인 동물이다.

내가 본 파리와 개미는 호박 속에 박힌 그들의 선조처럼, 우리가 버린 설탕 찌꺼기에 의해 뒤범벅되어 진퇴양난에 빠져 있다. 피곤한 근육처럼 우리의 위장도 오랫동안 움직인 탓에 병들어 있다.

조지아의 사바나 근교 공원묘지에서 지낼 때, 나는 먹을 것이 떨어지면 며칠씩 단식을 하곤 했다. 그럴 경우 가끔 심하진 않지만 참기 힘들 정도의 위통증이 일어났는데, 지금이 그때와 흡사한 듯하다. 이런 증상들은, 우리에게 필요한 것은 오직 빵이라는 사실을 확실히 보여 주고 있다.

우리는 인디언들처럼 고비, 암생식물(岩生植物) 줄기, 백합 뿌리, 소나무 껍질 등에서 전분을 만들어내는 방법을 알아야 한다. 하지만 우리는 안타깝게도 이러한 교육을 오랫동안 무시해 왔다.

지금 우리에게는 야생 쌀이 좋은 먹을거리가 될 수 있었다. 습지 언저리에 핀, 씨앗이 작은 개조풀(Leersia)도 눈에 띄었다. 도토리, 소나무나 개암나무 열매는 아직 익지 않았다. 소나무나 전나무의 껍질 안쪽은 말라 있을지도 모른다. 나는 반쯤 취할 때까지 차를 마셨다. 인간은 어떤 특별한 일이 발생할 때마다 자극제나 흥분제를 원하는 것 같다. 그리고 차는 내가 유일하게 사용하는 자극제다. 빌리는 많은 양의 담배를 씹었다. 담배는 감각을 무디게 하기 때문에 고통을 줄이는 데 도움이 될 듯했다. 우리는 시간이 날 때마다 딜레이니 씨가 오지 않나 주위를 둘러보거나 귀를 기울였다. 이 산중에서 그의 발자국 소리만큼 우리에게 큰 기쁨이 될 만한 것이 또 있을까?

내가 아는 한, 온화하고 쾌적한 시에라 산맥에 머무는 목동이나 산사람들은 대부분 음식과 잠자리에 별 불만이 없었다. 즉, 그들은 여성적인 자연의 아름다움을 무시한 채 '거친 자연 그대로' 에 진심으로 만족했다. 목동들의 잠자리는 주로 맨땅에 담요 한 장, 그리고 베개로 사용하는 돌이나 나무 또는 말안장이 다였다.

우리의 목동 빌리도 잠자리를 고를 때 자신의 개만큼도 신경 쓰지 않았다. 잭이나 카를로는 중요한 일을 결정하는 데 있어서 무척 신중했다. 이곳저곳을 돌아다녀 보고 나무 부스러기나 자갈을 치워서 자신의 잠자리를 안락하게 만들려고 애썼다. 이에 반해 빌리는 아무 데나 자신의 몸을 내던졌다.

혹여 빌리가 자신이 원하는 것을 모두 갖췄다고 해도, 그의 식사는 우아함과는 거리가 멀었다. 날것이든 조리한 것이든 상관없었다. 콩 또는 빵, 베이컨, 양고기, 말린 복숭아와 때로는 감자 및 양파가 주 메뉴를 이루었다. 음식에 감자와 양파가 들어가는 날에는 영양가 때문이 아니라 음식의 중량감만으로 호사스럽다고 느꼈다. 감자와 양파는 무거운 탓에 집에서 야영지까지 반 부대 정도 가지고 오는데도 며칠씩 걸렸다.

이상하게도 냄비를 둘러싼 상당한 미스터리가 있긴 하지만, 콩이야말로 비상식품으로 제격이었다. 영양만점일 뿐 아니라, 가지고 다니기 쉬워서 멀리까지 운반할 수 있다는 장점도 있었다. 또한 조리법도 간단했다. 콩의 맛을 최대한 살리는 조리법은 요리사마다 제각각 달랐다. 나는 군침 도는 콩을 살짝 익힌 다음에 베이컨을 함께 넣고 단맛을 가미했다. 그리고 그것을 푹 삶아서 베이컨의 향과 단맛이 콩 속까지 스며들게 했다.

자신만만한 요리사는 조리한 콩을 접시에 맛배기로 담아내면서 마치 똑같은 콩에 같은 조리법을 써도 이런 맛을 낼 수 없다는 듯 "제가 만든 콩 요리의 맛이 어떻습니까?"라고 묻는다. 그렇다! 자신만 아는 비법이 있는 것이 분명하다! 당밀이나 설탕, 후추는 원하는 맛을 내는 데 사용했을 것이다. 아니면, 처음 콩을 삶아낸 물은 쏟아 버리고, 다양한 맛과 취향에 따라 소다를 한두 숟가락 넣어 껍질을 녹이거나 한층 부드럽게 만들었을 것이다. 하지만 포도주는 오크통에 따라 그 맛이 달라지듯, 콩도 냄비에 따라 사람의 입맛에 맞거나 안 맞을 수 있다. 심지어 어떤 콩은 달빛에 의해 맛이 변하거나, 적당하지 않은 땅에서 설익은 콩인 탓에 맛이 금방 상힐 수도 있다. 그래서 일 년 내내 콩 맛이 형편없다고 불평할지도 모른다.

커피 역시 많지는 않지만, 그리고 콩 냄비를 둘러싼 미스터리 같은 것은 없지만, 야영지 주방에서 자신만의 경이로움을 지니고 있다. 사람들은 입안 가득히 커피를 우물거리다가 흡족함에 "음" 하는 낮은 감탄사를 내뱉고, 곧이어 무의식 중에 "커피 맛이 그만이군"이라고 말한다. 그리고 다시 홀짝 한 모금 마신 뒤 음미하듯 "음, 정말로 기가 막힌 맛이야"라는 말을 반복한다.

차는 진한 맛과 약한 맛의 두 종류가 있는데, 맛이 진하면 진할수록 좋은 것이다. 약한 맛의 차를 마신 뒤 내뱉은 최고의 평가는 "차가 싱겁군"이다 맛이 그저 그러면 언급조차 하지 않는다. 차를 빨리 끓여내든 약한 불에 오래 달이든 상관없다. 탄닌(Tannin)이나 크레오소트(Creosote)_{목타르, 특히 너도밤나무에서 얻는 목타르를 증류해 물보다 무거운 유분을 정제한 것}가 좀 들어 있다고 누가 신경 쓰겠는가? 담배 니코틴에 절은 미각에 맞추려고 아주 진한 음료수를 만들지!

캘리포니아 야영지의 빵처럼 목동 캠프의 빵은 독일제 오븐으로 굽는다. 그런데 베이킹파우더 비스킷을 이 오븐으로 만들 경우 어떤 때는 소화불량을 일으킬 정도로 몸에 해로운 끈적거리는 이물질이 만들어지기도 한다. 하지만 대부분 신맛이 감도는 반죽으로 발효시켜 한 차례 구운 뒤 만일의 사태에 대비해 포대자루 속에 비축해 둔다. 이때 사용하는 오븐은 깊이 12센티미터, 너비 30~45센티미터 정도 되는 무쇠 냄비다.

그릇에 한 끼 분량을 넣고 반죽한 다음, 오븐을 약간 데우고 기름을 둘러서 닦아낸다. 그런 다음 반죽을 잘 눌러 넣어 부풀어 오르도록 한다. 빵을 구울 준비가 끝나면 석탄 한 삽을 불 주위에 골고루 집어넣은 뒤 오븐을 올려놓는다. 그리고 온도가 일정하게 유지될 수 있도록 필요할 때 조금씩 집어넣을 석탄도 한 삽 준비해 뚜껑 위에 올려둔다. 빵이 타거나, 맛이 너무 시큼하거나, 이스트를 지나치게 많이 넣었거나, 오븐이 너무 무겁거나 해서 요리하는 데 지장이 있긴 했지만 대부분의 빵은 이런 식으로 조심스럽게 구워졌다.

딜레이니 씨가 산골짜기에 도착하면 우리의 굶주림도 마침내 끝이 나고, 우리는 다시 산으로 눈을 돌려 구름이 걸쳐 있는 산꼭대기를 오르리라!

요세미티 폭포의 벼랑에 서서
폭포를 보며 인생의 진리에 한 발 더 다가서다

요세미티 폭포의 바로 아래에 섰을 때 존 뮤어는 어떤 기분이 들었을까?
쏟아지는 물줄기와 험준한 바위를 보면서 그는 산사람으로서의 자신에 대해
생각해 봤다. 그리고 자연의 아름다움에 취해, 그곳을 찾게 된 일은 자신이 평생에
한 번 맞이할까 말까 한 행운이라고 여겼다. 그는 과연 요세미티 폭포에서 무엇을
느끼고 배운 것일까?

6월 15일

모노 트레일(Mono Trail)을 따라 분지를 이루는 동쪽 산의 정상에 다다른 뒤, 방향을 남쪽으로 틀어 요세미티의 끝자락으로 이어지는 낮은 계곡에 들어섰다. 정오쯤 도착해 야영 준비를 했다. 점심식사를 하고 서둘러 고원지대로 발길을 옮겼다. 인디언 캐니언(Indian Canyon)의 끝자락인 꼭대기에 올라서자 지금까지 본 것 가운데 제일 멋진 광경이 눈앞에 펼쳐졌다. 머세드 상류분지의 모습이 거의 다 눈에 들어왔던 것이다. 웅대한 돔 모양의 바위와 계곡, 위로 검게 솟은 산림들과 하얀 봉우리들이 하늘을 맞대고 멋지게 늘어서 있었으며, 그 위로 햇살이 빛났다. 이 아름다운 광경은 모닥불에서 나오는 따뜻한 열기처럼 우리의 뼈와 살 속으로 스며들었다.

산의 장엄한 아름다움이 이렇게 끝없이 넘쳐나는 전경을 지금까지 한 번도 본 적이 없었다. 이런 전경을 직접 본 적이 없는 사람에게 내가 말할 수 있는 가장 사치스러운 표현은 '영적인 웅장함' 정도밖에 없을 듯하다. 나는 격렬한 황홀경에 빠진 채 그저 소리만 지를 뿐이었다. 그런데 갑자기 카를로가 영민한 눈빛으로 나에게 달려왔고, 나는 정신을 번쩍 차렸다. 그 순간 저쪽에서 나를 바라보고 있는 갈색 곰 한 마리가 눈에 들어왔다. 우거진 숲에서 나온 곰은 나와 불과 몇 센티미터 정도밖에 떨어져 있지 않았다. 곰은 나를 위험한 존재로 여겼는지 잽싸게 달아나기 시작했고, 너무 서두른 나머지 그만 우거진 만자니타(Manzanita) 숲으로 굴러 떨어지고 말았다. 카를로는 겁먹은 듯 움찔하며 뒤로 물러섰다. 주인이 곰을 사냥하는 모습을 자주 지켜본 카를로는 내가 쫓아가서 잡길 기대하는 듯한 눈빛으로 나를 올려다보았다.

남쪽으로 경사진 산등성이를 지나 마침내 인디언 캐니언과 요세미티 폭포 사이에 있는 깎아지른 듯한 낭떠러지의 정상에 올라섰다. 정상에 올라서니, 갑자기 그 유명한 요세미티 계곡이 거의 한눈에 들어왔다. 반구(半球), 박공(搏栱), 첨탑(尖塔)과 별 특색 없는 벽화 등 여러 모양이 뒤얽힌 웅장한 장벽이 천둥우뢰 소리를 내며 떨어지는 물 속에서 고고한 자태로 서 있었다. 평지는 잘 꾸며진 정원 같았다. 즉, 햇살 가득한 초원과 참나무, 소나무 숲이 마치 정원처럼 정리되어 있었다. 평지 한가운데에는 웅장하게 햇빛을 반사하는 머시(Mercy) 강이 흐르고 있었다. 1.5킬로미터 정도의 높이로 계곡의 상단 끝에 솟아 있는 하프 돔(Half Dome)^{고함} <small>요세미티 계곡에 있는 거대한 암석. 반으로 쪼개진 모습을 하고 있어서 하프 돔이라</small>은 마치 살아 있는 듯 아름답게 균형을 유지했다. 그 모습은 폭포나 초원에서 뿐 아니라 산 너머에서 봐도 무척 인상적이어서 감탄사가 절로 나오지 않을 수 없었다. 절벽의 깎아지른 듯한 웅장한 모습과 현기증이 날 것 같은 깊이는 그야말로 인내의 전형이었다. 비와 눈, 추위와 지진, 그리고 눈사태를 이겨내면서 수천 년 동안 하늘을 향해 서 있는 그 모습은 여전히 젊음을 과시했다.

나는 서쪽으로 나 있는 계곡의 가장자리를 거닐었다. 계곡의 가장자리는 대부분 앞으로 튀어나와 있어서, 암벽 정면의 하단 부분까지 내려다볼 수 있는 곳을 찾기가 쉽지 않았다. 설령 그런 곳을 찾아서 두 다리에 힘을 주고 몸을 곧추세운 뒤 조심스럽게 머리를 앞으로 쭉 빼서 내려다본다고 해도, 갑자기 바위가 반으로 쫙 갈라져 밑으로 떨어질지도 모른다는 두려움에 사로잡힐 것이 뻔했다. 천 길 낭떠러지

170

아래로! 1킬로미터 이상 되지 않을까? 하지만 나의 사지는 전혀 떨리지 않았으며, 이 거대한 암벽을 지탱하는 견고함에 조금의 의심도 갖지 않았다. 내가 두려워한 것은, 몇 군데에서 화강암의 조각들이 다소 틈새가 벌어진 채 연결되어 있던 탓에 암벽의 정면이 평행으로 갈라지면서 그것들이 떨어져 나가지 않을까 하는 점이었다. 그래서 뒤로 몇 발자국 물러선 뒤 "다시는 벼랑 끝에 서지 말자"고 중얼거렸다. 하지만 요세미티의 절경 앞에서는 이러한 조심스러운 충언도 소용없었다. 내 몸은 주문에 걸린 듯 의지와 상관없이 움직였다!

잊을 수 없는 장엄한 절경에서 1.5킬로미터 정도 내려갔다. 그러자 산악의 마지막 찬미를 뒤로한 채 안락하고 품위 있는 모습으로 폭이 좁은 수로 안쪽으로 뛰어 들어가는 요세미티 개울을 향해 폭포 물길이 흘러가고 있었다. 눈보라 속에서 밑으로 8킬로미터 정도 내려간 폭포 물길은 전혀 다른 세계로 떨어져 머세드 강 속으로 사라졌다. 아래쪽은 기후, 초목, 서식하는 동물들이 모두 다르다. 최후의 골짜기를 빠져나온 폭포 물길은 부드러운 경사를 따라 미끄러지듯이 웅덩이 속으로 급격히 떨어졌다. 급격한 하강이 이루어지기 직전, 폭포 물길은 회색 소용돌이를 일으키며 잠시 휴식을 취하는 듯했다. 그러다가 서서히 웅덩이의 주둥이를 넘어선 뒤 엄청난 가속도로 비탈을 따라 무시무시한 벼랑 아래로 내려갔다. 그리고 마침내 장엄하고 숙명적인 자신감으로 공중에서 자유를 찾았다.

나는 반질반질하게 광택이 나는 바위 위에서 신발과 양말을 벗은 뒤 손과 발에 단단히 힘을 준 채 조심스럽게 물길을 따라 앞으로 나아갔다. 하얀 거품을 일으키면서 달려들듯 내려가는 물이 내 손을 스쳐 지나갈 때마다 기분이 좋아서 어쩔 줄 몰랐다. 나는 계곡의 깎아 세운 듯한 암벽 때문에 사라져 버린 경사진 둔덕 대신, 아래의 덜 경사진 곳에서 바닥에 떨어진 물의 모습을 볼 수 있으리라 생각했다. 하지만 그곳에는 내 예상을 완전히 빗나간 작은 벼랑이 하나 있었다. 그곳은 발을 내딛기에는 너무 가팔랐다. 조심스럽게 살펴보니, 작은 벼랑의 가장자리에 발뒤꿈치를 걸칠 만한 8센티미터 정도의 작은 공간이 눈에 띄었다. 하지만 가파른 작은 벼랑을 넘어 그곳에 닿을 만한 길이 보이지 않았다. 그래서 세심하게 살펴봤고, 그 결과 급류에서 조금 떨어진 지점에서 울퉁불퉁한 바위를 찾아냈다. 손가락을 집어넣어 힘을 줄 수 있을 것 같은 거친 바위로, 그것이 유일한 길이었다. 하지만 옆으로 난 비탈이 위험할 정도로 미끄러운 데다 급경사를 이루고 있었다. 발밑으로 물살이 빠르게 스쳐가고 있는 것도 무척 신경 쓰였다. 그래서 더 이상 내려가지 않으려고 했다가, 다시 실행해 보기로 결정했다.

내가 서 있는 바위의 옆 틈에서 쑥이 자라고 있었다. 현기증을 막아 주리라는 생각에 그 쑥을 한 움큼 뜯어서 입안에 털어 넣었다. 그런 다음 전혀 익숙하지 않은 환경인 암벽의 작은 공간 속으로 조심스럽게 기어 내려가 발꿈치를 내디뎠다. 수평으로 6~9미터 정도 발을 겨우 내딛자, 물은 벌써 저 밑으로 흘러 내려가 버렸다. 이곳에서는 공중으로 산산이 흩어지며 유성을 찬미하듯 산화하는 물보라를 제대로 감상할 수 있었다. 나는 발을 겨우 지탱할 정도의 좁은 공간에 앉아 있었지만, 위험하다는 생각은 전혀 들지 않았다. 가까운 거리에서 들려오는 폭포의 장엄한 소리와 떨어지는 물줄기가 공포감을 가라앉혀 주었다. 그리고 이러한 곳에서 사람의 몸은 자신의 안전에 스스로 대비하게 마련이었다.

내가 그곳에 얼마나 오랫동안 머물렀는지, 그리고 어떻게 돌아왔는지 전혀 기억이 나질 않는다. 하지만 분명한 점은, 그곳에서 나는 무척 귀중한 시간을 보냈다. 어두워질 무렵, 나는 기분 좋은 긴장감에 뒤따르는 의기양양함을 가슴에 안은 채 야영지로 돌아왔다. 이 이후로 괜한 객기를 부리는 일은 더 이상 없었지만, 정말 해볼 만한 모험이었다는 생각은 들었다. 즉, 요세미티에서 내려다본 하이 시에라 (High Sierra)의 전경, 요세미티 지류에서 울려 퍼지는 파멸의 노래, 거대한 절벽에서 산화되어 공중으로 산산이 흩어지는 폭포수 등 모든 것들이 일생에 단 한 번 맞이할 법한 행운이라 해도 과언이 아니었다. 결코 잊을 수 없는 소중한 하루하루, 그 순간들은 죽어도 여한이 없을 정도로 행복하고 즐거운 시간이었다.

6월 16일

어제 오후 폭포 위에서 맛본 즐거움으로 인해 잠을 이룰 수가 없었다. 지난밤 과민성 위경련으로 인해 비몽사몽했던 나는, 우리가 야영하는 산등성이가 무너져 내려 요세미티 계곡으로 떨어지는 악몽을 꾸는 바람에 자꾸 잠에서 깨곤 했다. 다시 잠을 청하려고 애썼지만, 너무 긴장한 나머지 신경이 곤두서서 쏟아지는 물과 무너져 내리는 바위 위로 떨어지는 꿈을 몇 번씩이나 꿔야 했다. 한번은 벌떡 일어나서 "이건 꿈이 아니야! 죽음을 피할 수 없다면, 산사람으로서 이보다 더 멋진 죽음이 또 어디 있을까!"라고 말했다.

곰과 파리, 그리고 메뚜기
자연 속에서는 만물이 평등하다

존 뮤어는 자연에 존재하는 모든 것에 관심이 많았다. 그리고 긍정적인 시선으로 그것들을 유심히 관찰했다. 그런 그에게는 크기에 상관없이 곰, 파리, 메뚜기가 모두 정다운 친구였다. 자연에서 살아가는 친구들을 관찰하고 스케치하고 그들에 대한 이야기를 쓰면서 뮤어는 또 얼마나 행복했을까?

6월 21일

하프 돔을 스케치했다. 비는 내리지 않았지만 오후에는 구름이 잔뜩 끼어, 폭포수가 떨어지기 시작하는 정상 지점은 하얀 산과 멋진 배색을 이루는 그림자를 드리우고 있었다. 포근할 날에는 그 그림자가 폭포 아래의 정원 위로 부드러운 덮개를 내려 주었다.

집파리와 메뚜기, 그리고 갈색 곰을 봤다. 하프 돔의 꼭대기에 오르니 파리와 메뚜기가 반갑게 맞아주었다. 나는 야영지와 돔 사이 작은 초원지대의 중간 지점에서 서식하고 있는 곰을 보러 갔다. 곰은 자신의 모습을 드러내는 것에 거부감이 없다는 듯 꽃 사이에서 주위를 경계하며 서 있었다.

오늘 아침, 야영지에서 2킬로미터도 채 못 간 지점에서 앞서 가던 카를로가 갑자기 뒤돌아선 뒤 꿈쩍도 하지 않았다. 카를로는 꼬리와 귀를 늘어뜨리고 예민한 코를 앞으로 내밀면서 마치 "이게 뭐지? 곰인가?"라고 말하는 듯했다. 그러더니 갑자기 조심스럽게 몇 발자국 앞으로 나아갔고, 잠시 뒤 사냥 고양이처럼 발을 살며시 땅에 내려놓았다. 그리고 모든 의심이 사라질 때까지 냄새의 정체를 알아내기 위해 계속해서 코를 킁킁거렸다.

내가 있는 쪽으로 다시 돌아온 카를로는 나를 올려다보면서 근처에 곰이 있다는 사실을 알리려는 듯 눈을 반짝거렸다. 그리고 숨소리도 내지 않은 채 노련한 사냥꾼처럼 나를 조심스럽게 인도했으며, 마치 "저기에 곰이 있어요. 따라오세요. 보여 드릴게요"라고 속삭이는 듯 나를 자주 돌아봤다.

이윽고 우리는 자줏빛의 전나무 사이로 햇살이 눈부시게 내리쬐는 곳에 도달했다. 그곳은 넓은 공간이 가까이에 있다는 것을 암시하는 장소였다. 여기에 이르자, 내 뒤에 있던 카를로는 곰이 바로 근처에 있음을 확신하는 듯했다. 그래서 나는 좁은 초원의 가장자리에 있는 자갈 둔덕으로 기어 올라갔다. 이 초원에 곰이 있는 것이 틀림없었다.

나는 절대 놀라지 않는 곰의 강건한 모습을 보고 싶었다. 그래서 소리 없이 뒤로 물러나 제일 큰 나무 위로 올라갔으며, 잎이 무성한 나뭇가지에 몸을 감춘 채 얼굴만 내밀었다. 그런데 정말 가까운 거리에 갈색 곰 한 마리가 서 있었다. 엉덩이는 풀과 꽃에 가려져 있었지만, 앞발을 초원의 전나무 그루터기에 올려놓고 머리는 쳐들고 있어서 마치 땅을 딛고 두 발로 서 있는 듯했다. 아직은 나를 보지 못한 것 같았다. 하지만 뭔가가 주위에 있다는 사실을 눈치 챈 듯 갈색 곰은 주변을 두리번거리며 귀를 쫑긋 세웠다.

곰이 내 존재를 알아차리고 달아나지나 않을까 걱정하던 나는 곰의 일거수일투족을 관찰하면서 알아낼 수 있는 것은 모두 알아내려고 노력했다. 갈색 곰은 부상을 당하거나 어린 새끼를 보호해야 할 상황만 아니라면 싸우려는 적의를 드러내지 않은 채 무작정 달아난다고 한다. 햇살 가득한 숲 속 화원에서 갈색 곰은 그림 같은 모습으로 경계를 서고 있었다. 자연경관과 자신의 모습을 자연스럽게 하나로 만드는 다른 동물들처럼, 갈색 털이 텁수룩하게 난 거대한 이 동물 역시 웅장한 나무줄기, 싱싱한 초목들과 잘 어우러져 완벽한 조화를 선보였다.

여유롭게 갈색 곰을 관찰한 뒤 호기심 가득한 삐죽 나온 주둥이,

176

딱 벌어진 가슴을 덮고 있는 털, 머리털에 덮여 있지만 곧게 선 귀, 육중하게 머리를 돌리는 모습 등을 상세히 기록했다. 나는 곰이 놀라서 달아나는 모습을 관찰하고 싶은 마음에 모자를 흔들면서 소리를 지르며 곰 쪽으로 달려갔다. 하지만 실망스럽게도 갈색 곰은 전혀 꿈쩍도, 아는 척도 하지 않았다.

오히려 나의 기대와 달리, 자신을 보호하기 위해 한판 붙어 보겠다는 듯 머리를 낮추고 앞으로 내민 채 나를 노려봤다. 그 순간 이러다가는 내가 도망가야 할지도 모른다는 생각이 들었다. 하지만 달아나는 것도 쉬운 일은 아니었다. 그래서 갈색 곰처럼 나도 내 위치를 그대로 지키기로 했다. 우리는 약 1미터의 거리를 두고 정적 속에서 서로를 노려보고 있었다. 나는 마음속으로 인간의 눈빛이 야생동물의 눈빛보다 더 강력하다는 사실이 곧 증명되리라 믿었다.

시간이 얼마나 흘렀는지 모르겠다. 하지만 정적과 느릿한 시간의 흐름 속에서 곰은 마침내 나무 그루터기에서 커다란 발을 내려놓았다. 그리고 육중하게 뒤로 돌아서서는 느릿느릿 초원으로 걸어가기 시작했다. 내가 뒤쫓아 오는지를 확인하려는 듯 이따금 어깨 너머로 뒤돌아보기를 반복했다. 하지만 나를 두려워하거나 완전히 신뢰하는 것이 아니라는 점은 분명했다.

몸무게가 230킬로그램 정도 되는 듯한 이 갈색 곰은 어느 누구도 제어할 수 없는, 아름다운 대자연에 딱 어울리는 행복한 친구였다. 한 편의 그림처럼 그가 서 있던, 꽃이 만발한 이곳은 지금까지 내가 본 풍경 가운데 제일 아름다운 자연 온실이었다. 갈색 곰의 등 뒤로 기다란 백합 봉우리들이 한들거렸고, 양옆으로는 제라늄(Geranium),

참제비고깔, 참매발톱꽃, 데이지(Daisy)가 스치고 지나갔다. 곰 서식처가 아니라 천사들의 마을 같았다.

큰 계곡에서 갈색 곰은 최고의 통치자다. 게다가 먹을거리가 천지사방에 널려 있어서 굶주림을 모르는 복에 겨운 친구다. 먹을거리는 빵 가게에 쌓아놓은 빵처럼 사시사철 산등성이 여기저기에 흩어져 있었다. 갈색 곰은 마치 다양한 음식을 맛보려는 듯 이 산에서 저 산으로 오르락내리락하고 수천 킬로미터에 걸친 다양한 풍토를 오가면서 여러 가지 맛을 즐겼다. 나는 이 털북숭이 갈색 곰에 대해서 좀 더 자세히 알고 싶어졌다.

오늘 아침 나의 진정한 이웃인 이 요세미티 곰이 어슬렁어슬렁 내 시야에서 사라진 뒤, 양 떼를 보호하기 위해서라면 딜레이니 씨의 총구가 내 이웃을 겨눌 것이라는 걱정이 들어 나는 서둘러 야영지로 돌아왔다. 다행히 갈색 곰의 모습은 보이지 않았다. 그래서 나는 갈색 곰이 호프만(Hoffman) 산등성이를 넘어 자신의 보금자리로 무사히 돌아갔으리라고 확신했으며, 기쁜 마음으로 작업 터인 요세미티 돔으로 다시 돌아올 수 있었다.

이제 막 갈색 곰과 한바탕 눈싸움을 마친 뒤 앉아서 스케치를 하던 내 주위에 집파리가 마치 제 집인 양 윙윙 날아다녔다. 도대체 무엇이 집파리로 하여금 편안한 생활을 내팽개치고 이 험난한 산속으로 오게 한 것일까? 집파리들은 동물과 식물의 종(種)이 바뀌는 경계 구실을 하는 바다, 사막, 산을 넘어 광범위한 지역에 퍼져 있다. 이에 비하면 딱정벌레와 나비는 작은 지역에 한정되어 분포하는 편이다.

똑같은 산이라 해도 지대에 따라 각기 다른 독특한 종이 서식하는

178

경우도 있다. 하지만 집파리는 어디에서나 볼 수 있다. 바다 한가운데에 있는 섬에도 파리는 있을 것이다. 요세미티 숲에는 수레국화가 많은데, 이 꽃은 파리가 알을 낳아 기르기에 안성맞춤인 조건을 갖추고 있다.

이곳에는 풍부한 꿀과 꽃가루로 인해 살이 통통하게 찌는 벌들도 많다. 벌은 산등성이에 많이 살고 있으며, 정상에는 아직까지 도달하지 못했다. 벌 떼가 캘리포니아에 처음 모습을 드러낸 것은 불과 몇 년 안 된 일이다.

기묘하지만 유쾌한 친구로는 메뚜기를 들 수 있다. 어느 정도 산 높이까지 올라가는지는 모르겠지만, 간혹 산꼭대기까지 원정을 오곤 했다. 적어도 요세미티를 찾은 방문객들이 올라가는 높이만큼은 올라가는 듯했다.

나는 오늘 오후, 돔에서 나를 위해 춤추고 노래하는 듯한 메뚜기 한 마리를 흥미롭게 바라보고 있었다. 흥에 겨워 어쩔 줄 모르던 메뚜기는 6~9미터까지 솟았다가 다시 다이빙하듯 밑으로 뛰어내렸다. 그리고 저음으로 찌르르 소리를 낸 뒤 다시 위로 솟구쳐 오르기를 반복했다. 그렇게 춤추고 노래 부르며 오르내리기를 12번 이상 반복했다. 그리고 휴식을 취하려는 듯 잠시 내려앉아 있더니, 이내 다시 솟아올랐다.

공중에서 반복적으로 되풀이되는 메뚜기의 오르내림은 마치 일정한 길이로 공중에 늘어뜨린 밧줄처럼 늘 같은 높이를 유지했다. 크기에 상관없이, 살아 있는 생명체 가운데 이렇게 용감하고 다정하며 날렵하고 유쾌한 생명체는 본 적도 들은 적도 없었다. 산중에서 제일 명랑한 이 우스꽝스런 메뚜기는 쾌활함 그 자체였다!

이 산중에서 메뚜기만큼 유쾌하게 떠들고 놀기를 좋아하는 생명체로 더글러스 다람쥐(Douglas Squirrel)를 빼놓을 수 없다. 더글러스 다람쥐는 자연 속에서 그저 천진난만하게 '힙 힙 후' 소리를 내면서 모든 슬픔을 조롱하는 듯 유쾌하게 톡톡 손가락 장난을 친다.

'힙 힙 후' 소리를 어떻게 내는지는 잘 모르겠다. 땅위에 있을 때나 이곳저곳으로 옮겨 다닐 때는 아무 소리도 내지 않다가, 곡선을 그리며 뛰어내릴 때마다 이런 소리를 냈다. 유쾌하게 곡예를 부리면 부릴수록 거기에 호응하듯 소리는 더욱 힘차졌다.

더글러스 다람쥐 한 마리가 잠시 공연을 멈추고 쉬고 있기에 나는 그 틈을 이용해 가까이에서 관찰하기로 했다. 하지만 더글러스 다람쥐는 접근을 허용하지 않았다. 경계를 멈추지 않고 있다가 조금이라도 이상한 낌새가 보이면 오므리고 있던 다리를 펴고 튀어오를 준비를 하는 것이었다.

갈색 곰조차도 이 익살스러운 더글러스 다람쥐만큼이나 거친 산중의 건강함과 강인함, 그리고 그에 따르는 행복감을 보여 주지는 못했다. 날씨가 흐리든 맑든 더글러스 다람쥐는 전혀 개의치 않았다. 심지어 엄동설한에도 불만을 드러내는 법이 없었다. 더글러스 다람쥐에게는 매일 매일이 즐거운 축제일이었던 것이다. 그리고 마침내 이 세상에 작별인사를 고할 때가 되면 숲 속으로 들어가 낙엽과 꽃들처럼 조용히 죽어갔다. 장례가 필요 없을 정도로 아무런 흔적도 남기지 않았다.

해는 졌고, 이제 야영지로 돌아가야 할 시간이었다.

안녕, 잘 자 친구들아! 에덴동산 같은 산등성이와 화원에서 강인한 바위 같았던 갈색 곰, 온 천지를 분주히 헤매고 다닐 파리, 그리고 마지막으로 어린아이 같은 천진난만함으로 장중한 산중을 유쾌하고 밝게 만들던 메뚜기!

고마웠다. 다시 한번 너희 세 친구들에게 감사의 말을 전한다. 너희들의 날개와 다리에 신의 가호가 있길……. 안녕히 주무시게나 친구들, 안녕!

웅장한 요세미티 폭포
자연 속에서는 감탄사가 자연스럽다

자연에 대한 경외심과 사물에 대한 호기심이 가득했던 존 뮤어는 평상시에 책을 많이 읽었다고 한다. 그래서인지, 그는 자연을 다양하고 아름다운 어휘로 적절히 표현하고 있다. 특히 요세미티 폭포를 감상하고 쓴 그의 글을 보면, 하나의 폭포가 그렇게 많은 아름다움을 지닐 수 있단 말인가라는 감탄사가 절로 나온다. 이렇듯 뮤어가 쓴 자연에 대한 이야기를 읽고 있으면, 자연의 위대함이 그대로 느껴진다.

물이 불어나는 봄에 폭포를 가장 가까운 거리에서 볼 수 있는 장소는, 지상 120미터에서 현란하게 흩어지는 물보라 상단의 동쪽에 자리 잡은 펀 레지(Fern Ledge)였다. 계곡에서 500미터 정도 올라가야 하는 곳이었다. 길이 나 있진 않았지만, 등산을 좋아하는 사람이라면 누구나 올라가는 내내 아름다운 전경을 만끽할 수 있었다. 좁은 길은 폭포 옆과 뒤로 연결되어 있어서 가까이에서 원하는 만큼 폭포를 구경할 수 있었다.

오후의 햇살이 흩어지는 물살을 뚫고 퍼져 나갈 때면, 물보라와 어우러지는 빛의 향연이 그야말로 장관을 이루었다. 폭포의 위쪽에서 보면 이 빛의 향연은 마치 약동하는 산의 심장이 뿜어내는 불규칙한 용솟음 같았다. 이따금 강력한 심장박동이 많은 양의 물을 공중에 뿜어내 물이 산산이 흩어지면, 물은 기다란 꼬리를 감춘 채 잘 다듬어진 명주실처럼 폭포 바닥으로 곤두박질쳤다.

바닥으로 떨어진 물은 조금씩 다른 물과 섞이면서 자신의 정체성을 잃어 갔다. 멀리에서는 물의 흐름이 활기 없고 느릿느릿 해보였지만, 실제로는 엄청난 힘과 속도로 흘러 내려가고 있었다. 물로 꽉 채워져 있는 응축된 눈처럼, 하얀색을 띠는 물줄기의 상단은 마치 혜성과도 같이 공중에서 쏟아져 내려왔다. 꼬리에 꼬리를 문 채 사그라지던 물줄기의 일부가 새 하얀 빛을 발하면 마치 공중에서 하늘거리거나 가느다란 연필심으로 그어 놓은 회색빛 선처럼 가늘게 보이기도 했다. 이에 반해 밝은 햇살의 소용돌이 속에서 물보라를 일으키는 바깥쪽 물줄기는 완벽한 회색빛에 진주 모양을 하고 있었다.

폭포 아래로 떨어진 물은 눈에 띄는 어떤 형태도 갖추고 있지 않았다. 떨어진 물은 그저 돌풍을 일으키듯 용솟음치며 올라가서는 재빨리 부서질 뿐이었다. 부서지는 물보라 사이로 회색과 자주색을 띠는 빛의 향연이 펼쳐졌다. 동시에 태양 빛은 용솟음치며 솟아오른 물의 총천연색을 각도에 따라 아름다운 무지갯빛 색깔과 조화를 이루도록 만들었다.

제일 아름다운 지점은 폭포 중간이었다. 밑으로 내려갈수록 물은 더욱 다양한 형태로 자신의 모습을 감춘 반면, 상단부로 올라갈수록 물길은 단조롭고 뭉뚱그려져 있었다. 하지만 물이 떨어져 물구름을 만들어내는 아래에서조차 혼란스러움은 없었다. 그 대신 장대한 수력은 폭포에 호화로운 아름다움과 평온함을 더하면서 무지갯빛이 깃든 온갖 화려함을 만들어냈다.

이 아름다운 폭포는 계곡의 여러 폭포들 가운데 제일 힘찰 뿐 아니라 소리도 엄청나게 컸다. 폭포가 만들어내는 소리는 날카로운 '솨' 소리, 참나무 사이로 물이 지나갈 때 무성한 잎들이 살랑대는 소리, 소나무 잎이 내는 고요하고 부드러운 소리에서부터 산 정상의 바위 사이를 휘저으며 만들어내는 천둥우뢰 같은 소리까지 그야말로 다양한 음색을 자랑했다. 8~10킬로미터 떨어진 곳에서도 들을 수 있을 정도로 크게 울려 퍼지는 저음은, 우리가 서 있는 벼랑의 정면으로 불쑥 튀어나와 있는 암붕(岩棚), 그리고 그 위로 60미터 정도 떨어진 바위 턱에 달려들듯 쏟아지는 거대한 물이 공기와 어우러져 만들어내는 소리였다.

우기가 되면 많은 양의 급류가 혜성처럼 꼬리를 길게 늘어뜨린 채 끊임없이 쏟아지는 반면, 굉음 같은 울려 퍼지는 소리는 끊어졌다 이어졌다를 반복했다. 이런 현상이 생기는 이유는, 육중하면서도 거대한 물줄기가 대부분 바람의 영향을 받지 않은 채 벼랑의 정면에서 흩어지고 평소에는 늘 부딪히던 암봉을 그냥 지나치기 때문이다. 때로는 물줄기가 초입에서부터 벼랑으로 급작스럽게 내려와 바닥으로 곤두박질치거나 시계추처럼 좌우 옆으로 흩어져 무한한 형태와 소리가 만들어지기도 했다.

웅장한 요세미티 폭포

물까마귀
새에게 또 하나의 인생을 배우다

자연을 무척 사랑했던 존 뮤어가 제일 아끼던 새는 무엇이었을까? 그 새는 바로 요세미티 계곡 주변에서 처음 만난 물까마귀다. 뮤어는 물까마귀의 생활 습성을 면밀히 관찰하는 동안 다른 새들에게서는 느낄 수 없는 물까마귀만의 매력에 흠뻑 빠져들었다. 그래서 그가 쓴 물까마귀에 대한 글을 보노라면 활력 넘치는 생동감과 적절한 표현력으로 인해 감칠맛이 느껴져 주변에 있는 다른 새들에 대한 애정까지 생겨날 정도다.

시에라 산맥의 폭포를 자주 방문하는 새로는 물까마귀(또는 물개똥지빠귀)가 유일하다. 이 새는 개똥지빠귀 크기의 유난히 명랑하고 귀여운 작은 새로, 푸른빛의 간소한 회색 방수옷을 입었으며 머리와 어깨는 엷은 초콜릿색을 띠고 있다. 강인한 발과 부리, 활기찬 날개 끝, 굴뚝새처럼 치켜세운 꼬리 이외에는 미끈한 몸매의 곡선을 방해하는 것이 도통 없는, 마치 소용돌이치는 웅덩이에서 갈고 닦인 조약돌처럼 단단하고 포동포동 살이 찐 모습이다.

시에라 산맥에서 10년간의 탐험여행 중에 찾았던 수많은 폭포 가운데 얼음이 얼은 봉우리든, 온화한 작은 언덕배기 또는 심산유곡 같은 요세미티 계곡이든 그 어디에서나 물까마귀를 볼 수 있었다. 풍부하게 떨어지는 물만 있다면 아무리 매서운 추위가 닥친 계곡이라도, 아주 깊은 산골이라도 물까마귀는 살아갈 수 있었다.

큰 폭포나 작은 폭포, 또는 급류를 이루는 맑은 시냇물을 찾아가보라. 그럼 소용돌이치는 물거품 속에서 잎사귀처럼 휘둘리며 물보라를 일으키고, 날갯짓을 하며 물속으로 뛰어드는 물까마귀를 만날 수 있을 것이다. 물까마귀는 원기 왕성하고 열성적이지만 자제력도 갖추고 있어서, 일부러 동료를 찾아다니진 않지만 그렇다고 피해 다니지도 않는다.

물까마귀는 물가에서 놀고 있을 때 누군가에게 방해를 받게 되면 물가의 위쪽이나 아래쪽으로 다른 먹이 서식처를 찾아 나선다. 그렇지 않으면 물살에 버티고 서 있는 반쯤 잠긴 바위나 나무 그루터기에 올라앉아, 관찰하는 사람의 관심을 끄는 여러 가지 기묘하고 우아한 자세로 머리를 좌우로 움직이면서 굴뚝새처럼 인사하기 시작한다.

물까마귀는 종달새가 밝은 햇살과 초원을 좋아하는 것처럼, 그리고 벌이 꽃을 좋아하는 것처럼 산속 냇가의 바위 위로 미끄러지듯 흘러내리는 물거품을 진정으로 좋아한다. 산에 서식하는 새 가운데 나의 외로운 방랑 생활에 이토록 즐거움을 선사해 준 새도 없었다. 단연코 없었다. 물까마귀는 여름이든 겨울이든 상관없이, 그리고 다른 어떤 영감도 필요 없이 자신이 살고 있는 냇가에서 들리는 물소리보다 더 달콤하고 유쾌하게 노래를 불러재꼈다. 즉, 덥거나 춥거나 비바람이 몰아치거나 고요하거나에 상관없이, 물 흐르는 소리에 맞춰 목소리를 조율하면서 노래를 불러대는 것이었다. 물이 적어지는 여름과 겨울의 가뭄에도 결코 침묵을 지키는 법이 없었다.

인디언서머가 한창이어서 산 정상의 눈도 거의 다 녹아 냇물이 현저히 줄어들 무렵이면, 낮은 수심으로 인해 물소리가 잦아들게 되고 물까마귀의 노랫소리도 이에 맞춰 최저음으로 낮아진다. 하지만 겨울 구름이 몰려와 산등성이가 눈으로 덮이기 시작하면, 초여름의 우기 때까지 냇물 소리와 물까마귀의 노랫소리는 풍부한 음량으로 우렁차게 퍼진다. 그리고 급류가 다시 고상한 송가를 시작하면 우리 가수의 멜로디도 더욱 풍부해져 넘쳐날 듯하다. 날씨가 흐리든 맑든 물까마귀는 전혀 상관하지 않는다. 일반적으로는 아무리 유쾌한 새의 목소리라도 긴 겨울 동안에는 움츠러드는 경향이 있다. 하지만 물까마귀는 사시사철, 그리고 폭풍우에도 아랑곳하지 않은 채 늘 노래를 부른다. 사실 폭풍우라고 해도 물까마귀가 살고 있는 폭포의 격렬함에는 결코 미치지 못한다.

깜깜하고 거친 날씨, 또는 눈보라가 몰아치거나 흐린 날씨에도 끊임없이 지저귀는 물까마귀는 슬픈 음조를 내지 않는다. 물까마귀는 강추위에도 동상에 걸리는 법이 없기 때문에 물까마귀의 노랫소리를 녹이기 위해서 봄 햇살이 필요하진 않다. 따라서 아무리 추운 날씨에도 당신은 물까마귀의 가슴속에서 우러나오는 노랫소리에서 겨울 내음을 느낄 수 없으리라! 그렇다고 물까마귀의 노랫소리가 천박하거나, 슬픔과 기쁨 사이에서 주저하는 것은 결코 아니다. 달콤하고 부드럽고 맑은 목소리는 노골적으로 즐거움을 표현하고 있어서, 수탉이 회를 칠 때 내는 음과 비슷하게 들린다.

추운 겨울날 아침, 산등성이에서 날갯짓으로 눈을 털어내고 마치 원기를 회복해야겠다는 듯 서둘러 은신처로 돌아가서는, 아침식사도 거르고 가슴의 털로 발가락을 덮은 채 추위에 움츠려 있는 작은 참새만큼 딱한 존재도 없다. 이에 비해 물까마귀는 측은한 기색이 전혀 없다. 참을성이 많아서라기보다 오히려 매혹적인 삶을 즐기고 있어서 그런 것 같다.

어느 황량한 겨울 아침, 눈보라가 서쪽에서 동쪽으로 범위를 넓혀가고 있을 때 배움과 즐거움을 함께 누릴 수 있을지도 모른다는 생각에 나는 눈보라를 헤치고 밖으로 나갔다. 회색 빛의 어둠이 계곡을 메우고 있었고, 거대한 벼랑들이 눈앞에서 사라졌다. 또한 일상의 모든 소리들뿐 아니라 웅대한 폭포의 요란함도 강렬하게 불어 닥치는 눈보라 속으로 차차 잠기어 갔다. 휘날리는 눈발은 벌써 150센티미터 이상 쌓여 있어서 설상화 없이는 한 발자국도 내디딜 수 없었다. 하지만 나의 친구 물까마귀가 살고 있는 냇가를 찾아가는 데는 별 어려움이 없었다.

물까마귀는 집에 있었다. 이 별스런 날씨 따위는 아랑곳하지 않은 채 얕은 여울의 조약돌 사이에서 바삐 아침식사를 쪼고 있었다. 그리고 잠시 뒤 얼음으로 뒤덮인 급류 가운데에 우뚝 서 있는 바위 위로 날아가, 바람을 등에 진 채 봄에 종달새가 지저귀듯이 유쾌하게 노래를 불러재꼈다.

나는 이 친구와 한두 시간을 보낸 뒤 눈발을 헤쳐 가며 계곡을 건넜다. 이런 날씨에 다른 새들은 어떻게 지내는지를 알고 싶었기 때문이다. 요세미티의 새들은 물까마귀를 제외하고 겨울 동안 햇볕이 잘 드는 남쪽에 모여들었다. 특히 인디언 캐니언 숲은 양지가 발라서 날씨가 추워지면 새들이 많이 모여들었다.

울새들은 내리는 눈을 피해 커다란 나뭇가지를 방패삼아 움츠린 자세로 앉아 있었다. 그 가운데 모험심 강한 두세 마리는, 눈이 수북이 쌓여 있는 아래쪽으로 딱따구리처럼 등을 뒤로 한 채 매달려 있기 위해 겨우살이 베리나무(Mistletoe Berry)로 가려고 필사적으로 버둥거렸다. 대부분의 울새는 눈이 적게 쌓인 가장자리에서 생활했으며, 그곳에서 굶주린 아이들처럼 추위에 떨면서 힘없이 낮은 소리로 재잘대며 옹기종기 모여 있었다.

참새들은 커다란 나무 아래에서 추위로 감각을 잃은 곤충과 씨앗을 쪼아 먹기에 바빴다. 그 가운데 몇 마리는 눈 덮인 베리나무로 가려다가 실패해 지쳐 있는 울새를 대신해 도전에 참가하기도 했다.

커다란 나무줄기에서 눈이 쌓이지 않은 쪽에 매달려 있던 용감한 딱따구리는 가만히 있지 못하는 성격인 듯, 둥지를 튼 나무뿐 아니라 이쪽저쪽으로 옮겨 다니면서 하염없이 재잘거렸고, 나무껍질 밑에 쌓아둔 도토리를 쪼아대기도 했다. 하지만 폭풍우를 만나 오도 가도 못하게 된 여행객이 잠시 시골 선술집에 머무는 것처럼 매우 따분하게 시간을 보내고 있었다.

튼튼한 동고비는 부지런한 천성으로 인해 나무줄기의 넓은 홈을 분주히 넘나들면서 주위의 다른 새보다 고생스러운지 별스러운 음조로 노래를 불러댔다. 스텔라 어치(Steller Jay)는 다른 새들보다 더욱 분주한 편이었다. 마치 목구멍에 침전물 덩어리라도 걸려 있는 듯 요란하게 울부짖었다. 또한 딱따구리가 감춰둔 도토리를 훔치기 위해 눈보라를 충분히 활용하느라 여념이 없었다.

숲에서 조금 벗어난 지점을 바라보니, 눈보라에 맞서 소나무 단지의 꼭대기에 딱 버티고 앉아 있던 외로운 회색 독수리 한 마리가 눈에 띄었다. 회색 독수리는 인내의 표상이라도 되는 듯, 묵묵히 눈보라와 바람을 등지고 가슴을 딱 편 채 꼿꼿이 서 있었다.

눈에 갇혀 오도 가도 못하게 된 새들은 힘들진 않지만, 다소 불편한 듯했다. 눈보라는 즐거운 선율이나 노래가 아닌 여러 다른 모습으로 자신을 드러내는 것 같지만 사실은 단 한 가지 의미만을 나타낸다. 즉, 장미의 향기로운 냄새보다 더 달콤한 노래를 부르지 않고는 못 배기는, 자연스럽고 억제할 수 없는 기쁨을 맘껏 표현하는 물까마귀와는 대조적으로, 오로지 동토의 인내만을 나타낼 뿐이었다. 반면, 물까마귀는 하늘이 무너지는 한이 있어도 노래를 불러야 했다.

1872년 매우 심한 지진이 일어났을 때 개똥지빠귀 한 쌍이 위험에 처한 일이 있었다. 그때 지진으로 계곡의 소나무 가지들이 요동치고 산사태로 인해 산비탈에 걸쳐 있던 바위들이 초원 아래로 굴러 떨어졌다. 물까마귀를 관찰하는 재미에 한창 빠져 있던 나에게는 별 상관 없는 일 같았다. 물까마귀 역시 하늘이 무너지는 것 같은 물 떨어지는 소리에도 늘 그러하듯이, 천지를 진동할 것처럼 굴러 떨어지는 바위 소리에도 아랑곳하지 않은 채 노래를 불러댔다.

물까마귀의 노랫소리는 매우 다양하면서도, 동시에 한 소리를 내는 것 같아서 각각의 물까마귀가 이런 소리를 낸다라고 구분하는 일이 쉽지 않다. 나도 물까마귀를 처음 본 지가 10년이 넘었고 그동안 매일 노랫소리를 듣다시피 했지만, 아직도 처음 듣는 것 같은 음조와 선율을 발견하곤 한다.

둥그런 웅덩이의 가장자리를 타고 넘어가는 물소리처럼, 물까마귀의 노랫소리는 둥그런 가슴에서 달콤하고 부드러운 소리로 나오다가 갑자기 음조가 변하면서 아름다운 선율로 바뀌곤 한다. 쌀먹이새나 종달새가 기분이 최고조에 달했을 때 내는 소리만큼 강렬하진 않지만, 열정을 억제하는 듯한 소리가 울려 퍼지는 것이었다. 특히 긴장감이 팽팽하면 할수록 매우 기이한 멜로디를 만들어냈다. 그 소리는 길고 가느다란 운율 속으로 녹아 사라지는 섬세한 지저귐으로, 풍부하고 부드러우며 달콤한 음률로 이루어져 있었다. 물까마귀가 지저귀는 노래는 대부분 정제되고 정화된 소리로 들렸다. 즉, 물까마귀의 소리 안에는 폭포의 깊은 울림, 격류의 떨림, 소용돌이치는 물의 소리, 낮은 속삭임, 물기 젖은 이끼에서 고요한 물웅덩이로 떨어지는 물 한 방울의 달콤한 퐁당 소리 등이 담겨 있었다.

물까마귀는 다른 새, 심지어 같은 물까마귀와 어울려서 합창하는 법이 없다. 그저 흐르는 냇물과 함께할 뿐이다. 땅에 떨어져 공중에

피는 꽃이 없듯, 내가 제일 좋아하는 물까마귀의 노랫소리는 웅장한 물소리를 벗어나서 울려 퍼지는 법이 없다. 이따금 물보라 속에서 지저귀는 물까마귀를 볼 수 있었다. 이때 물까마귀의 노랫소리는 으르렁대는 물소리에 완전히 파묻혀 버렸다. 나는 물까마귀의 몸짓과 부리의 움직임을 보고 노래하고 있음을 알 수 있을 뿐이었다.

내가 알기로 물까마귀의 먹이는 온갖 종류의 곤충이다. 여름에는 주로 낮은 물가에서 곤충을 잡기 위해 머리를 물에 처박은 채 부리로 자갈과 낙엽을 솜씨 있게 휘저으며 다녔다. 물속에 뛰어들기 위해 날갯짓을 해야 하는 깊은 곳에는 거의 가지 않았다.

물까마귀가 제일 좋아하는 먹이는 낮은 물 속의 둥그런 바위 아래에 많이 붙어 있는 모기알이다. 낮은 물에서 먹이를 잡기 위해 머리를 물속에 처박고 있으면, 물까마귀의 윤기 나는 목과 어깨 위로 맑고 투명한 급류가 조가비 모양으로 비켜갔다. 그리고 물까마귀가 머리를 들 때마다 조가비나 유리그릇이 깨졌다가 이내 다시 만들어지곤 했다. 물살이 센 곳에서는 물까마귀도 어쩔 수 없이 뒤뚱거렸다. 그럼 물까마귀는 노련한 날갯짓으로 낮은 물가로 내려가 계속해서 먹이를 찾았다.

하지만 겨울에는 기온이 영하로 내려가 개울가에 쌓인 눈이 푸른빛의 살얼음으로 변하기 때문에 물속을 들여다볼 수가 없다. 그럼 물까마귀는 다이빙을 할 수 있을 정도로 깨끗한 개울이 있는 더 깊은 곳으로 들어간다. 이것도 여의치 않으면 안전하게 먹이를 먹을 수 있는 넓은 호수나 물웅덩이를 찾아 나선다. 어쩔 수 없이 호수로 먹이를 찾으러 간 경우에는 오리처럼 단번에 호수로 텀벙 뛰어드는 것이 아니라, 먼저 물가의 바위나 떨어진 솔방울 위에 내려앉는다. 그러고 나서 바닥의 특질에 따라 처음에는 1~1.2미터를 날아가 말끔하고 깔끔한 표면에 내려앉은 뒤 헤엄을 치면서 주위를 살펴본다. 그리고 마침내 마음을 정하면 예리한 날갯짓을 멈춘다. 이곳에서 물까마귀는 2~3분 정도 먹이를 쪼다가 갑자기 힘찬 날갯짓을 하면서, 마치 물표면에서 튀어 오르는 것처럼 공중으로 날아오른다. 그리고 순식간에 다시 자신의 자리로 돌아와 잠시 노래를 부른 뒤 다시 물속으로 뛰어 들어간다. 이 일을 같은 장소에서 몇 시간 동안이나 반복한다.

물까마귀는 대체로 혼자 다닌다. 부화기 이외에는 짝을 이루어 다니는 일이 거의 없다. 3~4마리가 몰려다니는 일은 더더구나 드문 편이다. 그런데 어느 겨울날 아침, 해면에서 2.5킬로미터 정도 높이의 머세드에 자리한 작은 호수에서 세 마리가 무리 지어 다니는 모습을 봤다. 지난밤에 눈보라가 치긴 했지만, 아침 햇살이 구름 사이로 얼굴을 내밀고 있었다. 그리고 새하얀 눈 속에서 거무스레하게 빛나던 호수는 마치 거울처럼 부드럽고 정숙한 모습이었다.

그 당시 나의 캠프는 물가에서 얼마 떨어져 있지 않았다. 그곳에는 부러진 소나무가 땅에 누워 있었는데, 가지 몇 개가 호수 쪽을 향해 있었다. 바로 그곳에 늘 환영해 마지않는 물까마귀 세 마리가 자리를 잡고 앉아 아름다운 선율로 차디찬 공기에 수를 놓고 있었다. 이 방문객들은 특별한 아침에 나에게 두 배의 즐거움을 선사해 주었다. 왜냐하면 그날 아침에 눈이 많이 쌓여 계곡이 막히는 바람에 평지로 내려가는 길이 사라져 걱정하고 있던 참이었기 때문이다. 물까마귀들이 먹이를 찾기 위해 선택한 호수의 한 지점은 4.5~6미터의 깊이에 수초와 키 작은 식물들이 자라고 있었다. 사실 이곳은 전에 뗏목을 타고 한 번쯤 가보고 싶었던 곳이었다.

물까마귀들은 거울처럼 잔잔한 수면에 내려앉자마자 작은 원을 그리며 서로를 쫓고 쫓느라 정신없었다. 그러다가 갑자기 함께 물속으로 뛰어들었다가 다시 나온 뒤 물가로 돌아와 지저귀기 시작했다.

물까마귀는 물 위에서 몇 센티미터 이상 헤엄치는 일이 거의 없다. 왜냐하면 물표면 바로 위에서 강인하고 민첩한 날개로 상당한 거리까지 날아다닐 수 있기 때문이다. 이러한 강인한 날개 덕에 급류 속에서도 버틸 수 있는 것이다. 또한 물까마귀는, 반(半)수생 새가 물을 차고 날아갈 때 어느 정도의 강력한 힘을 내는지를 잘 보여 주는 예가 되기도 한다.

눈 덮인 머세드 강에 눈보라가 치던 어느 겨울날 아침, 물까마귀들이 마치 세상만물이 모두 자신의 손아귀에 있다는 듯 유쾌하게 노래를 부르며 재빠른 속도로 나무 그루터기에 내려앉았다. 나는 강둑에 서서 물까마귀들을 바라보고 있었는데, 그들은 노랫소리를 공중에 뿌려놓은 뒤 갑작스레 물속으로 뛰어들었다. 그리고 먹이를 찾아 물속을 1~2분 정도 뒤지다가 물살에 밀려 하류로 떠내려갈 것 같을 때에야 비로소 물에서 나와 다시 나무 그루터기에 내려앉았다. 그 물까마귀의 깃털에는 물방울이 매달려 있었지만 마치 아무 일도 없었다는 듯, 물까마귀들은 차분하게 다 부르지 못한 노래를 계속해서 이어갔다.

다른 새들과 달리 물까마귀는 홀로 하얀 급류에 뛰어들곤 한다. 정확하게 말하자면, 조류는 땅위에서 사는 동물이지만 어떠한 새도 물과의 관련성을 무시할 수 없다. 오리, 용감한 바다 신천옹, 쇠바다제비 등은 조용한 곳에서 먹이를 먹은 뒤 즉시 물가로 가고, 이따금 이 호수에서 저 호수로 또는 이 들판에서 저 들판으로 먼 항해를 하곤 한다. 다른 수생 조류들도 마찬가지다. 하지만 물가나 물가의 조약돌, 또는 나무 그루터기에서 태어난 물까마귀는 잠시도 물을 떠나는 법이 없다. 날갯짓을 하긴 하지만, 육로를 횡단하는 여행은 결코 하지 않는다. 그저 메추라기처럼 민첩한 날갯짓으로 물표면 위로 올라가 바람을 한 번 치고 내려오는 정도가 전부다.

물까마귀는 폭이 1.5~3미터밖에 되지 않는 작은 시냇물, 또는 갑자기 구불구불해지는 냇가라도 결코 가로질러 날아가는 법이 없다. 물가에 누군가 있을 때는 차라리 머리 위로 날아 살짝 피한 뒤 땅에 내려앉는 방법을 선택한다. 그래서 물까마귀가 굽이 진 시냇물을 따라 비행하는 모습이 마치 앞을 향해 똑바로 날아가는 것 같을 때는 더욱 눈에 띄게 흔들거리는 것처럼 보인다. 굽이진 곳을 만날 때마다 전광석화 같은 민첩함으로 날아가는 모습이 그렇게 보이게 만드는 것이다.

물까마귀는 아주 가파른 급류의 수직곡선과 꼭지각을 일정하면서도 정밀한 박진성을 띠며 따라간다. 또한 경사에 아랑곳하지 않은 채 물보라 속에서 현기증 나는 폭포 아래로 떨어졌다가, 다시 겁도 없이 매우 쉽게 폭포 바닥에 도달하기 전에 날아오른다. 즉, 폭포의 높이가 몇 십 미터가 되든 상관없이 물까마귀는 마치 로켓이 발사되는 것처럼 위쪽으로 쏜살같이 날아올랐다. 그리고 잠시 휴식을 취하기 위해 가파른 절벽 꼭대기에 내려앉아 먹이를 쪼다가 다시 노래를 부르기 시작했다. 물까마귀는 비행을 하는 동안 한시도 날갯짓을 멈추지 않는다. 마치 쉬지 않고 끊임없이 윙윙거리는 부지런한 일벌들 같다. 물까마귀는 폭포에서 폭포로 부지런히 자유롭게 날아다니면서 자신의 노래와는 상관없는 이상한 음조를 길게 내뱉었는데, 활기찬 날갯짓이 그 음에 딱 맞아떨어졌다.

시에라 산맥에 서식하는 물까마귀의 모든 비행을 추적해 차트로 기록한다면 빙관(Ice sheet)이 갈라지기 시작할 무렵부터 빙하기가 끝나는 때까지, 즉 고대 빙하 구조의 전체적인 흐름을 알 수 있을 것이다. 몇 군데 지류 가운데 중요하지 않은 곳을 제외하고, 물까마귀는 이제는 없어진 단단한 빙하 측면의 침식 경로를 매우 엄격하게 따르고 있기 때문이다. 다시 말해, 시냇물은 고대 빙하가 남긴 자국을 따라가고, 물까마귀는 시냇물을 따라 비행한다. 산에 사는 다른 어떤 새나 동물의 삶에서도 이토록 완벽하게 빙하 시대의 조건과 맞아떨어지는 예는 찾아볼 수 없다. 곰들은 이따금 여행하기에 쉬운 길로 빙하에 의해 생긴 경로를 선택하기도 한다. 하지만 일반적으로는 이러한 것들을 모두 무시한 채 계곡과 계곡을 건너다닌다. 다른 많은 새들도 빙퇴석을 따라 날아다니는 경우가 있다. 빙퇴석은 대부분 무성한 숲을 이루고 있기 때문이다. 하지만 대부분의 새는 계곡을 건너고 숲과 숲을 넘어 멀리까지 날아가는 상당한 비행 범위와 복잡한 경로를 가지고 있다.

물까마귀의 둥지는 내가 본 새의 건축물 가운데 제일 비범하다. 기묘하면서도 품위 있는 디자인, 완벽이라는 말이 어울릴 정도의 아름다움과 신선함은 귀여운 건축가의 천재성을 그대로 드러낸다. 둥근 모양에 직경이 30센티미터 정도 되고, 바닥은 깔끔한 아치 모양으로 통로가 나 있다. 마치 고풍적 분위기를 가진 부엌의 벽돌 화덕이나 호텐토트족(Hottentot)^{남아프리카의 미개 인종}의 오두막집을 연상시킨다. 집 재료로는 주로 폭포수에 떠다니는 오래된 통나무 위의 푸르고 노란 이끼들이 사용된다. 이 재료를 솜씨 있게 잘 엮어서 작고 예쁜 둥지에 쳐 바르는 것이다. 이 외벽의 이끼들은 마치 떨어져 나가지 않으려는 듯 더욱 푸른빛을 띠며 자라난다. 때로는 부드러운 줄기에 붙은 풀이 이 이끼와 고루 잘 섞여서 고운 비단처럼 보이기도 한다. 풀은 바닥에 얇게 깔려서 잘 보이진 않지만, 이끼에 달라붙어 자란다. 이 비범한 둥지는 적어도 물이 많은 기간만이라도 둥지에 바른 이끼가 푸르게 자랄 수 있도록 폭포수의 물보라가 미치는 작은 바위 위에 만들어진다.

물까마귀의 둥지 어디에서도 거친 선들은 보이지 않는다. 하지만 바위의 표면에 일치하도록 둥지가 세워지기 때문에 바위에서 벗어난 둥지는 뒤나 밑바닥, 때로는 윗부분까지 매우 날카로운 각을 지니고 있다. 그래서 이 작은 건축물의 디자이너는 재료들을 안정적이면서도 긴밀하게 연결하기 위한 노력으로, 바위의 갈라진 틈과 돌기된 부분을 적절히 활용하고 있다.

물까마귀는 둥지가 만들어질 장소를 선택할 때 은폐성은 전혀 고려하지 않는 것 같다. 둥지는 눈에 띌 정도로 커서 누구나 쉽게 찾을 수 있다. 물가에서 자연스럽게 자란 이끼가 쿠션처럼 불쑥 나와 있는 곳에 둥지를 틀기 때문에 노출을 피할 수는 없다. 늘 물이 튀어서 젖어 있는 바위 위에 만들어진 둥지는 더욱더 눈에 잘 띈다. 하지만 이 오두막집은 바위에서 자라는 양치류와 이끼 벽 주위에 자라는 풀, 그리고 문지방 앞으로 떨어지는 수정 같은 물방울로 인해 로맨틱한 분위기를 자아낸다. 특히 햇빛이 적절한 각도로 쏟아져 들어올 때면 우아한 둥지를 덮고 있는 촉촉한 이끼가 찬란한 무지개를 만들어낸다. 이 아름다운 광경을 제일 먼저 감상할 수 있는 물까마귀는 얼마나 행복한 놈인가!

물까마귀의 주요 서식처는 다름 아닌 시냇가다. 냇가가 아닌 장소에서 그들의 서식처를 찾는 일은 거의 불가능하다. 그래서 나는 땅에서 꽃이 자라듯, 흐르는 물에서 물까마귀가 시작되지 않았을까라는 생각을 하기도 했다. 내가 물까마귀 둥지를 찾아다니기 시작한 바로 그날, 운 좋게 둥지를 발견했지만 새들과 안면을 익힌 지 1년이 지나도록 더 이상의 둥지를 찾지 못했다.

머세드 강과 투올러미 강 상류를 향해 요세미티에서 빙하지대로 가던 나는 네바다 캐니언(Nevada Canyon)의 야생적이고 로맨틱한 장소에서 야영을 했다. 지난번 여행에서 물까마귀 친구들과 즐거운 시간을 보낸 바로 그 장소였다. 많은 바위들과 풍부한 먹이, 그리고 작은 폭포들이 있는 그곳은 물까마귀들에게는 최고로 안전한 서식처였다. 수 킬로미터에 이르는 강물을 따라 9~18미터 높이의 작은 폭포들이 쏟아져 내렸으며, 이 강물은 따로 물길도 없이 빙하로 갈고 닦인 화강암의 물결 모양 표면 위를 흐르면서 자유롭게 폭포에서 폭포로 넘나들었다.

남쪽의 폭포 가운데 하나는 물보라에 의해 늘 절벽 한쪽이 젖어 있었다. 그곳에는 화강암이 갈라지면서 생긴 평평한 작은 둔덕과 물보라에 의해 잘 자란 이끼가 있었다. 나는 "그래, 바로 여기야! 바로 이곳이 물까마귀가 둥지를 틀 만한 최상의 장소야!"라고 중얼거렸다. 나는 하얗게 물보라가 이는 절벽의 정면을 조심스럽게 조사했다. 잠시 뒤 그곳에서 폭포의 바깥쪽으로 1.5~1.8미터 벗어난 지점에서 물기에 젖어 아주 푹신한 이끼 한 자락을 발견했다. 하지만 물기에 젖은 이끼가 있는 돌출부에 물까마귀의 둥지가 있으리라는 기대와 달리, 처음에는 아무것도 찾을 수가 없었다. 몇 번이고 자세히 살펴봤지만 아무것도 없었다. 그래서 둥지가 있을 만한 곳인지를 확인하기 위해 신발과 양말을 벗은 뒤 바위의 앞면으로 2.5~2.7미터를 기어 올라갔다.

이끼가 무성한 둥지에는 하얀 거품 방울처럼 생긴 알이 서너 개 있었다. 알들은 태어나기 전부터 죽을 때까지 듣게 될 자장가 소리 같은 물소리 덕에 잘 부화되고 있었으리라! 어린 새끼들이 밖으로 기어 나오려는 모습도 이따금 볼 수 있었다. 꽃을 찾아 첫 나들이를 나서는 어린 벌처럼, 노련한 어미 새가 하는 여러 행동들을 흉내 내는 것 같았다. 어린 새들은 사람을 처음 대하는 것이 분명할 텐데도, 행동방식에 아무런 변화가 없었다. 마치 사람을 자주 대한 것처럼 행동했다.

물까마귀들은 제재소가 세워진 강 하류에서 기계의 소음과 가축의 울음소리, 그리고 작업꾼들의 소음에 아랑곳하지 않은 채 노래를 부르고 있었다. 어떤 때는 사람들이 강둑의 작업장에서 벌목을 하느라 나무 조각들이 마구 튀는데도 그 근처에서 유쾌하게 노래를 불러댔다. 그 어떤 일이나 상황도 냉정한 물까마귀들을 놀라게 하거나 흥분 또는 기분 나쁘게 만들지 못했다.

나는 좁은 골을 민첩하게 지나가면서 물까마귀들을 방해할 목적으로 계속해서 새들을 몰아댔다. 그곳은 매우 협소해서 새가 잘 날아다닐 수 없었다. 같은 상황에서 다른 새들은 무엇인가가 쫓아오고 있다고 생각했는지 굉장히 불안해했다. 하지만 물까마귀는 놀라기는커녕 늘 그렇듯이 물속을 들락날락하면서 제일 차분한 노래 가운데 하나를 불러재꼈다.

가까운 거리에서 자세히 들여다보면 물까마귀의 눈은 온순하고 영리한 빛을 띤다. 하지만 물까마귀는 자신을 관찰하는 사람이 바위나 나무 같은 색의 의상을 걸치고 조용히 바위에 앉아 있지 않으면 관찰할 기회를 전혀 제공하지 않는다. 한번은 호숫가를 산책하고 있는데, 그곳에 기껏해야 이번 절기에 막 태어난 것 같은 새들이 있었다. 나는 호수 가까이에 있는 커다란 바위에 걸터앉아 쉬고 있었다. 그런데 가까이에 물까마귀와 도요새들이 먹이를 찾아서, 또는 씻거나 물을 마시기 위해서 내려앉는 장소가 있는 듯했다.

얼마 지나지 않아, 빙빙 돌던 물까마귀가 손을 내밀면 닿을 수 있는 거리의 바위 위에 내려앉았다. 그리고 그곳에 있는 나를 봤는지 갑자기 달아나려는 듯 몸을 신경질적으로 웅크렸다. 하지만 내가 돌처럼 꿈쩍도 하지 않자 안심이 되었는지 잠시 나를 빤히 올려다봤다. 그러고는 물이 흘러나가는 출구로 잽싸게 날아가 노래를 부르기 시작했다.

다음으로 도요새가 다가와 물까마귀처럼 천진난만한 눈으로 나를 바라봤다. 전나무에 앉아 있던 스텔라 어치가 목을 축이기 위해 물

위로 내려앉았다. 하지만 물까마귀와 도요새처럼 용기 있게 내 곁에 앉는 대신, 의심의 눈초리를 한 채 머리를 쳐들고 호숫가 위로 솟아 올라 큰소리로 울부짖으며 동료들을 일깨웠다.

인간은 달콤한 목소리를 지니고 있음에도, 새소리를 좋아하는 것을 꽃을 좋아하는 것보다 당연하면서도 어쩔 수 없는 일이라고 여기는 듯하다. 상쾌한 이른 아침에 벌새나 벌이 본능적으로 꽃에 끌리듯, 적어도 인간이라면 꽃에 끌리는 것이 당연하다고 할 수 있다. 어린 디거 인디언들은 머리 장식용으로 쓰기 위해 산에서 자라는 꽃들의 화려함을 사랑하는데, 내가 보기에 그들은 그럴 만한 자격을 충분히 갖추었다. 인디언들과 진지하게 대화할 기회는 없었지만, 나는 인디언들이 식용이든 아니든 관계없이 야생 장미나 백합 그 외의 다른 눈에 띄는 꽃들에게 이름을 붙인다는 사실을 알고 무척 기뻤다. 반면, 대부분의 인간들은 꽃 자체의 아름다움보다 이용 가치가 있는지의 여부에만 관심을 가진다.

이에 비해 인간은 새소리가 자신에게 어떤 영향을 미치는지에 상관없이 새소리를 반긴다. 이따금 늙은 광부나 힘든 일을 하는 노동자 가까이에 새가 내려앉았을 때 그들의 표정에 나타나는 천진난만한 영혼의 빛을 관찰하는 일은 참으로 즐겁다.

그럼에도 가슴이 도톰하고 한 입에 쏙 들어가는 작은 새들은 사냥꾼들의 좋은 먹잇감이 된다. 특히 종달새와 개똥지빠귀는 수백 마리씩 시장으로 쏟아져 나온다. 그나마 다행스럽게도, 물까마귀를 잡아먹기 위해 깊은 산속까지 찾아 들어올 만큼 대단한 열정을 지닌 사냥꾼을 만나지는 못했다. 매조차도 물까마귀는 먹이로 쫓지 않는다.

작은 산속에서 사는 나의 한 지인은 어깨가 살쾡이처럼 넓은 커다란 고양이를 키우고 있었다. 눈이 수북이 쌓인 겨울이면 이 산사나이는 소나무 숲에 있는 자신의 외로운 오두막집에 앉아 담배 파이프를 빨면서 무료한 시간을 보냈다. 산사나이의 유일한 친구는 주인처럼 졸린 눈으로 의자 옆에 엎드려 있거나 침대를 함께 쓰는 톰이었다. 타고난 천성이 고운 이 산사나이는 소다빵과 베이컨 같은 딱딱한 음식에 만족하며 생활하고 있었다. 하지만 이 세상에서 그가 의지하는 유일한 친구인 톰은 신선한 고기를 늘 필요로 했다. 그래서 산사나이는 여러 궁리 끝에 다람쥐 덫을 놓거나 총을 들고 눈 쌓인 숲으로 들어가서 개똥지빠귀, 참새, 동고비 등 크기에 상관없이 겨울새들을 닥치는 대로 죽였다. 이렇게 잡은 고기를 먹고 토실토실 살이 찌는 톰을 보는 것이 산사나이의 유일한 낙이었다.

그런데 어느 추운 겨울날 오후, 강둑을 따라 사냥을 나섰던 산사나이는 얕은 개울가에서 물장난을 치고 있던 작은 새를 보고 총을 겨누었다. 하지만 그 순간 천진난만한 가수가 노래를 부르기 시작하자 산사나이는 마치 마법에라도 걸린 듯 돌아섰다. 그리고 "축복 있으라, 작은 새여! 아무리 톰을 위해서라지만 차마 너를 쏠 수가 없구나"라고 속삭였다.

얼음으로 뒤덮인 알래스카(Alaska)에서도 즐겁게 노래하는 새를 만날 수 있었다. 11월의 어느 추운 날, 나는 페어웨더(Fairweather) 산과 스틱킨(Stickeen) 강 사이의 빙하를 탐험하고 있었다. 그러던 중 섬덤(Sum Dum)만에 즐비한 빙산을 벗어나려고 안간힘을 쓰다가 지치고 낙담한 나머지, 나는 카누에서 쉬면서 내년에 다시 와야겠다고 다짐

했다. 그리고 막 얼기 시작한 얼음이 나를 가둘지도 모른다는 생각에 서둘러서 그곳을 벗어나려고 했다.

불길한 예감과 무섭고 차디찬 고독에 사로잡혀 얼음 사이를 떠다니고 있던 바로 그때, 귀에 익숙한 물까마귀의 날갯짓 소리가 들려서 위를 올려다보니, 나의 작은 위안자가 얼음 덩어리를 가로지르며 곧장 나에게로 날아왔다. 그리고 내 머리 위를 서너 번 돌더니 "힘내세요, 나의 옛 친구여! 내가 당신 곁에 있잖아요. 안심하세요"라고 말하는 듯 즐겁게 인사를 하는 것이었다. 그런 다음 다시 물가로 날아가더니 우뚝 솟은 빙산 꼭대기에 내려앉아서, 마치 햇빛 찬란한 시에라의 작은 폭포에 자리 잡은 바위 위에 앉아 있을 때처럼 고개를 끄덕이며 인사를 하기 시작했다.

물까마귀는 알래스카에서 멕시코에 이르는 태평양 연안의 산간 지역과 로키 산맥의 동쪽을 따라 분포한다. 광활한 지역에 분포되어 있는 것에 비하면 비교적 덜 알려져 있는 편이다. 아우두봉(Audubon John James)[미국인 최초로 조류 표지법을 실행해 새의 이동 경로를 연구한 인물]이나 윌슨도 아직 물까마귀를 만나지는 못했다. 멕시코에서 올라온 물까마귀에 대해 최초로 서술한 사람은 아마도 스웨인슨(Swainson)일 것이다. 그 후 얼마 지나지 않아 위도 54~56도에 위치한 캐나다 중서부의 아사바스카(Athabasca) 강 근처의 드러먼드(Drummond)에서 표본이 만들어졌다. 대부분의 표본은 최근에 실행된 서부 지역 탐험여행에서 만들어졌으며, 자연을 사랑하는 사람들이 매우 특별한 방법으로 관심을 모았기 때문에 이루어질 수 있었다. 그 이후 귀여운 물까마귀는 모든 사람들에게 사랑받았다.

물까마귀는 시에라 산맥의 한 끝자락에서 다른 끝자락까지 구비구비 거친 급류를 강인한 날개로 이동한다. 또한 물까마귀는 어두컴컴한 골짜기와 혹한의 눈보라를 두려워하지 않으며, 골짜기에 울려 퍼지는 물소리와 낮익은 작은 폭포 소리 속에서 조물주의 영원한 사랑을 다양한 노래로 표현하고 있다.

요세미티에서 에머슨과 함께
자연은 누구에게나 진리를 선물하는 것은 아니다

요세미티에서 맞이한 두 번째 봄에 존 뮤어는 자신이 가장 존경하는 에머슨을 만났다.
뮤어는 에머슨에게 자연을 있는 그대로 많이 보여 주려고 애썼다. 왜냐하면 만인의
에머슨이라면 자연이 인간에게 전달하고자 하는 말을 제일 정확하게 설명할 수
있으리라 생각했기 때문이다. 하지만 기대와는 달리 인생의 황혼기에 접어든 에머슨은
체력이 약했고, 그와 함께 온 일행은 그야말로 보스턴 사람 같았다! 그래도 뮤어는
에머슨이라는 인물을 가까이 할 수 있었다는 그 자체에 큰 기쁨을 느꼈다.

시에라 산맥에서 보낸 첫해에 나는 주위에 훌륭한 사람이 있다는 말을 들으면 빠짐없이 찾아가 만났다. 하지만 이곳을 방문한 에머슨(Ralph Waldo Emerson)^{1803~1883, 미국의 철학자, 수필가, 시인}만큼 따뜻한 마음을 가진 사람은 지금까지 없었다. 나는 그의 글을 읽고, 고귀한 산과 나무들이 우리에게 하는 말을 제일 훌륭하게 전해 줄 사람이 바로 에머슨이라는 확신이 들었다. 요세미티에서 그를 만났을 때, 이러한 나의 믿음은 조금도 흔들리지 않았다. 그는 창공에 머리를 쳐들고 있는 세코이아(Squoia)나무처럼 고고했다.

나는 에머슨에게 나이, 계획, 의무 등은 모두 잊고 산속에서 광대한 자연을 벗 삼아 캠핑을 해보는 것이 어떻겠느냐고 물었다. 그는 진정으로 그렇게 해보고 싶다고 말했다. 그러면서 자신의 일행은 어떡해야 하느냐고 물었다. 그래서 나는 "상관없습니다. 산이 우리를 부르고 있으므로 세상의 모든 짐을 내려놓고 달려가기만 하면 됩니다. 당신의 시 가운데 '이 잘난 세상이여 안녕, 나는 조물주가 주신 진정한 나의 고향으로 돌아가리!' 를 노래하면서 계곡으로 들어갑시다! 새로운 천상과 지상이 마주하고 있는 산 위의 광경을 보러 올라갑시다"라고 말했다.

하지만 이것은 너무 늦은 계획이었다. 에머슨은 69세로 삶의 황혼에 너무 가까이 가 있었던 것이다. 그는 황혼의 그림자를 길게 드리운 채 친구들에게 의지하고 있었다. 머릿속에 찬란한 철학만 가득 담긴 그의 일행은 진정한 자연의 아름다움을 보지 못했다. 보스턴 사람들은 마치 거친 야영생활의 대가로 하나님이 시에라 산맥에 임재한다는 사실을 받아들여야 할지도 모른다는 발칙한 생각을 했는지, 우리의 계획을 비웃었다. 그러고는 아무것도 하지 않은 채 에머슨을 데리고 호텔로 돌아가 버렸다.

요세미티에서 5일 동안의 여행을 즐긴 에머슨은 그곳을 떠났지만, 나는 그와 이틀 정도 함께할 수 있는 기회를 얻었다. 마리포사 빅트리(Mariposa Big Tree)까지 안내를 해달라는 부탁을 받았던 것이다. 그래서 나는 에머슨에게 숲 속에서 야영하길 원한다면 세코이아 숲까지 함께 가겠다고 말했다. 그는 흔쾌히 수락했다. 나는 우리 모두가 세코이아나무에 둘러앉아 모닥불을 피우고 잊지 못할 하룻밤을 보낼 수 있으리라고 확신했다.

다음 날 나는 「이리 와서 소나무가 속삭이는 소리를 들어라」 등 에머슨의 숲 속 일기를 인용하면서, 사탕소나무(Sugar Pine)를 주의 깊게 보라고 말했다. 고귀한 자신을 둘러싼 중생을 축도하기 위해 몇백 년씩이나 된 두 팔을 벌린 채 숲 속의 모든 만물에게 호령하는 왕과 성직자 같은 설교자를 가리키면서 우리는 말을 타고 머세드 분지의 웅장한 숲을 지났다. 에머슨은 경외의 눈빛으로 바라보면서도 아무 말도 하지 않았지만, 얼굴에는 환한 미소가 스치고 지나갔다.

이른 오후쯤에 클라크 스테이션(Clark's Station)에 도착하자 일행이 말에서 내렸다. 나는 깜짝 놀라서 야영지까지는 좀 더 가야 한다고 말했다. 그러자 일행 가운데 한 사람이 "안 됩니다. 밤공기에 선생님을 그대로 둘 수 없습니다. 에머슨 선생님이 감기에 드실지도 모릅니다. 그럼 큰일입니다"라고 대답했다. 그래서 나는 집 또는 호텔에서나 감기에 걸리지, 이런 숲 속에서 야영한 사람은 감기에 걸리지 않는다고 말한 뒤 시에라 산맥 어디에서도 코를 훌쩍거리며 기침을 하는 사람을 본 적이 없다고 강조했지만, 아무런 소용이 없었다.

할 수 없이 나는 불을 지폈고, 앞으로 일어날 기후 변화에 대해 생각했다. 그리고 세코이아나무의 아름다움과 향기를 찬양하면서 별들이 커다란 지붕 사이로 내려다보고, 자줏빛 한가운데에서 커다란 나무들이 어떻게 변형되어 우리 주위에 서게 되는지를 열심히 설명했다. 결국 그들은 나의 말에 공감했고, 에머슨은 숲 속에서 하룻밤을 보낼 수 있게 되었다. 하지만 집에서의 습관은 쉽게 사라지지 않는 법! 이슬 때문에 바깥 공기가 차가운 것은 당연한데도 그들에게는 맑은 밤공기가 익숙하지 않았다. 그래서 먼지와 알 수 없는 악취로 뒤범벅된 담요가 준비되었다. 역시 보스턴 사람다운 행동이었다!

시작한 곳이 어디든지 상관없이 목표지점까지 가는 데 익숙한 나는 야영을 위해 홀로 산 위로 올라갔으며, 다음 날 일행이 오기를 기다렸다. 하지만 에머슨이 이내 기운을 잃었기 때문에 나는 그와 함께 가는 것을 그만두기로 결정했다. 저녁 내내 에머슨과는 한 마디도 할 수 없었다. 하지만 모닥불 앞에 앉아 얼굴이 발그레해져 있는 그의 가까이에 있는 것만으로도 나에게는 더 할 수 없는 기쁨이었다.

우리는 아침에 소나무와 삼나무가 우거진 숲을 지나 그 유명한 마리포사 그로브(Mariposa Grove)에 들어섰다. 그리고 여행객들이 일반적으로 하는 것처럼 거대한 나무들을 올려다보고, 줄자로 둘레도 재보고, 불에 탄 나무줄기에 올라가기도 하면서 한두 시간을 보냈다. 하지만 에머슨은 마치 주문에라도 걸린 듯 혼자 어슬렁어슬렁 걸어 다녔다. 오래된 나무가 우거진 숲을 지날 때는 나무들이 오래된 사실을 알게 된 에머슨이 자신의 시 가운데 「그 당시에도 거목들은 있었다네」를 인용했다.

에머슨의 방문을 기념해서 이 숲을 관리하던 갤런 클라크(Galen Clark)는 제일 멋진 나무 한 그루를 선택해 이름을 붙여달라고 부탁했다. 에머슨은 뉴잉글랜드 인디언 추장의 이름을 따서 사모셋(Samoset)이라고 이름 붙였다.

제한된 시간은 금세 흘러가 버렸다. 나는 말에 안장을 얹으면서 "선생님이야말로 한 그루의 세코이아나무입니다"라고 말한 뒤 이곳에 좀 더 머물렀으면 좋겠다고 강력히 권유했다. 하지만 에머슨의 전성기는 지났고, 유감스럽지만 지금의 그는 지나치게 문명화된 지지자들의 손에 이끌려 다니는 어린아이 같았다. 그의 지지자들은 지적인 자립심만큼이나 옛것을 고수하고자 하는 완고함도 강했다. 에머슨의 삶이 황혼기인 것처럼, 오후 무렵 우리는 해가 넘어가는 서쪽을 따라 내려가고 있었다.

일행은 말을 탄 채 흡족해하며 세코이아 분지의 비탈 위에 자리 잡은 갈매나무와 층층나무 숲을 따라 분수령을 넘어갔다. 나는 숲의 산등성이를 따라갔다. 에머슨은 일행의 뒤에 처져서 따라가고 있었다. 그가 간신히 산마루에 도달했을 무렵, 일행은 벌써 산등성이를 넘어가 보이지 않았다. 그때 에머슨은 말을 돌려서 뒤를 돌아본 뒤 모자를 벗어 흔들며 나에게 마지막 인사를 건넸다. 왠지 쓸쓸한 생각이 들었다. 내가 만인의 에머슨이라면 산 위로 재빨리 뛰어올라가 대자연을 찬양했으련만!

나는 그가 사라진 산등성이를 잠시 바라보다가 숲 속으로 돌아왔다. 그리고 냇가 양옆으로 세코이아 자두와 양치가 우거진 곳에 잠자리를 만들고 모닥불을 피우기 위해 나뭇가지들을 주워 모았다. 그런 다음에 해가 질 때까지 근처를 거닐었다. 모습을 감추었던 개똥지빠귀, 울새, 휘파람새 등이 다가와 고요한 주위에서 흥겹게 떠들어댔다. 해가 진 뒤 높게 쌓아놓은 장작에 불을 지피자 늘 그렇듯 모닥불이 나를 따뜻하게 감싸주었다. 처음에는 외로움이 몰려왔지만, 이내 다시 힘이 솟았다. 나무들이 보스턴으로 간 것도, 그렇다고 새들이 간 것도 아니지 않은가! 불 옆에 앉아 있자니, 두 번 다시는 볼 수 없지만 아직 내 마음속에 함께 있는 에머슨을 그릴 수 있었다.

에머슨은 나에게 너무 오랫동안 혼자 있지 말라는 충고와 함께 자신의 책과 글을 주면서 격려의 말을 해주었다. 나는 나의 안내 천사가 얼마 뒤 시련이 끝나리라는 암시를 보내줄 것이라고 희망했다. 그럼 나는 식물 표본집, 스케치북, 시(시라고 할 수는 없지만)를 들고 에머슨의 집으로 갈 것이다. 그리고 그와 함께 지내면서 검소한 생활을 하다 보면, 나에게 좋은 사람들도 많이 소개시켜 주리라! 하지만 에머슨의 워추세트(Wachusett), 모내드녹(Monadnock), 보스턴, 콩코드(Concord)를 보기 전에 아직도 탐험해야 할 많은 산과 빙하와 들판이 남아 있었다.

와워나(Wawona) 산마루에서 작별인사를 한 지 17년이 지난 뒤, 나는 어느 한 언덕의 소나무 아래에 있는 에머슨의 묘지 앞에 섰다. 에머슨은 더 높은 곳으로 간 것이다. 그는 내가 늘 떠올렸던 대로, 나를 알아보고는 나에게 다정스럽게 손을 흔들었다.

지진
자연은 자신의 아픔으로 아름다움을 완성해 간다

1872년 3월 26일, 격렬한 인요 지진으로 인해 요세미티 계곡이 요동을 쳤다. 인디언들과 요세미티에 잠시 머물던 백인들은 크게 동요했다. 하지만 존 뮤어는 이런 과정들이 있어야 비로소 우리가 보는 자연의 아름다움이 완성된다는 사실을 알았다. 즉, 자연은 모두 계산을 하고 지진, 급류, 지각변동 같은 변화를 일으킨다는 것이다.

새벽 2시쯤 요세미티 계곡에서 지진이 일어나 잠에서 깼다. 난 생 처음으로 땅이 흔들리는 경험을 한 나는 땅이 으르렁대며 요동치는 낯선 느낌을 놓치고 싶지 않아서 센티널 록(Sentinel Rock) 근처의 오두막집으로 뛰어갔다. 그리고 두려움과 호기심이 가득한 마음에 무엇인가 새로운 것을 배울 수 있으리라는 확신이 들어서 "기다리던 지진님이시다"라고 소리쳤다.

너무 격렬하게 흔들리는 데다 변화무쌍한 진동이 연속적으로 몰려와서 마치 파도에 흔들리는 배의 갑판에 서 있는 것처럼 균형을 잡지 않고는 걸을 수조차 없었다. 높은 벼랑들이 금방이라도 무너져 내릴 것만 같았다. 특히 약 90킬로미터 높이로 깎아지른 듯 앞으로 불쑥 솟아 있는 센티널 록이 내려앉을 것 같아서, 떨어지는 돌덩이들을 피해 커다란 소나무 밑으로 몸을 피했다. 거기까지는 돌들이 튀지 않을 것이라고 생각했다. 애추(崖錐) ^{가파른 낭떠러지 밑 또는 경사진 산허리에 고깔 모양으로 쌓인 흙모래나 돌 부스러기}를 만들어내는 것은 지진이며, 이에 대한 확실한 증거가 얼마 안 있으면 나타나리라는 확신이 들었다.

달빛이 환한 고요한 밤이었다. 처음 몇 분간은 아무런 소리도 들리지 않았다. 씨름을 하기 전에 잠시 숨을 고르는 것처럼, 약간씩 흔들리는 나무와 땅속의 으르렁대는 소리를 산들이 잠시 참아내고 있었다. 그런데 잠시 뒤 정적을 깨고 갑자기 하늘이 무너지는 소리가 들렸다. 계곡에서 그다지 멀지 않은 위쪽에 자리한 이글 록(Eagle Rock)이 무너져 내리면서 내가 오랫동안 관찰해 온 커다란 바위가 수천 조각으로 쪼개졌고, 그 조각들이 계곡 아래로 떨어지면서 장관을 이루었다. 산산조각 난 바위가 500미터의 높이에서 웅장하게 먼지를 일으키며 쏟아져 내렸던 것이다. 천지가 진동하는 듯한 소리는 살아 있는 생명체가 내는 소리처럼 들렸다. 마치 자신의 목소리를 찾은 대지가 형제자매별을 부르는 것 같은 심오한 소리였다. 지금까지 내가 들어본 소리를 한곳에 응집시켜 놓은 듯했다. 산들이 솟을 때 나는 소리도 이를 따를 수는 없을 것이다. 그래도 짐작이 안 간다면, 천지가 개벽할 때 하늘에서 나는 소리를 상상해 보라!

호된 강습(强襲)이 한바탕 휩쓸고 지나간 뒤 새로 솟아오른 지층을 보고 싶은 마음에 나는 달빛을 뚫고 계곡으로 달려갔다. 격렬한 흔들림에도 살아남은 커다란 바위 덩어리들은 서로에게 의지한 채 신음하듯, 속삭이듯 자리를 잡아가고 있었다. 반면, 새롭게 솟아오른 지층 꼭대기의 절벽 정면에서 미세한 움직임이 감지되는 것 외에는 어떠한 생명의 움직임도 없었다. 조각난 돌들의 먼지 구름은 계곡의 기류를 따라 떠다녔으며, 아침이 되어서도 여전히 계곡의 지붕을 이루고 있었다. 그뿐 아니라 잡초를 짓이기듯 무너져 내린 더글러스소나무 숲에서 풍기는 냄새가 계곡을 가득 메우고 있었다.

다른 것들은 어떻게 변했는지 무척 궁금했다. 그래서 주위를 돌아보니 제일 먼저, 계곡에 살던 인디언들은 너무 놀란 나머지 분노한 바위 영신들이 자신들을 죽일지도 모른다는 두려움에 사로잡혀 있었다. 인디언들만큼 놀라서 안전지대로 도망갈 궁리를 하던 몇몇 백인들은 허칭스 호텔 앞에 모여 있었다. 원인이 무엇이든, 공황상태에 빠진 사람들을 관찰하는 일은 늘 흥미로웠다.

지진은 모든 사람들을 공황상태에 빠뜨렸다. 날이 밝고 얼마 지나지 않아 멀리서 천둥 같은 낮고 둔탁한 소리가 진동 뒤에 뒤따랐다.

처음처럼 그렇게 심하지는 않았지만 벼랑들과 둥그런 바위들이 젤리처럼 흔들거렸고, 커다란 소나무와 참나무의 가지들이 충격으로 인해 휘청댔다. 그때 한창 얘기를 나누고 있던 사람들이 갑자기 조용해졌으며, 근엄했던 얼굴 표정마저 미묘하게 흔들렸다.

이곳에서 겨울을 보내던 사람 가운데 나와 자주 대화를 나누던, 생각이 깊고 사색을 좋아하는 사람이 한 명 있었다. 계곡의 지각변동 이론을 믿는 그는, 이번 지진이 지하의 소용돌이로 인해 지층이 꺼져서 계곡이 2배 정도 깊어지고 차도와 산길이 공중에 매달리게 될 상황을 낳을 또 다른 요세미티 지진^{인요 지진이라고도 함}의 전조일지도 모른다고 말했다. 그리고 우리 눈앞에서 지각변동이론이 곧 증명될 것이라며 농담을 던졌다. 그가 말을 마치자마자 때마침 여진이 몰아쳤다. 근엄한 표정이 두려움으로 인해 어떤 표정으로 바뀌는지를 관찰할 수 있는 좋은 기회였다.

그는 반구형의 바위들과 벼랑의 지층들이 땅속으로 가라앉아 불가사의한 심연으로 떨어지리라는 믿음을 가지고 이 사태를 걱정했다. 그래서 나는 장난기 어린 말투로 "자, 힘내자고. 얼굴에 미소를 짓고 손뼉을 쳐 봐. 대지는 그저 우리를 즐겁게 해줄 생각으로 조금 과격하게 장난을 치고 있을 뿐이야"라고 위로의 말을 건넸다. 하지만 이러한 농담도 아무런 소용이 없었으며, 오히려 불경스럽게 받아들여졌다. 그는 오직 기도만이 자연의 아름다움을 만드는 이 작업을 말릴 수 있다고 생각하는 듯했다. 한 차례 더 심한 여진이 있은 다음에는 결코 그를 안심시킬 수가 없었다. 오히려 그는 나에게 자신의 상점 열쇠를 맡긴 뒤 자신에게 동조하는 일행과 산 밑으로 달아나 버렸다. 그는 약 한 달 정도 지나서 이곳으로 돌아왔는데 가는 날이 장날이라고, 바로 그날 심한 흔들림이 있었으며 그는 다시 산 밑으로 내려갔다.

두 달에 걸쳐서 매일 바위들이 조금씩 흔들렸다. 나는 탁자 위에 물 양동이를 하나 올려놓고 물의 움직임을 관찰했다. 깊은 산속에서 울려 퍼지는 둔탁한 뇌성 같은 소리는 대체로 갑작스런 진동이나 북쪽으로부터의 앞뒤 흔들림이 있은 직후에 들렸다. 때로는 뒤틀릴 것처럼 아래위로 흔들린 다음에 둔탁한 소리가 뒤따르기도 했다.

결과를 놓고 본다면 요세미트 지진은 계곡의 전경을 바꾸어 놓을 정도의 지각 대변동과 비교할 때 그리 심한 편은 아니었다. 자연은 대부분 계획을 가지고 우리가 보고 있는 새로운 모습을 창조한다. 산을 단지 한 번 흔드는 것으로 산봉우리와 벼랑뿐 아니라 개울까지도 바꾸어 놓는 것이다.

산사태가 한 번 일어나자 모든 개울들은 새로운 노래를 부르기 시작했다. 여러 곳에서 수많은 돌들이 개울로 흘러 들어왔으며, 그 가운데 반은 둑을 이루었고 나머지는 자신의 거친 모습이 잘 다듬어질 때까지 물의 흐름을 급격하게 만들었다. 어떤 개울은 부목이나 나뭇잎이 자갈 틈새를 메워서 호수가 되기도 했다. 이것이 수평으로 메워지면 자연스럽게 목초지가 되었다. 이런 방식으로 개울은 조용한 변화를 겪고 있었다.

거칠었던 초원과 작은 구릉은 부드러워졌고, 부드러웠던 곳은 거칠어지기도 했다. 이들은 얼핏 보면 매우 혼란스럽고 폐허 같았지만, 전체적인 조망은 더욱 풍성해졌다. 구성 요소인 둥근 돌이 제아

216

무리 클지라도 모든 애추들은 산등성이와 화원으로 덮여 있어서 가파른 벼랑이 만들어지는 데 정교한 균형을 유지했다. 이와 같은 건축 작업이 이루어지는 동안 정확히 계산되어 준비된 자갈들은 신전에 돌을 쌓아올리는 것보다 더 적재적소에 박혔다.

만일 이러한 지각변동을 혼란스런 소동쯤으로 여긴다면, 지각변동이 일어난 곳으로 올라가 당신의 등산화 끈을 꽉 조여 맨 뒤 용기를 내어 자갈 위를 이리저리 뛰어 보라. 그럼 당신은 자신의 발이 가락을 맞추고 있다는 사실을 알게 될 뿐 아니라 돌 더미에서 노래와 시를 찾을 수 있으리라!

자연은 우리에게 한 가지 교훈을 같은 이야기로 들려주고 있다. 그것은 바로, 처음에는 불가사의하고 우연히 일어난 것 같은 급류, 지진, 지각변동 등의 천재지변도 사실은 조물주의 사랑이 다양하게 표현된 것이며 창조를 찬미하는 조화로운 선율에 불과하다는 점이다.

설연
숨길 수 없는 아름다움을 찾아 나서다

존 뮤어는 계곡을 만드는 빙하와 주위 경관을 바꿔 놓는 홍수 같은 자연적 요인에 관심이 많았다. 그는 거칠고 광폭한 날씨도 자연의 일부라고 생각했으며, 그것의 아름다움을 자신만의 어휘로 생생히 묘사했다. 아무리 사나운 날씨 속에서도 뮤어는 자연에 대한 찬미를 결코 멈추지 않았다.

구름, 홍수, 산사태 등에 의해 발생하는 자연의 강렬한 효과를 압도하는, 내가 경험한 제일 장렬한 폭풍 현상은 설연(雪煙)^{바람에 날려서 연기}처럼 흩날려 오르는 눈으로 뒤덮여 있던 하이 시에라 산봉우리에서 일어났다. 설연을 만들어내는 별 모양의 눈꽃은 채 만개하기도 전에 떨어졌다. 오색영롱한 수정의 모습을 하고 있던 눈꽃들은 혹한 속에서 하나하나 떨어지면서 산산조각이 났다.

산산이 흩어진 눈가루는 바람의 움직임에 따라 설연을 이룰 준비를 했다. 그리고 수정 같은 눈꽃은 자리 잡을 준비를 하는 대신, 깊은 산중으로 떨어지는 눈처럼 구르고 굴러서 이리저리 바위 모서리에 부딪히며 이 구멍 저 구멍 속을 빙빙 돌다가 마침내 각진 부분이 마모되어 먼지처럼 작아졌다.

세찬 바람은 노출된 비탈^{바람이 부는 쪽으로 장애물이 없는 곳을 가리킴}에 둥둥 떠 있는 눈가루를 만날 때마다 그것들을 하늘 위로 휙 하고 던져 놓았다. 그리고 자신의 속도와 경사진 곳의 구조에 따라 구름이나 뱀 모양을 이루며 이 봉우리에서 저 봉우리로 옮겨 다녔다. 설연은 이런 식으로 공중을 떠다니지만, 일부는 용케도 도망 나와 수증기가 되어 공중에 남아 있었다.

하지만 대부분의 설연은 하늘 위로 쫓기고 쫓기다가 마침내 빠른 속도로 빙하의 내부나 울퉁불퉁한 부유물 속에 갇히고 말았다. 그리고 그 가운데 일부는 움직이지 않은 채 단단한 상태로 남아 있었으며, 수세기가 지난 뒤에야 비로소 녹아 산을 타고 흘러내려 바다로 들어갔다.

그러나 풍부한 눈가루, 빈번한 강풍처럼 설연이 생길 수 있는 여러 조건들이 맞아 떨어지더라도 모양이 좋은 설연이 만들어지는 경우는 비교적 드문 편이다. 나도 여러 가지 측면에서 거의 완벽에 가까운 설연을 단 한 번 봤을 뿐이다. 그것은 강풍이 산꼭대기에 쌓여 있던 눈을 쓸어내리던 1873년 겨울의 일이었다. 때마침 나는 요세미티 계곡에서 겨울을 보내고 있었다. 장엄한 시에라의 신전에서는 매일매일 웅장한 광경이 연출되었다. 하지만 북풍으로 인해 대자연의 잔치가 빛을 바래 가는 듯했다.

어느 날 아침 나는, 오두막집이 흔들리고 소나무 가지가 지붕을 치는 소리에 잠에서 깼다. 급류와 눈사태를 동반한 거친 광풍이 굉음을 내면서 좁은 계곡과 깎아지른 벼랑 위에서부터 소나무들을 요란하게 흔들어대며 불어 닥치고 있었던 것이다. 마치 거대한 악기를 연주하는 듯 계곡 전체가 흔들렸다. 그런데 광풍은 저 멀리 하늘에 맞닿을 듯 높이 솟아 있는 산봉우리에서 한층 더 웅장한 모습을 연출했다. 조만간 광풍은 자신의 온전한 모습을 멋지면서도 화려하게 보여주리라!

나는 오래전부터 해마다 요세미티 폭포 꼭대기에 형성되는 얼음 기둥들이 어떤 지점에서 만들어지는지를 무척 알고 싶었다. 하지만 휘몰아치는 눈보라로 인해 지금까지 가까이 접근하기조차 쉽지 않았다.

오늘 아침에는 폭포 전체를 덮고 있던 얇은 얼음들이 조각조각 잘려서 벼랑 아래로 흩어져 내렸다. 그 탓에 벌거벗은 원추형 얼음 기둥들이 그대로 모습을 드러냈다. 나는 이때가 바로 얼음 기둥의 내부를 들여다볼 수 있는 절호의 기회다 싶어서, 벼랑 앞쪽으로 돌출된

암반 위로 발길을 옮겼다. 사우스 돔(South Dome)의 등성 너머로 머세드 산맥의 봉우리들이 눈에 들어왔다. 산 정상 위의 창공에는 찬란하게 빛나는 설연이 하늘거리고 있었다. 모양과 짜임새가 마치 잘 짜인 한 폭의 비단 같았다. 무척이나 멋진 광경이 펼쳐지고 있었던 것이다.

그래서 나는 얼음기둥 쪽으로 가는 것을 잠시 미루고, 산 정상에서 일어나고 있는 광경을 돔과 산마루에서 조망할 수 있는 적당한 장소를 찾기 위해 계곡을 벗어났다. 돔과 산마루에서 보면 더욱 화려하고 멋진 설연의 모습을 볼 수 있을 것 같았다. 결코 실망하지 않으리라고 생각했다.

인디언 캐니언을 따라 올라가고 있던 나는 벼랑의 양쪽 꼭대기에서 쏟아져 내린 눈사태로 인해 계곡이 막힌 탓에 더 이상 올라가기가 쉽지 않았다. 하지만 몰아치는 광풍에 힘을 얻어서일까, 지겨운 눈과의 싸움에도 힘든지 모르고 4시간 만에 계곡 최정상인 2.5킬로미터의 산등성이에 올라섰다.

그곳에는 선명한 그림과도 같은 무척 인상적인 광경이 펼쳐져 있었다. 검고 뾰족한 수많은 산봉우리들이 검푸른 창공을 향해 웅장하면서도 장대한 모습으로 솟아 있었던 것이다. 눈이 단단히 덮인 산봉우리는 마치 하얀 포말(물거품)에 둘러싸인 바닷가의 바위 같았다. 그리고 모든 산 정상에는 한가로운 듯하면서도 비단처럼 아름다운 은빛 설연이 유유히 흐르고 있었다. 설연은 800미터에서 1.5킬로미터 정도 길이의 가느다란 꼬리를 늘어뜨리다가, 정상에서는 내가 가까이에서도 측정할 수 있을 만큼의 300~450미터 폭으로 점차 퍼져 나갔다.

머세드 강과 투올러미 강 상류에는 시에라의 왕관이라고 불리는 산봉우리들이 있었다. 즉 다나(Dana), 깁스(Gibbs), 콘네스(Conness), 리넬(Lynell), 머클루어(Maclure), 리터(Ritter) 같은 봉우리들이 다른 이름 없는 경쟁자들과 함께 서 있었던 것이다. 그리고 이곳에서는 설연이 햇무리 속에서 맑고 선명한 모습으로 너울대고 있었다. 하늘에는 구름 한 점 없어서 이 웅장한 설연을 방해할 만한 것은 전혀 존재하지 않았다.

당신이 동쪽을 내려다볼 수 있는 요세미티 산등성이에 서 있다고 상상해 보라. 아마도 공중에서 이상한 장식물이 반짝이는 모습을 볼 수 있으리라. 그리고 광풍은 거칠고 격렬한 포효를 당신의 머리 위로 휘몰고 다닐 것이다. 하지만 창문을 통해 밖을 내다보는 것처럼 숲으로 둘러싸인 개간지에서 이 모습을 본다면, 당신은 조금의 광폭함도 감지할 수 없다.

눈 아래 펼쳐진 전경에는 결코 변하지 않을 신선함이 느껴지는 황갈색 잎의 은빛 전나무가 장엄한 숲을 이루고 있었다. 그리고 아름다운 관모(冠毛)가 흩어지는 나무 아랫쪽에서는, 바람이 쌓인 눈을 하늘 위로 잡아 올리느라 바빴다. 그 건너편으로는 거대하게 부풀어 오른 융기와 비면(庇面)으로 인해 보이지 않는 장대한 소나무들이 중간 지점을 훨씬 지나서까지 펼쳐져 있었다. 그리고 검푸른 숲 너머로 설연이 하늘거리는 하이 시에라 제왕들의 장대한 모습도 볼 수 있었다. 하이 시에라의 제왕들은 약 32킬로미터에 걸쳐 펼쳐져 있었지만, 그 모습이 무척 선명해서 굳이 가까이에 가서 봐야겠다는 마음이 생기지는 않았다. 전체적으로 균형이 잘 잡힌 모습이어서, 하나의 멋진 구경거리 같았다.

이 광경을 전체적으로 조망한 뒤 나는 설연으로 둘러싸인 부분을 제외한, 눈이 쌓여 있지 않은 검푸른 산허리와 산 정상이 얼마나 명확하게 보이는지를 나의 노트에 자세히 기록하고 스케치했다. 그런 다음, 이들 양옆으로 난 좁은 폭의 홈과 협곡에 눈이 쌓여서 생긴 줄무늬가 얼마나 정교한지를 살폈다. 또한 바람이 봉우리 양옆으로 비켜 나갈 때 설연이 산봉우리에서 얼마나 웅장한 모습을 드러내는지, 그리고 산 정상 바로 위에 착 달라붙은 설연이 배의 돛대에서 휘날리는 장식 깃발처럼 얼마나 바람을 잘 타는지도 노트에 기록했다. 설연이 어느 정도나 부드럽고 매끈하게 보이는지, 담청색 하늘 위로 사라져 가는 설연 주변이 얼마나 정교한지 등을 말이다.

산봉우리들이 맞닿은 지점에서는 설연의 밀도가 너무 짙은 나머지 그 모습이 불분명하게 드러났다. 그래서 나는 산 정상의 뒷면을 마치 뿌연 유리를 통해 들여다보는 것처럼 어렴풋하게 만드는 설연의 끝단이 어떤 모습으로 옅어지고 희미해지는지를 관찰했다. 또한 최정상에서 제일 오래 지속되는 설연 가운데 어떤 것이 사방으로 거리낌 없이 흘러가면서 이 산봉우리 저 산봉우리를 넘나드는지도 살펴봤다. 지속되는 설연 가운데 어떤 것들은 서로 겹쳐서 보이지 않기도 했다.

또한 나는 이 경이롭고 촘촘한 눈 옷감이 빛을 하나도 놓치지 않고 되받아내면서 어떻게 빛을 발하는지도 관찰했다. 숲을 통해 보여지는 것처럼, 설연의 모습은 최상의 아름다움 그 자체였다. 검은 봉우리와 하얀 설연, 그리고 푸른 하늘만 남겨 둔 채 설연과 나 사이의 중간지점을 없애 버리더라도 설연은 변함없이 멋진 모습을 자랑하고 있을 것이 분명할 정도로 눈부셨다.

　여기까지가 바로 설연이 만들어지는 일반적인 과정이다. 우리는 설연의 경이로운 아름다움과 완벽함의 주요 원인이 바람의 세기 및 적절한 방향, 풍부한 눈가루, 산봉우리의 경사 및 특이한 구조라는 사실을 알았다. 특히 눈가루가 지속적이면서도 충분하게 공급되기 위해서는 강력한 속도의 바람이 북쪽에서 계속 불어와야 한다. 남쪽에서 불어오는 바람으로는 어느 설연도 시에라 산꼭대기에 결코 걸리지 않는다. 즉, 다른 조건들이 다 맞아떨어졌다고 해도 강풍이 남쪽에서 불어온다면, 건조하고 어중간한 안개 같은 표류물만 생성될 뿐이다.

　기압의 영향으로 응축된 기류가 산꼭대기 위로 분출되지 못하면, 눈가루는 산봉우리 주위에 떨어져 빙하를 만들어내는 시발점인 움푹한 곳에 쌓이고 만다. 북풍이 만들어내는 응축된 기류의 원인은, 빙하를 생성하는 원형 분지가 있는 산봉우리 북쪽에서 특이한 형태로 발견된다. 일반적으로 남쪽 측면은 볼록하고 불규칙한 반면, 북쪽 측면은 수평·수직으로 오목한 모양을 이루고 있다. 이 오목한 곡선을 타고 올라오는 바람이 산 정상에 모여 있던 응축된 기류를 타고 눈을 거의 수직의 형태로 산 높이 끌어올린 뒤 수평으로 흩어 놓는다.

　빙결의 종류와 양은 산 정상의 북쪽 측면이냐, 남쪽 측면이냐에 따라 결정된다. 왜냐하면 빙결은 생성 위치에 따라 그 종류와 양이 달라지기 때문이다. 북쪽 측면은 햇빛이 내리쬐는 곳에는 결코 생기

지 않는 어떤 특이한 형태의 빙결을 가진다. 즉, 그곳은 그늘에 가려
진 빙하로 인해 움푹 들어가 있다. 그리고 이 그늘은 높은 얼음산을
만들어낼 뿐 아니라 거친 바람과 함께 설연을 하늘에 매달아 놓기도
한다.

숲 속의 강풍

강한 바람에게서 인생의 이치를 배우다

위대한 자연주의자였던 존 뮤어에게 나무와 바람은 어떤 의미였을까? 그것들을 통해서
그는 어떤 인생의 의미를 깨달았을까? 뮤어의 바람에 대한 예찬은 대단할 정도다.
자연을 변화시키는 다른 많은 환경적 요소 중에서도 바람을 가장 높이 샀던 뮤어는
바람에 의해 흔들리는 나무만 봐도 어떤 종류인지, 어떤 소리를 내는지 구별할 수
있을 정도였다. 높은 나무 위에서 강풍을 즐기던 그의 모습이 그림처럼 연상된다.

바람은 아침 이슬, 비, 햇빛, 눈과 마찬가지로 산의 강인함과 아름다움을 만들어내기 위해 애정을 품은 채 숲 속으로 불어온다. 산에 영향을 끼치는 다른 요소들은 영역이 한정되어 있지만, 바람은 전 지역을 넘나든다. 눈은 매년 겨울이면 산림의 윗가지를 구부려 가지치기를 하고, 번개는 여기저기 외롭게 서 있는 한 그루의 나무를 치며, 눈사태는 정원사가 꽃밭을 다듬은 것처럼 단숨에 수천 그루의 나무를 베어 없앤다.

하지만 바람은 잎사귀, 가지, 주름진 나무줄기 하나하나까지 다 아우르면서 나무에게 불어 닥친다. 바람은 얼음 덮인 산봉우리의 울퉁불퉁한 대지에 발을 디딘 채 손을 쭉 뻗고 솟아 있는 소나무는 물론이고, 좁은 골짜기에 숨어 있는 작은 나무까지 어느 것 하나 놓치는 법이 없다. 즉, 바람은 나무를 찾아가 부드럽게 어루만지고, 온몸 구부리기 운동을 활발하게 시켜 주며, 성장을 촉진하고, 필요한 만큼 적당히 잎사귀와 줄기를 당겼다 놓곤 한다. 하지만 때로는 나무 한 그루 또는 숲 전체를 들었다 놓기도 한다.

지금은 잠자는 어린아이를 달래듯 조용히 나뭇가지 사이로 불어 오지만, 어떤 때는 바다처럼 격랑을 몰고 오기도 한다. 그래도 바람은 형용할 수 없는 아름다움과 조화로 숲에 은총을 내리고, 숲은 바람을 축복한다.

둘레가 182센티미터나 되는 소나무가 강풍으로 인해 풀처럼 휘어 있는 모습이 눈에 들어왔다. 그리고 간혹 산을 뒤흔드는 듯한 느낌과 함께 굉음이 산 전체에 울려 퍼졌다. 숲이 강풍에 맞서서 스스로를 지탱시키기 위해 잠시 굴복하듯 엎드려 있다가 다시 일어서는 모습은 실로 경이로웠다. 그러나 일단 다시 일어나면 한동안은 결코 넘어지지 말아야 한다. 강풍이 지나가고 나면 상처를 전혀 입지 않은 모습으로 당당한 위엄을 자랑하는, 있는 그대로의 조용한 숲을 볼 수 있다.

나는 이 나무들이 땅에 뿌리를 내리고 자란 이후 도대체 몇 세기 동안 강풍이 불어 닥쳤을까 생각해 봤다. 어린 묘목은 우박과 번개에 의해 가지가 꺾이고 그을리며, 눈보라와 바람과 눈사태에 의해 다치고 찌그러진다. 그럼에도 우리 눈앞에 펼쳐진 완벽한 아름다움은 이러한 강풍들이 만들어낸 결과물이다. 그런 만큼 자연과 숲은 서로에 대한 믿음과 신뢰를 지니고 있으며, 어떠한 파괴적인 강풍이나 다른 폭력적인 폭풍우에 대한 한탄은 줄어들게 마련이다.

시에라 숲이 계속해서 안정적인 상태를 유지할 경우 결코 쓰러지지 않을 두 그루의 나무가 있었다. 산 정상에 있는 주니퍼 소나무와 키 작은 소나무가 그 주인공이다. 이 소나무들의 줄기는 바람에 유연하게 대처하도록 나긋나긋하고 둥글게 휘어져 있었으며, 강풍을 견디기 위해 단단하게 굽어진 뿌리는 독수리 발톱처럼 바위를 휘감고 있었다.

바늘 소나무, 마운틴 소나무, 이엽 소나무, 솔송나무 같은 알파인 침엽수들은 나무 내성의 촘촘함과 강인함을 지닌 덕에 바람에 의해 파괴되는 법이 결코 없다. 일반적으로 낮은 지대에서 자라는 거대한 나무들도 똑같은 이유로 쓰러지지 않는다.

60미터 이상의 높이로 자라는 위엄 있는 사탕소나무는 온갖 강풍을 견뎌내는 대표적인 나무다. 이 나무는 잎이 그리 무성하진 않지만, 시냇가에 핀 푸르고 유연한 나무들처럼 돌풍에 대처할 수 있도록 수평으로 길게 팔을 뻗치고 있다.

반면, 광범위한 지역에서 자라는 은빛 전나무는 서로 힘을 합쳐서 자신의 위치를 잘 지켜 나간다. 또한 노란 소나무(Yellow Pine)와 은빛 소나무(Silver Pine)는 잎과 가지가 높이에 비해 무성하기 때문에 시에라 숲의 다른 나무들보다 더 많이 뒤집어지는 편이다. 그뿐 아니라 여러 곳에서 듬성듬성 자라기 때문에 강렬한 폭풍이 불어 닥칠 때는 외롭게 이 곤란한 상황을 맞이해야 한다. 노란 소나무와 은빛 소나무는 매서운 겨울이 끝날 무렵 얼음이 녹기 시작하면 맨 처음 모습을 드러내는 낮은 산기슭을 따라 분포해 있다. 이 소나무들이 자라는 땅은 극한에 오랫동안 노출되는 만큼, 산기슭에 퍼져 있는 다른 흙보다도 푸석푸석하고 부식되어 있어서 나무뿌리를 지탱하기에 미흡한 편이다.

새스타(Shasta) 산의 산림지대를 탐험하던 중에 태풍으로 수천 그루의 소나무들이 쓰러져 있는 모습을 봤다. 크고 작은 소나무들이 눈사태라도 맞은 듯 강력한 힘에 의해 부러지고 뿌리까지 뽑혀 있어서 그곳은 마치 폐허 같았다. 하지만 시에라 숲에는 이 정도의 파괴력을 가진 태풍이 자주 불어오는 편이 아니다. 시에라 숲의 한 지점에서 다른 곳으로 탐험해 나가다 보면, 지금 내가 보고 있는 모습이야말로 대지의 가장 아름다운 얼굴이라는 사실을 믿지 않을 수 없다. 그럼에도 우리는 이렇게 아름다운 대지의 얼굴을 만들어 놓은 원인에 주목해야 할지도 모른다.

사람의 마음을 움직이는 숲의 바람 소리, 특히 침엽수들이 흔들릴 때마다 들리는 물의 흐름과도 같은 다양하고 명확한 바람의 움직임에는 늘 감동을 일으키는 무언가가 존재한다. 어떤 나무도 그렇게 광범위하고 인상적인 모습을 드러내지는 못한다. 심지어 위엄 있는 열대 야생나무와 목생(木生) 양치류도 산들바람의 감응을 전달할 수 없다. 거대한 세코이아나무는 단순한 흔들림만으로도 말로 표현할 수 없는 장엄한 감동을 주지만, 소나무는 마치 바람의 생각을 정확히 표현하는 통역관과도 같다.

소나무는 오랜 세월 가락에 맞추어 작곡하고 노래하는 훌륭한 음악가다. 하지만 이 고귀한 나무의 미세한 흔들림과 소리는 고산지대의 숲에서나 보고 들을 수 있다. 때로는 나무 둘레가 키보다 더 크고 든든한 노간주나무는 바위만큼이나 단단하게 뿌리를 내리고 있다. 키 작은 소나무의 가느다란 채찍 같은 가지들은 잔물결을 이루면서 물 흐르듯 흔들리지만, 키 큰 소나무들은 심한 강풍에도 꿈쩍하지 않는다. 잠시 움찔할 뿐이다. 솔송나무와 마운틴 소나무, 그리고 몇몇 키 큰 수풀들은 강풍에 맞서 유연하게 가지를 구부리면서 적절히 대처해 나간다. 하지만 바람과 숲이 만나 장대함을 선보이는 곳은 오직 저지대와 중간지대뿐이다.

시에라 산맥에서 가장 아름답고 유쾌한 강풍을 만난 것은 1874년 12월, 우연히 요바(Yoba) 강 지류의 계곡 가운데 하나를 탐험할 때였다. 그날은 하늘, 땅, 나무들이 빗물에 침식되었다가 다시 말라가는 중이었다. 날씨 또한 청명한 캘리포니아의 여느 겨울처럼 맑고 온화하며 하얀 햇살이 가득해, 다가올 봄을 떠올리게 했다. 게다가 상쾌한 강풍이 숲에 활기를 불어넣고 있었다.

230

나는 숲에서 야영을 하는 대신 언제나처럼 한 친구의 집 앞에 멈춰 서 있었다. 그런데 강풍이 불어오는 소리가 난 뒤에야 숲으로 들어간 탓에 강풍을 즐길 기회를 놓치고 말았다. 이럴 때 대자연은 늘 인간에게 진기한 무언가를 드러내 보인다. 그래서 나는 집의 처마 아래에서 애원하듯 굽실대기보다는 생명의 위협을 무릅쓰고라도 숲으로 들어가는 것이 낫겠다는 판단을 내렸다.

아직 이른 아침이었지만, 나는 상당히 들떠 있었다. 거친 강풍과 대조적으로, 언덕 위와 소나무 숲 위로는 감미롭고 화사한 햇빛이 쏟아지면서 여름철 향기가 이리저리 흩어지고 있었다. 공중에서는 솔가루들이 마치 쫓기는 새처럼 햇살을 받으며 하늘거렸다. 반면, 먼지라고는 하나도 없었다. 그저 낙엽이나 무르익은 꽃가루, 시들어 버린 고사리나 이끼 가루들만 공중을 배회하고 있을 뿐이었다.

몇 시간 동안 2~3분 간격으로 나무들이 쓰러지는 소리가 들렸다. 쓰러진 나무들 중에는 뿌리째 뽑힌 것도 있었다. 땅에 물기가 남아 있는 곳에서는 흔들리는 바람에 의해 나무뿌리가 느슨해지기도 했다. 산불 피해를 입은 곳의 나무들은 온통 부러져 있었다.

나에게 있어서 여러 종류의 나무는 즐거운 연구대상이다. 다람쥐 꼬리처럼 가벼운 어린 사탕소나무는 거의 땅에 닿을 듯 고개를 숙이고 있었다. 그리고 수백 번의 강풍을 잘 견뎌낸 원로 족장인 더글러스 소나무는 말끔한 댕기머리처럼 기다란 아치 모양의 잔가지와 가물거리는 회색빛을 띠는 솔잎을 지닌 채 언덕을 따라 우뚝 서 있었다. 그래서 눈에 제일 잘 띄었다.

작은 골짜기에서는 붉은 껍질과 윤기 나는 커다란 잎을 이리저리 늘어뜨린 채 서 있는 마드로노스(Madronos) ^{북아메리카의 태평양 연안이 원산지인 상록수의 일종}

가 살짝 언 호수 표면의 잔물결처럼 반짝거렸다. 하지만 지금은 은
빛 소나무가 단연 아름다웠다.

18미터 높이로 솟아 있는 수많은 뾰족한 모양의 나무들이 나긋나
긋한 메역취처럼 흔들렸으며, 마치 참배라도 하듯이 낮게 고개를 숙
인 채 노래를 부르고 있었다. 반면 무성하고 기다란 잎 뭉치들은 태
양의 불빛에 타들어 가고 있는 듯했다. 초대형 강풍은 자신에 맞서는
완강한 나무들의 뿌리까지 흔들어 놓았다. 대자연은 늘 파티를 벌렸
다. 그래서 제일 견고하고 거대한 나무의 수염뿌리까지도 그 전율에
온몸을 흔들어대야 했다.

나는 강렬한 음악과 율동 속에서도 많은 계곡을 건넜고, 산마루에
서 산마루로 넘어가며 이곳 저곳을 떠돌아 다녔다. 때로는 바위를 피
난처로 삼아 강풍의 움직임을 바라보거나 소리에 귀를 기울였다. 나
는 장대한 축가가 제일 높은 음조로 울려 퍼질 때도 가문비나무, 전
나무, 소나무, 낙엽 진 참나무 등 나무 한 그루 한 그루의 다양한 소
리를 분별할 수 있었다.

그뿐 아니라 발밑에서 쓰러져 가는 풀들의 부대끼는 소리도 들을
수 있었다. 자연은 자신이 직접 만든 노래를 부르거나, 자신만의 감
정을 몸짓으로 표현하는 나름의 방식을 지니고 있다. 그래서 지금까
지 다른 숲에서는 듣거나 본 적 없는 다양함을 이곳에서 경험할 수
있었던 것이다.

캐나다, 캐럴라이너, 플로리다의 침엽수 숲들은 서로 닮은 모양의
나무로 이루어져 있었으며, 그 나무들은 풀잎처럼 가까이 붙어서 자

랐다. 즉, 그곳의 침엽수들 중에는 참나무나 느릅나무가 나름의 특이함을 지니고 있긴 했지만, 눈에 확 띌 만큼 특별한 모습은 아니었다. 하지만 캘리포니아 산림에는 다른 어느 지역에서도 볼 수 없는 다양한 종류의 나무들이 존재했다. 그 나무들 중에는 뚜렷한 차이를 드러내는 특이한 무리들도 있었으며, 거의 모든 나무들이 자신만의 개성을 드러내고 있어서 말로 표현할 수 없는 아름다운 강풍 효과를 만들어냈다.

정오 무렵, 설렘을 안고 개암나무와 털갈매나무의 관목 숲을 지난 나는 마침내 주변에서 제일 높은 정상에 이르렀다. 그 순간, 최정상에서 제일 키 큰 나무 위에 올라가면 주위 경관을 조망할 수 있을 뿐 아니라, 바람이 불 때 정상의 침엽수들이 만들어내는 소리를 좀 더 선명하게 들을 수 있을 것 같다는 생각이 들었다.

이제 중요한 문제는 어떤 나무를 선택하느냐 하는 점이었다. 발을 내딛는 나뭇가지가 부러져 떨어지면 다른 나뭇가지에 걸릴 염려도 있었다. 또 하나의 걱정은 땅에서 상당히 높이 떨어져 있는 꼭대기에는 나뭇가지가 없는 데다, 손과 발로 지탱하기에는 나무가 너무 크다는 점이었다. 다른 나무들은 전망이 별로 좋지 않은 곳에 위치해 있었다.

신중하게 주위를 살핀 끝에, 수풀의 풀잎처럼 가까이에서 함께 자라는 더글러스 전나무 가운데 가장 큰 것을 골랐다. 좀 어린 듯했지만 키가 무려 30미터나 되었고, 유연하고 털이 많은 나무 꼭대기는 무아경 속에서 요동치고 있었다. 식물을 연구할 때마다 나무에 오르곤 해서 이런 높은 나무에 오르는 일은 그리 어렵지 않았다. 오히려 요동치는 나무에 오르는 즐거움을 전에는 맛본 적이 없어서 새로운 느낌마저 들었다.

가느다란 더글러스 전나무의 꼭대기는 앞뒤 좌우 위아래로 정신 없이 휘어졌다 펴졌다를 반복하면서 소용돌이쳤지만, 나는 갈대에 달라붙어 있는 바버링크(Bobolink)^{북아메리카에 서식하는 쌀먹이새의 일종}처럼 나무에 딱 붙어 있었다. 한 번 요동칠 때마다 나뭇가지가 20~30도의 아크 모양을 이루었다. 하지만 눈의 무게로 인해 나뭇가지가 땅에 닿을 듯 휘어져 있던 같은 종류의 나무를 본 적이 있어서 나무의 유연성에 대해서는 걱정하지 않았다. 그래서인지 무섭거나 두렵지가 않았다. 그저 바람에 나를 맡긴 채 멋진 산림의 경치를 즐길 뿐이었다.

더글러스 전나무의 꼭대기에서 바라보는 전경은 어떤 날씨에도 최고의 아름다움을 자랑할 것만 같은 모습이었다. 나의 눈은 곡식이 물결치는 들판을 지나, 소나무가 무성한 언덕과 계곡 위를 두리번거리고 있었다. 잎사귀가 바람에 응답하듯 살랑댈 때마다, 잎에 반사되는 눈부신 빛이 계곡을 건너 산등성이에서 산등성이로 물결치듯 넘실넘실 달려오는 듯했다. 반사된 빛의 물결이 갑자기 조각조각 갈라져 흩어지면 그 뒤를 이어 또 다른 빛의 물결이 규칙적으로 꼬리를 물고 달려왔다. 빛은 마치 완만한 경사를 이루고 있는 해안가의 파도처럼, 가운데로 몰리는 곡선 형태로 앞으로 휘어졌다가 구릉을 넘어 사라졌다. 구부러진 침엽수 잎에서 반사되는 빛의 양은 실로 엄청나서 마치 눈 덮인 작은 숲을 이루고 있는 것처럼 보였다. 한편 나무 아래의 그늘은 은빛 광채의 효과를 유감없이 발휘했다.

그늘진 곳을 빼고는, 야생 소나무 숲에서 색깔이 칙칙한 곳을 찾아볼 수 없었다. 오히려 아직 겨울임에도 숲의 색깔은 무척이나 아름다웠다.

소나무와 리보케드루스(Libocedrus)^{삼나무과(科)에 속하는 침엽수의 일종}의 줄기는 갈색과 자주색을 띠었고, 잎들은 노란색으로 잘 물들어 있었다. 위로 뻗어 잎사귀의 창백한 바닥이 그대로 드러나 있는 우거진 월계수나무 숲은 온통 회색빛이었다. 그리고 맨저니터(Manzanita)^{서아메리카에 있는 철쭉속}^{(屬)의 상록 관목} 수풀에서는 초콜릿색이 얼핏 얼굴을 내밀었으며, 마드로노스의 껍질에는 심홍색이 선명했다. 작은 숲과 숲 사이에 간혹 위치해 있는 언덕은 어슴푸레한 자주색과 갈색을 띠었다.

강풍 소리에 숲은 이 같은 야성의 풍부한 빛과 움직임으로 응답하고 있었다. 발가벗은 나뭇가지와 줄기는 폭포 같은 무거운 저음으로 '우르르 쾅쾅' 소리를 냈다. 소나무 잎의 민첩하고 긴장감 넘치는 진동소리는 날카로운 소리를 내지른 뒤 사그라졌다가, 다시 부드러운 속삭임으로 바뀌었다. 계곡의 월계수나무 숲에서 들리는 잎이 바스락대는 날카로운 금속성 음 같은 모든 소리들은 침착하게 주의만 기울인다면 쉽게 구별할 수 있다.

무리의 다양한 움직임은 서로를 구분짓는 데 하나의 장점이 된다. 즉, 다양한 움직임만으로도 몇 킬로미터 떨어져 있는 나무가 서로 다른 종류임을 알 수 있는 것이다. 또한 잎이 빛을 반사하는 방법과 잎의 색깔 및 형태만 봐도 나무의 종류를 구별할 수 있다. 모든 산림은 마치 열정적으로 강풍을 맞으면서도 한편으로는 강풍을 즐기고 있는 듯 강인하고 안락하게 보였다.

오늘날 우리는 존재를 위한 보편적 투쟁과 관련된 이야기를 많이 듣는다. 하지만 이 말이 나타내는 삶의 투쟁에 관한 일반적인 뜻이 숲 속에서는 무색해지고 만다. 어떤 나무도 강풍을 위험으로 인지하지 않을 뿐 아니라, 이러한 재해를 피하지도 않는다. 오히려 두려움과는 거리가 먼 환희와 기쁨을 드러낸다.

나는 나뭇잎이 만들어내는 소리를 즐기고 공기 속에 퍼져 있는 나무 향을 음미하기 위해, 눈을 감은 채 높은 횃대 위에 오랫동안 매달려 있었다. 나무 향은 독특한 향을 지닌 새싹이나 잎들이 젖어드는 따뜻한 우기 때의 찻잎보다 덜 향기로웠다. 하지만 송진 가득한 나뭇가지들이 서로 마찰하거나, 수만 개의 침엽수가 끊임없이 비벼 됨으로써 생기는 송진 향기가 미풍에 가득 실려 왔다.

그런데 시에라 숲에서 만들어내는 향기와 더불어 다른 먼 곳에서 온 듯한 냄새의 흔적도 맡을 수 있었다. 낯선 향기는 소금 끼 있는 파도를 매만지며 첫 출발지인 바다를 떠나 삼나무 숲을 지나면서 향기가 순해졌고, 그 상태로 양치식물이 우거진 계곡을 헤쳐 나왔다. 그다음 해안가 산맥에서 꽃이 만발한 산등성이를 넘어 구불구불 넓게 파장을 일으키며 퍼져 나간 뒤 황금들판을 건너고, 자줏빛 언덕 위로 올라가 여러 가지 향기를 품은 채 여기 소나무가 무성한 산림까지 스며든 것이었다.

그런 의미에서 바람은 자신이 만난 모든 것의 대변인 구실을 하고 있는 셈이었다. 우리는 바람을 통해 바람이 지나오면서 만났던 것들이 무엇인지를 어느 정도 알아챌 수 있다. 냄새만으로도 바람이 어디에서 왔는지를 알 수 있는 것이다.

선원들은 멀리 바다에서도 냄새만으로 육지의 꽃향기를 구분해낸다. 그리고 바닷바람은 홍조류와 다시마류의 냄새를 육지로 실어 나른다. 비록 육지에 있는 수천 가지 꽃향기와 뒤섞이게 되지만, 그래도 바다 내음은 금방 알아챌 수 있다.

나는 어쩌면 어린 시절 스코틀랜드의 하구에서 맡았던 바다 내음을 여기에서도 맡을 수 있을지 모른다고 생각했다. 그리고 그 바람은 젊은 시절을 보냈던 위스콘신으로, 다시 홀로 식물 채집을 하기 위해 들어섰던 미시시피 계곡의 중앙을 지나 멕시코 만으로, 또한 아름다운 열대 식물이 늘어서 있는 플로리다 해안가로 나를 데려다 놓을 것이다. 내 머릿속에 잠자고 있던 수천 개의 연상을 일깨우고 자유롭게 풀어 준 뒤 나를 스코틀랜드의 어린 시절로 되돌려 놓았던 바람이 팔메토(Palmeto)^{북아메리카가 원산지인 야자과(科)의 일종}와 덩굴 사이로 걸러졌다. 그러자 얽히고설킨 수년의 세월이 순식간에 사라져 버린 듯 갑자기 바닷바람이 느껴졌다.

많은 사람들이 산속에서 흐르는 강을 바라보길 무척 좋아하고, 또 늘 마음속에 간직한다. 하지만 대부분의 사람들은 다른 어느 것 못지않게 아름답고 숭고하며 때로는 흐르는 물처럼 눈에 보이기도 하는 바람을 그리 대단하지 않게 여긴다.

겨울 북풍이 하이 시에라의 완만한 정상 위로 불어 닥칠 때면 1.5킬로미터 정도의 설연이 만들어지기도 한다. 설연을 만들어내는 이 바람은 칠흑 같은 어둠 속에서도 선명하게 눈에 들어온다. 또한 요동치는 숲을 바라보고 있노라면 소용돌이를 일으키는 바람도 직접 볼 수 있다. 이 바람은 저쪽 아래로 잔물결을 일으키며 내려가면서, 언덕에서 언덕으로 쭉 늘어서 있는 소나무들을 한바탕 휘어 놓는다.

더 가까이 다가가면 여기저기에 떨어져 있는 관모와 그 잎들을 볼 수 있다. 수평적인 흐름으로 가속도가 붙으면 떨어진 관모와 잎들이 빙빙 소용돌이치거나 소용돌이 밖으로 벗어나려고 땅 위로 솟구친다. 가끔 이것이 위로 부풀어 올라서 관모에 불이 붙은 것처럼 보인다.

산속에 있는 강들이 자신의 수로를 만들 듯이, 모든 나무와 잎들 주위를 노래하면서 지나가는 심오한 바람과 소용돌이는 그 지역의 다양한 지형을 만들어낸다.

산바람은 옹달샘에서부터 평원에 이르는 시에라 시냇물을 쭉 따라 내려온 뒤, 폭포 속에서 수정 같은 물기둥을 타고 미끄러지면서 하얀 꽃을 피운다. 그리고 자갈이 가득 깔린 골짜기에서는 회색 거품을 일으키면서 기나긴 조용한 숲을 지나 잠잠해진다.

우리는 산바람의 언어와 형태를 상세히 익힌 뒤에야 비로소 하나의 웅대한 축가를 들을 수 있을 뿐 아니라 진심으로 그들 모두를 이해하게 된다. 하지만 최고의 장관도 산림 속 바람의 광폭한 흐름보다는 섬세하지도, 내용이 다양하지도 않다. 사람과 나무가 이 작은 우주를 함께 여행하는 것이다.

하지만 일반적인 의미로, 사람과 나무는 여행자인 바람이 나무가 흔들릴 정도로 강하게 부는 날에야 비로소 함께 여행을 하게 된다. 그래도 멀리 갔다가 다시 돌아오는 우리의 여행들은 나무에 비하면 정말 작고 작은 여행에 불과하다.

광풍이 잦아들 무렵, 나는 산책하듯 고요한 숲을 지나서 산을 내려왔다. 광풍은 동쪽으로 방향을 바꿔 사라졌다. 나는 열렬한 추종자처럼 언덕배기의 둔덕에 걸터앉은 채 하늘 위로 솟아오른 고요하고 평온한 숲의 무수한 주인들을 바라봤다. 황갈색으로 물든 저녁놀이 나에게 "내 안의 평안을 너에게 주노라"라고 말하는 듯했다.

이 인상적인 장면을 바라보는 순간 광풍이 남기고 간 모든 흔적들은 사라져 버렸고, 이 숭고한 숲이 신선하고 명랑하고 영원한 것처럼 보이기 시작했다.

난쟁이 소나무와 은빛 소나무
나무를 보면 인생이 보인다

우리는 나무들에게 어떤 감정을 가지고 있는가? 나무를 아끼고 사랑해야 한다는 사실은 알지만, 나무를 마치 사람처럼 인격적으로 대하는 경우는 거의 없을 듯하다. 특히 소나무를 통해 삶과 역경에 대한 많은 깨달음을 얻고 있음에도 소나무를 바라보는 우리의 시각은 지나치게 천편일률적이다. 이에 비해 존 뮤어는 소나무뿐 아니라 온갖 종류의 나무를 각기 다른 시각으로 바라봤다. 그가 소나무에 대해 쓴 글만 봐도 나무에 대한 그의 감정과 관심, 애정을 느낄 수 있다.

난쟁이 소나무

난쟁이 소나무는 산의 양쪽 측면을 거의 덮으면서 수목 한계선의 끝단을 이루고 있었다. 4~9미터 높이에 30~60센티미터의 둘레를 가진 이 나무는 콘토타 소나무(Pinus Contorta), 무라야나(Murrayana)와 함께 산허리의 가장자리에서 똑바로 선 모습으로 자라고 있었다.

이곳에서부터 난쟁이 소나무는 빙퇴석이나 부석부석한 바위가 있는 지역까지 퍼져 있었다. 해발 3~3.5킬로미터 높이에서 뿌리를 내릴 수 있는 곳이라면 어디든 자리를 잡았다. 즉, 짧지만 꽉 들어찬 잎의 수술들이 매달려 있는 가늘고 곧게 뻗은 어린 가지로 뒤덮인 줄기가 구부러진 모습으로 땅에서 삐죽 튀어나온 군상이 바로 난쟁이 소나무였던 것이다.

난쟁이 소나무의 껍질은 부드럽고 자주색을 띠며 곳에 따라서는 흰색도 있었다. 또한 많은 솔방울들이 윗부분 가지에서 단단한 덩어리로 주렁주렁 매달려 자라고 있었다. 어린 나무의 솔방울들은 초콜릿색을 띠었다.

솔방울 속에는 완두콩만한 크기에 진주와 비슷하게 생긴 씨가 들어 있었으며, 씨앗의 대부분은 클라크 까마귀의 좋은 먹잇감이 되었다. 2.5센티미터 정도 되는 솔방울은 잎 사이 아래에서 덩어리로 열렸다. 솔방울들이 밝은 장밋빛으로 물들 때면 선명한 꽃 같은 모습으로 인해 소나무에 절로 생기가 돌 정도였다.

대부분의 소나무는 죽든 살든 늘 하늘을 우러르고 있는 듯하지만, 난쟁이 소나무만큼은 예외다. 냉혹한 기후에 적응하려는 듯 낮게 기면서 자라남으로써 자신의 일가친척뻘 되는 산 아래의 다른 고귀한 나무들보다 용감하게 오랜 세월을 견뎌내고 있었다. 멀리서 보면 나무 같아 보이지 않을 정도다.

내가 서 있는 곳에서 저쪽으로 수 킬로미터 떨어진 곳이 커디드럴 피크(Cathedral Peak)였다. 그런데 그곳에서는 마치 지붕 위에 이끼가 잔뜩 끼어 있는 모습처럼 소나무가 기어가는 듯한 모양으로 여기저기 흩어져서 자라고 있었다. 가까이 다가가 보니, 나무들이 단단히 엉켜 있었고 무척 건장해 보였다.

키가 매우 작은 소나무는 낮게 포복하듯 뻗쳐 있어서 사람이 그 위를 걷는 데 전혀 어려움이 없다. 즉, 기껏해야 90~120센티미터의 높이로 몸통과 가지들이 얽히고설켜 있었던 것이다. 마치 더 이상 자라지 못하도록 지붕이 가로 막고 있어서, 할 수 없이 땅으로 뻗어야 하는 듯 땅으로 포복하고 있었다. 1년에 6개월 이상 지속되는 겨울 눈은 정말 지붕 구실을 했다.

그리고 날카로운 흙먼지로 무장한 거친 바람은 마치 어느 높이 이상 자라면 가만둘 수 없다는 듯 납작하게 베어낸 것 같은 땅 위로 강하게 불어 닥쳤다. 이 바람은 죽은 소나무의 몸통과 가지에 아름다운 형태로 조각을 남기기도 했다.

나는 강풍이 부는 밤이면 종종 아치 모양을 이루는 이 작은 소나무 아래에서 아늑하게 야영을 하곤 했다. 오랜 세월 쌓인 솔잎들은 아주 좋은 침상이 되었다. 이는 커다란 나무 아래의 땅을 둥그렇게 파서 안전하면서도 안락한 은신처를 만드는 사슴이나 산양처럼, 산사람이라면 누구나 알고 있는 사실이었다.

난쟁이 소나무의 수명은 생각보다 훨씬 길다. 하나의 실례로, 해발 3킬로미터에서 자라는 난쟁이 소나무가 한 그루 있었다. 금세 뿌리째 뽑힐 것만 같은 작은 나무였다.

8센티미터의 둘레에 최고로 자라 봐야 90센티미터 이상 크지 않는 이 나무를 절단한 뒤 돋보기로 나이테를 세어 보았다. 그런데 무려 255년이나 된 나무였다. 같은 크기에 둘레가 15센티미터인 다른 난쟁이 소나무는 무려 426년이나 되었다. 또 어떤 작은 나뭇가지는 껍질을 벗겨 보니 속 알맹이의 지름이 0.6센티미터밖에 되지 않지만, 무려 75년이나 된 가지였다. 발삼 기름에 푹 절어 오랜 세월 강풍에 단련된 이 연약한 가지는 채찍의 끈처럼 매듭을 묶는 데 사용하면 그만일 듯했다.

은빛 소나무의 노래

이 고귀한 나무의 아름다움은 겨울 내내 눈에 덮인 채 웅대한 모습으로 하늘 높이 솟아 있을 때 더욱 빛났다. 또한 꽃이 만발한 데다 희미하게 가물대는 솔잎 사이에서 갈색 수술들이 덩어리로 매달려 있고, 감미로운 햇살 속에서 가시 돋친 자줏빛의 커다란 열매들이 익어 가는 여름에도 은빛 소나무는 아름다웠다.

하지만 이 거대한 소나무가 제일 아름다운 순간은 구름 한 점 없는 하늘에 바람이 불어 닥칠 때다. 바람이 불기 시작하면 은빛 소나무는 버드나무처럼 허리를 굽히고 솔잎들은 한 방향으로 흘러간다.

이때 흔들리는 잎의 각도에 따라 햇빛이 반사되면 솔잎은 은빛으로 물들었고, 그로 인해 언덕은 온통 불붙듯이 타올랐다.

야자수 나무 꼭대기에 햇빛이 떨어지면 그야말로 장관을 이루었다. 산속의 물이 자갈 사이를 흘러가듯, 뜨거운 태양 빛이 번들거리는 야자수 나뭇잎 위로 퍼져 나가는 장관은 직접 보지 않으면 그 아름다움을 충분히 상상하기 어려우리라!

하지만 내가 보기에는 은빛 소나무에 햇빛이 쏟아질 때가 더욱 인상적이고 아름다웠다. 미세한 먼지를 뚫고 내리쬐는 햇빛은 수만 개의 섬광으로 흩어졌는데, 그 모습이 마치 비가 옥토에 떨어져 스며들듯이 나무 심장으로 속속히 흡수되어 빛의 꽃으로 재현되는 것처럼 보였다.

은빛 소나무는 바람에 맞춰 멋진 음악소리도 만들어내는 재주꾼이다. 계절마다 밤낮으로 모든 바람소리를 듣고 있다 보면, 나는 이 은빛 소나무의 소리만으로도 내가 있는 산속의 위치를 알 수 있으리라는 생각이 들었다.

만일 솔잎 하나하나의 개별 음조를 듣고 싶다면 나무 위로 올라가라. 은빛 소나무는 조율이 잘 되어 있기 때문에 강풍이 불지 않고 어떤 방해물도 없는 상황이라면 분명히 자신만의 소리를 만들어낸다. 그럼 당신은 바람에 몸을 맡긴 채 자유롭게 마주치는 잎과 잎 사이의 소리를 확실히 들을 수 있을 것이다.

은빛 소나무는 사탕소나무와 크기가 비슷하지만, 자세히 관찰하면 모양새가 훨씬 단순하고 유연하며 우아해 보여서 그 아름다움이 금방 눈에 띈다. 이에 비하면 사탕소나무는 덜 고상해 보인다. 은빛 소나무는 천국을 몹시 갈망하는 듯한 분위기를 가지고 있다. 가을의 황금 햇살이 졸음을 몰고 와도 하늘을 향한 은빛 소나무의 모습은 일편단심이다. 하지만 사탕소나무는 그 자체로 무척이나 완벽해서 하늘에 관심을 가질 필요가 없다.

더글러스 다람쥐
자연의 세계에서는 누구나 각자의 임무를 가진다

존 뮤어는 숲 속의 생활을 정말 좋아했다. 숲 속에서 즐거움과 행복과 기쁨을 찾고도 남을 정도로 그는 숲에 푹 빠져 있었다. 물론 그가 숲 자체나 나무만 좋아했던 것은 아니다. 숲에 있는 꽃, 숲에서 서식하는 새나 곰 등은 말할 것도 없고, 나무 열매를 열심히 따먹는 다람쥐도 무척 좋아했다. 특히 그는 더글러스 다람쥐에 대한 애정이 각별했다. 더글러스 다람쥐와 보낸 시간들을 적어놓은 그의 글을 볼 때면, 마치 살아 있는 다람쥐가 바로 눈앞에 있는 듯한 착각에 빠져들게 된다.

더글러스 다람쥐는 특성에 있어서나 서식 수와 범위의 유효성에 있어서 산림의 분포 및 건강 유지에 지대한 영향을 미친다. 그만큼 캘리포니아에서는 다른 동물들과 비교가 안 될 정도로 제일 흥미롭고 영향력 있는 존재다.

산 아래 거대한 소나무와 전나무 숲, 하늘을 찌를 듯 솟아 있는 은빛 전나무들 사이, 그리고 바람에 잔뜩 움츠리고 있는 수풀과 산 정상에 이르기까지 웅장한 시에라네바다의 산림 속으로 들어가 보라. 그럼 이 작은 다람쥐가 숲 속의 주인이라는 사실을 금방 알 수 있을 것이다.

겨우 몇 센티미터도 안 되는 작은 체구이지만, 어디에서 나오는지 알 수 없는 열정과 분주함으로 온 동산을 휘젓고 다니는 더글러스 다람쥐는 덤불에 걸려 빠져나오려고 발버둥치는 커다란 곰보다도 자신을 더욱 중요한 존재로 만든다. 나무들은 바람이 불 때마다 더글러스 다람쥐의 목소리에 괴로움을 느끼고, 스쳐 지나가는 날카로운 바람의 발톱에 괴로움을 당한다.

나무가 성장하는 데 있어서 더글러스 다람쥐가 어떤 영향을 미치는지 구체적으로 알 수는 없지만, 씨앗이 발아하는 생태 작용 측면에서는 그 영향을 쉽게 짐작할 수 있다. 즉, 자연은 떨어진 침엽수 열매를 발로 이리저리 옮기는 임무를 더글러스 다람쥐에게 맡김으로써 그를 숲 속의 주요 동물로 만든 것이다.

시에라 산맥에서 열리는 모든 솔방울의 50% 이상을 더글러스 다람쥐가 쪼개고 잘라낸다. 또한 이 커다란 나무의 솔방울 중 90% 정도가 그의 손을 거친다. 물론 많은 양의 솔방울이 겨울을 나기 위한 식량으로 저장되지만, 나머지 솔방울들은 여기저기 감춰진 구멍 속으로 들어가 그곳에서 발아하고 싹을 틔어 나무가 된다. 하지만 시에라 산맥은 더글러스 다람쥐가 지배하는 많은 지역 가운데 하나일 뿐이다. 그의 통치력은 코스트 마운틴스(Coast Mountains)^{아메리카의 태평양 연안을 따}^{라 캐나다에 이르는 지역의 산들}의 레드우드 지대(Redwood Belt)^{삼나무가 많은 미국 캘리포니아 북부}를 넘어서 오리건, 워싱턴, 브리티시 콜롬비아 주에 있는 웅대한 산림의 북부 지역까지 미친다.

더글러스 다람쥐는 동부 산림지역에서 서식하는 붉은 다람쥐와 같은 종이다. 즉, 미국의 5대호(Great Lakes)^{동쪽에서부터 온타리오호, 이리호, 휴런호, 미시간호,}^{슈피리어호}와 로키 산을 따라 태평양의 서쪽으로 온 뒤 다시 남쪽의 산맥을 따라 분포하는 붉은 다람쥐의 직계 후손 가운데 하나다. 이런 사실은 일반적으로 다람쥐 색이 붉으면 붉을수록 위에서 언급한 동부 산림지역에서 가까운 곳에 서식한다는 사실로 뒷받침된다. 그들의 연관관계나 진화론적으로 어떤 영향을 끼쳤는지는 젖혀 두고, 지금 더글러스 다람쥐의 모습은 더 크고 훨씬 아름다운 자태를 뽐내고 있다.

더글러스 다람쥐는 콧등에서 꼬리까지의 길이가 20센티미터 정도된다. 자신의 감정을 드러낼 때 적절히 써먹는 꼬리는 길이가 15센티미터 정도다. 등은 검푸른 빛을 띤 회색이고, 양 허리에서 거의 반쯤 내려간 배 부위는 선명한 담황색을 띠며 검은 회색 줄무늬가 위쪽과 아래쪽을 갈라놓고 있다. 하지만 이 회색 줄무늬는 명확하게 눈에 띄지는 않는다. 가까이에서 보면 기다란 검은 콧수염이 마치 낚시 바늘이나 날카로운 발톱처럼 생겨서 좀 사나운 인상을 풍기지만, 맑고 깨끗한 눈은 총명함을 그대로 드러내고 있다.

킹(King) 강 근처에 사는 어떤 한 인디언은 자신들은 더글러스 다람쥐를 '피릴릴오이티'라고 부른다고 하면서 첫 번째 음절에 강한 악센트를 넣어 빨리 발음했다. 대다수의 캘리포니아의 산사람들은 이들을 소나무 다람쥐(Pine Squirrel)라고 부른다.

한 늙은 사냥꾼에게 이 숲 속의 동물을 알고 있느냐고 물으니, 그는 반색하며 "물론 알고말고요. 모르는 사람이 없습니다. 산속에서 사냥을 하다 보면 사슴 옆에서 짹짹 거리고 있는 그놈을 종종 발견합니다. 그놈들은 무척 잽싸기 때문에 나는 라이트닝 다람쥐라고도 부른답니다"라고 대답했다.

모든 종류의 다람쥐들은 울음소리나 움직임만 보면 마치 새 같다. 특히 더글러스 다람쥐는 소리를 내고 움직일 때마다 정말 새 같은 느낌을 줄 뿐 아니라, 다람쥐의 모든 특징들을 집약해서 지니고 있다. 바삭바삭하고 번들거리며 건강한 잎이 매달린 나뭇가지를 이리저리 넘나드는, 햇살처럼 반짝이는 다람쥐 중에서도 더글러스 다람쥐는 유독 돋보이는 편이다. 날개가 달렸다면 이 숲에 있는 다른 어떤 새에게도 결코 뒤지지 않았을 것이다.

사촌뻘 되는 커다란 회색 다람쥐는 더 천방지축인데, 외관상 너무 날렵해서 바람을 타고 나는 듯 가벼워 보인다. 그런데 늘 이 나무에서 저 나무로, 이 가지에서 저 가지로 뛰어다니면서도 마치 확신할 수 없는 결과에 늘 최선을 다하겠다는 듯, 종종 멈춰 선 채 숨을 고르고 힘을 모은다.

그에 비해 옹골찬 체격을 지닌 더글러스 다람쥐는 감춰진 힘으로 미끄러지듯, 골짜기에서 흐르는 물처럼 자유롭게 이리 저리 뛰어다닌다. 그리고 된바람처럼 솔잎을 뒤흔들어 놓으며 소나무 가지 사이를 빠져나간다. 또한 활이 공중을 가로지르듯 때로는 공중회전을 하기도 하고, 마디 투성이인 나무를 현기증이 날 것처럼 빙글빙글 돌면서 이리저리 지그재그로 솜씨 좋게 타고 올라간다. 게다가 위험에 대해서는 생각지도 않고 제일 불가능해 보이는, 예를 들어 지금은 나무 밑동으로, 다음은 꼭대기로 하는 식으로 자신의 일에 과감히 뛰어든다. 그래도 다행히 완벽한 휴식을 찾으려는지 억제할 수 없는 열정의 분출을 잠시 멈춘다. 확실히 이놈은 내가 만난 동물 가운데 제일 야생적이다. 즉, 민첩하고 격렬한 더글러스 다람쥐의 삶은 숲에 활기를 불어넣어 숲의 정수(精髓)를 활발하게 만든다.

사람들은 더글러스 다람쥐가 우리와 달리 기후나 먹을 것에 그렇게 얽매이지 않는다고 생각하는 듯하다. 하지만 그들도 사람과 별반 다르지 않다는 사실을 아는 데는 많은 지식이 필요하지 않다. 왜냐하면 그들도 먹기 위해서 일을 하니까!

더글러스 다람쥐가 가장 바쁜 시기는 인디언서머 때다. 그때는 끈기 있는 농부처럼 하루에 몇 시간씩 며칠 동안 개암나무 열매와 우엉 열매를 모은다. 한 마디도 하지 않으면서 말이다. 마치 이 일을 위해 고용된 일꾼처럼 최고의 속도로 잘 익은 솔방울들을 잘라내고, 하나라도 놓치지 않겠다는 듯 가지들을 일정한 순서에 따라 하나하나 꼼꼼히 조사한다.

그러고는 밑으로 내려와 춥고 먹을 것이 없는 겨울에 대비하기 위해 통나무와 그루터기 아래에 열매들을 쌓아놓는다. 이놈은 자기 자신을 열매와 꽃을 가진 침엽수의 열매쯤으로 생각하는 것 같다. 송진으로 온몸이 뒤범벅되어 있는 더글러스 다람쥐를 먹는 느낌은 마치 껌을 씹는 느낌과 같으리라!

유쾌한 성격을 가진 더글러스 다람쥐의 행동거지를 관찰하거나 숲 속에 울려 퍼지는 용감한 작은 목소리의 진기한 언어를 듣는 일에 싫증을 낼 사람은 결코 없을 것이다. 소나무를 오르내리면서 장단에 맞춰 늘어놓는 더글러스 다람쥐의 잡담은 입에 딱 맞는 발삼향처럼 귀를 즐겁게 만든다.

노래에는 재능이 없는 듯하지만, 음색만큼은 홍방울새처럼 달콤하다. 그리고 다른 소리는 귀에 거슬리지만, 음색만큼은 부드러운 플루트 소리 같다.

더글러스 다람쥐는 수다쟁이 다람쥐다. 1년 내내 졸졸졸 노래하는 샘물처럼 쉬지 않고 주절대는 수다쟁이다. 개처럼 짖거나 매처럼 외치고, 그것도 아니면 참새나 찌르레기처럼 짹짹거린다. 무뚝뚝한 듯 떠들지만, 실은 매우 낙천적인 놈이다.

나무줄기를 타고 땅으로 내려올 때는 여우나 살쾡이에 신경 쓰느라 매우 조용하고 조심스럽다. 하지만 자신의 동네인 소나무 꼭대기에 일단 올라서면 야단법석 분주함이 끊이질 않는다. 더글러스 다람쥐의 터전인 소나무에 감히 발을 들여놓으려는 회색 다람쥐와 얼룩 다람쥐에게 화가 미치리니!

나무껍질의 고랑 사이를 몰래 타고 올라오는 회색 다람쥐와 얼룩 다람쥐를 금세 발견하는 더글러스 다람쥐는 우스꽝스러운 격렬함으로 그들을 나무 아래로 쫓아내곤 한다. 그리고 잠시 뒤에 콧수염 덮인 입술 사이로 화가 나서 욕을 하는 듯한 분명한 소리가 터져 나온다. 사람이나 개에 대한 사전 정보가 없는 더글러스 다람쥐는 그것들을 쫓아내기 위해 함부로 달려들지도 모른다.

만일 더글러스 다람쥐가 당신을 처음 만났다면, 분노를 드러내며 겨우 몇 십 센티미터 정도 떨어진 거리까지 점점 가까이 다가간 뒤 갑자기 달려들어 당신을 잡아먹으려 들 것이다. 하지만 덩치 큰 두 발 달린 동물이 두려워하지 않는다는 사실을 금세 알아채고는 조용히 뒤로 물러나 나뭇가지 위로 올라가서 당신의 일거수일투족을 빠짐없이 살펴본다. 그리고 다시 용기를 내어 줄기를 타고 내려온 뒤 신경질적으로 짹짹거리면서, 마치 당신에게 지금 당장 무릎 꿇고 존경을 표하라는 듯 줄기를 오르내린다.

그러다 마침내 흥분을 가라앉히고 냉정을 되찾으면 내려다보기 좋은 나뭇가지 위에 편한 자세로 앉은 뒤 절도 있게 "치-업! 치업!" 소리를 내거나 "피-아!" 소리를 내면서 꼬리로 장단을 맞춘다. 첫 음절은 날카롭고 강하지만, 두 번째 음절은 매의 울음소리처럼 가라앉아 있다. 즉, 처음에는 느리면서도 단호하게 반복되던 소리가 점차 1분에 150음절 내외로 빨라진다.

더글러스 다람쥐는 대부분 웅크리고 앉아서 두 발을 가슴에 감춘 채 분명하게 소리를 내는데, 이때 입을 다문 상태로 콧소리를 내는 것이 특징이다. 어떤 때는 잠시도 쉬지 않고 "피-아 피아" 소리를 내면서 세코이아나무 씨앗이나 귀찮은 벼룩을 우물거리는 더글러스 다람쥐의 모습을 관찰할 수 있다.

더글러스 다람쥐는 나무 위에 오를 때 모든 손발을 움직이지만, 땅에 내려올 때는 주로 뒷발에 체중을 싣는다. 어떠한 상황에서도 더글러스 다람쥐의 움직임은 결코 쉽게 나오는 것이 아니다. 가까이 다가가 살펴볼 기회가 있다면, 당신은 나무껍질을 꽉 잡고 있는 짧고 울퉁불퉁한 팔과 근육이 툭툭 불거진 주먹을 관찰할 수 있을 것이다.

나무에 올라가거나 나무에서 내려올 때, 자신의 의중을 드러내야 할 상황이 아니라면 더글러스 다람쥐는 늘 자신의 몸과 긴 꼬리를 길게 정렬한 모습으로 다닌다. 하지만 수평의 큰 나뭇가지나 부러진 통나무를 타고 달릴 때는 종종 꼬리를 경쾌하게 등 뒤로 말아 올리기도 한다.

추운 겨울에는 긴 꼬리가 체온을 유지하는 데 도움이 된다. 식사를 마친 더글러스 다람쥐가 꼬리를 예쁘게 펴서 귀 앞부분까지 덮은 채 큰 나뭇가지에 웅크리고 있는 모습을 이따금 볼 수 있다. 솔잎처럼 산들바람에 살랑대는 털이 퍽 인상적이다. 비가 오거나 추운 날에는 대부분 코를 덮을 정도로 꼬리를 길게 뻗은 채 둥지에 머물러 있는다. 하지만 배가 고플 때 먹이를 쌓아놓은 곳간에 가지 못할 정도로 추운 날은 거의 없다.

한번은 영하의 날씨에 하늘이 온통 눈발로 가득한 섀스타 산의 수목 한계선 정상에서 폭풍우에 발이 묶인 적이 있었다. 그때 더글러스 다람쥐 한 마리가 나의 텐트 근처에 있던 속이 빈 작은 소나무에서 몇 번이고 용감하게 기어 나와 휘날리는 눈바람에 맞서서 가볍게 장난치듯 돌아다녔다. 그러고는 자신의 눈가에 두껍게 쌓인 눈이 안경이라고 되는 듯, 이내 땅을 파내려 가더니 감추어 두었던 열매들을 정확히 찾아내는 것이었다.

시에라 산맥에 서식하는 동물들 가운데 더글러스 다람쥐처럼 포식을 하는 동물은 없다. 더글러스 다람쥐의 먹을거리가 천지사방에 널려 있는 이곳에서는 사슴이나 산양, 또는 잡식성인 곰조차도 그리 잘 먹지 못하는 편이다. 그에 비해 각종 딸기와 개암열매는 물론이고 칭커핀(Chinquapin), 소나무, 전나무, 가문비나무, 주니퍼 소나무, 리보케드루스(Libocedrus), 세코이아나무 같은 모든 침엽수의 열매와 씨앗이 더글러스 다람쥐의 주요 식량이다.

더글러스 다람쥐는 이것들을 모두 좋아하는 나머지, 익지 않아도 잘 먹는 편이다. 또한 솔방울이 아무리 커도 잘 다루며, 아무리 작아도 그의 눈을 피할 수 없다. 코늄(Hemlock), 더글러스 전나무, 이엽소나무 등의 씨앗처럼 작으면 작을수록 나뭇가지에 앉아서 한 알도 떨어트리지 않고 다 먹어치운다. 더글러스 다람쥐는 솔방울의 밑둥을 시작으로 껍질을 잘 벗겨낸 뒤 조심스럽게 씨앗을 꺼낸다. 즉, 미련한 곰처럼 막무가내로 갉아내는 것이 아니라 나선 모양의 배열을 따라 일정한 순서대로 돌리고 돌려 껍질을 갉아내는 것이다.

솔방울과 씨앗 껍질이 떨어지고 몇 분 뒤 발가벗겨진 솔방울 잎줄기가 떨어지면 더글러스 다람쥐가 나무의 어디쯤에 앉아 있는지 알 수 있다. 더글러스 다람쥐는 하나를 먹어치우면 또 다른 솔방울을 찾아나선다. 잘 살펴보면, 나뭇가지 끝을 소리 없이 미끄러지듯 내려간 뒤 마음에 드는 솔방울을 찾을 때까지 꼼꼼히 살피며 돌아다니는 더글러스 다람쥐가 눈에 들어온다.

더글러스 다람쥐는 삐죽 나온 솔잎을 피해 뒤로 물러났다가, 솔방울이 떨어지지 않도록 앞발로 꽉 움켜잡은 뒤 순식간에 싹둑 잘라 버린다. 그리고는 기괴한 모습으로 입을 벌려 솔방울을 문 뒤 나무줄기

가까이에 잡아두었던 자신의 자리로 돌아간다.

하지만 크기가 무려 38~50센티미터인 사탕소나무나 노란 소나무의 솔방울은 이것과는 매우 다른 방법으로 다룬다. 먼저 무리해서 잡기보다는 솔방울을 따서 나무 밑으로 떨어뜨린 뒤 나무 둥치가 불뚝 솟아 있는 빈 공터로 솔방울을 끌고 간다. 그곳에서 솔방울 바닥에서부터 시작해 나선형으로 따라 올라가며 먹는데, 이는 더글러스 다람쥐가 즐겨 사용하는 솔방울 먹어치우기 방법이다.

개암열매의 두 배 정도 되는 사탕소나무의 솔방울 하나에서 200~400개의 알맹이를 얻을 수 있다. 이 정도면 더글러스 다람쥐에게는 일주일치 식량으로 충분하다. 더글러스 다람쥐는 유독 은빛 전나무의 열매를 좋아하는 것 같다. 아마도 열매가 익으면 자르는 수고를 하지 않아도 저절로 떨어져서 먹을거리를 쉽게 얻을 수 있기 때문일 것이다. 은빛 전나무의 열매들은 굉장히 자극적이면서도 향기로운 오일로 가득 차 있다. 이 열매가 더글러스 다람쥐의 온몸을 향기로우면서도 더욱 날렵하게 만드는 듯하다.

이 작은 일꾼이 갉아놓은 부스러기로 인해 우리는 더글러스 다람쥐를 쉽게 찾을 수 있다. 햇빛 가득한 언덕의 커다란 나무 주위에 부스러기들이 마치 갓 만들어진 아름다운 폐총처럼 수북이 쌓여 있던 것이다. 즉, 갈색과 노란색의 견과류 껍질들이 바닷가의 조개껍질처럼 천지에 널려 있다. 또한 견과류 껍질과 뒤섞여 있는 자주색의 씨앗 깃들은 마치 수많은 나비들이 최후의 순간을 맞이하는 모습처럼 보이기도 한다.

견과류들이 채 익기 전에 한껏 즐길 수 있지만, 현명한 더글러스 다람쥐는 잘 여물 때까지 참을성 있게 기다린다. 이때가 바로 10월과 11월로, 1년 중 가장 바쁜 시기다. 크기에 상관없이 모든 종류의 견과들이 소나기처럼 쏟아져 내려 대지는 온통 견과류로 뒤덮인다. 견과류가 떨어지면서 나는 소리가 계속해서 숲에 울려 퍼진다. 특히 오래된 통나무 위에 떨어지는 커다란 솔방울들은 숲 속을 통통통 소리로 가득 채운다. 좀 게으른 동물들은 이 소리가 무슨 소리인지 알아차리고 그때서야 솔방울이 떨어지기 무섭게 채어 간다.

추수를 하느라 아무리 바빠도 밑에서 자신의 식량을 훔쳐 가는 놈을 그냥 두고 볼 더글러스 다람쥐가 아니다. 더글러스 다람쥐는 그런 놈이 있으면 즉시 내려가 쫓아 버린다. 그런데 온몸에 가시 털과 줄무늬가 있는 어떤 작은 다람쥐는 그래도 끈질기게 솔방울을 훔치려고 한다. 커다란 회색 다람쥐도 누가 자신의 식량을 건드리면 가만히 있질 않는다. 자신이 떨어뜨린 견과류를 더글러스 다람쥐가 훔친다고 야단이지만, 그 반대의 경우가 대부분이다.

시에라 상록수의 우수함은 전 세계의 정원사들에게 잘 알려져 있으며, 그만큼 정원사들은 많은 씨앗을 필요로 한다. 그리고 정원사들은 이 씨앗을 대부분 마차를 타고 들어갈 수 있는 시에라 전역에서 나무를 잘라내는 방법으로 얻는다. 세코이아나무의 씨앗은 처음에 450그램당 20~30달러나 나가는 바람에 벌채가 급속히 확산되었다. 정부의 손이 미치지 않는 곳에 위치한 많은 작은 나무들이 벌목되었다. 특히 프레즈노(Frexno)와 킹(King's) 강에 있는 나무들이 심하게 피해를 입었다.

하지만 대부분의 세코이아나무들은 너무 거대해서 벌채꾼들은 씨앗의 많은 양을 더글러스 다람쥐에게 의존해야 했다. 벌채꾼들은 더글러스 다람쥐가 자신들의 적수가 되지 못한다는 사실을 얼마 안 있어 알게 되었다. 그래서 자신이 접근할 수 있는 위치에서 더글러스 다람쥐가 저장한 열매들을 우연히 발견하면 이 기회를 절대 놓치지 않았다. 그런데 바쁘게 일을 마친 씨앗 벌채꾼들이 자신의 야영지에 돌아와 보면, 이따금 작은 더글러스 다람쥐가 야영지를 엉망진창으로 만들어 놓은 사실을 발견하곤 한다. 그래서 내가 아는 어떤 벌채꾼은 더글러스 다람쥐의 먹이를 훔칠 때마다 그 나무 아래에 보상 명목으로 보리나 밀을 뿌려 놓곤 했다.

시에라 산림을 여행하는 많은 사람들이 시에라에는 감상할 만한 생물체가 적다는 말을 자주 하는데, 이는 일 년 중 이때에는 해당하지 않는 말이다. 웅웅대는 곤충과 새, 네 발 달린 짐승이 모두 사라진 이 숲에는 더글러스 다람쥐가 남아 있다. 외로움과 고독함이 가득한 숲 속에서 이 정열적인 생명체는 여전히 숲을 뒤흔들어 놓는다.

하지만 당신이 더글러스 다람쥐를 만날 생각으로 제일 잘 알려진 숲에 성급하게 들어가 나무 위를 올려다보며 걸어 다녀도 더글러스 다람쥐를 보기란 쉽지 않다. 그런데 만일 당신이 나무 아래에 누워 있다면 더글러스 다람쥐가 당신에게 곧 다가올 것이다. 왜냐하면 열매 떨어지는 소리, 메추라기 지저귀는 소리, 클라크 까마귀의 울음소리, 사슴과 곰이 떡갈나무 덤불 사이를 휘젓고 다니는 소리 등 숲 속에서 흔히 들을 수 있는 소리 속에서도 더글러스 다람쥐는 낯선 발소리를 감지하곤, 당신이 움직이지 않는 순간에 서둘러서 당신이 누구인지를 파악하려 들기 때문이다.

먼저 당신은 호기심에 찬 이상한 소리를 듣게 될 것이다. 하지만 더글러스 다람쥐가 다가오는 첫 암시는, 당신에게 겁을 주고 주위의 모든 다람쥐와 새들에게 당신의 출현을 알리기 바로 직전 나무에서 내려올 때 들리는 성마른 발자국 소리일 것이다. 만일 당신이 그 순간 꼼짝하지 않는다면, 더글러스 다람쥐는 점점 더 가까이 다가와 마치 수색하듯 당신의 몸을 훑고 다니면서 온몸을 얼얼하게 만들 것이다. 한번은 샌와킨에서 제일 쉽게 접근할 수 있는 솔송나무(Hemlock Spruce) 아래에 앉아 스케치에 몰두해 있는데, 이 친구가 용감하게 내 뒤로 다가오더니 구부린 팔 아래를 지나 스케치북 위로 뛰어올랐다.

내 오랜 친구 중 한 명은 어느 온화한 오후에 오두막집의 그늘에서 책을 읽고 있는데, 더글러스 다람쥐가 지붕 처마에서 그의 머리로 뛰어 내려와서는 자신감 넘치는 발걸음으로 그의 어깨 위에 앉은 뒤 다시 책 위로 올라왔다고 한다.

더글러스 다람쥐는 사회적 교재 범위가 넓은 편이다. 다른 종류의 다람쥐와 청설모 등 많은 일가친척 외에도 견과류를 먹는 새들, 특히 클라크 까마귀와 딱따구리, 그리고 어치 등과 친밀한 관계를 유지하고 있다. 산 아래 지역에서 흔하게 볼 수 있는 다람쥐라고 해도, 더글러스 다람쥐가 서식하고 있는 곳에는 드물게 분포하는 편이다. 해발 1.8~2킬로미터 이상의 높이까지는 감히 올라올 생각조차 하지 못하기 때문이다.

회색 다람쥐 역시 이 높이 이상에서는 거의 살지 않는다. 거의 유일하게 줄무늬 다람쥐만이 더글러스 다람쥐와 교재를 한다. 하지만 저지대 및 중간지대에서는 서로 자주 만나고 매우 좋은 관계를 유지하고 있다. 때로는 작은 충돌이 빚어지기도 하지만, 늘 행복한 숲 속의 가족이다. 오래된 빙하가 숲의 땅을 덮고 있는 곳이라면 어디에서든 우리의 작은 영웅 더글러스 다람쥐를 만날 수 있다. 이곳의 기름진 토양과 온화한 기후는 숲 속에 풍요로움을 제공한다.

물론 이 작은 귀염둥이에 대한 나의 예찬에 모든 사람들이 공감하리라 기대하진 않는다. 하지만 이 친구에 대한 나의 설명이 길게 느껴지지는 않길 바란다. 이 아름다운 자연 속에서 내가 연구를 진행하는 동안 더글러스 다람쥐가 나에게 얼마나 큰 위로와 즐거움을 주었는지 말하지 않을 수 없기 때문이다. 게다가 나는 더글러스 다람쥐에게서 보게 되는 박애 정신을 여러 사람들과 함께 나누지 않을 수 없다. 하나의 예로, 견과류들이 무르익어 가는 인디언서머의 고요하고 맑은 어느 날 아침, 나는 샌와킨에서 남쪽으로 갈라지는 고지대의 소나무 숲에서 야영을 하고 있었다. 그곳은 익어가는 견과류만큼이나 더글러스 다람쥐가 많은 장소였다.

더글러스 다람쥐들은 추수를 나가기에 앞서 이른 아침식사를 하고 있었다. 나도 때마침 아침식사를 하고 있었는데, 갑자기 주위의 노란 소나무에서 두세 개의 묵직한 솔방울이 떨어지는 소리가 들려왔다. 어떤 일이 벌어지고 있는지 관찰하기 위해 더글러스 다람쥐로부터 6미터 정도 떨어진 곳까지 몰래 접근해 들어갔다.

잠시 후 더글러스 다람쥐가 나무에서 내려왔으며, 그가 방금 아침식사로 먹기 위해 잘라낸 솔방울이 털갈매나무 덤불로 조용히 굴러들어가는 모습이 보였다. 하지만 더글러스 다람쥐는 조금의 머뭇거림도 없이 나무에서 내려와 단번에 솔방울을 찾아냈다. 솔방울이 정확히 어디에 있는지 알고 있는 듯했다. 자신보다 2배 이상 큰 솔방울이었지만, 기다란 앞니로 잡기 편하게 오른쪽으로 돌려놓고는 잘라냈던 나무 쪽으로 굴려 갔다. 그러고는 편한 자세로 앉아서 솔방울의 끝을 잡은 뒤 밑동부터 갉아가며 쉽게 먹어치웠다.

솔방울의 밑동에는 아무것도 없어서 먹을 수 있는 부분이 나올 때까지는 꽤 여러 번 입질을 해야 했다. 하지만 인내심을 갖고 늘 하는 식으로 계속 갉아 올라가다 보면, 잘라 놓은 햄이나 새알 모양의 잘 익은 자줏빛 견과가 솔방울 하나당 두 개씩 들어 있다. 솔방울은 부드러운 향유를 가득 머금고 껍질이 가시로 덮여 있으며, 아이들의 경우에는 잭나이프로 조심히 도려내야 할 정도로 단단했다. 하지만 더글러스 다람쥐는 사람들이 접시에 있는 부드러운 음식을 먹는 것보다 더 쉽고 점잖고 깨끗하게 식사를 마쳤다.

더글러스 다람쥐의 경우에는 아침식사를 마치고 일터로 나가기 직전에 주변의 소리에 어떤 반응을 보일까라는 호기심이 생긴 나는 그가 있는 방향을 향해 휘파람을 불었다. 그 전에는 눈길조차 주지 않던 더글러스 다람쥐는 내가 휘파람을 불기 시작하자 제일 가까이에 있는 나무 위로 올라간 뒤 작은 몸을 완전히 드러내 놓고 휘파람 소리에 귀를 기울였다. 몇 곡조 더 뽑자 더글러스 다람쥐는 눈을 반짝이기 시작하면서 머리를 이리저리 재빠르게 돌렸다. 하지만 이외에는 별다른 반응을 보이지 않았다.

다른 종류의 다람쥐들은 낯선 소리가 들리면 얼룩다람쥐나 새처럼 천지사방에서 자신의 모습을 드러낸다. 가슴에 얼룩 반점이 있는 잘생긴 개똥지빠귀는 다람쥐보다 호기심이 훨씬 많은 편인 것 같다.

실제로 개똥지빠귀는 소나무의 죽은 가지에 앉아 잠시 휘파람소리를 듣고 있다가, 내가 있는 바로 앞까지 단숨에 뛰어 내려왔다. 그러고는 꽃 앞의 허밍버드(Humminbird)처럼 공중에서 윙윙 소리를 내며 1분 정도 날개를 퍼덕거렸다. 그동안 나는 그의 눈과 황홀한 모습을 관찰할 수 있었다.

이 정도에 이르기 위해서는 나의 노래가 30분 이상은 지속되어야 했다. 나는 연속해서 '보니 둔(Boonie Doon)', '래스 오 고우리(Lass O' Gowrie)', '오어 더 워터 투 찰리(O'er the Water to Charlie)', '보니 우즈 오 크레이기 리(Bonnie Woods O' Cragie Lee)' 등을 불렀다. 더글러스 다람쥐는 이 노래들에 관심이 많은 듯했다.

호기심 가득한 눈으로 나를 바라보며 줄곧 인내심을 가지고 앉아 있던 이 첫 손님은 내가 '올드 헌드래스(Old Hundredth)'를 부르자 그때서야 자신의 인디언식 이름인 '피릴릴오이타' 소리를 냈다. 그리고 그 즉시 꼬리를 돌리더니 우스꽝스러운 모습으로 나무 위로 올라가 시야에서 사라져 버렸다. 그의 목소리와 행동은 마치 '그런 경거망동한 소리를 계속해서 내면 목을 매어 죽어 버리겠다'라고 협박하는 듯했다. 이러한 행동은 음악이 자연스럽게 자신의 멜로디에 맞을 때까지 기다리는 새들과 달리 털이 난 자기 종족에게 대피할 것을 알리는 신호 같은 구실을 한다.

오래된 찬송가풍의 멜로디가 새나 다람쥐들에게 매우 불쾌하게 들린다고는 생각지 않는다. 하이 시에라에서 콘서트를 한 지 1년인가 2년이 지난 어느 화창한 날, 나는 들다람쥐(Ground Squirrel)가 많이 서식하는 코스트 레인지의 한 언덕에 앉아 있었다. 땅속 생활에 알맞게 발달한 들다람쥐는 너무 많이 사냥되었기 때문에 소심할 정도로 신중했다. 하지만 내가 한 시간 반 이상을 아무 말도 없이 움직이지 않고 앉아 있자, 들다람쥐들은 자신의 구멍에서 대담하게 기어나와 마치 이젠 더 이상 무섭지 않다는 듯 내 주위에 떨어져 있는 씨앗이나 엉겅퀴를 먹기 시작했다.

그 순간 나는 이놈들이 정말 '올드 헌드래스' 노래를 싫어하는지를 알아볼 수 있는 좋은 기회라는 생각이 들었다. 그래서 나는 시에라 산속의 친구들을 즐겁게 만들었던 멜로디와 거의 비슷한 소리로 휘파람을 불기 시작했다. 그러자 들다람쥐는 먹는 일을 중단한 채 곧추서서 가만히 듣더니 마침내 '올드 헌드래스' 노래가 흘러나오자 이내 우스꽝스런 움직임으로 한 마리씩 눈 깜짝할 사이에 구멍 속으로 들어가 사라져 버렸다.

이 숲에 사는 더글러스 다람쥐와 서로 아는 사이가 되면 어느 누구도 이놈을 칭송하지 않을 수 없다. 하지만 이 녀석은 사랑받기에는 지나치게 자신만만하고 호전적이다.

더글러스 다람쥐는 얼마나 오랫동안 살까? 솔직히 잘 모르겠다. 하지만 더글러스 다람쥐는 사냥감으로는 무척 작은 편이기 때문에 사냥꾼에 의해 죽는 일은 거의 없다. 그리고 아주 조심스러워서 일단 서식처에서 쫓기게 되면 숲 속에서 제일 높은 나무줄기의 틈 사이에 숨어 버린다.

많은 나무들이 더글러스 다람쥐와 같은 색깔을 지니고 있다. 그러나 인디언 아이들은 이놈들을 잡기 위해서 화살을 든 채 나무 뒤에 숨어 무한정 기다리기도 한다. 산 아래 지역에서는 간혹 방울뱀의 먹잇감이 되기도 하고, 경우에 따라서는 매나 산고양이 등에게 쫓기기도 한다. 하지만 대부분의 더글러스 다람쥐들은 자신의 종족들이 매우 좋아하는 깊은 숲 속에서 안전하게 살아간다. 아마도 그의 종족은 번창하리라!

세코이아
자연의 희생에는 다 이유가 있다

요즘처럼 나무를 만나기 어려운 때에는 숲이나 산에서 나는 불이 큰 재앙과도 같다.
수백, 수천 년이 지난 나무가 하루아침에 잿더미로 변하는 일은 불행이 아닐 수 없다.
그렇다면 존 뮤어는 세코이아나무와 빅트리가 밀집해 있는 숲이 타들어가는 모습을
보면서 어떤 기분이 들었을까? 그가 숲이 불타는 모습을 생생하게 묘사한 글을 보고
있노라면, 안타까운 마음보다는 자연에 대한 또 다른 희망이 솟구침을 느낀다.
자연은 스스로 회생할 수 있는 범위 내에서 환경을 변화시킨다는 사실을 알게 되기
때문이다.

세코이아 숲에서 가졌던 최고의 나들이는 1875년 가을에 이루어졌다. 그때 나는 세코이아 숲을 좀 더 세세히 관찰하기 위해 일반인에게는 잘 알려져 있지 않던 마리포사 숲의 남쪽 지역을 탐사했다. 그 결과 세코이아 숲의 일반적인 역사와 분포상의 특징에 대해 알게 되었다. 그러자 여기에서 한 발 더 나아가 세코이아 숲이 빙하 시대 이후 더 광범위해졌는지가 무척 궁금해졌다. 즉, 세코이아나무의 분포에 영향을 미치는 적절한 환경과 그렇지 않은 환경은 어떤 것인지, 기후 · 지형 · 지질은 어떤 관련성을 갖는지, 같은 환경에서 다른 나무들은 어떻게 자랐고 어떻게 멸종했는지 등을 알고 싶었던 것이다. 나는 이미 북부 지역 산림에 대해서는 여러 경로를 통해 정통해 있었다. 하지만 킹스 강과 컨(Kern) 강의 원류를 찾아서 하이 시에라를 탐사여행하던 중에 얼핏 본 남부 지역의 세코이아 숲에 대해서는 아는 것이 전혀 없었다.

나는 산악 탐사여행을 거의 걸어서 했다. 연구 조사가 필요하면 언제 어디로든 떠날 수 있도록 지참물은 가능한 한 적게 가지고 다녔다. 그런데 이번 세코이아 숲 탐사는 길어질 것이 분명했으므로, 식량과 침구를 운반할 야생 노새를 데려가라는 주변의 충고를 따르기로 했다. 식량을 공급받기 위해 산꼭대기에서 내려올 때마다 지쳐 있던 나의 모습을 본 친절한 노새 주인은, 도요새처럼 강인하고 지칠 줄 모르며 낮고 좁은 숲길도 비집고 나갈 수 있는 이 노새야말로 나에게 필요한 존재라고 생각했다. 노새는 정말 얼룩다람쥐처럼 산을 오를 수 있었고, 야생 양처럼 자갈 지대를 뛰어넘었으며, 사람이 가는 곳은 어디든 갈 수 있었다. 즉, 등산가로 단련되어 무척 강인했다.

그럼에도 여행 도중 피곤하고 허기질 때나 바위 틈에 끼어 꿈쩍하지 못하거나 거미줄에 걸린 파리처럼 떡갈나무 덤불에 갇혀 발버둥치는 모습을 보게 될 때면 몹시 안쓰러웠다. 그냥 나를 남겨두고 홀로 집으로 돌아갔으면 하는 마음이 들 정도였다.

8월 말 즈음에 여행을 시작해, 첫 야영은 잘 알려진 마리포사 숲에서 했다. 나는 마리포사 숲과 근처 소나무 숲에서, 넓게 걸쳐 있던 숲의 경계를 면밀히 조사하며 거의 일주일을 보냈다. 그런 다음 토질, 기후가 나무 성장에 제일 적합할 것 같은 빅 크리크(Big Creek) ^{크리크는 배수} ^{(排水)·관개(灌漑)·교통의 목적으로 이용되는 작은 운하} 상류의 울창한 은빛 전나무와 소나무 숲에서 오래된 고목의 흔적을 찾을 수 있으리라는 기대로 길도 나 있지 않은 웅장한 숲 속으로 들어갔다. 하지만 인디언들이 와멜로우(Wamellow)라고 부르는 높은 바위에 오를 때까지 고목은 흔적도 찾아볼 수 없었다. 그 대신 프레즈노 북부를 가득 메우고 있는 풍성한 숲의 전경을 볼 수 있었다. 셀 수 없을 정도로 많은 원추형 모양의 멋진 노란 소나무들이 비스듬한 비탈에서 겹겹이 하늘을 향해 뻗어 있었고, 사탕소나무는 풍요로운 가을 햇살 속에서 당당하게 두 팔을 벌린 채 서 있었다.

남서쪽을 향해 뻗어 있는 빽빽한 숲에서 하늘 높이 솟은 웅대한 왕관 모양의 빅트리(Big Tree)를 한 그루 발견했다. 빅트리는 멀리에서도 느낄 수 있는, 말로 형용할 수 없는 열정으로 보는 사람을 끌어당기는 매력을 지니고 있었다. 장대한 키와 거대하지만 부드럽고 원숙한 몸통이 숲 속에서도 단연 돋보였다. 제일 오래된 빅트리 한 그루가 전망 좋은 산마루 위에 위용을 드러낸 채 서 있으면 마치 이 숲을 관장하는 신처럼 보인다.

나는 서둘러 야영지로 돌아와, 노새 브라우니의 등에 짐을 실은 뒤 갈림길을 지나 프레즈노 숲의 심장부로 내려갔다. 잔디가 적당히 자란 시냇가의 한쪽을 야영지로 선택한 나는 차 한 잔을 타 들고 처음 대면한 갈색의 멋진 거목들 사이를 거닐며 자유를 만끽하기 시작했다. 첫 번째로 나의 관심을 끈 것은 광범위하게 퍼져 있는 비탈들이었다. 시냇물이 흐르는 옆으로 땅이 15미터 정도의 깊이로 무너져 내려 있었고, 모든 나무들은 시내 협곡의 바닥까지 내려앉아 있었다. 하지만 소나무, 전나무, 연필향나무(Incense Cedar), 세코이아 같은 대부분의 나무들은 아무 일도 없었다는 듯 손상되지 않은 채 곧게 서 있었다.

무너져 내린 비탈을 따라가며 관찰해 보니, 많은 나무들이 뿌리를 그대로 드러내 놓고 있었다. 그중에는 이전 세대에 속하는 듯한 오래된 나무 등줄기 위에서 자라는 4.5미터 둘레의 세코이아나무도 있었다. 이러한 비탈들은 7~8년 전에 생긴 것으로, 대부분의 빅트리는 피해를 입지 않았을 뿐 아니라 많은 종류의 어린 나무들이 산사태로 인해 새롭게 드러난 토질 위에서 굳건히 자라고 있어서 나는 무척 기뻤다. 이 어린 나무들은 높이가 벌써 2.5~3미터 되었다. 어린 소나무, 전나무, 리보케드루스(Libocedrus) 등은 시작을 함께 하지만 이내 경주라도 하듯 하늘을 향해 왕성하게 뻗어나간다. 무너져 내린 비탈을 따라 내려가 보니, 8제곱킬로미터도 안 되는 거친 자갈 땅 위에 어린 세코이아나무들이 536그루나 자라고 있었다.

프레즈노 숲의 빅트리는 약 37제곱미터의 면적을 뒤덮고 있었다.

나는 모든 나무들을 조사해 보고 싶은 마음에 숲 전체를 헤매고 다녔다. 그러던 중 울창한 수목으로 둘러싸인 덕에 풍화에 시달리지 않은 아주 멋진 오두막집을 하나 발견했다. 갓 베어낸 나무에서 나오는 송진과 발삼향이 그대로 느껴졌다. 도대체 누가 이런 멋진 오두막집을 지었을까 궁금해하며 앞으로 다가가니 문 옆에 놓인 의자에 앉아서 책을 읽고 있는, 지친 눈동자에 사색적이고 백발이 성성한 한 노인이 보였다. 그는 낯선 사람에게 자신의 은둔생활이 발각되었다는 사실에 적잖이 놀라는 듯했다. 나는 놀라지 않아도 된다고 말한 뒤 나 자신을 세코이아나무를 연구하기 위해 산속을 헤매는, 나무를 사랑하는 사람이라고 소개했다. 그러자 그는 나를 반갑게 맞이했으며, 오두막집 옆의 경사진 작은 풀밭에 노새의 쉼터와 야영지를 마련해 주었다. 그리고 내 연구에 참고가 될 만한 많은 진기한 이야기를 들려주고 자신이 좋아하는 나무들을 보여 주었다.

저녁식사를 마치고 어둠이 내릴 무렵, 이 선한 은둔자는 광산 생활에 대해서 말해 주었다. 그의 이야기는 골드러시의 초기와 비슷해 산악 지형의 오름내림처럼 흥망성쇠로 가득했다. 그는 자신 또한 '49'(Forty-nine) ^{1849년의 골드러시에 들떠 캘리포니아로 몰려간 사람}이며, 시에라 산맥의 대부분을 헤매고 다니면서 마치 수심을 재는 선원처럼 시굴을 하거나 온 힘을 다해 새로운 물줄기를 만든 뒤 금을 찾기 위해 수많은 자갈과 조약돌을 걸러냈다고 한다. 그렇게 인생의 좋은 시절이 덧없이 흘러갔고, 자신도 모르는 사이에 인생의 황혼이 내리기 시작했던 것이다. 결국 건강과 황금은 사라졌고, 그는 병든 사슴이 홀로 숲으로 기어 들어가듯 숲에 은둔한 채 하늘의 부름을 기다리고 있다고 했다.

처음 황금을 발견했을 때의 환호성은 안타깝게 사라지고, 개미소리처럼 작은 목소리가 인생의 한 단면으로 남아 있노라! 금광의 보이지 않는 이면에는 또 얼마나 많은 인생의 흥망성쇠가 서려 있을까? 그 어디에도 이곳처럼 흥미진진한 사람들의 이야기는 없으리라.

은둔자의 이름은 존 넬더(John A. Nelder)로, 그는 인생 말년의 집으로 숲을 선택한 친절한 사람이었다. 그는 진정으로 자연을 사랑했고, 인생의 황금빛이 사라져 가는 황혼기를 보내기에는 자연이 최상의 장소라는 사실을 알았다. 새, 다람쥐, 식물 등과 어울리고 사랑하면서 살아가는 그의 모습과, 고요한 숲 속에서 그가 침묵만으로 어떻게 자연과 교류하는지를 관찰하는 일은 즐거웠다. 오두막집 근처에 보초를 서듯 서 있는 나무들을 바라보는 그의 눈은 빛나고 있었다. 먹이를 주려고 부르자 다람쥐와 산메추라기가 다가왔다. 그리고 그는 언젠가는 하늘 끝까지 자라 이 숲을 뒤덮으리라는 기대감으로 눈에 의해 휘어진 어린 세코이아나무를 부드럽게 어루만졌다.

그가 아끼는 큰 나무 가운데 한 그루가 오두막집에서 뒤쪽으로 조금 떨어진 곳에 있었다. 그는 크기와 규모 면에서 이보다 더 큰 나무가 숲 속에 있는지 내기를 하자면 할 수 있다며 의기양양하게 나를 안내했다. 나무 둘레가 8미터나 된다는 사실만으로도 그의 말이 결코 과장이 아님을 알 수 있었다. 하지만 내가 마리포사의 그리즐리 자이언트(Grizzly Giant)가 훨씬 더 크다는 사실을 말해 주자 그는 실망하는 듯했다. 그래서 나는 이 나무가 훨씬 멋지게 자랐으며, 이곳의 환경이 훨씬 더 좋다는 말로 그를 위로했다.

다음으로 그는 현존하는 다른 세코이아나무보다 규모 면에서 훨씬 컸을 것으로 추정되는 거대한 나무 둥치의 잔해가 있는 곳으로 나를 안내했다. 오랜 세월 풍화에 노출된 채 습기 가득한 땅에 나뒹굴었을 텐데도, 나무는 여전히 본래의 모습을 그대로 간직하고 있었다. 실제로 세코이아 목재는 한창 때의 빨간 장미처럼 아름다운 색깔을 지닐 뿐 아니라, 거의 반영구적일 정도로 견고하다. 화강암 위에 빅트리 통나무로 집을 지으면, 그 집은 주춧돌만큼이나 오래 갈 것이다. 불이야말로 세코이아 목재에 영향을 미칠 수 있는 유일한 요소다. 그 나무 둥치 잔해는 380년, 아니 그보다 3배나 긴 세월 동안 축축한 숲 바닥에 버려져 있었던 것 같았다. 그래서 잔해에서 표본을 채취해 조사해 보니 색깔, 강도, 견고함 면에서 살아 있는 나무에서 베어낸 샘플에 결코 뒤지지 않았다.

이 나무의 나이는 다음과 같은 식으로 추정할 수 있었다. 먼저, 표본으로 채취한 나무가 땅에 쓰러지면서 길이 60미터에 깊이 1.5~1.8미터의 도랑 같은 웅덩이가 생겼다. 웅덩이의 중간쯤을 보니, 일부가 불에 탄 흔적이 있는 세코이아나무 몸통에서 1.2미터 둘레에 수령이 380년 정도 됐을 듯한 은빛 전나무가 자라고 있었다. 이것은 세코이아나무가 쓰러진 지 380년 정도 되었음을 의미하며 여기에 불에 탄 흔적이 남아 있는, 정확한 수명을 알 수 없는 세코이아나무의 나이를 더하면 대충 쓰러진 나무의 수령을 추정할 수 있다.

세코이아나무의 몸통은 단 한 번의 산불로 사라지지 않기 때문에 아마도 상당한 간격으로 불이 났을 것이다. 그리고 세코이아나무가 쓰러지면서 만들어낸 웅덩이들은 종종 오랫동안 아무것도 자라지 않는 불모지로 남기 때문에 문제의 세코이아나무는 땅 위에 1000년

이상 누워 있었음이 분명했다. 유사한 자취들은 비슷한 특징들을 지니게 마련이다. 그래서 쓰러진 제왕의 뿌리 뭉치, 도랑 같은 큰 웅덩이 등은 빙하시대 이후 세코이아 종(種) 분포의 역사를 알 수 있는 단서를 제공한다.

이 숲에서 제일 흥미로운 모습 가운데 하나는 나무들이 각자 안락하고 강인하며 편안한 모습으로 자신의 자리를 확고하게 잡은 채 자라고 있다는 점이었다. 이제 막 싹을 튼 묘목, 어린 나무, 중년의 나무들이 우리는 영원히 함께하리라고 다짐이나 한 듯 고목들 주위에 무리를 지어 모여 있었다. 그리고 "천지만물이 모두 우리 편인 만큼 우리는 영원하리"라고 말하고 있었다. 하지만 이와는 대조적으로 사람들은 세코이아나무 옆에 커다란 제재소를 세우고 수로를 만들었다. 이 모습만 봐도 얼마 안 있어 광범위한 파괴가 이루어질 것임을 알 수 있었다.

솔방울 속이나 때로는 세코이아나무 몸통과 뿌리 밑동에는 물에 잘 용해되어 멋진 자주색을 만들어내는 검정 모래 같은 물질이 들어 있다. 이 물질은 강력한 수렴제로, 인디언들은 주요 의약품으로 사용한다. 넬더 씨가 이 물질로 만든 잉크를 견본으로 주었는데, 한번 써보니 부드럽고 색도 선명해서 무척 좋았다. 나무는 정말 버릴 것이 하나도 없는 존재다.

이토록 흥미로운 나무들이 가득 한 북쪽 산림에서 일주일 정도밖에 머물지 못했다. 눈이 내리는 가을이 오기 전에 더 봐야 할 곳이 많았기 때문이다. 은둔자 넬더 씨는 나의 작업이 끝나면 자신과 함께 겨울을 보내자며 끈질기게 설득했다. 하지만 브라우니를 주인에게 돌려줘야 하고 다른 해야 할 일들도 남아 있었다. 그래서 나는 요세미티로 돌아가는 길에 들러 하룻밤 묵으면서 숲 속의 새로운 소식들을 전해 주겠다고 약속했다.

　그 다음 2주일 동안은 샌와킨의 넓은 분지에서 수많은 산마루를 오르내리며 울창한 소나무와 전나무 지대를 조사했다. 하지만 킹스 강의 북단 가운데 하나인 딩키 크리크(Dinky Creek)의 반대편 분지가 있는 경계를 건널 때까지는 쓰러진 세코이아나무의 잔해조차 볼 수 없었다. 이 강의 근처에는 수년 전 두 사냥꾼이 부상당한 곰을 쫓아서 들어왔다가 발견했다는 작은 숲이 하나 있었다.

　딩키 크리크의 지류 가운데 하나인 개울을 막 건너자마자 목동을 한 명 만났다. 그에게 당신의 이웃인 빅트리에 대해 혹시 알고 있는 것이 있느냐고 물었다. 그러자 목동은 "알고말고요, 양들에게 먹이를 주려고 며칠 전 그곳에 다녀왔습니다"라고 대답하는 것이 아닌가! 그는 동부에서 막 도착한 신참내기인 데다 이번이 시에라에서 보내는 첫 여름이라고 했다. 나는 그가 세코이아 숲을 보고 어떤 인상을 받았는지 몹시 궁금했다. 그래서 빅트리가 사람들이 말하는 것처럼 그렇게 크냐고 묻자 목동은 "네, 고래만해요. 캘리포니아 나무들이 엄청 크다는 말을 들었을 때는 반신반의했지만, 실제로 보니 정말 괴물처럼 거대하고 크더라고요. 그 가운데 하나는 세계에서 제일 큰 나무인데, 내 보폭으로 40걸음 정도의 길이였어요. 말 그대로 빅트리였지요"라며 열정적으로 대답했다. 그 목동은 진지할 뿐 아니라 신념에 가득 차서 내가 놓칠 뻔한, 세계에서 제일 큰 나무가 있는 숲으로 안내해 주겠다고 했다.

많은 우수한 종의 나무들이 작은 3개의 개울 지류를 따라 분포해 있었다. 그곳에서 적당한 크기의 세코이아나무 몇 그루를 봤다. 갈라진 틈 사이로 물기를 찾아 멀리까지 뿌리를 뻗치는 소나무나 전나무와 달리, 이 세코이아나무들은 깊은 땅속이 아니라 화강암 바위 턱에 착 달라붙어 자라고 있었다.

뒤엉킨 수목과 꽃밭 사이로 매우 맑고 아름다운 시냇물이 부드럽게 흘렀고, 유쾌한 벌과 나비는 주위에서 먹이를 찾고 있었다. 세코이아 숲은 1년 내내 흐르는 맑은 물을 거대한 나무의 이끼와 잎, 그리고 수만 개의 잔뿌리기를 통해 한 방울 한 방울 빨아들이고 있었다. 이 숲에서 제일 흥미로운 광경은 꽃과 양치식물이 만발한 발아래로 깨끗한 물이 넘쳐나는 작은 폭포였다. 그 야생의 노랫소리가 어찌나 즐겁고 달콤하던지! 깊은 계곡에서 억눌려 있던 강물의 거센 소리가 숲에 이르면 그 소리는 어느새 파도와 바람소리 같은 아름다운 노랫소리로 변했다.

킹스 강의 계곡을 1.5킬로미터 정도 들어가기 전까지 나는 나무덤불과 꽃밭을 수 킬로미터 지났고, 셀 수 없이 많은 개울을 건넜으며, 협곡과 계곡을 기어올랐고, 때로는 미끄러운 바위를 아슬아슬하게 건넜다. 그리고 마침내 인내심 강한 노새와 함께 수평선 너머로 펼쳐진 선명한 산 정상들의 환영을 받으며 장엄한 남쪽 세코이아 숲에 들어섰다.

나는 하루 반 만에 올드 토마스 밀 플랫(Old Thomas' Mill Flat) 근처의 세코이아 숲에 도달했다. 그곳에서 북동쪽으로 가자, 동쪽으로 볼더 크리크(Boulder Creek)까지 뻗어 있는 빅트리들이 너비 3.2킬로미터, 길이 9.6킬로미터의 거대하고 울창한 숲을 이루고 있었다. 그 곳에서 엿새간 머물렀는데 수많은 묘목, 어린 나무, 거목들이 기후와 토양, 그리고 주위의 훌륭한 이웃들과 어울리면서 어찌나 편안히 자리 잡고 번창해 있던지, 그 모습에 절로 기뻤다.

옹대한 숲에는 감춰진 초원들이 많은 법이다. 그곳 주위에는 빅트리들이 위용을 드러낸 채 하늘에서 둥근 지붕을 이루며 아름답고 촘촘하게 들어차 있었다. 프레즈노나 딩키 숲에서보다 더 많은 어린 묘목들이 아름답게 무리를 지어 따로 떨어져 있거나 오래된 거목들 주위에 모여 왕성하게 자라고 있었다. 낙뢰도 이겨낸 백전노장들에게 경의를 표하는지, 고목들 주위에는 어린 나무들이 자랐다. 이 어린 나무들은 내가 말로 표현할 수 없는 그들만의 방법으로 장엄하고 웅장한 선배들의 모습에 경의를 표하고 있었다.

묘목은 1.5~1.8미터의 둘레에 15~30미터의 높이가 되어도 크기 면에서 여전히 어린 나무처럼 보였다. 어린 묘목의 습속이나 모습은 실제 크기를 완전히 감추고 있어서 오랫동안 관찰해 온 경험자나 나무를 측정하는 일반적인 방법을 잘 아는 사람만이 실제 크기를 어림 짐작할 수 있었다. 어느 날 아침, 초원의 귀퉁이에서 가느다랗고 우아하지만 무척 빠른 속도로 자라는 세 그루의 어린 빅트리를 찾았다. 그 나무들을 측정해 보니, 제일 큰 것은 놀랍게도 둘레가 1.65미터, 높이가 무려 45미터나 되었다.

12.5제곱미터나 되는 모래땅에 4그루의 사탕소나무가 자라는 그 곳에서 원기 왕성한 어린 세코이아 묘목을 94그루나 셀 수 있었다. 이는 세코이아나무가 주위 나무들에게 확고한 지지를 받으며 자란

274

다는 하나의 예라고 할 수 있었다. 이외에도 나는 산불로 새로운 묘목들이 잘 자랄 수 있는 준비를 끝낸, 2000제곱미터도 되지 않는 대지에서 30~1500센티미터에 이르는 86그루의 어린 나무들을 찾아냈다. 산불이 작은 숲을 울창한 떡갈나무 덤불로 바꾸어 놓았다. 이는 나무의 생명을 끊어 놓는 제일 큰 원인인 산불이 때로는 새로운 나무들이 자라기에 쾌적한 장소를 만드는 효과적인 수단이라는 사실을 잘 보여 주었다. 물론 동물들이 땅을 파거나 산불, 홍수, 산 산태 같은 다른 환경적 요소들의 도움 없이도 오래된 나무가 쓰러져 썩으면 끊임없이 기름진 토양이 만들어진다. 나무가 쓰러지면서 땅을 뒤집어 놓는데, 이때 생긴 토양의 틈 사이로 씨앗들이 잘 비집고 나올 수 있도록 나무는 쓰러지면서 그늘진 고랑을 만들어 놓는다.

위에서 언급한 대로 킹스 강의 세코이아나무 가운데 가장 오래되고 큰 것은 45미터 정도 되는 웅대한 덩어리로, 솟아오른 뿌리가 무려 10.5미터나 되고 껍질 두께가 10.7미터에 수령은 4000년이 넘었다. 밑동의 반 정도는 산불로 거의 전소되었지만, 새까맣게 탄 껍질을 벗겨낸 뒤 가운데까지 파 들어가 돋보기로 나이테를 조사하는 일에만 하루가 걸렸다. 의심 없이 4000년이 조금 넘는 나무였다. 하지만 불에 탄 부분 가운데 아직 회복되지 않은 데가 있어서 정확한 나이는 계산할 수 없었다. 불에 타고 남은 부분으로 판단하건대, 껍질이 타기 전에 이 나무는 상하 좌우로 완벽한 대칭을 이루고 둘레는 거의 12미터나 되었을 것이다. 불이 난 이후 1672년간 이 나무의 둘레는 3미터나 늘어났다.

이곳에서 남쪽으로 얼마 멀지 않는 곳에 아름다운 작은 숲이 있는

데, 지금은 제너럴 그랜트 국립공원(General Grant National Park) 안에 포함되어 있다. 그곳에서 나는 벌목 마차도로를 이용해 이 거대한 나무들에 쉽게 접근한 뒤 벌목 작업을 벌이는 수많은 숲의 파괴자들을 만났다. 국립공원은 겨우 5.2제곱킬로미터의 크기다. 그곳에 있는 멋진 나무 가운데 제일 큰 것은 제너럴 그랜트(General Grant)로, 내가 방문하기 28년 전에 이름이 붙여졌다. 바위 사이로 붉거져 나온 둘레는 9미터가 조금 안 되었지만, 세계에서 제일 큰 나무로 알려져 있다. 생어(Sanger) 제재회사는 국립공원 밖에 있는 킹스 강의 숲을 거의 다 소유하고 있었다. 그래서 제재소는 오랫동안 아무런 거리낌이나 죄책감 없이 숲을 황폐화했다.

산림 파괴자 가운데 어떤 한 사람은 나를 '제너럴 그랜트보다 더 크고 늙은 그루터기'라고 불렀다. 둘레가 9.5미터나 되는 검게 탄 이 덩어리는 위에서 언급한, 최고로 큰 빅트리 다음으로 크다는 사실이 증명되었다.

나는, 드라이 크리크(Dry Creek)를 지나 어느 한 지류에 자리 잡은 하이드 제재소로부터 멀지 않은 곳까지 빅트리가 자라고 있다는 사실을 알았다. 개울의 남쪽 방향에 위치한 산등성이는 정상 지점이 어린 묘목들과 거대한 빅트리들로 뒤덮여 있었다. 그 모습이 정말 장관이었다. 여러 산림을 돌아다녀 봤지만, 이런 장관은 그야말로 처음이었다. 한 그루 한 그루의 거대한 나무가 아름답고 올곧게 자란 모습은 완벽했으며, 그 나무들은 경사진 산 위에서 하늘을 향해 겹겹이 솟아올라 당당한 모습으로 서 있었다. 그 모습은 마치 맑은 하늘에 으스대듯 한껏 부풀어 떠 있는 뭉게구름 같았다.

276

이 웅장한 숲 속에는 아직 규모가 작지만 얼마 안 있어 생산량이 늘어날 것이 뻔한, 산림 파괴의 주범인 제재소가 바삐 움직이고 있었다. 먼저 쉽게 접근할 수 있는 작은 나무들부터 벌목되었다. 둘레가 90~360센티미터에 이르는 통나무들이 황소들의 등에 묶인 긴 줄에 끌려간 뒤 자동 활송(滑送) 장치에서 경사진 산비탈을 타고 제재소로 보내졌다. 그럼 이 거대한 나무들은 제재소에서 적당한 크기로 쪼개졌다. 목재는 잘 부러지기 때문에 고르지 않은 땅에 떨어지거나 부주의하게 다루면 쉽게 부러지게 마련이다. 그런 탓에 목재의 4분의 3 또는 반 정도가 그냥 버려졌다.

나는 이곳에서 산등성이를 조사하거나 벌채로 생긴 개간지에 산더미처럼 쌓여 있는 나무 밑동의 나이테를 세며 여러 날을 보냈다. 그러다가 가방에 먹을 것을 채워 넣고 남쪽으로 발길을 옮겼다. 광활한 카워어(Kaweah) 분지에서 툴레(Tule) 강까지 전 지역에서 세코이아나무가 절정을 이루고 있었다. 빙하가 이루어 놓은 지형도에 맞춰 거대한 산이 오르락내리락하면서, 95~110킬로미터에 이르는 세코이아 산림지대를 거의 연속적으로 만들어내고 있었던 것이다.

하루하루 숲에서 숲으로, 계곡에서 계곡으로 구불구불한 길을 따라 걸었다. 어떤 길은 무척 험해서 노새 브라우니에게는 고욕이었지만, 그래도 나는 어디를 둘러봐도 빅트리 천지여서 무척 즐거웠다. 나와 브라우니는 그림 같은 레드우드 크리크(Redwood Creek)를 건너 웅장한 수림이 가득한 카워어 분지의 노스 포크(North Fork)와 마블 포크(Marble Fork)에 들어섰다. 그곳에는 하얀 물거품을 일으키는 크고 작은 폭포들이 햇빛을 받아 아름다운 장관을 연출하고 있었다. 거기에서 우리는 마블과 미들 포크(Middle Fork)의 분기점에 자리 잡은 웅장한 산림 지대로 올라갔다. 나는 세코이아 숲에서 가장 훌륭한 지역으로 일컬어지는 카위어 분지를 탐험한 다음, 이곳을 '자이언트 (Giant) 숲'이라고 이름 붙였다.

해가 질 무렵, 이 장엄한 대자연으로 들어서니 불그레한 나무들이 마치 태양의 움직임에 따라 종교 의식을 거행하는 듯 엄숙함을 드러냈다. 이 엄숙함 때문에 이곳을 지나는 사람들의 걸음걸이는 조심스러울 수밖에 없었다. 나는 모든 것이 숭고한 곳에서 그보다 더 숭고한 나무들을 만났다. 그리고 마치 대형 홀 같은 숲 속에서 인간의 영혼을 흔드는 듯한 신성함과 엄숙함에 압도되어 이곳저곳을 헤매고 다녔다. 해가 지면 나무들은 예배를 마치고 다시 자유의 시간을 갖는 듯했다. 새들이 집으로 돌아가는 소리도 들렸다.

나 또한 양옆으로 보초를 서듯 도열한 나무 사이로 길게 나 있는, 시야가 확 트인 평평한 초원의 한 귀퉁이에서 하룻밤 묵을 곳을 찾았다. 그곳에서 제일 먼저 마블 캐니언(Marble Canon)을 건너 비탈길을 오르내리느라 힘든 하루를 보낸 불쌍한 노새 브라우니의 거처를 좋은 자리에 마련해 주었다. 그리고 나의 침상을 만들고 저녁식사를 마친 뒤 잠자리에 누운 채 우뚝 서 있는 나무들 사이로 빛나는 별들을 올려다봤다. 짧은 시간이 지나고, 나는 벌떡 일어나 희미한 별빛 속에 우뚝 서 있는 나무들을 보기 위해 숲으로 들어갔다. 나무들은 마치 별들 사이로 거대한 머리를 깊숙이 밀어 넣고 있는 듯했으며, 그 모습이 대낮보다 더욱 장대하고 커 보였다. 어떤 나무는 아름다운 꽃처럼 나뭇가지에 불꽃을 피운 채 근처 나무의 커다란 갈색 줄기, 작

278

은 식물, 옥수수, 그리고 발아래의 낙엽을 비출 정도로 환한 빛을 내뿜고 있었다. 이 불빛 쇼는, 내가 브라우니를 위해 끝없는 숲에 오솔길을 만드는 꿈을 꾸고 깊은 잠에 떨어질 때까지 계속되었다.

새들의 경쾌한 지저귐이 새벽을 환영했다. 열매들이 한창 익어 가는 요즘, 다람쥐는 겨울에 먹을 식량을 저장하기 위해 서둘러 열매를 따야 했기 때문에 해가 뜨기 전부터 하루 일과가 시작되었다. 나도 차와 빵 한 조각으로 아침식사를 마치고, 지쳐 떨어진 브라우니에게 먹을 것을 남겨둔 채 연구 조사를 위해 숲 속으로 들어갔다.

어디를 둘러봐도 세코이아나무가 숲을 지배하고 있었다. 거대한 침엽수들이 여기저기에 모습을 드러내고 있었지만, 세코이아나무의 경쟁자가 되지 못했다. 침엽수는 그저 숲을 울창하고 풍요롭게 할 뿐이었다. 이전 연령대의 나무들이 돌투성이의 산등성이뿐 아니라 빙퇴석 지질의 경사면을 뒤덮고 있었고, 개울과 초원지대마다 거대한 나무줄기들이 자라고 있었다. 킹스 강의 북쪽으로는 습지와 초원이 드물었다. 시냇물과 햇살이 부드럽고 화려한 들판을 맑고 기름지게 만들듯이, 광활한 숲 속 한가운데에 높이 솟은 산마루 분기점의 넓은 꼭대기에는 세코이아나무들이 일련으로 아름답게 서서 산을 풍요롭게 만들었다.

해가 하늘 높이 떠올랐을 때 제일 아름다운 나무 위에 올라가 휴식을 취하면서 전경을 바라보니, 이 세상의 어떤 숲도 이에 비할 수 없을 듯했다. 1.5킬로미터 정도 뻗어 있는, 꽃이 만발한 푸른 잔디는 갈색, 노란색, 자주색을 띤 채 달콤한 가을 햇살에 무르익어 갔다. 그리고 시냇물이 흐르는 양옆으로는 푸른 선들이 무늬를 이루고 있었으며, 여기저기에 레둠(Ledum)과 주홍빛 백신이엄(Vaccinium) 꽃밭이 수를 놓고 있었다. 또한 가장자리를 따라 마치 물감을 뿌려 놓은 듯 펼쳐진 진달래와 버드나무는 주황색을 띠었고, 붉은 산딸기는 선명하면서도 시원한 모습으로 자리 잡고 있었다. 푸른 나무는 높이가 90 미터에 이르고 갈색의 나무줄기는 하늘을 지탱하듯 두꺼워서 무척 강인해 보였다. 또 무성한 잎은 약간 위쪽으로 둥글게 부풀어 있었다. 특히 어린 나무의 검푸른 잎과 늙은 나무의 노란색 잎이 어우러져 그늘 속에서 여러 모양의 어두운 색조를 만들어냈다. 울퉁불퉁한 팔을 펼치고 조금 앞으로 나와 있는, 벼락을 맞은 한 늙은 나무는 잿빛과 노란 이끼로 뒤덮인 채 잎 하나, 가지 하나도 모두 완벽하게 보이는 어린 나무의 무리에 둘러싸여 있었다.

카위어 초원의 전경은 오후가 제일 아름다웠다. 시시각각 변하는 해의 움직임에 따라 카위어 초원의 색상도 더욱 깊어지고 붉어졌다. 그 와중에 나무들은 이곳에 마치 조물주가 임재하고 있는 듯 더욱 종교적인 모습을 드러냈다. 이런 전경 속에서 자유인은 마음껏 자유를 즐겼고, 결코 잴 수 없는 시간은 말 없이 흘러갔다. 나 또한 무아경지에 빠져서 그저 서 있거나 각 나무의 특색들을 조사할 뿐이었다. 그리고 나는 나무들이 어떻게 어우러져 여러 색상을 만들어내는지를 살피기 위해 관찰 지점을 이리저리 바꿔 가며 숲을 돌아다녔다. 그러면서 지금까지 다른 사람들은 꿈조차 꿔 본 적 없는 대자연의 영원불변한 활기와 아름다움을 만끽했다.

그런데 갑자기 쿵 하는 둔탁한 소리가 들렸고, 그 순간 나는 주술에서 깨어났다. 초원의 저 멀리 끝자락에서 사람과 말의 무리가 시야에 들어왔다. 슬프게도 초원은 말의 무리와 잘 어울리지 않았다. 오히려 거대한 곰이나 마스토돈(Mastodon)^{코끼리와 같은 고대 동물} 또는 메가테리움(Megatherium)^{고대 동물로 지상에서 가장 큰 느림보 종류}이 이 오래되고 광활한 초원에 더 어울릴 것 같았다. 그래도 외로운 방랑 중에 같은 종족을 만나면 무척이나 즐겁고 기쁘다. 나는 그들이 나를 볼 수 있는 곳으로 나가서 소리쳤으며, 말의 주인은 헐떡이는 야생마를 세운 뒤 내가 다가오길 기다렸다. 그는 너무 놀라서 아무 말도 하지 못하는 듯했다. 내가 "이런 외로운 산중에서 산사람을 만나니 반갑습니다"라고 말하자, 그는 비로소 "여기에서 뭘 하고 있습니까? 어떻게 여기까지 들어올 수 있었습니까?"라고 물었다. 나는 "요세미티에서 계곡을 건너 이곳까지 왔습니다. 그리고 지금은 나무들을 조사하고 있습니다"라고 대답했다. 그러자 놀랍게도 그는 "그럼 혹시 당신이 존 뮤어입니까?"라고 물었다.

그는 말들에게 푸른 초원의 먹이를 먹이기 위해 산 아래에서 말의 무리를 몰고 거친 산길을 지나 이곳에 왔다고 했다. 배낭에 고작 빵 부스러기만 남아 있던 나는 그에게 "먹을 것이 다 떨어져서 그러는데, 빵을 좀 얻을 수 있을까요?"라고 물었다. 그는 "네, 물론 나눠 드릴 수 있습니다. 제가 온 길을 따라 3.5~5킬로미터 정도 내려가면 초원 옆에 있는 크고 허름한 통나무집이 보이는데, 그곳이 제 야영지입니다. 저는 길 잃은 말을 찾아야 합니다. 하지만 저녁 무렵에는 돌아갈 수 있을 겁니다. 그동안 그곳에서 편히 쉬고 계십시오"라고 말한 뒤 말의 무리를 몰고 북쪽으로 사라졌다.

나는 내 야영지로 돌아와 노새 브라우니의 등에 짐을 실었다. 오후 3~4시 무렵, 나는 산불로 쓰러진 세코이아나무의 웅덩이에 위치한 그의 멋진 오두막집을 발견했다. 꽤 널찍한 그 오두막집은 통나무로 만들어졌다. 비록 오래되었지만 막 지은 듯 깨끗했고, 돌로 지은 성보다 더 오래가고 비바람이나 지진에도 까딱없을 것 같았다. 게다가 왕의 것보다 더 화려한 정원과 숲까지 갖추고 있었다. 브라우니는 풍부한 먹이를 찾아냈고, 나는 빵을 발견했다. 나는 활짝 열려 있어서 한눈에 들어오는 주위 경관을 즐기며 빵을 먹었다.

얼마 지나지 않아 선한 사마리인이 들어왔다. 그는 바쁘게 저녁식사를 준비하면서 자신이 관찰한 나무, 동물, 그리고 모험 등에 관한 이야기를 들려주었다. 나는 그의 이야기를 들으며 휴식을 취했다. 그는 빅트리의 분포에 대한 나의 질문에 대답하면서, 우리가 지금 머물고 있는 숲에 대한 특별하면서도 많은 정보를 전해 주었다. 어디까지인지는 모르지만 빅트리는 남쪽 멀리까지 뻗어 있다는 사실도 알려 주었다.

나는 이곳에 머무는 며칠 동안 주변을 돌아보고, 나무의 크기를 재고, 주위 경관을 살펴보기 위해 제일 높은 나무 위에 올라가고 하면서 야영지의 반경 9.5~11킬로미터 안을 두루 탐사했다. 세코이아나무의 꼭대기가 갈림길의 남쪽에서부터 멀리까지 아련하게 뻗은 뒤 깊은 계곡 속으로 희미하게 잠겨 들어가는 모습이 눈에 들어왔다. 여행을 시작한 지 한 달이 넘었기 때문에 겨울이 곧 닥치면 눈이 내려 나의 연구 조사가 방해받지 않을까 걱정되었다.

'만들어낼 길조차 없다' 라는 말은 어떻게 할 도리가 없을 때 흔히 인용된다. 특히 노새와 함께 계곡을 건너 여행하는 시에라 탐험자에게는 이 오래된 금언이 의미심장할 수밖에 없었다. 숲에는 빙하로 인해 생긴 눈에 띄는 길, 사람이나 동물이나 새들이 지나다니는 길, 사람이 탄 마차가 만든 길들이 있게 마련이다. 하지만 산맥을 따라 자연적 또는 인공적으로 만들어진 길이 없어서 빙하에 의해 생긴 비스듬히 기울어진 길을 따라 여행할 수밖에 없는 탐험자들은 끝없이 뻗은 계곡과 산마루를 통과해야 했다.

계곡과 산마루는 셀 수 없이 많은 깎아지른 절벽과 거친 떡갈나무 더미로 인해 험하기 이를 데 없었다. 물론 나는 어떤 길이라도 쉽게 다닐 수 있었다. 하지만 브라우니는 강인하고 노련하긴 해도 지쳐 있을 때는 도움을 필요로 했기 때문에 나는 더 많은 작업을 해야 했다. 브라우니는 처음에는 거친 편이었지만 지금은 많이 길들어져서 풀어놓아도 달아나지 않았다. 하지만 측은한 모습으로 나에게 매달리듯 달려들 때는 마치 어려움에 처한 착한 소년 같아서, 나는 애착심을 가지고 그놈을 도울 수밖에 없었다. 그럼 브라우니의 고통은 줄어들었다. 우리는 세코이아 숲에 사는 친절한 원시인에게 작별을 고한 뒤 다시 대자연 속으로 들어갔다. 그리고 산봉우리 꼭대기에서 세코이아나무가 손짓으로 가리키는 남쪽 길로 서서히 내려갔다.

카위어 초원의 중앙과 동쪽 사이 갈림길 숲에서 대형 산불을 만났다. 산불은 수목 분포에 큰 영향을 미칠 정도로 중요한 관리자 구실을 하기 때문에, 나는 이번 산불이 세코이아나무에게 어떤 식으로 영향을 미치는지를 알아보기 위해 그 자리에 멈춰 서서 바라봤다. 노도 같은 불길은 뜨거운 열기로 이스트 포크(East Fork)의 가파른 경사를 덮고 있던 떡갈나무 덤불을 태우며 올라갔다가, 푸른 수목을 잡아먹으면서 언덕을 내려갔다. 빨간 불길은 단숨에 숲을 삼킬 듯 전 지역으로 퍼져 나갔다. 그리고 이제는 하늘로도 올라가려는 듯 공중으로 뻗쳐 나가더니, 다시 아래로 고개를 돌려 붉은 날개를 퍼덕였다. 연기는 이 모든 사실을 감춘 채 점잖고 한가롭게 피어올랐다. 걷잡을 수 없었던 불길은 울창한 숲에 이르자 호수에 들어선 급류처럼 평평하면서도 완만한 속도로 진땅의 나무 밑으로 기어 들어가 번지면서, 2.5센티미터 정도의 높이로 쌓인 솔잎과 나무껍질 더미를 조금씩 잡아먹었다. 그러자 여기저기 너부러져 있던 작은 덤불과 마른 나무의 밑동들이 타오르기 시작했다. 이후 어느 정도의 시간을 두고 격렬한 불길이 솟아올랐다. 그곳에는 내리는 눈의 힘에 눌려 부러진 나뭇가지가 상당히 많이 쌓여 있었으며, 번개에 의해 부러진 거대한 나무들이 덩어리째 놓여 있었다.

나는 먼저 브라우니를 안전한 시냇가 옆의 작은 풀밭에 매어 두었다. 그리고 불에 타고 있는 나무가 쓰러져도 꿈쩍하지 않을 만큼 견고하고 큰 나무의 공동(空洞)을 야영지로 정한 뒤 그 안에 양치류와 나뭇가지로 침상을 만들었다. 그날 밤, 무척 아름답고 멋진 야생의 기묘한 불꽃 때문에 잠을 잘 수가 없었다. 시에라에서는 불길에 쫓겨 갇힐 위험이 전혀 없었다. 설령 바람이 불더라도 울창한 로키 산에 있는 숲이나 오리건 주와 워싱턴 주에 걸쳐 있는 케스케이드(Cascade) 산의 숲에서처럼 불길이 전 지역을 덮치는 일은 결코 일어나지 않기 때문이다. 이곳에서 불길은 조용히 나무에서 나무로 스며들기 때문에 가까이에서 관찰하기도 쉽다. 단, 타고 있는 거대한 나무에서 떨어지는 큰 가지나 옹이에 맞지 않도록 조심해야 한다.

284

연구 조사는 낮 시간에 하는 것이 제일 좋지만, 나는 고독한 어둠 속에서 펼쳐지는 생생하고 멋진 광경에 매혹당해 밤새도록 숲 속을 헤매고 다녔다. 구불구불한 오솔길을 따라 번져 가는 불길은 납작하게 눌린 낙엽들을 조금씩 먹어 들어가다가 연기를 피웠다.

바싹 마른 잔가지들에서 피어오르던 연기는 수천 개의 벌건 혀를 내밀기 시작했다. 불길은 풀, 나무, 덤불 등 여기저기에서 덩실덩실 춤을 추며 하늘로 솟아올랐다. 수북이 쌓인 잔가지, 서로 뒤섞여 있는 무직한 마른 가지가 바람의 힘을 받아 '확' 불꽃을 피웠다. 그러자 불쑥 튀어 나온 나무뿌리와 주변에 함께 자라고 있던 나무들 사이에서 커다란 불길이 솟아올랐다. 비탈진 구릉에서는 통나무가 벌건 쇠뭉치처럼 타고 있었다. 키 큰 나무에서는 자줏빛 불길이 홈이 파인 껍질을 따라 타오르고 있었으며, 바싹 마른 나무 끝에 붙은 불길은 횃불처럼 주변을 환하게 비췄다. 때때로 커다란 불길이 솟아올라 주변이 온통 환해졌다. 이제 막 솜털 같은 가지를 벗은 어린 나무들은 한두 번의 불길로 사라져 갔다.

불타는 언덕에서 길이 60미터, 둘레 6미터의 거대한 통나무가 용광로에서 막 나온 쇠뭉치처럼 타오르는 모습은 가장 인상적이면서도 멋진 광경이었다. 껍질과 백목질(白木質)^{나무껍질 바로 밑의 연한 목재}까지 타 버려 쩍쩍 갈라지고 나뭇잎으로 뒤섞여 검게 그을린 나무는 한밤중에 기이하게 보였다. 반복되는 불길은 연기와 불꽃을 감춘 채 무척 빠른 속도로 나무 전체로 번져 나갔다.

또 다른 웅대하고 흥미로운 광경은 밑의 불길과는 완전히 차단된 채 거의 60미터 높이의 거목 꼭대기를 덮고 있던 불길이었다. 이 광경은 마치 망루에서 타오르는 봉화 같았다. 숲의 지붕 위에서 춤추듯 타오르는 불길은 어떻게 보면 수많은 별빛 같기도 했다. 처음에는 이 세코이아 램프들이 어떻게 빛을 발하는지 알지 못했다. 하지만 바로 그날 밤 숲을 돌아다니면서 나는 이러한 현상이 반복적으로 일어나고 있는 광경을 목격했다.

오래된 나무의 두껍고 단단한 껍질은 마디가 없으면서도 홈이 깊게 파여 있다. 그리고 나무가 자랄수록 점점 더 팽창하면서 갈라지는 나무줄기는 까슬까슬한 섬유털로 뒤덮여 있다. 그런데 낮게 깔린 불길이 아름다운 푸른빛을 살랑이면서 나무의 발아래에서부터 기어오르기 시작했다. 불길은 섬유털이 송송 덮여 있는 홈을 따라 마치 나무의 껍질이 번개에 맞아 타는 듯한 소리를 내면서 물이 졸졸 흐르듯 타올라 갔다. 건조한 인디언서머 동안 바싹 마른 낙엽이나 잔가지, 다람쥐들이 갉아먹던 솔방울과 씨껍질은 언제고 발화될 준비가 되어 있었다. 마지막 1~2분 동안 물 흐르듯 빛을 내며 타오르던 불꽃은 내가 본 광경 가운데 최고로 아름다웠다. 그런데 나무 꼭대기에 붙은 불길은 분수에서 물보라가 날리듯 사방으로 불똥을 튀겼다. 이렇게 여러 날 불을 밝힌 뒤에는 벌건 숯덩이가 빗발치듯 떨어졌다. 떨어진 벌건 숯덩이들은 반 톤 정도의 무게가 나갈 것 같은 커다란 나무토막을 태우는 데 불쏘시개 구실을 했다.

단 한 번의 번개로 인해 거대한 노송들 주위에 싸여 있던 부러지고 갈라지고 껍질이 벗겨진 50~100코드(Cord) ^{부피의 단위. 목재의 부피를 계산할 때 쓴다.} ^{1코드는 약 3.6246㎥}의 나무 더미에 붙어 버린 불은 한밤중에 볼 수 있는 또 다른 장관이었다. 불꽃은 300미터 정도 떨어진 곳에서도 뚜렷하게 보일 정도로 강렬했다. 마치 구경꾼인 양 서 있던 나무 주위에서 뿜어져 나오는 광채는 뭐라 말할 수 없을 정도로 인상적이었다. 폭포처럼 포효하듯 타오르던 또 다른 불길은 경사진 언덕에서 눈의 무게를 못 이겨 가지들이 부러져 나간 나무들의 위쪽에서 일었다. 언덕을 타고 내려오는 바람에 의해 상하좌우로 흔들리는 나무 꼭대기는 불길로 인해 고통스러운 듯 몸부림을 쳤다.

무엇보다도 제일 놀라운 현상은 아직도 어린 100~200년 된 세코이아나무가 순식간에 죽어 없어진다는 점이었다. 다른 불길은 비교적 느리면서도 안정감 있게 일었지만, 잎과 가지가 무성한 크고 아름다운 이 어린 나무는 순식간에 타서 없어지고 말았다. 땅에서부터 나무 꼭대기, 그리고 그 꼭대기 위쪽으로 15~30미터 정도 높이에서 바람 한 점 불지 않아도 앞으로 뻗어나가던 한 줄기 연기가 위로 솟구쳐 오르면, 어린 나무는 순식간에 열정적인 불길에 사로잡혔다.

살아 있는 푸른 나무를 태워 버리기 위해서는, 그리고 무성한 잎과 작은 가지에서 가연성 가스가 분출될 정도로 뜨거운 공기가 위로 올라가기 위해서는 나무 밑에서부터 강렬한 불길이 필요하다. 즉, 밑가지에 불이 붙어서 점차 다음 가지로 옮겨 붙는 것이 아니라, 나무 전체가 마치 동시에 폭발하듯이 불길이 번져야 하는 것이다. 심하게 울렁거리며 솟구치는 화염은 가느다란 불길을 날름거리며 60~90미터 위로 뻗어 올라가 몇 초 안에 나무를 삼켜 버렸다. 그럼 푸른 가지는 검게 타고 울퉁불퉁하게 휘어지고 말았다. 불에 타서 쓰러진 나무는 상단부가 약간 높은 쪽을 향해 드러눕는다. 그 이유는 주위에 구르고 있던 부러진 나뭇가지로 인해 불길이 더욱 강렬해져서 나무 상단부가 심하게 탔기 때문이다. 반면, 나무 밑에 쌓여 있던 잎이나 잔가지들은 나무에게 어떤 상처도 입히지 않은 채 금세 타 없어졌다.

푸르고 송진이 없는 세코이아나무는 매우 느리게 타들어 갔다. 그래서 큰 나무를 전소시키기 위해서는 여러 번의 계속되는 화재가 필요한 것이다. 전나무는 몇 년 간격으로 일어나는 화재에도 견딜 수 있다. 즉, 거대한 나무 밑동 주위에 굴러다니던 나무 장작들이 다 타 없어져도 약간의 상처만 입을 뿐이다. 나무는 반복되는 화재로 인해 상처의 깊이가 점차 깊어져 중심부에 이르게 되면 마침내 쓰러지게 되는데, 이때 물론 높은 쪽으로 쓰러진다. 깊숙이 탄 나무의 일부에서 간혹 나무 층들이 회복되기도 한다. 이는 나무가 마지막으로 상처를 입은 뒤 수세기가 지났다는 사실을 증명하는 것이다.

거대한 세코이아나무가 쓰러지면 나무 꼭대기는 번개에 맞았을 때처럼 산산조각이 난다. 이 나무 조각들은 불쏘시개로 매우 유용하게 쓰인다. 반면, 나무줄기는 수세기 동안 날씨와 화재의 영향을 받아 서서히 없어진다. 큰 나무줄기에 남게 되는 가장 흥미로운 화재의 흔적은 말을 전속력으로 달리게 할 수 있을 정도의 커다란 나무 터널이다. 하지만 단단한 나무로 만들어진 이러한 터널 역시 모두 화재로 없어지고 만다.

세코이아나무는 결코 썩어서 없어지는 법이 없다. 나무가 쓰러질 때 연약한 줄기는 톱으로 썬 것처럼 쪼개지고 동강이 난다. 그리고 나무줄기의 갈라진 틈 사이로 불길이 스며들면 부러진 나무의 크기 때문에 날씨와는 상관없이 수주일, 또는 수개월간 타들어 가게 된다. 이때 나무는 빨갛게, 그리고 각기 다른 쪽으로 타들어 간다. 불길

288

은 서로 멀리 떨어진 다른 지점에서 일곤 한다. 그로 인해 바깥쪽의 불길이 잡혀도 중심부 안쪽에서는 계속 불길이 남아 있어서 결국은 깊은 구멍이 생기는 것이다. 그리고 양쪽에서 분출되는 열기로 인해 통나무가 타게 된다. 하지만 구멍의 둘레가 너무 크면 양쪽에서 발산되는 뜨거운 열기로는 나무를 태울 수 없다. 구멍은 나무가 클수록 그만큼 크게 생긴다.

불길은 단지 땅에서 큰 나무를 공격할 뿐이다. 즉, 나무의 발아래 낙엽이나 부식토만 태워 버리기 때문에 주위에 잔가지들이 많이 쌓여 있지만 않다면 나무는 어떤 해도 입지 않는다. 또한 부드럽고 역청투성이인 두꺼운 나무껍질은 강력한 보호막과도 같은 불가연의 갑옷이다. 따라서 오래되고 전혀 상처를 입지 않은 나무는 대부분 평평한 지형에서 발견된다. 반면 떨어진 잔가지들이 주변에 널려 있는 비탈진 언덕의 나무들은 상단부가 늘 깊은 상처를 안고 있기 때문에 앞에서 언급한 것처럼 불에 타서 쓰러지기 쉽다.

제일 가슴 아픈 일은 겨울눈에 눌려서 구부러지고 뒤틀린 많은 어린 묘목들이 더 자라지 못한 채 사라져 버린다는 점이다. 자연이 그대로만 유지된다면 영원할 것 같은 푸릇푸릇한 어린 나무가 순식간에 죽음의 기둥으로 변해 버리는 것이다. 하지만 태양은 오늘도 숲의 지붕 위 하늘에서 마치 이 모든 것이 최상이라는 듯 검은 연기를 아름다운 갈색으로 변화시키며 기분 좋게 숲을 내려다보고 있다.

세
코
이
아

네바다 주의 너트 파인
자연에는 버릴 것이 하나도 없다

존 뮤어는 나무가 가지는 식량 측면에서의 가치도 결코 무시하지 않았다. 보리처럼 가공을 거친 뒤 도시로 들어가게 되는 곡물만 있다면 숲에 사는 사람들과 동물들은 모두 굶어죽을 수밖에 없다고 생각한 그는, 그런 면에서 너트 파인 열매가 최고의 가치를 가진다고 강조했다. 그리고 자연의 축복과도 같은 이런 열매를 즐길 줄 아는 각종 야생동물과 인디언들의 행복한 모습을 생생하게 묘사했다.

서부의 대분지에서 가까운 동부 네바다의 수목 한계선 높이는 수면 위로 3.3킬로미터 정도 된다. 따라서 강풍으로 인해 제대로 자라지 못한 키 작은 나무들이 숲을 이루었고, 부서진 바위들이 산 정상의 여기저기를 뒤덮고 있었다.

나는 2900킬로미터나 되는 주 종단 산행을 하면서 소나무 4종, 가문비나무 2종, 노간주나무 2종, 전나무 1종 등 총 9종의 침엽수를 만났다. 이는 캘리포니아에 비하면 3분의 1 수준에 지나지 않았다. 그 가운데에서도 제일 수가 많고 관심을 끄는 나무는 프레몬티아나(Fremontiana) 소나무 또는 잣나무라고 불리는 너트 파인(Nut Pine)^{열매를 맺는 각종 소나무 및 잣나무}이었다.

이 작은 침엽수는 서로 뒤섞여 있는 다른 나무들에 비해 수와 분포 면에서 월등했다. 네바다 주의 거의 모든 산악에는 수면에서부터 2.5~2.7킬로미터에 이르는 높이까지 온통 너트 파인이 자라고 있었다. 어떤 산은 밑에서부터 꼭대기까지 너트 파인으로 뒤덮여 있었으며, 이따금 이 진기한 너트 파인의 연속 상태를 갈라놓기 위해 낮은 경사지에 노간주나무가 드문드문 자라고 있었다. 멀리에서는 검게 보이지만, 너트 파인 숲은 그늘뿐 아니라 다른 소나무 숲의 특징인 검은 골짜기나 움푹 꺼진 곳이 전혀 없었다. 즉, 수천 제곱킬로미터에 단지 한 종만 기다란 벨트를 이루고 있을 뿐이었다. 게다가 포괄적인 관점에서 보면, 네바다 주의 산악지대에는 너트 파인이, 평야에는 세이지(Sage)가 양분되어 자라고 있었다. 즉, 너트 파인은 산등성이와 계곡 너머를 온통 검은색으로, 세이지는 평지를 회색으로 뒤덮고 있었다.

경험이 없는 관찰자는 이러한 숲의 진정한 특징을 결코 알 수 없다. 반짝이는 햇살 속에서 세이지 지대를 지나다 보면, 30킬로미터 정도 떨어진 끝 지점을 따라 우뚝 솟은 산들을 우수 어린 눈으로 바라보게 된다. 하지만 쉽사리 접근할 수 있을 것 같지는 않다. 왜냐하면 산들은 모두 하늘 위로 높게 솟은 데다 멀리에서 보면 무척이나 황량했기 때문이다. 하지만 가까이 다가가 보면 솔잎이 많이 달린 키 작은 나무들이 마치 불에 탄 것처럼 검게 보였다. 이곳이 바로 인디언들의 과수원과도 같은 너트 파인 숲이었다.

너트 파인 숲의 한가운데로 들어가면 먼저 나무 아래의 대지가 눈에 들어온다. 광활한 지표면은 대부분 아무것도 없는 거친 맨땅이었다. 오직 비바람에 깎인 용암, 석회암, 점판암, 규암 등이 울퉁불퉁한 표면을 덮고 있었다. 그리고 여기저기에 린조시리스(Linjosyris), 세이지, 자줏빛의 애스터(Aster)와 바싹 마른 풀들이 자라고 있었다. 뜨겁고 메마른 거친 산의 측면이 너트 파인이 자라기에 가장 적합한 장소인 듯했다. 산의 경사는 그리 가파르지 않았으며 지나치게 건조하지도 않았다. 단단하게 땅을 붙잡고 있는 뿌리가 안전하게 지탱될 수 있도록 충분한 돌무더기들만 제공된다면 모든 조건이 딱 들어맞는 곳이었다.

너트 파인은 다 자라면 높이가 4.5미터 정도 되는, 강인하고 껍질이 두꺼운 작은 나무다. 지그재그 여러 방향으로, 하지만 우아하게 끝을 위쪽으로 둥글게 말아 올리고, 뒤엉킨 가지를 잘 지탱하면서 키 높이 정도의 넓이로 퍼져 자란다. 멀리에서 보면 검은 덩어리 같지만, 솔잎은 회색빛을 띤 초록색에 뻣뻣한 송곳 모양을 한 작은 다발이다. 가까이에서 보면 이 둥그런 바늘들은 잎이 두 쌍이며, 수분이 증발되는 것을 막으려는 듯 대체로 단단히 붙어 있다. 좀 오래된 부위의 껍질은 거의 검은색을 띤다.

네바다 사람들에게는 너트 파인의 가치가 절대 과대평가된 것이 아니다. 이 나무는 연료, 목탄, 광산에서 사용하는 목재 등을 제공할 뿐 아니라 단단한 노간주나무와 함께 목장의 울타리를 치는 데에도 사용된다. 벌써 1제곱킬로미터씩의 많은 면적들이 이러한 수요에 맞춰 벌목되었다. 하지만 너트 파인이 워낙 넓은 지역에서 자라고 있기 때문에 손상이라고 할 만큼의 피해는 아직 입지 않았다.

너트 파인은 견과류의 열매를 산출하는 것으로 잘 알려져 있다. 너트 파인의 열매가 가지는 식량 측면에서의 중요성과 우수함은 우리가 생각하는 것보다 훨씬 크다. 세계의 곡물시장에서는, 지금처럼 열매가 풍성하게 열리는 계절에는 네바다의 견과류 수확량이 캘리포니아의 보리 수확량보다 많을 것이라는 말이 나돌 정도다.

인디언들만이 자연의 혜택에 감사하며 축제 속에서 진수성찬을 마음껏 즐긴다. 인디언들은 밝은 연두색에 길이 5센티미터, 지름 1.2센티미터인 솔방울을 막대기로 쳐서 떨어뜨려 몇 십 리터를 긁어모은 뒤 열매를 덮고 있는 얇은 껍질을 불로 살짝 태운다. 껍질에 붙어 있던 송진을 태워 없애면 열매들이 살짝 볶아지면서 껍질이 벗겨지기 때문이다. 그런 다음 햇볕에 말리면 열매가 터져 나오고, 그럼 창고로 들어갈 준비가 끝나게 된다.

너트 파인 열매의 위쪽은 뾰족하고 밑동은 둥그스름하며, 밝은 갈색에 새알처럼 멋진 자줏빛 반점이 박혀 있다. 열매 껍질은 얇아서

엄지와 검지로 눌러 으깰 수 있다. 알맹이는 기름이 반지르르한 하얀색인데, 볶으면 갈색으로 변하고 맛도 달콤해서 새, 다람쥐, 개, 말, 사람 등등 모두가 그 맛을 즐긴다. 네바다 주에서는 사람들이 난롯가 주위에 모여 앉아서 이야기를 나누며 이 열매를 먹거나, 간혹 말의 먹이로 보리 대신 사용하기도 한다.

전 지역을 돌아본 내 생각에는, 자연의 혜택 가운데 너트 파인 열매만큼 식량으로 좋은 것도 없는 듯하다. 게다가 다행히 대자연이라는 울타리 안에서 사는 동물이나 사람 그 어느 누구도 이 열매를 독점할 수 없다. 보리처럼 수확을 거쳐야 하는 곡물이라면 전량이 모두 도시로 운반되고 그곳에서 소비될 것이다. 그렇게 된다면 대자연이라는 울타리 안에서 살아가는 사람들과 동물들은 기아에 허덕일 것이 분명하다.

수확기인 9월과 10월이 오기 전에 풍성하게 꽃 피운 작고 붉은 로제트(Rosetts)^{지표면을 따라 잎이 평평하고 나란히 자라는 식물} 같은 모습에서 열매로 성숙하는 데 거의 2년이 걸린다. 그래서 인디언들은 오랜 세월 날카로운 판별력으로 나무를 조사한 뒤 다음해에 어느 정도 수확할 수 있을지를 예측해 왔다.

열매들이 익으면 다람쥐, 벌레, 까마귀들은 서둘러서 추수를 시작한다. 그리고 인디언들은 바구니, 자루, 멍석과 함께 기다란 장대를 준비한다. 그들의 모습을 보니, 모든 인디언 남자들은 일터로 떠날 준비를 마친 뒤 노인과 어린이를 조랑말에 태운 채 우스꽝스러운 기마대 행렬로 너트 랜드를 향해 출발했다. 말안장 위에는 인디언 여자 두 명이 붉은 목도리와 옥양목 치마를 펄럭이며 앉아 있었다. 여자의 등 뒤에는 아기를 넣는 바구니가 매달려 있었으며, 그녀들은 말안장에 달린 손잡이로 몸의 균형을 잡고 있었다. 또한 양쪽 옆에는 바구니와 물병이 달려 있었으며, 구식 창 같은 장대가 이리저리 삐죽 튀어나와 있었다.

물과 잔디가 있는, 미리 선택해 놓은 장소의 한가운데에 들어서자 여자들은 바구니를 들고 남자들은 장대를 진 채 열매가 주렁주렁 열린 나무 아래로 내려가기 시작했다. 어린아이들도 그 뒤를 따라갔다. 왁자지껄한 속에서 장대를 휘두르기 시작하면 열매 가시들은 이리저리 날리고 열매들은 돌과 쑥 위로 떨어졌다. 여자들과 어린아이들은 환희의 웃음을 띤 채 그것들을 주워 모았다.

인디언들은 모닥불에 불이 피어오르면 타오르는 연기 속에서 열매를 볶으며 노동의 보람을 만끽했다. 그리고 밤에 둥그렇게 모여앉아 수다와 즐거움이 있는 첫 너트 파인 열매 잔치를 벌였다. 겨울 내내 먹을 수 있는 충분한 양의 견과류가 이 몇 주일 동안에 수확되는 것이었다.

새도 호수
자연을 망치는 것은 인간이다

존 뮤어는 자연의 눈부심을 자신만의 섬세하면서도 자상한 어투로 절묘하게 묘사하고 있다. 특히 계절에 따른 산과 호수의 색상 변화는 뮤어를 무척 흥분시켰으며, 더욱 성숙하게 만들었다. 그런 만큼 뮤어는 이런 자연의 아름다움을 망치는 것은 강풍이나 눈보라, 또는 불이 아니라 탐욕스런 인간이라고 생각했다. 인간의 끝없는 욕심이 자연의 생명을 갉아먹고 있다고 생각했던 것이다.

인디언서머 기간에 섀도(Shadow) 호수는, 생긴 지 얼마 되지 않은 빙하의 대자연에서나 볼 수 있으리라 여겨지는 것보다 훨씬 더 풍요롭고 아름다운 색을 띤다. 즉 호수는 꽃을 피운 메취역, 사시나무포플러, 버드나무, 그리고 여물기 시작한 풀들의 색으로 물들어 간다. 호수 기슭의 사시나무포플러 숲에 서 있으면 물든 나뭇잎들이 마치 나비처럼 호숫가의 오른쪽 왼쪽으로 흔들린다. 그리고 노란색 점들이 박힌 다갈색의 잎들은 이리저리 팔랑대면서 흐릿한 자줏빛으로 바뀌고, 우중충한 회색의 화강암에서 번쩍번쩍 빛나는 밝은 빛은 둑에 가서 부딪힌다. 하지만 둑도, 가장자리의 초원도, 내가 서 있는 화려한 숲도, 반짝반짝 빛나는 호수도 이제 더 이상 나의 관심을 끌지 못했다. 호숫가 분지의 광대한 사시나무포플러 단지에 속해 있는, 화려하기 이를 데 없는 노란빛의 주황색 덩어리 때문이었다. 마치 모든 색상이 그곳으로 흘러 들어가는 것처럼 보여서, 나는 잠시도 눈을 뗄 수 없었다. 이 화려한 덩어리는 9미터 정도의 높이로, 둑에서 둑에 이르는 분지를 가로질러 늘어서 있었다. 버드나무의 풍요로운 잎들이 둑 앞에서 붉게 타올랐고, 버드나무 밑으로는 갈색 초원이 물가로 뻗어나가면서 침엽수의 진한 녹색을 묽게 만들었다. 한편 눈부신 햇살이 온 만물에 쏟아졌다.

호수가 구름 한 점 없는 화려한 색으로 물든 어느 날, 바람은 부드럽고 사방은 고요해 형용할 수 없는 감동이 밀려 왔다. 호수에는 몇 마리의 오리가 다른 어느 곳에서보다 즐거운 모습으로 떠다녔다. 여울목에서는 검은지빠귀가 언제나처럼 지저귀고 있었다. 개똥지빠귀, 콩새, 더글러스 다람쥐는 즐겁게 무리를 이루며 바빠 움직이면서도, 깊은 정적과 평온을 깨지 않은 채 쾌적함을 더했다.

가을의 감미로움은 보통 11월 말까지 지속되었다. 가을이 지나면 또 다른 종류의 고요한 날들이 찾아왔다. 겨울 구름이 퍼져 나가면서 모든 잎과 바위에서 반짝이는 수정체가 떨어지면, 모든 색상이 석양처럼 사라져 버렸다. 이제 곧 내릴 눈발이 두려운 사슴들은 한데 모여서 자신들만 알고 있는 오솔길을 따라 서둘러 사라졌다. 계속 이어지는 눈발로 인해 벼랑과 초원에 눈이 쌓였다. 그리고 가느다란 소나무 가지들은 큰 아치 모양으로 땅에 맞닿아 바람에 쓰러진 보릿자루처럼 뒤얽혔다. 완만한 경사의 산 위에서 눈사태가 밀려 내려오고, 꽁꽁 얼어붙은 호수 위에 눈이 두껍게 쌓이면 한여름의 모든 영광이 일순간에 묻혀 버리고 말았다. 하지만 겨울의 억센 추위 속에서도 이따금 따뜻한 햇볕은 더글러스 다람쥐를 눈 덮인 소나무로 불러내 놀게 할 뿐 아니라 감춰진 창고를 찾아 나서도록 도와주었다. 추운 겨울이라고 해도 뇌조(雷鳥)나 작은 동고비, 박새를 몰아낼 정도로 혹독하게 춥지는 않았다.

5월이 다가오면 호수는 다시 문을 열기 시작한다. 뜨거운 태양이 벼랑 위로 햇빛을 쏟아내면 이내 물거품이 일면서 벼랑이 껍질을 벗는다. 그럼 눈은 슬며시 사라지고, 들판은 푸른 색조를 띠기 시작한다. 봄이 다시 모습을 드러내는 것이다. 이때부터 꽃들과 날벌레들은 하늘과 땅을 풍요롭게 만들고, 새가 옛집으로 돌아오는 것처럼 사슴들도 숲으로 돌아왔다.

강 상류의 빙하를 찾아 나선 1872년 가을에 나는 이 아름다운 호수를 처음으로 발견했다. 발굴되지 않은 황금처럼, 아름다운 자연

속에서 사람의 발길이 닿지 않은 멋진 색상의 숨겨진 보물을 발견한 느낌이었다. 나는 해마다, 인디언이 영양 보충을 위해 잡아먹은 뒤 남겨 놓은 사슴의 넓적다리뼈와 모닥불 자국 이외에는 사람의 흔적이 전혀 없는 이 호숫가를 홀로 걷곤 했다. 호수는 접근하기 쉬운 들판과 사냥길 좋아하는 인디언들이 잘 다니는 오솔길에서 벗어나 있었다. 사슴 사냥 경험이 풍부한 인디언들은 배가 고파서 한바탕 잔치를 원할 때 이 들판으로 사슴을 유인했다. 호수의 빈 공터에서 하는 사냥은 울타리 친 공원에서 하는 사냥과 똑같다.

나는 몇 명의 친구에게 새도 호수도 요세미티처럼 개발되어 그 아름다움을 잃게 될지도 모른다며 걱정의 말을 했다. 마지막으로 방문했을 때 이곳에 사는 야생동물의 발자국을 조사하면서 물과 잔디 사이의 모래사장을 거닐고 있었는데, 목동의 것으로 보이는 사람의 흔적이 있어서 무척 놀랐다. 발자국은 보통의 길에서 35도 또는 40도 정도 바깥쪽으로 향해 있었으며, 발뒤꿈치 쪽에 일그러진 자국이 남아 있었다. 그뿐 아니라 오른쪽에 있던 일련의 둥근 점선들은 목동들이 사용하는 도구의 흔적임에 분명했다. 목동이 아니고서는 그런 발자국을 남길 수 없었다.

그 발자국을 따라가다 생각해 보니 그들이 목초지를 찾고 있을지도 모른다는 걱정이 들기 시작했다. 목동이 목초지 이외에 무엇을 찾겠는가? 빙하로 다시 돌아온 뒤 얼마 지나지 않아 걱정이 곧 현실로 드러났다. 북쪽의 산 중턱 아래로 만들어진 산길과 모든 초원, 숲이 마치 산불이 휩쓸고 지나간 듯 탐욕스런 인간들에 의해 파괴되었던 것이다. 환전상들이 이 성스러운 숲에 들어오고야 말았다!

산에서의 추락
모든 상처를 자연에서 치유하다

아무리 산에서 살다시피 했던 존 뮤어라지만, 그도 산에서 추락할 때가 있었다.
한 번은 추락한 뒤 1시간 정도 의식을 잃었고 떨어질 당시를 전혀 기억하지 못했다.
그래도 다행히 그는 단단한 관목 사이에 끼어서 목숨을 건졌다. 자연에 살고 있는
나무들이 그를 구했던 것이다. 이런 추락으로 인한 마음과 몸의 상처를 뮤어는
당연히 자연 속에서 치유했다.

미러(Mirror) 호수 위로 1.5킬로미터 정도 뻗어 있는 울창한 숲을 막 지나서 숲 상단에 위치한 테나야(Tenaya) 폭포 근처를 기어 올랐다. 그리고 산기슭을 화려하게 수놓은 가시투성이의 울창한 떡 갈나무 덤불숲을 조심스럽게 지났다. 그 다음 빙하의 활동으로 완만 해진 벼랑 바위를 타고 내려가는 바로 그때, 그만 굴러 떨어지고 말 았다. 시에라에 발을 들여놓은 뒤 처음으로 공중에서 몇 번 재주넘기 를 했고, 그 충격으로 정신을 잃었다. 의식이 돌아오고 보니 상처는 전혀 입지 않은 채 짧고 단단한 관목 사이에 끼어 덜덜 떨고 있었다.

꽤 오랫동안 의식을 잃었던 것 같았다. 해의 위치를 보니 1시간 정 도 지난 듯했다. 왜 떨어졌고 어디에서 떨어졌는지 전혀 기억나질 않 았다. 하지만 조금만 더 굴렀다면 관목 밑의 천 길 낭떠러지로 떨어 져 이번 산행이 마지막이 되었을 것이다. 나는 산을 오르내릴 때마다 밤낮으로 의지하게 되는 솜씨 있는 나의 노련한 발에게 "저 아래가 바로 네가 하찮은 도시의 계단과 평평한 도로를 피해 나를 보내고 싶 었던 곳이냐?"라고 중얼거렸다. 무력감이 엄습해 왔다. 아직 험난한 계곡에는 도달하지도 못했다. 나는 이 힘든 장소를 벗어나야겠다는 마음에 변변치 않은 나의 몸을 움직이기로 결정했다.

주요 계곡의 밑바닥으로 연결되는 좁은 골짜기 입구에 천막을 친 뒤, 다음 날 몸을 제대로 움직여 보기로 마음먹었다. 그날 밤 화려한 나뭇가지들조차 쑤시고 아픈 나의 몸을 달래 주지 못했으며, 어딘가 에 부딪힌 머리는 꽃으로 뒤범벅된 향긋한 삼나무 깃털 베개를 벨 수 없었다. 맨 자갈 위에서 잠이 들었다가 눈을 떴을 때는 나의 모든 통 증이 사라진 상태였다!

리터 산
세상이 얼어붙어도 자연은 끊임없이 변화한다

요세미티의 모든 계곡과 산봉우리를 탐험하던 존 뮤어는 그곳에서 최초로 빙하를 발견했다. 그리고 그는 빙하에 대해서 무한한 관심을 보였다. 차가운 겨울에도 빙하의 원류를 찾기 위해 그는 탐험여행을 계속했다. 계절과 시간에 구애받지 않았던 그의 탐험여행 이야기는 보는 이로 하여금 긴장감을 유발하는 동시에, 자연에 대한 경외감을 갖게 한다.

호수들이 둥근 원, 반원, 사각형 등의 여러 거울 형태로 빛나고 있는 모습이 보였다. 바위와 설경, 하늘만을 비추면서 은빛 정대(晶帶)처럼 산봉우리 주위로 좁고 꾸불꾸불하게 난 호수들도 보였다. 하지만 여기저기에서 생기고 있는 빙하도, 살짝 갈색 빛을 드러내는 초원과 광야도 대자연의 명료한 분위기를 풍기기에는 역부족이었다. 이탈리아 밀라노의 망루와 흉벽(胸壁)이 있는 화강암 성, 또는 고딕 양식의 대성당보다도 더 뾰족한 꼭대기를 화려하게 드러내고 있는 산봉우리들도 눈에 띄었다.

하지만 모든 것이 둘레를 감싸고 있는 이곳에서 처음으로 주위를 둘러보게 되는 경험이 없는 관찰자는 시야를 벗어난 범위까지 연달아 솟아 있는 산봉우리의 불가해한 장엄함과 다양함, 풍요로움에 압도되어 어쩔 줄을 모르게 된다. 오랫동안, 정말 오랜 기간에 걸쳐 하나하나 연구하고 조사한 뒤에야 자연의 광범위한 조화를 분명하게 깨닫게 되는 것이다. 그런 다음에 대자연 속으로 들어가라. 그럼 주위의 모든 지형에 속해 있는 주요 모습들을 곧 인식하게 되리라. 즉, 복잡하게 얽히고설킨 산봉우리들이 비로소 미술작품처럼 조화롭게 상관관계를 이루며 자신의 모습을 드러내게 될 것이다. 산맥의 두루뭉술한 덩어리를 선명한 모습으로 드러내게 한 고대 얼음 강들의 감동적인 기념물들이 말이다.

처음에는 깊이가 1.5킬로미터나 되는 웅대한 계곡들이 마치 벗어날 수 없는 거친 미궁처럼 보인다. 하지만 갈수록 계곡은 조화로운 모습으로 앞서거니 뒤서거니 하다가 마침내 서로 원인과 결과가 된다. 이는 바위 위에 새겨진 대자연의 시, 즉 빙하가 남긴 가장 간단하고 공감 가는 흔적들이다.

빙하기에 이곳을 관찰했다면 지금 그린란드(Greenland)^{북아메리카 동북 방향에} ^{있는 큰 섬. 덴마크령}의 풍경을 뒤덮고 있는, 연이은 주름처럼 펼쳐진 결빙 바다를 틀림없이 지나쳤을 것이다. 바위에 부딪히는 얼음 파도 위로 힘차게 솟은 검은 봉우리가 모든 계곡과 골짜기를 메우고 있었다. 지금 태양 아래에서 미소 짓고 있는 유일한 증거인 아름다운 작은 섬, 즉 깊은 태고의 침묵을 품고 있는 대자연은 이제 막 창조된 것처럼 꿈쩍도 하지 않았다. 겉으로는 조금의 변화도 없이 확고부동한 상태를 유지하는 듯하지만, 안에서는 끝없이 움직이고 변화하고 있다는 사실을 나는 잘 알고 있다. 얼마 뒤면 저 위의 산봉우리도 무너져 내릴 것이다. 즉, 낭떠러지에 단단히 붙어 꿈쩍하지 않을 듯한 빙하도 물같이 흘러내리고, 그 빙하 밑으로 바위들이 미끄러져 내릴 것이 분명하다. 호수는 화강암으로 이루어진 물가를 철썩철썩 소리를 내며 씻어내고, 작은 시냇물과 이제 막 생긴 강물은 허공을 향해 졸졸졸 노래를 부르며, 그 노랫소리는 산을 지나 평원으로 흘러가리라.

계곡에 있는 모든 생명의 뿌리는 여기에서 발원한다. 이곳에서는 다른 어느 곳에서보다도 쉽게 자연의 변함없는 유전을 명확하게 확인할 수 있다. 얼음이 녹아 물이 되고, 호수가 초원이 되며, 산은 평원이 된다. 우리 인간이, 주위 경관을 만들어내는 자연의 방식을 생각하거나 자연이 바위 위에 새겨 놓은 기록으로 지나간 과거의 주위 경관을 불완전하게 재구성함으로써 빙하기 이전의 모습을 유추하는 것처럼, 우리 모두는 앞으로 새롭게 생기는 것들도 차례차례 닳아서 사라지리라는 사실을 잘 알고 있다.

304

이 훌륭한 자연 수업과 멋진 경치 속에서도 나는, 불을 지필 수 있는 수목 한계선 어느 지점으로 내려가는 새로운 길을 찾는 한편, 해가 서쪽으로 멀리 기울었다는 사실을 잊지 않아야 했다. 나에게는 몸을 보호해 줄 외투가 없었다. 그래서 북쪽 빙하에 도달한 뒤 그 말단(末端)을 건너고 호수의 물이 흘러 들어오는 곳을 지나서, 아침에 지나온 오솔길이 나오길 바라며 먼저 서쪽의 돌출부를 조사했다. 지나다닐 수 있는 길만 나온다면 밤새도록 걸어서 야영지에 도달할 수 있으리라 생각했다. 그래서 동쪽으로 돌아서 기어 올라가다가 다시 남쪽 경사진 곳으로 비스듬히 내려왔다. 이곳의 험한 바위들은 덜 위험해 보였으며, 북동쪽으로 흘러 들어가는 어느 빙하의 상단부가 눈에 들어왔다. 나는 동쪽 산봉우리 아래로 가는 길이 나오길 바라면서 무작정 따라가기로 했다. 야영지의 중간에 있는 계곡을 건너고 산마루를 넘었다.

빙하의 상단부는 경사가 완만한 데다, 해가 그곳의 입자들을 부드럽게 만들어 놓은 상태라 안전했다. 그래서 나는 빙하의 갈라진 틈에 신경 쓰면서 안전하고 빠르게 미끄럼을 타며 내려왔다. 상단부에서 800미터 정도 내려오자 빙하가 급경사를 이루었다. 또한 깊게 갈라진 틈에 의해 거대한 덩어리로 나뉜 얼어붙은 푸른빛의 분기(分岐) 폭포도 눈에 띄었다. 이 갈라진 틈의 미끄러운 미로를 빠져나가는 일이 불가능할 것만 같았다. 그래서 산마루 아래쪽으로 기어간 뒤 이 미로를 피해 보려고 발버둥쳤다. 하지만 경사가 너무 가팔라서 결국 수직의 벼랑으로 떨어지고 말았다.

그래도 다행히 날씨가 따뜻해 얼음 결정이 느슨해진 덕에 썩은 땅에 구멍을 파는 일처럼, 우려했던 것보다는 덜 힘들게 길을 찾아 내려올 수 있었다. 돌출부를 지나서 밑으로 계속 내려가 왼쪽 측퇴석으로 따라가는 것이 유일하고 확실한 길이었다. 이는 여기저기 계단을 만들 수 있는 도끼를 가진 사람이라면 빙하 길을 따라 산을 내려가는 방법이 제일 쉽다는 사실을 확실하게 입증하는 하나의 예였다.

빙하의 하단부는 1년간의 적설량을 알려주는 빙하 단층의 노출된 끝머리로 인해, 그리고 풍화작용과 비, 진눈깨비, 해빙 및 결빙에 따른 각기 다른 강설량으로 인한 크레바스(Crevass)^{빙하 속에 생긴 깊은 균열}의 불규칙한 양쪽 벽으로 인해 아름다운 물결 모양과 줄무늬를 이루고 있었다. 작은 시냇물들은 깨끗한 얼음 수로 안에서 부드럽고 매끄러운 모습으로 미끄러지듯 소용돌이쳤다. 빙하를 태운 채 강인하지만 보이지 않게 흐르던 내 등 뒤쪽의 물과는 대조적으로 그들의 움직임은 재빠르지만 고분고분했다.

산악의 동쪽 기슭에 도달하기도 전에 어둠이 내렸다. 야영지까지는 바위투성이의 북쪽 길을 더 가야 했다. 하지만 성공하리라는 확신이 있었다. 이제 남은 것은 인내력과 평범한 산악 기술뿐이었다. 석양은 어제보다 훨씬 아름다웠다. 모노(Mono) 지역의 전경은 온화한 자줏빛으로 아름답게 물들어 있었다. 산 정상을 따라 정렬한 봉우리들에는 그늘이 져 있었지만, 햇빛은 날카롭게 각진 산세를 달래듯 산골짜기와 샛길을 따라 내리쬐고 있었다. 한편에는 작고 빛나는 구름이 천사의 빛처럼 산봉우리 위에 떠 있었다.

어둠이 내리고 있었지만, 하늘을 향해 솟은 산봉우리와 계곡 쪽에서 길을 찾아냈다. 그런데 갑자기 모든 열정이 빛과 함께 사라지면서 피로가 몰려왔다. 그 순간 호수 건너편에서 반가운 폭포 소리가 들려왔다. 얼마 지나지 않아 호수 위로 별빛이 비치는 모습이 보였다. 호수에 접어들자 나의 보금자리가 있는 작은 소나무 숲을 찾을 수 있었다. 나는 피곤에 지친 산사람만이 느낄 수 있는 휴식을 즐겼다. 잠시 긴장을 풀고 아무 생각 없이 누워 있다가 불을 피웠다. 호수로 내려가 머리를 물속에 담갔다가 빼낸 뒤 컵에 찻물을 퍼 담았다. 빵과 한 잔의 차는 과다한 흥분과 고생으로 기진맥진해 있던 나를 완전히 회복시켜 주었다. 나는 소나무 아래의 침상으로 기어 들어갔다. 바람은 살을 에는 듯 차갑고 모닥불은 사그라지고 있었지만, 나는 정신없이 깊은 잠에 빠져들었다. 밤하늘의 별들은 내가 일어나기 전에 벌써 서쪽으로 넘어갔다.

아침 햇살에 몸을 녹이며 휴식을 취한 뒤 나는 투올러미에 있는 야영지로 돌아왔다. 그리고 러시 크리크(Rush Creek)의 북쪽 지류 가운데 하나의 원류를 이루는 산봉우리로 향했다. 이곳에서 나는 거대한 원형극장 형태로 모여 있는 아름다운 빙하 호수 단지를 발견했다. 저녁 무렵 투올러미에서 나와 모노 강으로 갈라지는 분기점을 지난 뒤 투올러미 상류의 작은 폭포를 만든, 지금은 강의 원류가 된 빙하의 분지로 들어섰다. 그곳에는 눈이 잔뜩 쌓여 있었다. 이 강물을 따라 많은 골짜기와 계곡, 초원을 지난 뒤 땅거미가 내려앉을 때쯤 투올러미에서 주류를 이루는 물가에 도착했다.

섀스타 산에서 위험했던 하룻밤

마음의 여유가 희망을 낳는다

높은 산의 정상에서 맞이하는 격렬한 폭풍우는 어떤 모습일까? 걸음조차 뗄 수 없어서
폭풍우 속에서 하룻밤을 보내야 한다면 과연 어떤 기분이 들까? 존 뮤어는 섀스타 산을
두 번 올랐는데, 한 번은 무척 격렬한 폭풍우를 만나 죽을 고비를 넘겼다. 하지만 그는
그 와중에도 구름과 우박과 눈꽃의 아름다움을 무척이나 생생하게 기억하고 묘사했다.
그에게는 폭풍우 속에서의 추위와 동상쯤은 아무것도 아니었다. 왜냐하면 그는 진정한
산사람이었기 때문이다.

적설량이 얼마 되지 않았던 겨울이 지나고 여름이 끝나갈 무렵이면, 많은 눈을 가로지르지 않고도 수목 한계선의 야영장 가까이에서부터 퍼져 있는 길고 좁은 민둥산의 능선을 따라 산 정상에 도달 수 있다. 그래도 내가 정상을 향해 첫 등반을 떠난 날에는 산 전체에 겨울의 멋진 흔적인 푸석푸석한 눈이 매끄럽게 쌓여 있었다. 나는 산 중턱에서 정상 쪽으로 기어 올라간 뒤, 눈 속에 아늑하게 몸을 파묻은 채 공중에서 하늘거리는 눈꽃과 풍요로운 구름을 즐기며 누워 있었다.

오리건 역마차 도로를 따라 역에서 역으로 한가롭게 거닐던 나는 레딩(Redding)을 시작점으로 걸어 올라갔다. 새크라멘토 강에서부터 얼음 덮인 섀스타 산의 수원(水源)에 이르는 이 길은 바위, 식물, 새, 사람 등을 감상하기에 좋은 길목이었다. 게다가 저지대에는 첫비가 내리고 고지대에는 첫눈이 내려서 모든 만물이 상쾌하고 신선하게 느껴졌다. 오후에는 은은한 햇빛이 가득 내리쬐었다. 잔잔한 저녁노을 다음에는 대체로 겨울의 첫 폭풍우가 내리게 마련이다.

섀스타 숲과 떡갈나무 덤불에서 새끼를 키우며 한 여름을 보내는 많은 새들을 만났다. 이 새끼 새들이 어미처럼 크고 강인하게 자라 이제 제 몫을 하게 되면, 이들은 모두 겨울 집인 남쪽을 향해 날아갈 것이다.

비가 그치자 다람쥐들은 소나무의 열매를 모으느라 바빴고, 10월 중순이 지나고 있었지만 메취역이 한창 만발해 있었다. 장엄하고 선명하게 물든 잎들은 가을축제에서 자신의 매력을 한껏 뽐냈다. 비로 색이 좀 바라긴 했지만 잎들은 여전히 작은 계곡과 골짜기, 강둑을 따라 멋진 구경거리를 만들어내고 있었다.

나는 장대한 석회암 지대를 탐사하고, 강과 강둑에 서식하는 동물을 조사하면서 상쾌한 눈이 산 위에 쌓이는 모습을 보기 위해 연어가 알을 부화하는 맥클루드(McCloud) 강에서 일주일 정도 머물렀다. 이 산길에서 만나게 되는 보행자, 특히 연말쯤에 만나는 사람들은 굉장한 호기심을 불러일으켰다. 상대방도 나의 산책에 대해 무척 궁금해 했다. 그럴 때마다 내가 그저 산책을 좀 하고 있으며 얼음 덮인 섀스타 산을 등반하는 것이 목표라고 말하면, 상대방은 늘 위험한 곳에 왔다는 경고의 말을 건넸다.

사실 등산을 하기에는 너무 늦은 시기였고, 쌓인 눈은 아직 단단하지 않은 데다 깊기까지 했다. 그래서 눈 쌓인 언덕이나 경사로에서 길을 잃을지도 모른다는 경고를 제일 많이 들었다. 내가 방금 내린 눈은 매우 아름답고 폭풍우는 이름만큼 그리 나쁘지 않다고 말하면, 조언자는 고개를 가로저으며 아직 단단해지지 않은 눈을 지나 섀스타 산을 오르는 일은 불가능하다고 단언했다. 그럼에도 나는 11월 2일 오전에 얼음발이 휘날리는 푸른 최정상에 서 있었다.

시슨(Sisson) 씨의 집에 도착했을 때 주위는 온통 고요했다. 마지막 여름 방문객들이 오래전에 다녀갔고, 사슴과 곰들도 겨울 거처를 찾기 시작했던 것이다. 나의 기압계와 한숨짓는 듯한 바람, 그리고 햇살을 희미하게 만드는 반투명의 구름들이 다시 폭풍우가 몰려오고 있다는 경고를 보내왔다. 그래서 나는 정상에 오르든 못 오르든 서둘러 하산해서 몸을 피할 곳을 만들어야 했다. 산악인인 시슨 씨는 나에게 폭풍우와 추위에 대비한 준비를 서둘러 시켰다. 먼저, 눈에 갇

310

힐 경우 한 달을 버틸 수 있는 풍부한 양의 식량과 따뜻한 담요를 준비해야 했다. 물론 나도 눈과 추위 속에서 산을 오르는 일이 무척 힘들며, 이렇게 늦은 시기의 산행은 위험할 수도 있다는 사실을 잘 알고 있었다. 그래서 그가 함께 가고 싶어해도 결코 안내를 부탁할 수가 없었다. 나는 단지 짐을 실은 동물이 갈 수 있는 숲까지 누군가 함께 간 뒤 그곳에서 담요와 식량 저장 일만을 도와주길 바랐다. 나는 그곳에서 폭풍우를 막아줄 거처를 세우고 날씨에 따라 등정할 생각이었다.

11월 1일 오후, 짐 싣는 동물을 돌보는 산악인이자 안내인인 제롬 페이(Jeorme Fay)와 함께 출발해 겨울나무로 둘러싸인 숲을 지났다. 하지만 나는 이내 지쳐서 터벅터벅 걸었다. 눈길은 점점 엉성하고 깊어졌기 때문에 우리는 길을 만들면서 걸어야 했다. 동물들도 지치기 시작했으며, 밤이 되어 어둠이 몰려오자 거친 용암 단지에 갇히고 말았다. 용암 단지는 1.2~1.5미터의 높이로 푸실푸실한 눈이 덮여 있었다. 이곳의 날카롭게 각이 진 바위 사이에 동물들의 다리가 낀 것이었다. 동물들을 잃어버릴 위험에 처했지만, 우리는 침착하게 짐과 안장을 거둬낸 뒤 밧줄을 사용해 수목 한계선 아래 300미터에 이르는 능선에서 탈출했다.

더 이상 가는 것은 불가능했다. 그래서 할 수 있는 한 이곳에 제일 좋은 캠프를 쳐야 했다. 송진이 잔뜩 묻은 소나무의 불길은 빠르게 주변 온도를 바꿔 놓았고 거친 용암 경사면에 서 있는, 바람에 제멋대로 휘어진 주위의 소나무에 불빛을 던졌다. 눈을 녹여서 만든 물이 커피와 잘 맞았으며, 구워 먹을 사슴고기도 충분했다. 한밤중에 담요를 몸에 두른 채 한 시간 반 정도를 자고 일어난 뒤 사슴고기를 좀 더 먹었다. 그리고 허리에 이틀 분의 식량을 묶고 폭풍이 오기 전에 정상에 도달하길 바라며 산 정상을 향해 출발했다. 제롬은 어둠 속에서도 캠프 위쪽으로 얼마간 함께 올라가 자신이 할 수 있는 만큼 자세히 길을 알려주었다. 괜찮을 거라고 안심시켰지만, 그는 나를 남겨둔 채 떠나는 것이 영 마음에 걸리는 듯했다. 제롬은 나에게 작별 인사를 한 뒤 날이 새면 동물들을 산 아래로 데려갈 준비를 하기 위해 캠프로 돌아갔다.

키 작은 소나무의 위를 지나 한밤중의 엄숙한 침묵 속에서, 나 홀로 파손되지 않은 광대한 경사면에 쌓인 눈을 밀쳐내며 올라가는 일은 그야말로 좋은 운동이었다. 구름이 하늘을 반쯤 가리고 있었다. 살을 에는 듯한 차가운 공기 속에서 얼음처럼 반짝이는 별들이 하늘의 나머지를 채우고 있었다. 한쪽에서는 아름다운 눈발이 이전에 본 그 어느 것보다도 훨씬 광범위하게 원뿔 모양의 산 정상에서부터 실타래가 풀어지듯 연속적으로 흩어져 내렸다.

동이 트기 시작할 무렵, 구름은 구물구물 움직이면서 더욱 큰 덩어리가 되었다. 하지만 즉각적인 위험으로 다가오지는 않았다. 묵묵히 앞으로 밀고 나가면서도, 나는 스스로를 위로하고 달래며 숲으로 되돌아갈 준비를 했다. 폭풍우가 곧 불어 닥칠 것이라는 사실을 알 수 있었기 때문이다. 섀스타 산은 하늘의 육중한 기류에 알몸을 그대로 드러낸 채 주위의 보통 수평선보다 3킬로미터나 위로 솟아 있었다. 지금껏 만나 본 그 어떤 미로 같은 산봉우리와 계곡들도 하늘을 향해 솟아 있는 이 거대한 알몸의 경사면만큼이나 위험해 보이지는 않았다.

매서운 추위와 떠다니는 눈가루로 인해 숨을 한 번에 제대로 들이쉴 수가 없었다. 옥수수 가루처럼 마르고 미세한 가루눈은 자유로이 떠다니면서 하늘 높이 솟아올랐다. 한편으로는 투명한 많은 눈 결정체들이 모래처럼 굴러다녔다. 눈이 쌓여 보이지 않게 된 용암과 용암의 틈 사이로 발목이 자주 빠졌다. 지쳐서 걷기도 힘들었지만, 사지를 허우적대면서 천천히 위를 향해 올라갔다. 어떤 곳에서는 35도나 되는 비탈이 앞으로 나아가기 힘들게 만들었으며, 작은 눈사태가 가파른 경사를 오르는 나를 끊임없이 방해했다. 그래도 상쾌한 공기와 눈 덮인 광활한 지대의 장엄한 아름다움이 나의 온 감각을 자극한 덕에 잠깐이나마 피로를 잊을 수 있었다. 구름 속에서 버둥대며 간신히 나아갔지만, 그래도 착실히 앞으로 걸어간 결과 마침내 10시 30분쯤에 정상에 도달했다.

하늘에 떠 있는 전망 좋은 곳에 자리를 잡은 뒤 광활한 수평선 주위로 지도처럼 한눈에 펼쳐진 아름다운 전경을 응시했다. 그리고 평원 아래 쪽으로 남아 있는 고대 용암이 흐르던 윤곽과, 예전에는 새스타 산의 중심부였지만 이제는 사라져 버린 빙하의 자국을 추적하면서 두 시간을 머물렀다. 그런데 짐을 가볍게 한답시고 외투를 캠프에 두고 온 탓에 금세 추위가 느껴졌다. 게다가 이내 강한 바람이, 햇살 속에서 붉게 타오르며 하늘거리는 설연과도 같은 장엄한 부유물을 하늘 위로 밀어 올렸다.

산을 내려갈 무렵, 작은 구름이 떠다니는 얼음조각처럼 계속해서 정상의 바위에 부딪혔다. 구름이 지나가자 하늘이 흐려지면서 얼음

물이 얼굴에 닿은 것처럼 갑자기 찬 기운이 얼굴을 덮쳤다. 구름 속에서 눈발이 날리고 있었던 것이다. 나는 돌아서서 얼른 그 자리를 벗어났다.

더 이상 구름이 쫓아오지 않자 시간이 좀 더 걸리더라도 휘트니(Whitney) 빙하와 크레이터(Crater) 능선으로 가는 길을 선택하는 모험을 감행했다. 정상의 능선 끝에 도달한 뒤 이 능선을 타고 내려갈 때는 쉭쉭 소리가 흩날리는 눈발 속에서 희미해졌지만, 부드럽고 폭신한 멋진 비탈이 이어졌다. 그 덕에 땅거미가 지기 한 시간 전에 캠프에 도착할 수 있었다. 땔감이 풍부한 데다 커다랗고 붉은 용암 덩어리가 바람막이 구실을 하는 푸석푸석한 땅에 폭은 좁지만 긴 웅덩이를 팠다. 그리고 담요를 두른 뒤 잠을 자기 위해 웅덩이 안으로 들어갔다.

산을 오르기 전날 밤에 잠을 제대로 못 잔 데다 등반으로 심신이 지친 탓에 다음 날 아침 늦게서야 일어났다. 눈을 뜨자 지금껏 본 광경 가운데 제일 아름답고 장엄한 광경이 펼쳐졌다. 폭풍우를 실은 여러 모양의 구름이 끝없는 황야를 회색, 자주색, 진주색, 그리고 작렬하는 흰빛으로 물들이면서 수천 킬로미터에 걸쳐 산 정상의 바로 아래쪽으로 몰려들고 있었다. 나는 마치 그 속에서 떠다니는 듯했다.

한편, 산 위의 하얗고 거대한 뾰족 봉우리는 불타는 듯한 햇빛으로 전 지역을 마음대로 태우고 있었다. 구름바다는 진짜 바다 못지않게 넓어 보였다. 빛과 그림자는 언덕, 골짜기, 완만한 자줏빛 평원, 그리고 뭉게구름으로 인해 은빛으로 변한 산들을 다양한 모습으로 바꾸어 놓았다.

나는 최면에 걸린 듯 이 광경을 바라보았다. 그런데 잠시 뒤 폭풍우의 전조로, 바람이 휩쓸고 지나간 평원에 먼지처럼 떠다니던 찬 회색 덩어리가 내 보금자리의 빛을 꺼 버렸다. 나는 침상 주위를 아늑하게 만들 작정으로 서둘러 많은 나뭇가지를 주워 모았다. 그리고 폭풍우에 의해 담요가 날아가거나 부유물들에 의해 망가질 것에 대비에 담요를 나뭇가지 뭉치로 꾹꾹 눌러놓았다. 귀중한 빵 주머니는 베개 삼아 머리 밑에 안전하게 넣어 두었다. 그 결과 첫 눈발이 들이닥쳤을 때 나는 즐거운 마음으로 이들을 맞이할 수 있었다.

나무들은 대부분 송진이 많이 묻어 있어서 휘몰아치는 눈바람 속에서도 분명 타오를 것이었다. 그래도 바람은 나의 잠자리를 부수지는 못할 것이며 식량도 충분했다. 만일의 사태에 대비해 나는 필요할 경우 기꺼이 나의 보금자리를 내주고 물러나기 위해 눈 위에서 신을 수 있는 신발도 만들었다.

얼마 지나지 않아 폭풍은 눈꽃을 쏟아내기 시작했고, 밀려오는 얼음 가루들로 인해 하늘은 온통 어두워졌다. 물밀듯이 불어 닥치는 거센 바람은 눈을 갈아서 가루로 만든 뒤 그 무겁고 작은 미립자를 계곡 속으로 쓸어 넣어 버렸다. 반면 한층 미세한 눈발은 밤의 기온을 떨어뜨리며 하늘 속으로 스며들었다. 하지만 불을 끄려는 듯한 부유물에 대항하려는 것처럼, 불꽃은 더욱 맹렬하게 타올랐다. 나의 잠자리는 눈에 덮여 흔적도 없이 사라졌지만, 안에 있는 나는 아늑하고 따뜻했다. 밖에서 일어나는 소동이 나를 더욱 들뜨게 만들었다.

하루하루 엄청난 양으로 눈이 쌓이면서 폭풍이 계속되었다. 잠시 조용할 때도 있었다. 그럴 때마다 해는 마치 지금 상황이 어떻게 진행되고 있는지 궁금하다는 듯 구름 사이로 얼굴을 내밀었다. 나는 잠시 조용해진 틈을 이용해 모닥불에 나무를 지폈다(주위에 땔감이 많아서 보금자리를 떠나지 않아도 쉽게 불을 지필 수 있었다). 그러고는 눈발에 흔들리는 나무의 모습을 관찰하거나 돋보기로 눈 결정체를 조사하고, 시냇물의 마르지 않는 원류(原流)에 눈이 쌓이는 방법을 알아내어 노트에 기록하느라 바빴다. 잠시 폭풍우가 그치면 더글러스 다람쥐가 휘날리는 눈발 위로 펄쩍펄쩍 뛰어올랐으며, 이따금 난쟁이 소나무 숲에서 장난스럽게 튀어나오기도 했다. 그리고 아무 표시도 없는 눈 속으로 뛰어들어 곡식들이 파묻힌 곳을 파헤쳤다. 더글러스 다람쥐는 이런 고지대의 숲에서는 살지 않는데, 여기에서 이런 날씨에 만나니 좀 생소한 느낌이었다. 한번은 산양들이 무리를 이루어 나의 캠프 근처까지 다가와서는 조금 위쪽에 있는 난쟁이 소나무 숲의 옆쪽으로 자신들의 피난처를 만들었다.

폭풍우가 일주일 정도 계속되자 불안해진 시슨 씨는 내가 어떻게 지내는지 궁금하기도 하고 필요한 물품도 전달해 주기 위해 동물과 함께 안내인을 올려 보냈다. 산 아래에서는 산에 올라간 한 남자가 죽은 것 같다는 소문이 쫙 퍼져 있었다. 게다가 이런 날씨에 등반을 허락한 시슨 씨에 대한 안 좋은 이야기들도 오고갔다. 그러나 그들의 우려와 달리, 연구에 몰두하면서 혼자 있길 바라던 나는 다람쥐처럼 따뜻하고 푹신한 보금자리에 누워서 산 아래의 사람들 못지않게 안전하게 지내고 있었다.

닷새째 되는 날, 나는 시슨 씨가 있는 곳으로 돌아갔다. 그리고 안락한 베이스를 떠나 날씨가 허락하는 대로 블랙 뷰트(Black Butte)뷰트는

^{평원의 고립된 언덕을 뜻함}와 휘트니 빙하 아래, 산기슭 주변, 레트(Rhett) 호수와 클라매스(Klamath) 호수, 모독(Modoc) 지역과 그 외 많은 지역의 재미있는 구경거리를 즐기면서 답사를 해나갔다.

하지만 다음해 봄, 변화무쌍한 섀스타 산의 겨울눈을 실감할 기회가 찾아왔다. 그때 나는 운 좋게 폭풍우의 한가운데에 들어가 오랫동안 그 안에 머물러 있었다.

1875년 4월 28일, 측량 경계 표시를 세울 장소를 정한다는 목표로 산 정상을 조사하던 한 일행을 섀스타 산으로 안내했다. 그리고 30일, 나는 제롬 페이와 함께 기압을 관측하기 위해 다시 등반을 떠났다. 두 번째 등반을 하기 전날에는 하루 종일 수목 한계선의 끝단에 캠프를 세웠다. 그리고 붉은 조면암을 잠자리 삼아, 별빛이 강렬하게 비치는 밤하늘 아래에서 얕은 잠을 두 시간 정도 잤다.

새벽 2시쯤 일어나 따뜻하게 데운 커피 한 잔과 얼은 사슴고기를 구워 먹은 뒤 정상을 향해 걸어 올라갔다. 이때까지만 해도 폭풍우가 몰려오리라는 조짐이 전혀 없었다. 그런데 정상에 도달했을 무렵, 햇빛 속에서 환상적으로 피어오르는 뭉게구름이 발밑으로 수백 킬로미터에 걸쳐 래슨 뷰트(Lassen Butte)를 향하고 있는 모습이 보였다. 하지만 불안하지는 않았다. 등반으로 좀 지치긴 했지만 휴식을 취하자 피로감이 곧 사라졌고, 아름다운 아침을 상쾌하게 즐긴 데다 하늘에 어떤 전조도 없었기 때문이다.

아침 9시 경, 온도계가 그늘 속에서 1℃를 가리키더니 오후 1시까지 꾸준히 기온이 올라가 10℃를 가리켰다. 아마도 햇볕으로 인해 따뜻해진 벼랑에서 나오는 방열(放熱) 때문이었을 것이다. 일벌 한 마리가 꿀을 가진 꽃은 1.5킬로미터 정도 내려가야 있다는 사실을 의식하지 못하는 듯 추위에 아랑곳하지 않은 채 내 머리 주위를 열심히 윙윙거리며 지그재그로 날아다녔다.

그럭저럭 시간을 보내다 보니 구름이 섀스타 계곡의 아래까지 내려가 있었다. 아름다운 자줏빛과 회색 빛으로 멋지면서도 거대하게 부풀어 오른 뭉게구름은 조금씩 섀스타 산의 남쪽으로 퍼져 나갔다. 그리고 마침내 래슨 뷰트로 향하던 먼저 생긴 구름 덩어리와 하나가 되어 일련의 구름 지대를 이루면서 섀스타 산을 둘러쌌다. 그 순간 레트 호수와 클라매스 호수가 은빛 호수 같은 구름 아래로 사라져 버렸다. 구름 한 점 없는 일부분의 푸른 하늘과 우리가 서 있던 최고 높이의 봉우리를 빼놓고 모독 용암 지대, 오리건 주의 멀리 북쪽으로 눈 덮인 봉우리들, 스코티(Scotty) 산과 트리니티(Trinity) 산, 시스키유(Syskiyou) 산, 시에라 봉우리들, 푸른 해안의 산계(山系)들, 섀스타 계곡, 새크라멘토 계곡을 메우고 있는 검은 산림 등이 모두 번갈아가며 모습을 드러냈다가 사라졌다. 변화무쌍한 태양만이 장대하게 퍼져 있는 구름 위에서 영화롭게 빛나고 있었다. 언덕과 골짜기, 산과 계곡은 햇빛에 맞춰 자신의 존재를 드러내 보이며 아름다움과 개성을 발산했다.

막 피어오른 구름 속에서 섀스타 산과 조화를 이루며 산을 둘러싸고 있던 원뿔 모양의 거대한 구름이 우리 쪽으로 가깝게 다가왔다. 견고하고 말끔한 모습의 거대한 구름은 정말 가깝고 실제처럼 보여서, 우리가 서 있는 곳에서 뛰어내리면 구름 산 아래로 내려가는 길이 나올 것 같다는 생각마저 들었다. 하지만 겉으로는 아름답고 장엄한 이 구름 산이 일순간에 지나가리라는 징후는 전혀 보이지 않았다. 오히려 주위 경관과 더불어 오래 지속될 것 같은 분위기였다.

일반적으로 시에라 전 지역의 봄여름 날씨는 가벼운 비와 눈발 등으로 인해 다양한 편이다. 비와 눈발 등은 대부분 폭풍이라고 하기에는 즐거운 편이어서 활기를 불어 넣는 구실을 한다. 맑은 하늘에 피어나는 구름 한 점은 1시간 정도 무르익다가 달아오른 대지에 빗발을 뿌린 뒤, 눈에 띄는 어떠한 흔적도 하늘에 남기지 않은 채 단숨에 지나가고 만다. 이러한 부드러운 눈보라는 높은 산봉우리 사이에서 자주 발생한다. 표현의 격렬함과 강인함 측면에서 한겨울에 발생하는 폭풍우에 비할 수 없으리라 생각하겠지만, 실제로 폭풍우는 봄에 더 자주 발생하고 좀 더 격렬하다. 내 주위에 지금 몰려들고 있는 폭풍우가 바로 그런 종류였다.

오후가 지났을 즈음, 숲에 안전한 캠프를 마련했다. 3시가 되니, 오전 9시와 오후 12시에 스트로베리(Strawberry) 계곡에서 했던 기압계 관찰을 날씨 때문에 포기해야 할 것 같았다.

제롬은 염려스러운 표정으로 거친 바람 속에서 솟아오르는 구름을 찬찬히 관찰한 뒤 산등성이 너머를 잠시 응시했다. 마침내 그는 서둘러서 이곳을 빠져나가지 않으면 정상에서 하룻밤을 보내야 할 것이라고 단언했다. 하지만 관측을 마치고 싶은 열망이 뒤돌아 물러나고 싶은 본능을 억누르고 있던 나는 일에 더 매달렸다. 경험이 없는 산사람은 자신을 믿지 않는다! 그래서 나는 제롬에게 노련한 산사람인 우리는 자기 자신을 믿으면서 어떤 폭풍우라도 다 뚫고 산 아래로 내려갈 수 있어야 한다고 말했다.

이윽고 구름이 엷고 희미한 안개처럼 산꼭대기를 넘어 북쪽에서 남쪽으로 바람을 타고 오기 시작했다. 뭉게구름은 눈앞에서 요술처럼 생겼다 없어졌다를 반복하면서 보풀이 일어난 양털처럼 기다랗고 고운 옷감으로 변신했다. 우기에 요세미티 폭포에서 생기는 물보라처럼, 바람은 구름을 휘감아 작은 고리로 만든 뒤 연달아서 아름다운 소용돌이가 빙글빙글 솟아오르도록 했다. 이 높고 맑은 구름은 산의 경사면을 향하던 바람의 상승 편차로 인해 팽창했으며, 그 탓에 공기가 차가워졌다.

우박과 눈을 번갈아 뿌리기 시작한 얼음 구름에서 이윽고 두껍고 불명확한 모양의 제방 같은 것이 만들어졌으며, 구름은 뾰족한 산봉우리의 북쪽 가장자리에서 꾸준히 늘어났다. 그 순간 갑자기 하늘이 어두워졌다. 마지막 관측을 마친 뒤 기구들을 챙겨서 하산 준비를 하는데, 폭풍우가 더욱 거세졌다. 처음에는 우박이 산벼랑을 쳤다. 내가 보건대, 우박은 둥그런 밑동을 지닌 육면체의 금자탑 모양에, 화려하고 호사스러우며 아름다웠다. 이렇듯 외관상 기묘해 보이는 우박이 벼랑에서 미끄러져 이 황량하고 험한 바위산으로 계속해서 굴러 떨어졌다.

산등성이로 내려와 치치 소리를 내는 화산 분기공(噴氣孔)^{화산의 화구 안이} _{나 산허리, 산기슭에서 화산 가스를 분출하는 구멍} 지대를 지나자 폭풍우는 매우 격렬해졌다. 몇 분 지나지 않아 기온이 영하 5℃까지 떨어졌고, 잠시 뒤 영하 17℃ 이하로 내려갔다. 우박은 눈으로 바뀌었고, 사방은 칠흑같이 어두워졌다. 바람은 점점 격렬해져서 황량하고 울퉁불퉁한 바위 한가운데에서 우르르 소리를 내며 들끓었다. 순간적으로 반짝이는 번개가 어둠을 잠시 갈라놓았다. 지금껏 내가 들어본 소리 가운데 제일 엄청난 천둥소리로 인해 마치 산의 지반이 갈기갈기 찢어질 것만 같았다. 천둥소리에 뒤이어 오래된 화산이 다시 폭발하는 것 같은, 순간적으로 용솟음치는 듯한 소리가 이어졌다.

한번에 눈 비탈을 내려와 숲까지 가면 무사히 탈출할 수 있을 것 같았지만, 주위가 너무 어둡고 폭풍우는 무척 거셌다. 사실 우리는 한쪽 면은 휘트니 빙하 상단부의 가파른 빙판에, 다른 한쪽 면은 산산이 부서진 벼랑에 접해 있는 위험한 산마루를 2.5킬로미터 정도 따라 내려가야 했다. 나는 다가오는 어둠을 걱정하는 동시에, 폭풍우가 시작될 때 제일 위험한 지점을 생각하면서 바람 방향과의 연관관계를 염두에 둔 채 경계심을 늦추지 않았다. 그러자 어둠이 몰려오고 심한 눈보라가 닥쳐 와도 이 난관을 뚫고 내려갈 수 있으리라는 자신감이 생겼다. 나는 온천 지역을 지나 용암으로 가려진 곳에 잠시 멈춰 서서 뒤처진 제롬을 기다렸다.

도착한 제롬은 굉장히 어려운 상황 속에서도 당황하지 않은 채 나의 생각과는 반대로 더 이상 전진하는 것은 무리라고 주장했다. 그는 위험을 무릅쓰면서 캠프를 찾고자 하는 나의 모험에 단호히 반대했다. 하지만 나는 우리의 노력에 뒤따르게 될 위험과 그가 처하게 될 위험을 명확히 파악하고 있었기 때문에 그를 이곳에 혼자 남겨 놓지 않기로 결정했다.

이야기를 마치자 제롬은 용암으로 가려진 피난처를 벗어나, 마치 급류를 거슬러 올라가듯이 불어 닥치는 바람을 맞받으며 온천 지대로 되돌아가기 시작했다. 나는 하산을 찬성하는 새로운 논쟁거리가 될지도 모르는 폭풍우를 황망히 바라보다가 할 수 없이 그를 따라갔다. 제롬은 거품이 부풀어 올랐다가 푹푹 터지는 화산 분기공 가운데에 서서는 "여기라면 추위로부터 안전할 겁니다"라고 말했다. 하지만 나는 그에게 "그래, 이 진흙과 증기 속에 누워 있으면 적어도 몸의 한쪽 면은 따뜻해질 거야. 하지만 이 산성 가스는 어떻게 피할 것이고, 또 폭풍우가 멈춘 뒤 흠뻑 젖은 옷을 입고도 어떻게 동상에 걸리지 않은 채 캠프에 도착할 수 있는데? 햇빛이 나올 때까지 기다려도 되겠지만, 해가 언제 얼굴을 드러낼까?"라고 말했다.

우리가 몸을 맡기고 있는 부드러운 지대는 대략 1제곱킬로미터의 넓이였다. 하지만 혹한의 바람이 휩쓸고 있는 지면이 가스의 열기를 빼앗아서 두께는 2.5센티미터도 채 되지 않았다. 눈이 얼마나 내릴지는 산사람들만 알 수 있으리라. 꽁꽁 언 얼음꽃들은 서로 부딪치면서 자신들을 몰고 온 엄청난 돌풍을 더욱 강렬하게 만들었다. 구름으로 치자면 지금은 구름꽃이 만발한 한여름과도 같았다. 이렇게 화려하게 꽃을 피우는 구름을 지금까지 본 적이 없었다.

작은 떡갈나무의 꽃이 질 때면 떨어진 꽃잎이 수백 제곱킬로미터에 걸쳐서 1.2센티미터의 두께로 섀스타의 온 대지를 뒤덮는다. 하지만 원숙한 눈꽃 구름은 점점 자라서 몇 시간 안에 5센티미터의 두께로 떨어진다. 몇몇 얼음 조각들은 거의 온전한 모양으로 지상에 내려오지만, 대부분 서로 부딪치며 닳거나 부서져 없어지고 만다. 잔잔한 날씨에는 이 눈꽃 모양이 무척 온화한 분위기를 띤 채 산의 건조한 대기 속에서 반짝이며 하늘하늘 조용히 내려앉는다. 어느 고요한 밤, 산중에 홀로 누워 하늘에서 내려오는 이 작은 침묵의 메신저와 처음으로 접촉한 일은 지금도 잊을 수 없는 추억으로 남아 있다. 어느 누구도 그 접촉의 감촉을 잊지 못하리라! 하지만 매서운 눈발로 가득 찬 돌풍은 아무리 용감한 사람이라도 뒤돌아 달아나게 만들 것만 같았다.

밤처럼 캄캄해진 이후에도 눈은 한두 시간 더 쉬지 않고 내렸다. 폭풍이 산 정상에 처음으로 밀려올 때까지 눈은 상당히 점진적으로 움직였으며, 구름은 치밀한 계획 아래 생성되고 있었다. 즉, 반투명한 얇은 조각들이 공중에서 하늘거리는 중에 어느 순간 바람과 천둥이 휘몰아치면, 눈발이 날리다가 갑자기 잠잠해졌다. 그럼 구름이 나타났다가 홀연히 사라졌고, 얼음 한 조각 남아 있지 않은 하늘에는 맑고 고요한 별빛이 반짝였다.

폭풍이 불어 닥치는 동안에는 가능한 한 바람에 몸이 덜 노출되도록 등을 땅에 대고 누운 채 얼굴 위로 눈발이 지나가도록 했다. 눈가루가 옷깃 사이로 스며들었고 살갗에 닿기도 했다. 처음에는 몸에 눈이 쌓이면 바람을 막아 주리라는 생각에 안심했다. 하지만 기온이 내려가면서 옷이 딱딱하게 얼어 하나의 덩어리가 된 탓에 고통은 점점 더해 갔다.

진흙 침전물 사이에서 새어 나오는 뜨거운 열기를 참을 수 없어서 진흙덩어리를 발뒤꿈치로 밀며 한 번에 조금씩 자리를 바꾸었다. 결빙과 염열(炎熱)의 상황에서 매서운 바람에 완전히 노출되는 것은 거의 죽음과도 같은 일이었다. 새로운 구멍에서 뿜어져 나오는 가스의 자극성 강한 냄새가 우리 주위를 뒤덮고 있었다. 바람이 그치면 화산 분출물은 어느 때라도 죽음을 초래할 정도의 많은 탄산가스를 만들어내리라. 이로 인해 잠들지도 모른다는 두려움이 생긴 나는 제롬에게 한순간도 정신을 잃지 말라고 경고했다.

우리는 길고 두려운 밤을 보내면서 의식을 잃지 않도록 서로의 이름을 불렀다. 그렇지 않으면 감각을 잃고 죽을지도 모른다는 두려움이 생겼기 때문이다. 식량과 수면 부족으로 힘든 등반을 마친 뒤 의식이 몽롱해지는 것처럼, 추위로 인해 우리의 감각은 희미해져 갔다. 삶이 사그라지는 모닥불처럼 느껴졌다. 초조한 시간이 더디게 가는 동시에 고통도 심해져서 이 고통이 영원한 것만 같았으며, 시간의 반은 아주 희미하게 기억나는 세월처럼 지나가 버렸다. 하지만 몸의 통증은 즐거운 일들을 떠올리는 상상력을 빼앗지는 못했다. 몽롱하고 무감각한 상황 속에서 식량 없이 며칠을 보낸 사람은 빵을 상상하듯이, 나는 모닥불을 피우기에 적당한 정도로 마르고 송진이 듬뿍 묻어 있는 땔감을 머릿속에 그렸다.

추위와 화상으로 인한 물집, 그리고 굶주림으로 우리의 몸은 두 눈을 빼놓고는 죽은 사람처럼 감각을 잃어 갔다. 감각과 의식이 점점 더 희미해져 갈수록 비록 순간이었지만 시력은 더욱 좋아졌다. 그래서 나는 구름이 걷힌 뒤 전에는 없었던 것 같은 새로운 모습, 즉 기다란 광선으로 아름답게 반짝이는 별을 더 가까이에서 보는 듯한 기분에 빠져들었다. 이 별들에 익숙해지자 집에서 바라보던 별들의 모습이 떠올랐다. 상상력은 이따금 다른 사람들과 뒤섞여 있는 산 아래 따뜻한 지역의 아름다운 그림들도 보여 주었다. 하지만 매서운 바람과 눈보라가 이 기분 좋은 환상을 깨뜨렸고, 심한 고통이 구름처럼 다리를 엄습해 왔다. 제롬이 몽롱한 의식 속에서 "많이 아픈가요?"

324

라고 물었다. 나는 목소리만큼은 태연하게 "음, 동상과 화상으로 좀 그렇군. 하지만 괜찮아. 결국 밤은 지나갈 테니까. 아마 내일이면 오월의 축제 속으로 들어가 모닥불을 피우고, 햇빛 속에서 일광욕을 즐기게 될 거야!"라고 말했다.

추위는 점점 더 심해졌다. 마치 겨울 내내 눈 속에 파묻혀 있었던 것처럼, 딱딱한 눈이 온몸을 덮고 있어서 몸이 꽁꽁 얼어붙었다. 매시간이 1년 같은 13시간 정도가 지나자 날이 새기 시작했다. 하지만 산 정상에 햇빛이 비치기까지는 긴 시간이 걸렸다. 누워 있는 곳에서는 구름 한 점도 보이지 않았지만, 아침은 흐릿하고 매우 추웠다. 희미한 빛이 산등성이를 지나 우리가 누워 있는 웅덩이로 스며들 것을 간절히 바라는 사이에 시간은 흘러갔다. 하지만 우리가 오랫동안 고대하고 바라던 따뜻하고 환한 광채의 일출 장관은 기미조차 보이지 않았다.

캠프로 돌아가기 위해 움직여야 할 시간이 다가옴에 따라 기력이 어느 정도 남았는지, 그리고 오랫동안 발가락 하나 꼼짝하지 못한 채 누워 있었기 때문에 일어나서 걸을 수 있는지를 알아야 했다. 산사람들은 극도로 기진맥진한 상태에서도 늘 보충할 힘을 찾아낸다. 이러한 힘은 위급상황에서만 필요한 일종의 제2의 생명이다. 비록 한쪽 팔이 마비되어 힘없이 달려 있었지만, 제2의 생명을 증명이라도 하듯 우리에게는 실패에 대한 두려움이 없었다.

마침내 잊을 수 없는 5월 1일, 기온이 어느 정도 올라가자 우리는 버둥거리며 일어나 집으로 향했다. 바지가 무릎을 구부릴 수 없을 정도로 얼어붙은 탓에 우리는 힘겹게 눈을 헤치며 간신히 걸어야 했다.

산 정상의 능선은 다행히 바람에 노출되어 거의 아무것도 없었기 때문에 우리는 발을 높이 들어 올려야 하는 수고를 할 필요가 없었다. 눈으로 살포시 덮인, 캠프로 가는 긴 비탈에 도착하자 우리는 미끄럼을 타듯 이리저리 곤두박질쳤다. 우리의 연약함은 속도를 감소시키기는커녕 오히려 증가시켜 우리는 빠른 속도로 내려갔다. 900미터 정도 타고 내려가자 햇볕이 등을 따뜻하게 비추었고, 이내 기운이 솟았다. 우리는 10시에 무사히 숲에 도착했다.

30분 뒤 전나무 숲에서, 우리를 호텔로 데려가기 위해 말을 끌고 올라오는 시슨 씨의 목소리가 들려왔다. 시슨 씨는 가능한 한 단단히 말들을 묶은 뒤 눈을 헤치고 길을 따라 올라오고 있었다. 너무 오랫동안 먹지 못해서 그런지 아무것도 먹을 수 없었지만, 시슨 씨가 타 준 커피는 맛있게 마셨다. 동상에 걸린 발이 녹을 때는 통증이 무척 심해서 발을 부드러운 눈 속에 몇 시간 파묻은 상태로 서서히 녹여야 했다. 그래야만 영구적인 심한 손상을 막을 수 있었기 때문이다. 산 정상에는 거친 폭풍우가 불어 닥쳤지만, 1.5킬로미터 아래에는 단지 7센티미터의 눈만 내렸다. 산 아래에는 우리가 겪은 산 정상의 폭풍우가 어느 정도였는지를 맛보여 주려는 듯 약간의 비만 내렸다.

나는 포대로 발을 감싼 뒤 말안장 위에 올라탔다. 내려가는 길 위로 밝은 햇살이 쏟아졌다. 시슨 씨는 작은 떡갈나무 덤불 지대를 '조물주의 땅'이라고 불렀다. 두 시간 정도 말을 타고 내려가자 마지막 눈 더미가 뒤로 물러섰다. 등산로의 가장자리를 따라 바이올렛이 퍼져 있었고, 작은 떡갈나무가 광활한 들판 주변의 어린 백합, 참제비고깔과 함께 꽃을 피우기 시작했다. 삼나무와 소나무의 따뜻한 갈색 가지들 사이로 흘러 들어오는 햇살이 어찌나 아름답던지! 새들과 식물 사이에 있던 나의 오랜 친구들이 마치 먼 낯선 땅에 오랫동안 떠나 있었던 친구를 맞이하듯 우리가 지나갈 때마다 하나하나 말을 걸었다.

오후쯤, 스트로베리 계곡에 도착한 뒤 잠에 떨어졌다. 다음 날 아침 죽은 사람이 살아난 것 같았다. 침실에는 햇살이 넘쳐흘렀고, 창밖으로는 하늘 위로 고고하게 모습을 드러낸 채 나무와 구름으로 둘러싸인 웅대하고 하얀 섀스타 봉우리가 보였다. 천지만물이 신선함과 아름다움, 그리고 젊은 열정으로 충만해 밝게 빛나고 있었다. 시슨 씨의 아이들이 꽃을 들고 와서 침대를 화려하게 장식해 주었다. 산꼭대기에서 경험한 폭풍우는 꿈처럼 사라졌다.

빙하만 발견

자연에서의 모험은 늘 새롭다

존 뮤어는 모험을 즐기는 선교사 홀 영, 안내자인 인디언들과 함께 빙하만을 향해

북쪽으로 올라갔다. 추운 날씨에 영과 인디언은 더 이상의 여행은 무모하다며

반대했지만, 뮤어는 자신의 믿음으로 그들을 설득했다. 그리고 결국 500미터의

빙하를 등반하는 데 성공했다. 뮤어는 그 높은 곳에서 발아래 북쪽으로 펴져 있는

신비한 얼음 황야를 내려다봤다. 그리고 그때 보고 느꼈던 감동을 평생 잊지 못했다.

(그가 발견한 빙하만은 45년 뒤인 1925년 2월 25일에 국립공원으로 지정되었다.)

10시경 나와 장로교 선교사 홀 영(Hall Young) 일행은 앞으로 나아가고 있었다. 등 뒤로 바람이 불어 닥치고 차가운 비가 세차게 때렸다. 우리가 상당히 깊숙이까지 들어온 이곳은 나무 한 그루 없는 황야였다. 하지만 등 뒤에서 부는 거친 바람 덕에 빠른 속도로 움직일 수 있었다. 더러워진 카누는 대형 배처럼 장중하게 파도 위에서 출렁거렸다. 우리의 계획은 먼저 북서쪽으로 가서, 본토처럼 보이는 매끈매끈한 대리석 섬의 해안 가까이에 위치한 만(灣)의 남서쪽까지 올라가는 것이었다.

오후쯤, 우리는 나중에 유명한 스코틀랜드 지질학자 제임스 기키(James Geikie)의 이름이 붙여진 거대한 빙하 가운데 첫 번째 빙하를 발견했다. 늘어진 구름의 끝자락에서 어렴풋이 치솟은 푸른 벼랑은 원시적인 힘의 무서운 인상을 지닌 반면, 이제 막 생긴 빙산의 거센 소리는 폭풍의 노호를 더욱 거칠게 만드는 듯했다.

기키 빙하를 지나 한 시간 반을 가자 수심이 얕은 빈약한 항구에 들어섰고, 우리는 카누를 끌고 떠다니는 얼음 덩어리를 넘어야 했다. 계속 전진하고자 하는 나의 바람과 달리, 안내인은 이곳에서 야영을 하자고 주장했다. 안내인은 만(灣)의 위쪽으로는 얼음으로 뒤덮인 커다란 산이 버티고 있어서 어두워지기 전에 도착할 수 없을 뿐 아니라 환한 대낮에도 육지에 상륙하는 일은 위험하다면서 여기가 바로 만에 이르는 안전한 항구라고 말했다. 다른 사람들이 야영을 준비하는 사이에 나는 산재해 있는 바위와 화석이 된 나무들을 조사하면서 해변을 거닐었다.

다음 날은 일요일이어서 선교사 영은 캠프에 머물길 바랐다. 인디언들도 날씨가 안 좋다며 캠프에 머물렀다. 그래서 할 수 없이 나 혼자 답사를 나섰다. 홀로 캠프 위쪽의 산비탈에서 낮 시간을 보내다가 조사할 것을 확인하기 위해 북쪽으로 향했다. 비와 질척이는 눈길을 뚫고 앞으로 걸어 나갔다. 갈색 조약돌이 가득한 개울을 건너거나 뛰어넘어야 하고, 어깨 위로 쌓이는 눈 때문에 버둥대기도 한 힘든 산행이었다. 축축한 옷을 입은 채 밤낮으로 비좁은 카누에 웅크려 있던 탓에 팔다리가 마비되는 느낌이었는데, 오늘에서야 비로소 사지에 생기가 돌았다. 그래서 나는 시련의 시간 속에서도 하이 시에라의 수많은 산봉우리에서 채득한 산행 솜씨를 결코 잊지 않았다는 사실을 몸소 증명해 보였다.

대(大)빙하 가운데 두 번째에 해당하는 460미터 높이의 산마루에 도착했다. 주위 경치가 구름 속에 잠긴 데다 전경이 너무 광범위해서 여기까지 올라온 수고가 헛되지 않을까라는 걱정이 들었다. 그러나 마침내 구름이 조금씩 걷히더니 회색 구름 아래로 얼음으로 가득 메워진 만(灣)과 그 주위에 서 있는 산기슭들, 그리고 발아래 가장 가까운 곳에서 당당한 위용을 드러내고 있는 다섯 개의 거대한 빙하가 눈에 들어왔다. 얼음과 눈, 새로 생긴 바위의 고독함, 그리고 희미하고 황량한 신비함을 드러내는 빙하만(灣)을 전체적으로 조망하기는 이번이 처음이었다.

한두 시간을 위해 너무 많은 노력을 쏟아 부은 나는 눈보라를 피해 자리를 잡은 뒤, 마비가 된 손가락으로 간신히 노트에 전경을 스케치하고 몇 글자를 적었다. 그런 다음 다시 눈보라를 헤치며 눈사태로 인해 움직이던 산비탈과 여울을 지나서, 어두워질 무렵 야영지에 도착했다. 온몸이 흠뻑 젖고 많이 지치긴 했지만 기분은 좋았다.

커피와 건빵을 먹고 있는데 영이 다가왔다. 그는 인디언들이 내가 더 깊이 들어가겠다고 고집을 부리면 카누가 파선되거나 길을 잃는 등 어떤 불가사의한 일로 슬픔에 잠기게 될 것이라는 두려움에 떨고 있으며, 이제 그만 돌아가자고 말했다고 전해 주었다. 인디언들은 영에게 폭풍우가 몰아치는데도 내가 산에 오르고자 하는 이유가 무엇인지를 물었다. 그 물음에 영이 "뮤어 씨는 그저 자연에 대한 지식을 얻고자 할 뿐입니다"라고 대답하자, 토야테(Toyatte)는 "거친 날씨에 이런 자연에서 뭔가를 찾으려 하는 것을 보면 뮤어는 무당임에 틀림없소"라고 말했다.

저녁식사를 마친 인디언들은 힘없이 타오르는 화석나무의 모닥불 주위에 웅크리고 앉아 파손된 카누, 익사한 인디언들, 눈보라 속에서 동사한 사냥꾼 등의 슬픈 이야기를 주위의 바람과 물, 으르렁거리는 개울에 어울리는 목소리 톤으로 이야기했다. 용감하고 나이 많은 토야테조차 나무 한 그루 없는 이 지역의 황량한 전경을 두려워했다. 그리고 자신의 심장은 그리 튼튼하지 않으며, 우리의 생명을 담보하고 있는 카누가 출구 없는 얼음 감옥에 갇혀 나오지 못할 수도 있다고 걱정했다. 안내인인 후나(Hoona) 인디언은 바닥에서 갑자기 빙하가 솟아올라 죽은 자신의 종족들처럼 우리도 모두 죽을 것이라고 말하면서, 내가 위험을 좋아해 빙산의 바로 코밑까지 가고자 마음먹었다면 더 이상 멀리 가는 일에 동의할 수 없다고 불쑥 내뱉었다.

인디언들은 윙윙대는 바람 소리에 겁먹고 빙하 단지가 너무 거대해 그 한가운데에서 빠져나오지 못할지도 모른다는 생각에 두려워하는 것 같았다. 그래서 나는 10년 동안 홀로 산속과 폭풍우 속에서 방랑했으며 변함 없이 행운이 뒤따랐다고 말한 뒤 나와 함께라면 두려울 것이 없다고 설득했다. 그리고 용기를 내어 믿고 따르면 하나님이 우리를 인도하고 보살필 것이며, 그럼 얼마 안 있어 폭풍우가 잦아들고 태양이 나아가야 할 길을 보여줄 테니 괜한 걱정은 떨쳐 버리라고 말했다. 이 짧은 연설이 먹혀들었다. 내 설득에 약간의 열정을 드러낸 카다찬(Kadachan)은 행운의 사나이와 함께 가겠다고 말했다. 용기를 얻은 늙은 토야테는 심장이 다시 튼튼해졌다고 말한 뒤, 내 연설이 매우 좋았다며 "당신이 가는 곳이라면 위험을 무릅쓰고 함께 가겠다"라고 했다. 늙은 전사는 좀 더 감상적이 되어서, 저 세상 가는 길에 좋은 동료들과 함께 하니 카누가 파선되더라도 전혀 개의치 않겠다고 덧붙였다.

다음 날 아침 아직 눈비가 내리고 있었지만, 남풍이 용감하게 우리를 앞으로 밀어주는 동시에 우리가 가는 길에 놓인 얼음 덩어리를 날려 보냈다. 한 시간 정도 지나서 나중에 휴 밀러(Hugh Miller)라고 명명된 두 번째로 큰 빙하에 도달했다.

우리는 카누의 노를 저어 여울의 상류까지 올라간 뒤 앞에 버티고 서 있는 거대한 빙벽을 조사하기 위해 그곳에 상륙했다. 빙산의 돌출 부분은 1.6킬로미터의 길이에 폭이 300미터 정도 되는 듯했다. 빙산은 들쑥날쑥한 창 모양과 뾰족한 탑 모양을 만들어내며 갈라져 있었고, 평평한 꼭대기 탑과 흉벽(胸壁)은 다양한 푸른 색조를 띠었다. 빙하의 틈과 구멍에서 희미하고 가물거리는 투명한 색조를 발하면서 지금 막 갈라져 나온 빙벽은 차갑고 선명하며 비수 같은 푸르름을 선

보였다. 마치 물속 깊이 바닥까지 닿아 있는 듯한 빙하는 몇 킬로미터에 걸쳐 넓은 계단 모양으로 솟아 있었다. 그 아래로 바다가 제 갈 길을 찾아가고 있었다. 계단 모양의 빙하 너머로는 평원처럼 완만하게 무한정 뻗어 나간 빙하가 페어웨더 레인지(Fairweather Range) 경사면과 계곡을 따라 갈라졌다. 이곳에서 두 시간 정도를 가자 만(灣)의 상단부와 바다표범 사냥기지가 있는, 지금은 퍼시픽(Pacific) 또는 후나라고 불리는 대빙하의 북서쪽 개울 입구에 이르렀다. 개울은 8킬로미터 정도의 길이였으며, 강 어귀는 폭이 3킬로미터가량 되었다.

안내인인 후나 인디언이 마른 장작 창고를 갖고 있는 덕에 우리는 그것들을 배에 실을 수 있었다. 배를 띄우자마자 마치 '갈 테면 가라, 나의 얼음 방으로. 하지만 내가 너희를 데려다 줄 준비가 될 때까지 거기서 기다려라'라고 말하는 듯 강풍이 우리를 개울의 멀리까지 단숨에 옮겨다 놓았다. 만에는 줄곧 진눈깨비가 내렸고, 산 위에는 눈이 쏟아졌다. 하지만 우리가 상륙한 지 얼마 지나지 않아 하늘이 개기 시작했다. 우리는 퍼시픽 빙하의 앞쪽 가까운 곳에 위치한 바위로 된 계단에 텐트를 쳤으며, 카누는 얼음 파도를 피해 위쪽으로 옮겨 놓았다. 빙산이 무너져 내리고 있는 앞쪽은 마치 폭풍우가 부서진 빙하를 다시 그들의 집으로 데려다 놓은 듯 얼음 덩어리로 가득 차 있었다.

텐트 칠 준비를 하는 사이, 나는 시야를 넓게 조망하기 위해 산 위로 올라갔다. 300미터도 채 안 된 높이에서 비는 그쳤다. 저지대에서 하얀 치맛자락을 들어 올리며 웅대한 모습을 자랑하던 구름이 날개 모양의 광활한 얼음바다 위로 솟아 있는 산 위로 꾸물꾸물 모여들기 시작했다. 이 산은 하얀 눈이 덮인 산 가운데 제일 높았으며, 빙하는 지금까지 본 것 가운데 가장 거대한 얼음 덩어리였다. 좀 더 드넓게 조망하기 위해 위로 더 올라간 나는 귀중한 시간을 쪼개어 노트에 몇 자 적고 스케치도 했다. 한쪽에서는 구름의 가장자리를 뚫고 나온 햇빛이 개울의 초록빛 물과 반짝이는 빙산들, 거대한 빙하의 투명한 단애, 그리고 광활한 하얀색의 얼음판 위로 쏟아져 내렸다. 페어웨더 레인지는 말로 표현할 수 없는 순결함과 신성한 모습을 잠시 감추었다가 다시 살짝 드러내면서 얼음 덮인 황야의 전경을 장엄하게 펼쳐 보였다.

남쪽 방향을 내려다보니 광활한 얼음 벌판이 퍼시픽 피오르드 (Fiord)에서부터 반 이상 물에 잠겨 있었다. 그리고 나머지 반은 하얀 눈으로 뒤덮인 산이 마치 여기저기에 점을 박아놓은 것처럼 수평선까지 완만한 굴곡을 이루며 펴져 있었다. 만(灣)의 몇몇 거대한 빙하는 이곳에서부터 흘러 들어왔다. 얼음 벌판은 아직 모습을 드러낼 준비가 되지 않은 언덕과 골짜기를 덮고 있는 빙하의 일반적이면서도 전형적인 본보기다. 때가 되면 이 아름다운 얼음 벌판은 태양에 의해 모습을 드러낼 것이고, 그로 인해 대지가 따뜻해지면 이내 비옥해질 것이다.

서쪽 방향으로는 5킬로미터의 높이로 장엄하고 아름답게 솟은 봉우리 가운데 페어웨더 산이 가장 높고 멋지게 자리 잡고 있었다. 모든 봉우리와 산 정상을 갈라놓는 페어웨더 산마루는 마치 물감을 뿌려놓은 듯 새하얗게 물들어 있었다.

사람들은 흔히 땅이 젖거나 얼지 않는 한 급경사 지역과 벼랑에는 눈이 쌓이지 않는다고 생각한다. 하지만 이곳의 눈은 결코 물에 젖는 법이 없다. 이는 험준한 벼랑에서 뿐 아니라 벼랑의 처마 밑에서도 거대한 덩어리로 쌓이는 작은 미립자가 폭풍우에 떠다니는 먼지처럼 쌓이고 굳어져서 된 것임에 틀림없었다. 퍼시픽 빙하는 위풍당당하게 늘어선 줄을 바탕으로 멀리까지 뻗어 있었다. 셀 수 없을 정도로 많은 작은 폭포의 지류로 세력을 키운 빙하는, 길이 300미터에 폭 1.5킬로미터나 되는 바위섬의 벼랑 돌출부로 인해 갈라진 뒤 두 어귀의 협만으로 뻗쳐 들어갔다.

태양이 내리쬐는 빙하처럼 마음이 따뜻해진 나는 춤을 추는 듯한 기분으로 캠프에 돌아왔다. 캠프에서는 인디언들이 이 먼 곳에 무사히 도착한 사실과 길고 긴 폭풍우가 물러간 일을 자축하면서 모닥불 주위에 행복하게 둘러앉아 있었다. 그날 차가운 밤하늘에서 별들이 어찌나 평화롭게 빛을 발하던지! 또 정적 속에서 얼음 덩어리들이 구르고 융기하며 만들어내는 울림소리가 어찌나 인상적이던지! 나는 무척 행복해서 잠을 이룰 수 없을 정도였다.

애견 스티킨
어려움 속에서 빛나는 우정은 결코 잊을 수 없다

존 뮤어는 1880년 8월 30일 선교사 영의 검은 애견 '스티킨'과 함께 테일러 빙하를 탐험했다. 이 용감하고 작은 검정개는 나중에 많은 사람들을 감동시킨 이야기를 만들어냈다. 거친 날씨와 험한 빙하에서 뮤어와 일생 최대의 고비를 넘김으로써 인간보다 더 진하고 돈독한 관계를 형성했던 것이다. 세상의 그 어떤 개보다도 용맹하고 총명했던 스티킨에 대한 추억은 뮤어가 죽는 순간까지 그의 기억에서 떠나질 않았다. 그뿐 아니라 많은 사람들이 스티킨에 대한 이야기를 듣길 좋아했다.

나는 1879년 가을에 시작한 얼음 덮인 남동쪽 알래스카 탐험을
계속하기 위해 1880년 여름에 포트 랭겔(Fort Wrangell)을 출발했다.
인디언들은 필요한 식량과 담요 등을 가득 실은 뒤 자기 자리에서 출
발을 준비하고 있었다. 항구에 나와 있던 친지들과 친구들은 작별인
사와 함께 행운을 빌어 주었다. 나는 선교사 영을 기다리고 있었고,
마침내 그는 작은 검정개와 함께 배에 올랐다. 검정개는 배에 오르자
마자 수화물 사이의 움푹 꺼진 곳에 몸을 파묻었다. 개를 좋아하긴
했지만, 영에게 작고 하찮아 보이는 이놈을 왜 데려왔느냐고 물었
다. 그리고 "그런 작고 하찮은 동물은 오히려 방해가 될 뿐이에요.
저기 항구에 나와 있는 인디언 소년에게 넘겨 주는 것이 나을 듯싶습
니다. 집에 데려가서 아이들과 함께 놀게 하는 것이 좋지 않을까요?
저 장난감 같은 개는 이 여행과 어울리지 않아요. 수주일 또는 수개
월간 눈과 빗속에 있어야 할 텐데, 그렇게 되면 저 개는 어린아이처
럼 보살핌이 필요할 겁니다"라고 잘라 말했다.

하지만 영은 이놈은 전혀 폐를 끼치지 않을 거라며 나를 안심시켰
다. 그리고 이 검정개는 완벽에 가까운 동물이어서 곰처럼 추위와 굶
주림을 견딜 수 있고, 물개처럼 수영할 수 있으며, 매우 영리하고 등
등 이놈의 족보가 쟁쟁하다는 사실을 입증하기 위해 여러 장점들을
늘어놓았다.

어느 누구도 그놈의 족보를 파헤치고 싶은 생각은 없을 것이다.
영리하고 날렵한 움직임과 모양새는 여우를 연상시켰지만, 우수한
혈통을 지녔다는 개 가운데 이놈과 딱 하니 닮은 종은 아무리 생각해
도 떠오르질 않았다. 이놈은 짧은 다리, 주름진 몸, 부드럽지만 바람

이 불면 뒤로 휘날려 털북숭이처럼 보이는 길고 보드라우며 약간 곱실한 털을 가지고 있었다. 처음 봤을 때 제일 먼저 눈에 띈 부분은 다람쥐의 것과 비슷한, 돌려서 앞으로 빼면 코까지 닿는 가볍고 멋진 꼬리였다. 좀 더 관찰한 결과 얇고 예민한 귀, 그리고 위에 귀여운 갈색 점이 있는 날카로운 눈매가 눈에 들어왔다.

영은 이놈이 숲 쥐의 크기쯤 되는 강아지였을 때 싯카(Sitka)에서 아일랜드 탐광(探鑛)업자에게 자신의 부인이 선물로 받았다고 했다. 그리고 포트 랭겔에 도착하자마자 스티킨 인디언이 데려간 뒤 그의 부족에게 새로운 행운을 가져다주는 토템의 의미로 '스티킨'이라고 불렸으며, 모든 사람의 귀염둥이가 되었다고 설명했다. 어디를 가나 귀여움을 독차지하면서 사랑과 칭찬을 받았고, 마르지 않는 지혜의 원천으로 대우받았다는 것이었다.

탐험이 시작되고 얼마 안 있어 스티킨이 특이한 놈이라는 사실을 알게 되었다. 기묘하고 음흉하며 자주적인 성격, 게다가 범접할 수 없는 냉정함과 나의 호기심을 자극하는 많은 사소한 일들로 인해 나는 종종 당혹스러움을 느꼈다. 수많은 섬과 해안가의 산 어귀들, 그리고 복잡한 해협을 지나 항해할 때마다 스티킨은 게으를 정도로 꼼짝도 하지 않았으며, 언뜻 보면 마치 깊은 잠에 빠진 것처럼 무료한 나날을 보냈다. 하지만 이놈이 늘 어떤 식으로든 일의 진행 상황을 정확히 파악하고 있다는 사실을 발견했다. 인디언들이 오리나 물개들을 쏘려고 할 때나 물가에 관심을 끄는 흥미로운 대상이 나타나면 스티킨은 카누의 모서리에 턱을 괸 채 멍한 눈을 가진 관광객처럼 밖을 침착하게 내다봤다. 그리고 하선한다는 말을 들으면 우리가 내릴 곳이 어떻게 생겼는지 보기 위해 몸을 일으켰으며, 해변 가까이에 카누가 닿으면 물로 뛰어내려 수영을 했다. 그리고 잠시 후 소금물에 젖은 털을 한바탕 흔들어대고는 작은 짐승을 사냥하기 위해 숲 속으로 뛰어 들어갔다. 스티킨은 늘 카누에서 제일 먼저 뛰어내렸고, 탈 때는 맨 끝으로 탔다. 우리가 막 출발하려고 하는 순간에도 이놈의 모습은 보이지 않았으며, 우리가 부르는 소리에도 전혀 아랑곳하지 않았다. 비록 스티킨을 볼 수 없었지만, 우리는 얼마 뒤 이놈이 숲 가장자리의 찔레나무와 월귤나무 사이에서 걱정스런 눈으로 카누를 바라보고 있다는 사실을 알게 되었다.

스티킨은 우리가 배를 타고 꽤 멀리 가면 그때서야 재빨리 해안가로 달려 나와 밀려오는 파도로 뛰어들었다. 그리고 우리가 노 젓기를 멈추고 자신을 건져 올리리라는 사실을 잘 알고 있다는 듯 유유히 수영을 하면서 따라왔다. 그래서 나는 마치 버려 두고 갈 것처럼 그놈을 오랫동안 수영하게 만들어 버릇을 고치려고 했지만, 잘 되질 않았다. 수영을 오래하면 할수록 수영을 더욱 즐기는 듯했다.

스티킨은 한없이 게으름을 피웠지만, 탐험과 답사는 한 번도 빠지지 않았다. 비가 내리는 어느 날, 칠흑 같은 어둠이 내린 밤 10시쯤에 우리는 연어가 알을 낳으려고 돌아오는 강 어귀에 도착했다. 때마침 강물이 빛을 발했으며, 연어들이 강을 거슬러 오르고 있었다. 지느러미를 파닥이며 뛰어오르는 수많은 연어들은 강물 전체를 휘저어 놓으면서 칠흑의 어둠 속에서도 강을 무척이나 아름다운 은빛으로 바꿔 놓았다. 나는 이 광경을 전망이 좋은 곳에서 바라보기 위해 인디언 동료 한 사람과 함께 야영지에서 800미터 정도 떨어진 여울목의 한가운데를 오르고 있었다. 그곳의 강물은 바위를 타고 넘는 급류로 인해 더욱 환한 빛을 발했다. 인디언들은 고기를 잡느라 정신이 없었으며, 나는 우연히 뒤를 돌아 강 아래를 내려보다가 유성의 꼬리처럼 길게 퍼지는 불빛을 발견했다. 그 불빛은 우리를 쫓고 있는 커다랗고 이상한 동물이 만들어내는 것임에 틀림없었다. 그 장대한 불빛이 점점 더 가까워지고 있었으므로, 우리는 괴물의 머리와 눈을 곧 보게 되리라 생각했다. 그런데 그 괴물은 다름 아닌 스티킨이었다! 내가 캠프를 떠난 사실을 알고 걱정이 되었는지, 수영을 해서 나를 쫓아오고 있었던 것이다.

　캠프가 일찍 세워지면 일행 가운데 일등 사냥꾼은 사슴 사냥을 하러 숲 속으로 가는데, 스티킨이 멀리 나가 있는 중이 아니라면 사냥꾼의 발꿈치 뒤에는 변함없이 스티킨이 뒤따르고 있었다. 그런데 요즘에는 이상하게도 사냥꾼이나 자기 주인을 따라가지 않고 총도 없는 나를 늘 따라다녔다. 폭풍우가 너무 심해 항해가 힘든 날에는 연구탐사를 위해 숲 속이나 인근 산속에서 시간을 보냈다. 그럴 때마다 스티킨은 늘 나를 따라나섰다. 날씨가 아무리 궂어도 스티킨은 월귤나무의 가시가 뒤엉킨 파낙스와 라즈베리나무를 교묘히 피하고 물을 흠뻑 먹은 잎을 건들이지 않은 채 여우처럼 미끄러지듯 날렵하게 나의 뒤를 따랐다. 게다가 결코 지치거나 낙담하는 일 없이 은근과 끈기로 산사람의 진면목을 드러내면서 눈을 헤치고, 차디찬 여울을 헤엄치며, 빙하 사이의 틈과 커다란 통나무나 바위들을 껑충 뛰어넘었다.

　일단 나를 따라 빙하 위에 올라서면 스티킨은 날카롭고 거친 빙판에 살을 베어 발을 내디딜 때마다 핏자국을 남겼다. 하지만 내가 붉은 핏자국을 보고 불쌍히 여겨서 손수건으로 모카신(Moccasin)^{북아메리카 원}^{주민의 뒤축이 없는 신}을 만들어 줄 때까지는 의연하면서도 묵묵하게 인디언 주인의 뒤를 따르는 것이었다. 마치 고통과 고난 뒤에는 평온함이 있다는 사실을 알고 있는 철학자처럼, 아무리 고통이 심해도 도움을 청하거나 불평하는 법이 없었다.

하지만 우리 가운데 어느 누구도 스티킨이 진짜 어떤 일에 적합한 놈인지를 알지 못했다. 스티킨은 명령에 절대 복종하지 않으면서 자신의 길만을 고집했으며, 이유 없이 위험이나 고통에 맞서는 듯했다. 그래서 사냥꾼은 스티킨에게 동물들을 공격하게 하거나 쏴서 떨어진 새를 물어오라고 할 수가 없었다. 그놈의 평정심은 지나치게 한결 같아서 어떤 때는 감각이 없는 동물처럼 보였다. 보통의 눈바람은 스티킨에게는 즐거움이었으며, 빗속에서는 마치 비를 기다리던 채소처럼 무척 신나했다. 닥칠 일이 무엇인지에 상관없이 스티킨은 언뜻 보기에 빙하처럼 냉정했으며, 장난기 있는 일에는 무관심한 듯 보였다. 나는 스티킨의 용기, 인내, 그리고 거친 날씨를 즐기는 성향 밑에 그 무엇이 감춰져 있으리라 생각하면서 그놈과 친해지려고 무던히 애썼다.

실내에서 자라고 은퇴하는 마스티프(Mastiff)^{큰 맹견의 일종}나 불도그도 냉철한 기품 면에서는 이 털북숭이의 작은 놈을 당할 수 없을 것이다. 그래서 스티킨은 가끔 작고 땅딸막하며 움직이지 않는 선인장을 연상시켰다. 스티킨은 모두가 잘 알고 있는 테리어(Terrier)^{사냥개}나 콜리(Colleies)^{양치기 개}의 경쾌하면서도 장난기 가득한 모습과 감동적인 애정, 헌신을 조금도 드러내지 않았다. 대부분의 작은 개들은 어린아이처럼 관심을 끌고 사랑받길 원하지만, 스티킨은 혼자 내버려 두길 바라는 디오게네스와 같았다. 즉, 그놈은 평탄한 인생항로 속에 천성적으로 과묵함과 성실함을 감추고 있는 대자연의 진정한 아들이었다.

스티킨의 강인함은 특히 두 눈에서 그 빛을 발했다. 스티킨의 두 눈은 산마루처럼 완숙할 뿐 아니라 광야처럼 기운차면서도 거칠어서, 그놈의 눈을 들여다보는 일이 결코 싫증나지 않을 정도였다. 마치 아름다운 전경을 바라보는 것 같은 기분이 들었다. 그렇다고 스티킨의 작고 움푹 들어간 눈 주위에 주름 같은 개성 강한 특징이 있었던 것은 아니다. 식물의 모습과 동물의 얼굴을 들여다보는 일에 익숙해 있던 나는 이 작고 불가해한 놈을 흥미 있는 연구 대상으로 점점 깊이 있게 바라봤다. 하지만 경험을 통해 알게 되기까지는 이 하등동물의 감춰진 재치와 지혜, 그리고 잠재성을 측정할 수 없었다. 왜냐하면 성인들뿐 아니라 개 역시 개발되는 과정을 거쳐 완전함에 이르게 되기 때문이다.

섬덤과 타쿠(Tahkoo) 피오르드, 그리고 그곳 빙하들을 탐사한 뒤 페어웨더 레인지의 큰 파운틴(Fountain) 빙원으로 들어가는, 아직 탐사가 이루어지지 않은 입구를 거쳐 스티븐스 패시지(Stephen's Passage)를 지났다. 그리고 린(Lynn) 운하로 들어가 다시 얼음 해협을 지난 뒤 크로스 사운드(Cross Sound)로 항해했다. 우리는 조류의 흐름을 타고 있었기 때문에 빙하만(灣)에서 바다로 흘러 들어가는, 유사한 형태를 가진 빙산의 무리와 함께하게 되었다. 우리는 막 지난 케이프 스펜서(Cape Spenser)에서 밀려 들어오는 커다란 파고에 금방이라도 뒤집힐 것 같은 카누의 노를 저으며 밴쿠버 포인트(Vancouver' Point)와 윔블던(Wimbleddon) 근방을 지났다. 몇 킬로미터에 걸쳐 있던 가파르고 험한 절벽에 바람이 부딪히자 응응 소리가 났다. 그리고 구름 속에 숨어 있던 물방울과 바다의 거친 파도가 세차게 부딪히는 벼랑은 매우 위협적이면서도 황량해 보였다.

요세미티 암벽처럼 높게 서 있는 이 벼랑에는 육지로 오르는 길이 없었기 때문에 만일 이곳에서 배가 뒤집힌다면 우리는 깊고 깊은 물속으로 가라앉게 될 것이 분명했다. 그래서 나는 탁 트인 협곡과 배를 댈 공간이 있을 것 같은 북쪽 지역의 벼랑을 간절한 마음으로 세밀히 살펴보고 있었다. 그런데 스티킨은 우리가 하는 이야기를 들으면서 깎아지른 듯한 벼랑을 넋이 나간 듯 말없이 바라봤다. 마침내 우리는 지금은 테일러(Taylor)라고 부르는 만의 어구를 발견했다. 5시경에 만의 입구에 도달했는데, 커다란 빙하의 정면 가까이에 전나무 숲이 둘러쳐 있었다.

캠프를 치는 동안 조(Joe)와 사냥꾼은 야생염소를 쫓아서 협곡 동쪽 면의 산등성이를 올랐고, 나와 영은 빙하로 향했다. 조수에 침식된 빙퇴석으로 인해 입구의 물과 분리된 빙하가 벼랑 전체에 마치 장벽처럼 5킬로미터에 걸쳐 불쑥 솟아 있었다. 하지만 우리의 주된 관심은 이 빙하가 조금 작긴 했지만, 최근에 생겼다는 사실이었다. 말단 빙퇴석의 한 부분이 무너져 내리면서 동쪽 면의 숲을 위협하고 있었다. 많은 나무들이 쓰러져 묻혔고, 나머지 나무들도 벼랑에 겨우 매달려 있어서 곧 떨어질 것만 같았다. 오직 몇 그루만이 하늘 위로

긴 가지를 뻗고 얼음 바닥에 뿌리를 내린 채 꿋꿋하게 서 있었다. 뾰족한 빙벽 가까이에 서 있는 수백 년 된 나무가 만들어내는 장관이 무척 기이해서 제일 먼저 눈에 띄었다. 그래서 앞면으로 올라가 빙하 서쪽 면의 좁은 길로 접어들었는데, 그 순간 나는 빙하가 앞으로 나아갈수록 높이와 넓이가 커지고 불어나면서 '빙하 둔덕에 죽 서 있는 나무들을 휩쓸고 가 버린다는 사실을 알았다.

영과 나는 내일 좀 더 광범위하게 조사하기로 하고 첫 탐사를 마친 뒤 캠프로 돌아왔다. 밤새 나를 사로잡고 있던 빙하와 비바람 탓에 나는 아침 일찍 눈을 떴다. 북쪽에서 강풍이 몰려왔고, 마치 빙하뿐 아니라 전 지역을 쓸어버리겠다는 듯 지평선을 가득 덮고 있던 구름에서 비가 내렸다. 일 년 내내 쉬지 않고 흐르는 강물은 새로 뿌리는 비와 함께 빙하 위로 넘쳐흐르면서 바다처럼 으르렁댔다. 또한 하얗고 작은 폭포는 빙하 어구에 치솟은 회색 벼랑을 덮고 있었다.

하루 일과를 시작하기 전에 모닝커피를 만든 뒤 일행과 함께 뭔가를 먹으려고 했다. 그런데 그때 마침 폭풍우가 밀려오는 소리가 들려왔고, 나는 폭풍우를 맞이하기 위해 서둘러 나갔다. 훌륭한 자연에서 배울 수 있는 많은 일들이 폭풍우 속에 존재했다. 그뿐 아니라 폭풍우와 좋은 관계를 유지하면, 폭풍우의 아름다움과 장관을 즐기면서 노르웨이 노인과 함께 '사나운 폭풍우로 인해 노 젓기 쉬워지고. 폭풍우는 우리의 하인. 우리가 가고 싶은 곳은 어디든 데려다 주네'를 부르며 안전하게 밖으로 나갈 수 있다. 그래서 아침식사도 거른 채 주머니에 빵 한 덩어리를 넣고 서둘러 밖으로 나갔던 것이다.

영과 인디언들은 아직 잠에서 깨지 않았고, 스티킨도 잠자고 있길 바랐다. 하지만 얼마 가지 않아 뒤돌아보니, 스티킨이 캠프에 있는 자신의 잠자리를 떠나 강풍을 헤치며 나를 따라오고 있었다. 사람이 유쾌한 음악과 움직임으로 이루어진, 조물주가 만든 대자연의 경치를 보기 위해 길을 나서는 일은 충분히 이해할 만하다. 하지만 이런 험한 날씨에 도대체 무엇이 이 개를 유혹했단 말인가? 경치나 지질학에 대한 사람의 열정과 비슷한 그 어떤 것이 개에게는 존재하지 않는다. 그런데 스티킨은 아침식사도 거른 채 심한 강풍을 무릅쓰고 나를 따라나섰다. 나는 어떻게 해서든지 그놈을 캠프로 돌려보내려고 했다. 그래서 강풍 속에서도 스티킨이 들을 수 있도록 "지금은 안돼. 스티킨, 지금은 안 된다니까. 지금 무슨 생각을 하는 거야? 이건 미친 짓이야. 이런 거친 날씨에 내가 할 수 있는 일은 아무것도 없어. 그리고 지금 밖에는 거친 날씨 이외에 아무것도 없다고. 캠프로 돌아가 몸을 녹이고 주인과 함께 좋은 아침식사나 해. 다시 한번 생각해봐. 하루 종일 너를 데리고 다닐 수도 없고 먹을 것도 없다고. 이 폭풍우로 생명을 잃을지도 모른단 말이야"라고 소리쳤다.

하지만 자연은 모든 세상만물에 원인을 제공하는 존재다. 그래서 자연은 사람뿐 아니라 개를 통해서도 자신의 목적을 이루고 있는 듯하다. 즉, 자연은 자신의 방법대로 사람이나 동물을 밀고 당기면서 결국 아무리 험한 일이라도 자신의 목적을 이루고 마는 것이다. 몇번씩이나 멈춰 서서 돌아가라고 소리쳤지만, 스티킨은 꿈쩍도 하지 않았다. 차라리 지구에서 달을 떼어 놓는 것이 빠를 듯했다. 이전에 스티킨의 주인이 높은 산봉우리에서 사고로 팔을 삐어 스티킨이 고생한 적이 있는데, 지금은 반대로 이 애견 때문에 내가 고생할 것만 같았다. 하지만 이 처량한 유랑자는 비바람 속에서 온몸이 흠뻑 젖은 채로 눈을 껌뻑이며 완강하게 "어딜 가시든 따라가겠습니다"라고 말했다. 그래서 나는 "정 그렇다면 어쩔 수 없지. 함께 가자"라고 말했다. 그리고 주머니에서 빵 한 조각을 꺼내 주었다. 이것으로 나의 자연 탐사 가운데 가장 기억에 남는 여행이 시작되었다.

빙하 동쪽 면의 가까이에 있는 숲으로 피해 들어갈 때까지 얼굴에 몰아치는 빗물이 우리를 쓸어 버릴 것처럼 거세게 쏟아졌다. 나는 숲에서 잠시 숨을 돌리면서 귀를 기울인 채 주위를 살폈다. 빙하 탐사가 주된 목표였지만 바람이 너무 거세게 불어서 빙하 표면으로 올라갈 수 없었고, 갈라진 틈 사이를 건너뛰다가 균형을 잃어 떨어질 위험성도 있었다. 반면, 폭풍우는 좋은 연구 대상이었다. 이곳 빙하의 끝단은 약 150미터 높이의 불쑥 솟아오른 바위 아래로 기울어지면서 빙폭(氷瀑)_{빙하가 수직에 가깝게 급경사를 이루는 상태}을 만들고 있었다.

북쪽에서 빙하 아래로 폭풍우가 밀려 내려올 때 스티킨과 나는 강풍의 중심부 아래에 있었는데, 이곳은 강풍을 관찰하기에 좋은 장소였다. 폭풍우가 부르는 노래가 어찌나 아름답던지! 그리고 바람이 휩쓸고 지나간 자리에 남은 냄새는 어찌나 신선하고, 폭풍우의 작은 소리는 어찌나 달콤하던지!

소용돌이와 한바탕 강풍은 번갈아가며 나뭇잎과 가지, 주름진 나무 둥치, 그리고 머리 위로 날아다니는 얼음 조각과 돌 조각들을 모두 훌륭한 악기로 만들어 놓으며 숲을 지나갔다. 나뭇잎 하나하나, 얼음 조각 하나하나가 마치 잘 조율된 피리처럼 높고 낮은 음조를 냈다. 산에서 흘러 내려와 불어난 개울물은 거대한 급류를 이룬 채 빙하 양쪽으로 넘쳐흐르면서 돌바닥을 따라 자갈돌들을 '우르릉 쾅' 하며 굴렸다. 그리고 마치 서둘러 산을 벗어나고 싶다는 듯 강력한 힘으로 만(灣)을 향해 돌진했다. 개울물은 서로 이름을 부르면서 본향(本鄕)인 바다를 향해 흘러가고 있었다.

비를 피해 몸을 숨기고 있던 은신처에서 남쪽을 보니 우리의 왼쪽 위로 거대한 급류와 울창한 나무숲이 있었다. 오른쪽으로는 뾰족한 빙하가, 앞쪽으로는 어스레한 암영(暗影)이 퍼져 있었다. 노트에 이 멋진 장관을 그리려고 했지만, 비가 강하게 몰아치는 탓에 전혀 그럴 수 없었다. 바람이 잦아들자 우리는 빙하의 동쪽 면으로 올라갔다. 숲의 가장자리에 서 있던 모든 나무들은 혹한의 날씨를 극명하게 보여 주듯 나무껍질이 벗겨지고 부러져 있었다. 한편으로는 빙하 기슭에 수세기 동안 서 있던 수만 그루의 나무들이 산산조각 난 듯 부러지고 쓰러져 있었다. 여러 곳에서 15미터 또는 빙하 제재소의 주변 아래를 내려다볼 수 있었는데, 그곳에는 여기저기 펄프를 만들기 위해 잘라낸 둘레 30~40센티미터의 통나무들이 나뒹굴고 있었다.

빙하의 표면에 도끼로 계단을 만들면서 5킬로미터 정도 위로 올라갔다. 시야가 닿는 거의 전 지역이 회색빛 하늘 아래에서 빙판으로 끝없이 이어졌다. 빗줄기는 점점 더 굵어졌지만, 나는 전혀 개의치 않았다. 하지만 내려앉은 구름 속에서 휘날리는 희미한 눈발이 육지에서 멀리 벗어나는 일을 주저하게 만들었다. 서쪽 해안이 전혀 보이지 않은 상태에서 구름이 눈을 뿌리기 시작하거나 바람이 더욱 거세질 경우, 크레바스에 갇히게 될지도 모른다는 두려움이 생겼다. 부서지기 쉬운 아름다운 꽃 모양의 눈 결정체는 어둠 속에서 눈 덩어리를 이루며 험준한 크레바스 사이로 밀려 들어갔다. 나는 기후의 변화를 주시하면서 빙판을 거닐었다. 1.5~3킬로미터를 걸어 보고 나서야 빙판이 안전하다는 사실을 알았다. 주변의 크레바스는 대부분 좁은 편이었으며, 몇몇 넓은 것들은 빙 둘러서 피해 가면 되었다. 구름이 여기저기로 퍼지기 시작했다.

용기를 내어 마침내 반대쪽으로 나아갔다. 처음에는 속도를 냈고, 하늘도 그리 위협적이지 않았다. 자연은 우리가 좋아하는 일은 무엇이든 하도록 허락해 주기 때문에, 나는 눈보라로 앞이 잘 보이지 않을 경우에 대비해 돌아가는 길을 쉽게 찾을 수 있도록 자주 나침반을 꺼내 위치를 확인했다. 그래도 나의 안내인은 빙하의 구조물 윤곽이었다. 서쪽으로 가다 보니 크레바스가 빽빽하게 들어찬 곳에 도착했다. 그곳에 엄청난 횡곡(橫谷)과 세로로 갈라진 크레바스가 있어서 우리는 길고 좁은 가장자리를 지그재그로 돌아가야 했다. 크레바스 중에는 넓이가 6~9미터에 이르는 것도 있었으며, 그 깊이는 몇 킬로미터에 이르는 듯했다. 아름다웠지만 무시무시했다.

크레바스를 건널 때마다 나는 무척 조심했지만, 스티킨은 떠다니는 구름처럼 주저하는 일 없이 건너뛰었다. 내가 건너뛸 수 있는 최대 넓이의 크레바스를 스티킨은 한번 흘깃 보더니 쉽게 건너뛰는 것이었다. 날씨는 차가운 회색빛 여울 속에서 반짝이는 광명을 뿌리며 급속도로 변하고 있었다. 이따금 태양이 완전히 모습을 드러낸 경우에는 구름으로 옷을 차려입은 듯한 산들이 조금씩 보였으며, 온 해변에 걸쳐 있는 빙하가 눈에 들어왔다. 반면, 무수한 눈 결정체는 대초원을 무지갯빛으로 화려하게 수놓았다. 그런데 이 모든 장관이 갑자기 깜깜해지더니 이내 사라지고 말았다.

스티킨은 밝음이나 어둠도, 크레바스나 웅덩이 또는 빙하에 뚫려 있는 구멍도, 그리고 떨어지면 휩쓸려 갈 수 있는 급류도 전혀 개의치 않는 듯했다. 이 어린 모험가는 겨우 두 살밖에 되지 않았다. 이놈은 신중함이나 호기심, 놀라움이나 두려움을 드러내지 않은 채 빙하가 마치 자기 놀이터나 되는 것처럼 용감하게 걸어 다녔다. 몸 구석구석에 용맹함이 배어 있은 듯, 일찍이 건너본 적 없는 1.5~2.5미터 간격의 크레바스를 겁도 없이 훌쩍 건너뛰곤 했다. 스티킨이 지나치게 의연해 보여서, 심지어 둔감한 것이 아닌가라는 생각까지 들었다. 내 눈에는 맹목적인 용감함처럼 보였던 것이다. 그래서 나는 스티킨에게 조심하라고 끊임없이 경고했다. 우리는 많은 여행을 통해 밀접한 관계가 되었다. 그래서 어느 순간부터인가 나는 스티킨을 한 마디 한 마디를 다 이해하는 소년으로 여기게 되었고, 그놈과 대화하는 버릇까지 생겼다.

3시간 정도 걸려서 서쪽 해안에 도착했다. 이곳의 빙하는 약 11킬로미터에 걸쳐 있었다. 우리는 구름이 몰려올 것에 대비해 가능한 한 산속 깊이 들어간 뒤 페어웨더 산의 수원(水源)을 보기 위해 북쪽으로 향했다. 숲의 가장자리를 따라 걷는 것이라 그리 어렵지 않았다. 이 숲도 반대편 숲과 마찬가지로, 점점 커지는 빙하에 의해 침식당해 거의 다 파괴되었다. 거대한 갑(岬)^{바다 쪽으로, 부리 모양으로 뾰족하게 뻗은 육지}을 지나 한 시간가량 가자, 빙하에서 갈라져 나온 하나의 빙하 줄기가 불쑥 나타났다. 빙하 줄기는 너비가 3.2킬로미터 정도 되는 거대한 빙폭(氷瀑) 모양을 하고 있었으며, 서쪽 방향의 주(主)분지 가장자리를 넘어 흘러 들어갔다. 5~6킬로미터를 따라 내려가자, 이 빙하 줄기가 얼음을 가득 채우고 있는 호수로 흘러 들어간다는 사실을 알 수 있었다.

호수의 물이 강으로 흘러가는 출구 쪽으로 가려고 했지만 벌써 하루해가 다 진 상태였고, 잔뜩 찌푸린 하늘이 어두워지기 전에 서둘러서 빙판을 벗어나라고 충고했다. 그래서 더 이상 가지 않고 아름다운 주위 경관을 둘러보기만 했으며, 상황이 나아지면 다시 찾아오기로 결심한 뒤 뒤돌아섰다. 우리는 얼음이 덮인 계곡으로 속도를 내어 올라갔다. 서쪽 해안을 3킬로미터 정도 벗어나자, 주(主) 빙하가 나왔다. 여기에서 나와 스티킨은 어려운 크레바스를 만났다. 게다가 조금씩 모여들던 구름에서 비가 내리기 시작하더니 얼마 안 있어 무서운 눈보라가 몰아쳤다. 몰아치는 눈보라 속에서 길을 찾아야 한다고 생각하니 마음이 심란해졌다. 하지만 스티킨은 아랑곳하지 않았다. 그놈은 여전히 말없고 유능한 작은 영웅이었다.

어둠과 함께 강풍이 불어오자, 스티킨은 내 뒤에 바싹 붙어서 따라왔다. 눈 때문에 더욱 서둘렀지만, 그와 동시에 눈은 우리가 가는 길을 더욱 방해했다. 수많은 크레바스를 뛰어넘으면서 최선을 다해 앞으로 나아갔다. 균열된 빙하의 단층을 지나는 어려움이 몇 킬로미터나 계속되었다. 이런 고된 일을 한두 시간 하고나자, 우리 앞에 거대한 넓이에 세로로 된 일련의 크레바스가 나타났다. 그것은 마치 광대한 밭고랑과도 같았다. 위험하다는 생각에 신경이 곤두섰지만, 어쩔 수 없이 길을 나섰다. 발아래 펼쳐진 아슬아슬한 벼랑으로 떨어지지 않도록 조심하면서 크레바스를 건너뛰었다. 이곳에서는 실수가 결코 용납되지 않았다. 단 한 번의 시도만 있을 뿐이었다. 스티킨은 별 어려움 없이 따라오는 듯했다.

수 킬로미터를 이런 식으로 오르락내리락하면서 나아갔다. 빙하 사이에서 밤을 보낼 수도 있다는 우려가 밀려오는 통에 우리는 대부분의 시간을 달리거나 건너뛰면서 전진해 나갔다. 스티킨은 어떤 일이든 할 수 있을 것 같았다. 심지어 얼어 죽지 않으려고 밤새 빙판 위에서 춤추듯이 발을 동동 구르며 폭풍우를 뚫고 지나갈 수도 있을 듯했다. 자포자기 같은 어떤 감정도 없는 상황에서 우리는 위험에 직면해 있었다. 우리는 허기지고, 흠뻑 젖어 있었으며, 산에서 불어오는 바람은 매서웠다. 기나긴 밤이 될 것임에 틀림없었다.

눈보라가 심하게 몰아치는 탓에 어느 쪽이 덜 위험한 길인지를 분간하기조차 어려웠다. 그나마 떠다니는 구름 속에서 살짝 드러나는 산의 어스레한 모습이 앞으로 다가올 날씨를 판별하도록 도와주는 안내자 구실을 했다. 나는 그저 크레바스에서 크레바스로 더듬어 건너가면서 길을 찾아야만 했다. 어디에서나 보이는 것은 아니었지만, 빙하의 모양을 안내자로 삼았다. 때로는 바람의 방향을 길잡이로 삼기도 했다. 나는 몇 번이나 분발하자며 스스로를 다그쳤다. 다행히 스티킨은 위험이 커지는 상황에서도 움츠리는 기색을 전혀 보이지 않은 채 쉽게 따라오고 있었다. 이러한 모습은 위험에 처한 산사람들이 보여 주는 바로 그 모습이었다.

남아 있는 귀중한 햇빛을 1분이라도 아끼느라 열심히 달리고 건너뛰면서, 이번에 뛰어넘은 어려운 크레바스가 제발 마지막이길 바라며 끈질기게 참고 걸었다. 하지만 기대와는 반대로 앞으로 나아갈수록 크레바스는 점점 더 험해졌다.

결국 폭이 매우 넓고 곧추선 크레바스가 우리의 앞을 막아섰다. 우리는 크레바스가 없길 바라며 북쪽으로 길을 바꿔 1.5킬로미터쯤 빠르게 앞으로 나아갔다. 그런데 저 멀리 빙하 아래쪽에 건너기 쉽지 않을 것 같은 다른 크레바스가 버티고 있었다. 넓이가 3킬로미터 정도 되는 데다 건너뛸 수 있는 곳도 단 한 군데밖에 없었다. 건너뛰기도 만만치 않은 넓이였다. 뛰다가 건너편에서 미끄러질 위험성이 커서 영 내키지 않았다. 심지어 내가 있는 쪽이 건너편보다 30센티미터가량 더 높았다. 이것을 이점으로 삼아 건너뛴다고 해도 위험성은 무척 커 보였다. 사람들은 일반적으로 크기가 큰 크레바스의 넓이를 과소평가하는 경향이 있다. 그래서 나는 건너뛸 수 있다는 생각이 들 때까지 냉철하게 바라보면서 크레바스의 넓이와 건너편의 모서리 모양을 추측했다. 낮은 쪽에서 건너뛰면 실패할 것 같았다. 보이지 않는 장애물의 방해를 받는 상황에서 신중한 산사람이라면, 되돌릴 수 없는 데다 매우 위험하기까지 한 낯선 땅에 결코 발을 들여놓지 않는 법이다. 이것이 바로 산사람이 오래 사는 법칙 가운데 하나다. 서둘러야 했지만, 나는 이 법칙을 깨기 전에 앉아서 마음을 가라앉히고 냉정하게 심사숙고했다.

마치 노트에 그림을 그리듯 머릿속으로 꾸불꾸불한 길을 다시 되돌아가자, 아침에 지나온 길보다 1.5~3킬로미터 강 위쪽에서 다시 빙하를 건너고 있는 모습과 이전에 본 적이 없는 곳에서 지금 같은 곤란에 빠져 있는 모습이 보였다. 그렇다면 위험을 감수하면서까지 거대한 크레바스를 건너뛰어 해안의 숲으로 돌아가야 하는가, 아니면 불을 지피고 다음 날까지 참을성 있게 기다려야 하는가? 이미 지나온 크레바스를 다시 건너뛰어 되돌아가는 일은 나에게 있어서 무척 힘들었다. 어두워지기 전에 폭풍우를 뚫고 숲으로 돌아가는 것도 힘들긴 마찬가지였다. 그리고·이러한 시도는 한밤중에 빙하 위에서 볼품없는 댄스 공연을 선보이게 만들 것이 분명했다. 어쩌면 지금 눈앞에 있는 장애물을 건너는 것이 더 가망성이 높을 듯했다. 그리고 지금쯤 동쪽 해안은 서쪽만큼 가까이에 있을 것이다. 그래서 나는 앞으로 계속 나아가기로 결정했다. 그러나 이 넓은 크레바스는 그야말로 거대한 장애물이었다. 뒤로는 또 다른 장애물들이 놓여 있었으므로, 나는 앞에 놓여 있을 난관들을 뚫고 나가기로 작정했다. 그리고 결국 무사히 크레바스를 건너뛰었다. 스티킨은 아무렇지 않다는 듯 내 뒤를 변함없이 잘 따라왔다.

우리는 이런 식으로 지나온 난관들을 뒤로 한 채 열심히 앞으로 나아갔다. 하지만 얼마 못 가서 지금까지 만난 것 가운데 가장 거대한 크레바스와 맞닥뜨렸다. 건널 수 있는 다리나 돌아갈 수 있는 길을 찾아내면 이 난관을 극복할 수 있으리라 생각한 나는 이 크레바스를 서둘러 조사했다. 1.5킬로미터도 채 안 되는 거리를 거슬러 올라가자, 염려했던 대로 이 크레바스가 방금 건너온 것과 연결되어 있다는 사실을 알게 되었다. 실망스럽게도 우리는 길이가 3킬로미터나 되는 좁은 섬에 갇힌 꼴이 되고 만 것이다. 이곳을 벗어나기 위해서는 두 가지 방법밖에 없었다. 온 길을 다시 되돌아가거나, 아니면 이 거대한 크레바스를 건너기 위해 접근하기조차 무척 어려운 은빛 얼음 다리 쪽으로 가는 것이었다.

먼저 나는 은빛 얼음 다리로 되돌아가 조심스럽게 살펴봤다. 해협의 도드라진 면과 빙하의 다른 부분들의 움직임에 의해 생긴 이 크레 바스는 처음에는 포켓나이프의 날이 들어갈 정도로 틈이 좁았지만, 빙하의 깊이와 팽팽한 긴장 정도에 따라 틈이 점점 넓어졌다. 갈라진 틈 가운데 어떤 것은 나무 균열처럼 지금은 잠시 균열이 멈춰 있었지 만, 다시 갈라지기 시작할 때는 끝부분의 겹쳐진 사이로 길고 가느다 란 얼음들이 삐져나왔다. 이 얼음들은 나무의 쪼개진 부분이 서로 연 결되어 있는 것처럼 양쪽 사이의 연속적인 연결점을 만들어냈다.

어떤 크레바스는 몇 달 또는 몇 년 동안 그대로 열린 상태로 남아 있다가 양쪽 면이 녹아내리면 초기의 팽팽한 긴장감이 줄어들면서 입구 폭이 계속해서 넓어진다. 한편으로 균형이 잘 잡히고 아주 안전 했던 연결 다리는 점점 두께가 얇은 수직의 날카로운 칼날처럼 녹아 내리고 상단 부위는 비바람에 노출된다. 중간 부분이 제일 많이 노출 되기 때문에 결국 현수교의 케이블처럼 밑으로 휘어지고 만다.

이렇게 위험한 데다 접근할 수 없을 정도로 노출되고 녹아 있는 것으로 봐서는 분명히 오래된 얼음 다리였다. 이곳의 크레바스는 넓 이가 15미터 정도 되었고, 대각선으로 놓여 있는 갈라져 나온 얼음 다리는 20미터 정도의 길이였다. 중간의 얇은 칼날은 빙하 꼭대기에 서 7.5~9미터 아래에 있었고, 위로 구부러진 앞쪽 끝은 빙하 가장자 리의 2.5~3미터 아래쪽에 양쪽 면으로 달라붙어 있었다.

나는 거의 수직인 벽을 타고 내려가 갈라져 나온 얼음 다리의 끝 단에 이르렀다. 건너편 쪽으로 가는 것은 매우 어려운 일이었고 또 불가능해 보였다. 오랫동안 산악과 빙하에서 많은 어려움을 만났지 만, 이번처럼 어려운 난관은 없었던 것 같았다. 게다가 우리는 온몸이 흠뻑 젖은 데다 허기져 있었고, 하늘은 금방이라도 눈이 몰아닥칠 것처럼 어두웠으며, 밤은 점점 더 다가오고 있었다. 하지만 우리는 현실을 직시해야 했다. 피할 수 없는 일이었다.

나는 먼저, 갈라져 나온 얼음 다리의 내려앉은 앞쪽 끝 가장자리 부분에 한쪽 무릎을 받쳐 줄 깊은 구멍을 팠다. 그리고 빙벽이 너무 깎아지른 듯했으므로, 그 구멍에 무릎을 댄 채 짧은 손잡이 도끼로 40~45센티미터의 발판을 만들었다. 발판은 안쪽으로 약간 경사지게 만들어서 발뒤꿈치를 잘 받칠 수 있도록 했는데, 생각보다 잘 만들어졌다. 나는 조심스럽게 그곳에 발을 집어넣고 몸의 왼쪽을 빙벽 쪽에 붙인 뒤 납작 엎드린 채 틈 사이로 왼손을 집어넣고 바람에 몸이 흔들리지 않도록 했다. 한편으로는 도끼의 반사 빛과 돌풍으로 인해 균형을 잃지 않도록 조심하면서 오른쪽으로는 계속해서 발판과 손가락을 넣을 틈새를 만들었다. 삶과 죽음은 발판을 완성하는 일격 일격과 정교한 마무리에 달려 있었다.

얼음 다리의 끝에 이르러서는 40~45센티미터 폭의 수평 발판을 만들었다. 다리를 안전하게 건너기 위해 몸을 구부릴 때마다 이 작고 미끄러운 발판이 균형을 잡아주는 구실을 할 것이었다. 양쪽 벽에 무릎으로 균형을 잘 잡은 뒤 날카로운 도끼 날로 일격 일격을 쪼개며 한 번에 2.5~5센티미터씩 앞으로 나아가는 일은 비교적 쉬웠다. 어느 쪽의 심연(深淵)이든, 나는 일부러 무시했다. 나에게 있어서 저쪽 얼음 다리의 가장자리는 생명을 인도하는 세상과도 같았다.

하지만 조금 조금씩 앞으로 나아가며 작은 발판을 만들 때 제일 힘들었던 것은, 안전한 자세로 걸터앉아 있다가 일어나서 거의 깎아지른 빙벽에 계단식으로 발판을 만드는 일이었다. 발판을 만들고 양손과 발을 그 틈새에 집어넣어 올라갈 경우 인간의 몸 전체가 하나의 눈이 되고, 숙련된 기술이나 불굴의 정신은 인간의 지식을 넘어서는 힘으로 대치되게 마련이다. 그때까지 나는 이토록 심한 긴장감을 오랜 시간 느껴 본 적이 없었다. 지금도 어떻게 그 벼랑을 오르게 되었는지 말할 수가 없다. 그 모든 일이 마치 다른 사람이 이루어 놓은 것만 같기 때문이다.

나는 탐험을 하면서 이따금 아름다운 산속이나 빙하의 한가운데에서 최후를 맞이하는 것이 저 아래 세상에서 병에 걸리거나 사고로 죽는 것보다 더 큰 축복이라고 생각하곤 했다. 그렇다고 죽음을 경멸한 적은 단 한 번도 없었다. 멋진 죽음이 우리 앞에 수정처럼 맑고 뚜렷하게 모습을 드러내고 있고, 지난 세월 동안 누렸던 행복에 감사한다고 해도 죽음을 직시하기란 매우 어려운 일이다.

하지만 가엾은 스티킨, 털이 텁수룩한 작고 귀여운 동물을 생각해 보라! 내가 위험을 무릅쓰고 갈라져 나온 얼음 다리를 건너기로 결정한 뒤 얼음 다리에 발판을 만들기 위해 무릎을 꿇고 있을 때, 스티킨은 내 뒤로 다가와 머리를 어깨 너머로 밀어 넣고 밑을 내려다봤다. 그리고 갈라져 나온 얼음 다리와 건너편의 모습을 이상한 눈빛으로 자세히 살피더니, 놀라움과 근심 어린 얼굴로 나를 쳐다보면서 뭐라고 낑낑대기 시작했다. "설마 저 무시무시한 곳으로 가려는 것은 아니지요?"라고 말하는 듯했다.

스티킨이 크레바스를 조심스럽게 들여다본 뒤 근심 어린 눈빛으로 무언가를 열심히 말하려고 내 얼굴을 똑바로 쳐다보는 것은 이번

356

이 처음이었다. 잠깐 살펴보는 것만으로도 위험을 인식하고 판단할 수 있을 정도로 스티킨은 총명했다. 용맹한 이 작은 강아지는 마치 이전까지는 빙판이 미끄러우며 어디에도 이보다 더한 위험은 없다는 사실을 몰랐던 것 같았다. 스티킨이 우는 소리를 내며 두려움을 표현하기 시작했을 때 그의 모습과 목소리 톤은 정말 사람 같았다. 그 순간 나는 나도 모르게 마치 놀란 어린아이에게 하듯이, 그리고 한편으로는 나 자신을 달래듯이 겁에 질린 스티킨을 진정시켰다. "겁내지 마, 스티킨. 쉬운 일은 아니지만 우리는 무사히 건널 수 있어. 이 험한 세상에서 바른 길은 결코 쉬운 것이 아니야. 바른 길에는 목숨을 걸 수 있어야 해. 최악의 경우 우리가 발을 헛디뎌 떨어지면 우리의 묘지는 호화로울 거야. 우리 뼈는 하나하나 썩어서 빙퇴석의 좋은 밑거름이 될 거고."

하지만 나의 설교가 그놈을 안심시키지는 못했다. 이내 다시 울기 시작한 스티킨은 거대한 심연을 다시 한번 뚫어지게 쳐다본 다음 절망감에 사로잡힌 채 다른 건널목이 없나 찾아 헤맸다. 스티킨이 헛수고를 하고 돌아왔을 무렵 나는 발판 두 개를 더 만들었다. 비록 나는 돌아볼 수는 없었지만, 자신이 돌아왔다는 사실을 알리는 스티킨의 큰 소리는 들을 수 있었다. 스티킨은 갈라져 나온 얼음 다리 위에서 몸을 구부린 채 발판을 만드는 나를 바라보며 큰 소리로 울어댔다. 위험 앞에서는 어느 누구라도 움찔하게 마련이다. 하지만 스티킨이 위험을 제대로 파악하고 판단한다는 점은 실로 놀라운 일이었다. 아무리 산사람이라도 위험의 실제와 겉모습을 구별해 신속하면서도 현명하게 판단 내리기가 어렵기 때문이다.

내가 건너편에 도달했을 때 스티킨은 더욱 큰 소리로 울부짖었다. 탈출구를 찾으려고 달아났다가 다시 돌아오는 헛수고를 한 스티킨은 마치 죽음의 고통에 빠진 듯 소리 내어 울부짖으면서 얼음 다리 위의 크레바스 가장자리로 돌아오곤 했다. 이것이 말 없고 냉정하던 스티킨의 모습이란 말인가! 나는 스티킨에게 "얼음 다리는 보기와 달리 그리 나쁘지 않아"라고 소리쳐 용기를 북돋아 주었다. 스티킨이 발을 내딛기 쉽게 발판을 평평하고 안전하게 만들어 놓은 상태였다. 하지만 스티킨은 두려워했다. 이런 커다란 두려움을 감당하기에는 스티킨이 무척이나 왜소했다. 나는 차분하고 침착한 목소리로 겁먹지 말고 건너오라며 몇 번이나 스티킨을 불렀다. 일단 해보면 할수 있는 일이었다.

잠시 잠잠하던 스티킨은 다시 갈라져 나온 얼음 다리를 내려다본 뒤 이 길로는 도저히 갈 수 없다는 듯 확신에 찬 목소리로 울부짖었다. 그리고 절망감을 느꼈는지 뒤로 물러서서는 "도저히 내려갈 수없어, 도저히"라고 말하는 것처럼 큰 소리로 울어댔다. 스티킨의 타고난 용맹함과 냉정함은 두려움에 사로잡혀 모조리 없어지고 말았다. 만일 이 상황이 조금이라도 덜 위험했다면, 스티킨의 고통스러운 울부짖음은 우스꽝스러운 일이 되었을 것이다.

이러한 어려움 속에서도 냉혹한 심연은 죽음의 그림자를 드리우고 있었다. 스티킨의 비통한 울부짖음은 마치 하나님에게 도움을 요청하는 듯했다. 아마도 하나님은 도와주리라. 전에는 감춰져 있었지만 지금은 덮개를 벗겨 속이 다 들여다보이는 시계의 움직임처럼, 나는 스티킨의 심장과 마음을 다 들여다볼 수 있었다. 스티킨의 목소리와 몸짓, 희망과 두려움은 사람의 그것과 구별할 수 없을 정도로 비슷했다.

나는 밤새 스티킨을 저렇게 두었다가 아침에 결국 찾지 못하는 불상사를 맞지 않을까 걱정했다. 하지만 모험을 강행하게 만드는 일도 불가능할 것만 같았다. 그래서 버리고 갈지도 모른다는 두려움에 스티킨이 얼음 다리를 건너는 시도를 하지 않을까 싶어서, 마치 그놈을 운명에 맡긴 채 내버려 두고 가는 것처럼 움직이기 시작해 빙구(氷丘)에 몸을 숨겼다. 하지만 이것도 소용없었다. 스티킨은 오히려 드러누워서 절망 섞인 목소리로 끙끙대기만 했다. 몇 분간 몸을 숨기고 있다가 할 수 없이 크레바스의 가장자리로 다시 돌아와 냉정한 목소리로 건너편의 스티킨에게 "더 이상 기다릴 수 없으니 정말 두고 갈 거야. 지금 네가 오지 않으면 내가 할 수 있는 약속은 고작 내일 아침에 찾으러 오겠다는 것뿐이야"라고 소리쳤다. 그런 다음에 "지금 나와 함께 숲으로 돌아가지 않으면 늑대에게 물려 죽을지도 몰라"라고 경고하면서 다시 한번 말과 몸짓으로 건너오라고 재촉했다.

스티킨은 내가 하는 말을 다 알아들었다. 절망과 무거운 침묵 속에서 마침내 용기를 낸 스티킨은 몸을 지탱하기 위해 내가 만들어 놓은 빙하 가장자리의 구멍 안에서 무릎을 굽히고 온몸을 빙하 쪽에 바싹 붙였다. 몸 전체의 털과 얼음 벽면의 마찰을 이용하려는 것 같았다. 그런 다음 스티킨은 첫 발판을 빤히 바라보더니 이내 몸은 웅크리고 머리는 꼿꼿이 세운 자세를 유지하면서 작은 발을 내딛어 서서히 미끄러지듯 내려왔다. 내가 잘 볼 수 있도록 발판 끝 쪽으로 발을 내린 뒤 다음 발판으로 옮기는 식으로, 연속해 있는 발판 하나하나를 잘 딛고 내려와 얼음 다리의 끝에 도달했다. 그 와중에도 스티킨은 강풍에 맞서 몸의 균형을 안전하게 유지하면서 발걸음 하나하나에 신경 썼다. 마치 '하나, 둘, 셋' 수를 세고 치수를 재듯 규칙적으로 얼른 발을 들어 올리고 내딛는 방식으로 벼랑 아래에 도달했다.

나는 스티킨이 내 손이 닿는 곳까지 오면 손을 뻗어 잡아 올리려고 무릎을 꿇고 있었다. 그런데 갑자기 스티킨이 아무 말 없이 멈춰 섰다. 개는 등산에 서툴기 때문에 그놈이 실패한다면 바로 이곳에서 실패하리라는 생각이 들었다. 나는 끈도 가지고 있지 않았다. 만일 끈이라도 있었다면 올가미를 만들어서 그놈의 목에 건 뒤 끌어올릴 수 있으련만……. 내가 옷을 찢어서 끈을 만들 수 있지 않을까라고 생각하는 사이에, 스티킨은 '하나 둘 셋'을 세기라도 하듯 내가 만든 발판들을 뚫어져라 쳐다보면서 발판 하나하나의 위치를 마음속에 새겨 넣고 있었다. 그러더니 갑자기 튀어 오르는 것처럼 달려들어 발판과 갈라진 틈 사이로 발을 집어넣고는 내가 보지 못할 정도로 순식간에 내 머리 위로 붕 날아왔다. 눈 깜짝할 사이에 일어난 일이라 스티킨이 어떻게 했는지를 자세히 보지는 못했지만, 우리는 무사히 일을 해내고 말았다!

정말 멋진 장면을 연출했다. "잘했다 잘했어, 리틀 보이! 용감한 녀석!"이라고 소리치며 스티킨을 보듬어 안으려고 했지만 녀석은 잡히려 하질 않았다. 절망의 구렁텅이에서 이렇게 한순간에 환희의 기쁨으로 충만했던 적이 이전까지 한 번도 없었다. 스티킨은 이쪽저쪽으로 몸을 휙휙 날리면서 마치 발광하듯 소리를 질러댔다. 그리고 소용돌이에 휩쓸린 나뭇잎처럼 현기증 나는 원을 그리면서 빙글빙글 돌더니, 이내 드러누워서는 때굴때굴 구르고 히스테릭한 외침과 울음을 쏟아내며 숨을 헐떡이는 것으로 자신의 격앙된 감정을 표현했다. 그런데 저러다가 잘못되어 죽는 것은 아닐까라는 걱정이 순간 들어서 나는 정신 차리라고 스티킨을 흔들 요량으로 곁으로 달려갔지만, 이놈은 180~270미터를 휙 날아가 버렸다. 그리고 공중에서 발을 버둥거리며 득달같이 되돌아와 내 얼굴로 달려드는 바람에 우리 둘 다 넘어질 뻔했다. 마치 "살았다! 살았다! 살았다!"라고 외치면서 한참 동안 환호하는 듯했다. 그러곤 다시 달아났는데, 갑자기 공중에서 흐느끼는 소리와 함께 그놈의 두 발이 날아왔다. 그 발의 힘이 무척이나 격렬해서 죽을지도 모르겠다는 생각이 들 정도였다. 이집트를 탈출해 홍해를 건넌 모세의 승전가도 이에 비하면 아무것도 아니었다. 어느 누가 스티킨과 함께 눈물을 흘리지 않겠는가!

스티킨의 지나친 두려움이나 기쁨을 진정시킬 방법이 없었다. 그래서 나는 스티킨에게 달려들어 매우 엄한 목소리로 "이런 바보 같은 짓은 그만 둬"라고 소리쳤다. 아직 가야 할 길이 남았고 어둠이 몰려오고 있었기 때문이다. 우리는 이러한 시련을 다시 만나리라는 두려움을 더 이상 갖지 않았다. 천국은 평생 이번 한 번만으로도 충분했다. 수천 개의 크레바스가 우리 앞에 놓인 얼음에 상처를 입혔으며, 이런 난관은 무척 흔했다.

구원의 기쁨을 불처럼 마음에 새긴 우리는 강인하게 타오르는 힘의 거대한 반동으로 근육을 움직여, 지친 기색도 없이 앞으로 달려나갔다. 스티킨은 앞에 놓인 장애물들을 날아서 건너뛰더니, 어두워질 무렵에는 평소의 여우 걸음걸이로 바뀌었다. 마침내 구름에 걸쳐 있는 산이 시야에 들어왔고, 얼마 지나지 않아 발밑으로 딱딱한 바위의 감촉이 느껴지자 이제는 안전하다는 생각이 들었다. 그 순간 갑자기 힘이 빠지는 것 같았다. 위험이 사라졌다는 사실을 안 순간 저항력도 사라졌다. 우리는 자갈과 통나무를 지나 아침에 몸을 피했던 관목과 덤불이 우거진 숲을 관통한 뒤, 어둠 속에서 비틀거리며 측면 빙퇴석으로 내려가 빙퇴석 끝을 건넜다.

캠프에 도착하니 밤 10시가 되었다. 그곳에는 따뜻한 모닥불과 식사가 있었다. 후나 인디언들이 돌고래 고기와 야생딸기를 선물로 가지고 와서 선교사 영을 만났다. 사냥꾼 조시(Josie)는 야생염소고기를 가져왔다. 하지만 나는 너무 지친 나머지 식사를 할 수 없었고, 눕자마자 그대로 깊은 잠에 빠져들었다. '고생이 심하면 심할수록 휴식은 달콤하다'라고 말한 사람도 이렇게 심한 고생은 결코 해보지 못했으리라! 스티킨은 잠을 자면서도 몸을 뒤척이거나 뭐라고 중얼댔다. 아직도 크레바스의 가장자리에 있는 꿈을 꾸고 있음에 틀림없었다. 나 역시 피곤에 지쳐 있을 때는 오랫동안 그랬다.

이 일이 있은 뒤 스티킨은 완전히 다른 개가 되었다. 남은 여행 기간에 내 곁에서 떠나지 않았으며, 음식도 내가 주는 것 이외에는 입에 대지도 않았다. 밤이 되어 모두들 모닥불 주위에 조용히 앉아 있을 때도 마치 내가 수호신이라도 되는 듯 헌신하는 모습으로 나의 무릎에 머리를 파묻었다. 나와 눈이 마주칠 때마다 "우리는 빙하에서 어려운 시련을 함께 극복했잖아요"라고 말하는 듯했다.

세월이 흘러도 폭풍우가 몰아치던 날 알래스카에서 겪었던 이 일은 기억 속에서 전혀 바래지 않았다. 그때의 일을 글로 쓸 때마다 마

362

치 다시 폭풍우의 중심에 있는 것처럼 마음속에서 모든 일들이 솟구쳐 오르고 휘몰아쳤다. 비와 눈보라를 잔뜩 머금고 있던 회색 구름, 움츠러든 숲 위로 솟은 빙벽, 눈 덮인 하얀 산의 수원(水源) 뒤로 퍼져 있던 거대한 빙하와 장대한 빙폭, 그리고 죽음의 그림자를 드리우고 있던 무시무시한 크레바스 위의 낮은 구름과 그 아래로 떨어지는 눈발 등이 아직도 생생하다. 그리고 스티킨이 가장자리에 서서 도와달라며 짖어대던 소리와 기쁨으로 환호하던 소리도 잊히질 않는다. 많은 개를 알 뿐 아니라 총명하고 헌신적인 개에 대한 이야기도 많이 들었지만, 스티킨 같은 개는 본 적이 없었다. 처음에는 내가 알고 있는 개 가운데 가장 하찮아 보였지만, 졸지에 최고의 명견이 되었다. 목숨을 건 폭풍우와의 사투에서 스티킨의 본래 모습이 드러났으며, 나는 그놈 덕분에 동료들에게 전보다 더 깊은 이해심을 갖게 되었다.

친구들 중 어느 누구도 스티킨이 나중에 어떻게 됐는지를 전혀 알지 못했다. 그해 탐사작업을 마치고 캘리포니아로 돌아왔는데, 나는 두 번 다시 사랑하는 이 작은 친구를 만나지 못했다. 스티킨의 소식에 대한 답장을 1883년 여름에 그놈의 주인에게 받았는데, 포트 랭겔에서 어떤 관광객이 그를 훔쳐간 뒤 기선에 태우고 떠났다고 했다. 스티킨의 행방은 여전히 미스터리로 남아 있다. 아마도 마지막 크레바스를 건너서 저 세상에 갔으리라. 하지만 나는 그놈을 결코 잊을 수 없다. 스티킨은 영원히 나와 함께할 것이다.

빗속의 화염
극한에서 아름다움과 맞닥뜨리다

존 뮤어는 자연에 대한 호기심과 강인한 모험심을 가진 인물이었지만, 자연을 이루는 모든 것들을 바라보는 그의 시선과 글에는 풍부한 감성이 담겨 있다. 즉, 강인함 같은 굽힐 줄 모르는 외적 감성과 감수성이 발달한 내적 감성이 잘 조화를 이루고 있었다. 그의 감수성은 자연뿐 아니라 모닥불 같은 인위적인 요소에서도 잘 드러나고 있다. 뮤어는 여행 중에 모닥불을 피우고 바라볼 기회가 많았지만, 숲과 산속에서 그의 고독한 밤을 따뜻하게 만들어 주던 불꽃 가운데 알래스카에서의 빗속 불꽃만큼 아름다움의 극치를 보여 준 예는 드물다.

거센 비바람이 몰아치던 어느 날 밤, 인디언들은 물론이고 백인들조차도 의아하게 생각하는 일이 뜻하지 않게 벌어졌다. 폭풍우에 알래스카 나무가 어떻게 움직이고 어떤 소리를 내는지 몹시 궁금했던 나는 어두운 비바람을 헤치며 마을 뒤의 언덕을 조용히 거닐고 있었다. 어둠이 내릴 무렵 출발했는데, 꼭대기에 도착하니 이미 캄캄해진 뒤였다. 폭풍우는 나의 육체적 불편함에 대해 고상한 보상이라도 하듯, 숲을 지나면서 아름다운 목소리로 즐겁고 기쁘게 노래를 불렀다.

폭풍우와 나무가 서로 어떻게 반응하는지 궁금했던 나는 강렬한 불빛이 필요했다. 그래서 긴 시간 끈기 있게 더듬은 결과, 속이 빈 나무 안에 들어 있던 작은 불쏘시개를 찾아냈다. 나는 그것들을 아직 비에 젖지 않은 주머니에서 꺼낸 3~5센티미터의 양초와 성냥통 옆에 조심스럽게 쌓았다. 그리고 마른 잔가지를 긁어모아 잘게 부러뜨려 불쏘시개와 함께 잘 모아둔 뒤 30센티미터 크기의 원뿔 모양 덮개를 만들어 그것을 조심스럽게 덮었다.

나는 몰아치는 비바람을 피해 더 많은 잔가지를 긁어모은 다음 양초에 불을 켰다. 그리고 원뿔 모양의 덮개에 불을 지펴 불쏘시개와 잔가지를 조심스럽게 집어넣자 마침내 불길이 솟아올랐다. 이 불길로 인해 주위가 환해졌고, 활활 타오르는 불길 속에 점차 많은 양의 톱밥과 잔가지들을 집어넣자 원뿔 모양의 덮개는 더 높고 넓게 타올랐다.

불이 점점 높이 타오르자 죽은 가지와 나무껍질들이 여기저기에서 눈에 띌 정도로 주위가 환해졌다. 주위가 많이 환해지면서 강렬하고 뜨거운 열이 생겨났다. 그래서 나는 내리는 빗속에서도, 불길이 흘러가는 구름에 붉은 섬광을 던질 때까지 잔가지를 풍족하게 모았다가 불 속에 던져 넣었다. 모닥불을 수천 번도 넘게 피워 봤지만, 이렇게 비를 동반한 강풍에서도 의기양양하게 강인함과 아름다움을 발산하는 불꽃은 만들어 본 적이 없었다. 정말이지 무척 아름다웠다. 비와 구름이 한데 뒤엉켜 빛을 발했으며, 시커먼 배경을 뒤로 하고 타오르는 나무들과 불꽃을 튀기며 갈라지는 나무 등걸들이 마치 참배를 위해 연방 굽실대는 것처럼 보였다.

모닥불은 자정쯤이 되자 절정에 이르렀고, 불길은 나에게 비를 피할 수 있도록 피난처를 제공했을 뿐 아니라 젖은 옷도 말려 주었다. 나는 모닥불의 찬송과 기도에 따라 그저 숲을 바라보고 숲의 소리를 들을 뿐이었다.

불꽃의 거대한 하얀 심장도, 빛나는 창처럼 위로 솟아오르며 흔들리는 열광적인 화염도 마을에서는 언덕마루와 숲에 가려 전혀 보이지 않았다. 하지만 구름 속의 밝은 빛은 랭겔(Wrangell)에서 보거나 들은 불길한 전조와는 달리, 폭풍우가 몰아치는 하늘에서 장관을 연출했다. 한밤중에 잠을 자지 않던 인디언들은 이 광경을 보고 무척 놀란 나머지, 관세 징수원을 깨워 선교사에게 기괴한 징조를 쫓아내는 기도를 부탁하고 오라고 말했다. 그리고 비에 젖었음에도 점점 환하게 타오르는 하늘의 화염을 본 적이 있는지 걱정스럽게 물었다. 징수원은 이 이상한 화염에 대해 들은 적이 있으며, 이는 백인들이 화산 또는 도깨비불이라고 부르는 것일지도 모른다고 대답했다.

기도를 하기 위해 일어난 영 역시 이 광경에 망연자실했다. 그리고 잠시 뒤, 춥고 눅눅한 날씨에 이런 현상을 그 어디에서도 본 적이 없으며, 어쩌면 백인들이 '세인트 엘모 파이어(St. Elmo's fire)나 도깨비불'이라고 부르는 일종의 자연발화일지도 모른다고 고백했다. 설득력이 있는 말은 아니었지만, 인디언들은 그의 말에 의구심을 걷어냈고 미신적인 두려움을 어느 정도 벗어던졌다. 하지만 내가 들은 바로는, 이 신기한 광채를 우연히 목격한 백인들도 인디언들만큼이나 당황했다고 한다.

나는 온갖 날씨와 장소에서 수천 가지의 모닥불을 즐긴 경험을 가지고 있다. 데이지와 백합이 가득한 하이 시에라 정원이 어둠 속에서 타오르던 모습, 즉 마음을 훈훈하게 만들던 짧은 화염을 마법에 걸린 어린아이처럼 바라본 적도 있었다. 또한 은빛 전나무 숲에서 나무처럼 하늘을 향해 솟구치던 거대한 화염은 마치 하늘을 더 멋지게 수놓으려는 듯 반짝이는 많은 별을 향해 솟아오르기도 했다.

겨울 산중의 거대한 불길은 야영지의 기후를 여름으로 바꾸어 놓고, 꽁꽁 얼어붙은 눈을 하얀 꽃밭처럼 보이게 만들기도 한다. 그럴 경우 구름이 피어오를 때 떨어지는 눈 결정과 휘날리는 불꽃 덩어리가 이따금 뒤섞여 하나가 되었다.

하지만 무엇보다도 폭풍우에 아랑곳하지 않던 알래스카 랭겔에서의 첫 모닥불의 의기양양한 장관, 그리고 그 광채에 의해 드러난 이끼 낀 나무들의 경이로운 아름다움을 어찌 잊을 수 있겠는가!

알래스카의 오로라
자연의 아름다움은 보전되어야 한다

존 뮤어는 문명의 영향으로 파괴되어 가는 자연 환경과 동물들, 그리고 갈수록 그 수가
줄고 있는 인디언들 때문에 늘 가슴 아파했다. 사람들의 편의에 의해 희생되어 가는
소중한 것들이 그를 늘 약자의 편에 서게 했으며, 그는 약자들을 위해 발언하고 글을 썼다.
뮤어가 알래스카에서 오로라를 감상하고 쓴 글을 보면, 자연을 원래의 모습대로
유지하는 일이 그 어떤 예술 작품을 소중하게 보관하는 일보다 더 뜻 깊다는 사실을
깨닫게 된다. 자연의 아름다움은 인간들이 그것을 훼손하지 않는 것만으로도 충분히
유지될 수 있을 것이다.

천신만고 끝에 해가 질 무렵 휴 밀러(Hugh Miller) 피오르드의 하구에 도달한 뒤, 둥근 돌이 깔린 해변의 경사진 곳에서 야영지를 찾고 있었다. 황량하고 접근하기 쉽지 않은 이 장애물을 1.5킬로미터 이상 조사했지만, 만조 한계 위로 카누를 끌어다 놓을 수 있는 곳을 찾지 못했다. 어둠이 밀려오고 있었던 탓에, 결국 장애물이 없고 1879년 10월에 캠프를 했던 적이 있는 모래사장을 별빛에 의지해 찾아가기로 결정했다. 그곳은 5~6킬로미터 정도 떨어져 있었다.

나는 극도로 조심하면서 반짝이는 얼음 덩어리 사이로 접어들었다. 신경전을 펼치며 한두 시간 걸려 거의 반 정도 왔을 때, 나 자신뿐 아니라 부서지기 쉬운 카누도 잃지 않을까 하는 두려움이 생겼다. 잠시 뒤 위협적인 모습의 거대한 얼음 덩어리들이 떠 있는 곳으로 들어섰다. 오른쪽 왼쪽으로 노를 저으며 나아가자, 마침내 1미터의 너비에 길이가 60미터 정도 되는 험준한 빙벽이 둘러싼 훤히 트인 곳이 나타났다. 거대한 빙산이 갈라지면서 만들어진 것 같았다. 조류의 흐름에 약간의 변화라도 있으면 닫혀 버릴지 모른다는 걱정에 나는 그곳으로 들어가길 주저했다. 하지만 앞으로 닥칠 위험이 이미 지나온 위험보다 작을지 모른다고 판단해 모험을 감행하기로 했다.

3분의 1 정도 들어가니 갑자기 반반한 벽으로 둘러싸인 통로가 점점 좁아졌다. 그곳을 빠져나오려고 필사적으로 서둘렀다. 카누의 뱃머리가 얇은 벽을 건드리자 벽이 우르르 내려앉았다. 겁에 질려 초조해진 나는 두 시간도 채 안 걸려서 처음에 내린 바위투성이의 해변으로 되돌아왔다. 이제 나는 카누에서 밤을 새든가, 아니면 젖 먹던 힘을 다해 위험한 빙산을 넘어가 카누를 끌어올려 놓을 만한 곳을 찾아야 했다. 그런데 자정쯤 되자 일이 잘 풀리기 시작했다. 잠 잘 생각은 하지도 못했는데, 즐거운 기분으로 잠자리에 들 수 있었다.

두 개의 표석(漂石)이 나의 잠자리가 되었다. 표석 사이로 몸을 집어넣은 뒤 바로 자리에 누웠다. 그리고 불룩하게 튀어나온 곳으로 몸을 구부린 다음, 별이 빛나는 하늘과 반짝이는 만(灣) 건너를 바라보며 딱딱하고 추운 저녁 시간을 잊으려 했다. 그때 오로라가 전에 본 것과는 매우 다르게 서쪽에서 동쪽으로 북방 지평선을 따라 계속해서 민첩하게 움직였다. 밝은 무지개 같은 장대한 빛의 수직 띠가 갑자기 나타났던 것이다. 오래전 위스콘신에서 장대한 모습으로 테를 두른 채 접혀 있던, 선명한 자줏빛의 휘황찬란한 구름을 본 적이 있었다. 하지만 역동적인 오로라의 깨끗하고 밝으며 아름다운 빛은 구름의 빛과 비교가 안 될 정도였다. 색이 한데 어우러져 있긴 했지만, 2도 정도의 높이로 기울어진 짧은 띠는 태양의 스펙트럼처럼 정교한 색상을 띠었다. 나는 이 빛의 군인들이 얼마나 오랫동안 열정적으로 행군했는지 말할 수 없다. 빛의 광란에 매혹되어 시간의 흐름을 깨달을 수 없었기 때문이다. 빛의 끝없는 열광은 축복의 밤하늘을 맴돌다 사라졌다.

감격스러운 하룻밤을 보내고 나니, 어떤 일도 할 수 있다는 자신감이 생겼다. 그래서 페어웨더 산 앞의 그랜드 퍼시픽 빙하에 도달할 수 있다는 희망을 안고, 아침 일찍 카누를 물 위에 띄운 뒤 휴 밀러 피오르드의 하구를 건너 만(灣)의 해변을 따라 4~6킬로미터를 들어갔다. 하지만 깊이 들어갈수록 훤히 트인 공간은 보이지 않고, 빙하 덩어리로 꽉 들어찬 해변만이 나타났다. 어떤 곳에서는 조류를 따라 남쪽으로 떠다니는 빙산이 만조 한계선을 넘어 물 밖으로까지 떠밀려 올라왔다. 어쩔 수 없이 북쪽으로의 전진을 포기했다.

조류의 영향을 받아 어두워지기 전에 오두막집에 도달하길 바랐지만, 길을 찾느라 고군분투해야 했다. 해가 질 때까지 오두막집에는 반도 가지 못한 데다 배도 몹시 고팠다. 할 수 없이 나는 카누를 놓아두기에 완만한 해변과 불을 피우고 잠시 눈을 붙일 수 있는 오리나무 덤불숲이 자리한 작은 바위섬에 올랐다. 그곳에서 불을 피우고 침상을 만들고 있는데, 어찌된 일인지 또다시 오로라가 하늘에 수를 놓고 있었다! 지난밤 아름다운 광경을 연출한 터라 이번에도 무척 기대가 컸다. 하지만 이번에는 새까만 구름에서 하늘을 향해 불쑥 튀어나와 흔들리는 거의 무색의 그저 그런 오로라였다. 나는 자리에 누워서 눈을 크게 뜨고 그 모습을 지켜봤다.

사흘째 되던 밤, 식량이 있는 오두막집에 도착했다. 오하이오 클리블랜드의 해리 필딩 리드(Harry Fielding Reid) 교수와 그의 일행이 탐사 결과에 대해 얘기하고자 찾아왔다. 그런데 마지막 방문객이 밤 인사를 마치고 오두막집을 나서면서 "뮤어 씨, 이리 와보세요. 굉장한 광경이군요"라고 소리쳤다. 밖으로 뛰어나가 보니, 무지갯빛 기둥 같은 화려하고 아름다운 오로라가 열을 지어 펼쳐져 있었다. 즉, 작렬하는 은빛 무지개가 하늘 바로 아래에서 거대한 아치 모양을 이루며 뮤어(Muir) 후미에 걸쳐 있거나, 약간 남쪽으로 높이 솟은 봉우리 꼭대기에 그 끝자락이 걸쳐 있었다. 무색에 변화도 없었지만 강렬하고 짙은 하얀 광채, 잘 잡힌 균형과 아름다움은 끝없는 감탄을 자아냈다. 은빛 무지개는 8킬로미터의 폭에 짧은 다리 정도의 길이였다. 각각의 조각들이 무척 밝고 멋지고 견고했으며, 같은 모양을 이루고 있었다. 그래서 별을 모두 긁어모아 녹인 뒤 잘 섞어 하늘의 압연기로 눌러 놓으면 하얗게 작렬하는 거대한 다리를 만드는 데 사용할 수 있을 것 같았다.

마지막 방문객이 잠을 자러 간 뒤 나는 오두막집 앞의 빙퇴석 위에 누워 하늘을 올려다봤다. 아름다운 아치 모양은 시간이 지날수록 더욱 뚜렷한 모습으로 마치 하늘의 붙박이장이라도 된 듯 꿈쩍도 하지 않았다. 그런데 갑자기 불분명하고 창백한 회색의 작은 고리들이 일렬로 동쪽 산봉우리 위로 와서는 아치 모양의 아랫단 쪽으로 빠르게 오르락내리락하더니 서쪽 산봉우리 위로 활공했다. 그리고 곧추선 자세를 유지하면서 마치 고리에 걸린 커튼처럼 잽싸게 미끄러져 들어갔다. 이 생생한 오로라 요정들이 아치 모양의 하단 부분을 따라 이리저리 움직이지 않고 상단 부분인 피오르드를 건너 행진했다면, 아마도 우리는 화려한 아치를 다리 삼아 여행하는 행복한 저 세상 사람들을 상상했으리라. 그 길이는 수백 킬로미터나 될 법했다. 하지만 다리 끝에서 끝을 건너는 데 걸리는 시간은 1분도 채 안 걸리는 것 같았다. 한편으로, 밝고 견고한 불변의 다리를 남기면서 서쪽 산마루 뒤로 마지막 광휘까지 다 사라지는 데 거의 한 시간이 경과했다. 하지만 이 다리도 30분 정도 지나자 희미해지기 시작했다. 즉, 비스듬히 균열이 일어나더니 점차 옅어지면서 성운 모양을 이루었고, 잠시 은하수처럼 보이다가 눈에 띄는 아무런 흔적도 남기지 않은 채 마침내 사라지고 말았다.

오두막집으로 돌아온 나는 불을 지피고 몸을 데웠다. 화려했던 오로라로 인해 무척 행복해서 잠을 이룰 수 없었지만, 잠자리에 들 준비를 했다. 그런데 웅대한 장관이 끝났는지를 확인하기 위해 하늘을 한 번 더 보는 것이 좋겠다는 생각이 들었다. 예상과 달리, 다시 아치 모양을 만들려는 희미한 빛이 첫 번째처럼 머리 바로 위에서 나타나고 있었다. 그 순간 잠이 달아나고 말았다. 그래서 오두막집에서 담요를 가지고 나와 빙퇴석 위에 누운 채 날이 샐 때까지 계속 올려다봤다. 시야에 들어오는 하늘의 장관을 단 하나도 놓치지 않았다.

화려한 광휘를 뿜으며 완전히 멈췄다가 점차 스러지는 첫 번째 아치 모양을 봤다. 지금은 새롭게 막 시작되고 있었다. 30분도 되지 않아 은빛 재료들이 한데 응축되더니, 첫 번째와 같은 위치에서 작렬하는 균형 잡힌 아치 모양이 만들어졌다. 그리고 얼마 안 되어, 동쪽 산마루 위로 또 다른 활동적인 오로라 요정들이 나타났다. 마치 사람들이 서 있는 길을 지나가는 떠들썩한 악단처럼 서쪽 산마루 위로 가라앉으면서 주위의 광휘들을 살짝 건드렸으며, 멋진 회색빛 옷을 휘날리며 아치 밑으로 민첩하게 스쳐 지나갔다.

나는 화려한 별의 무리들이 미끄러지듯 나아가는 동안에 일어날지도 모를 변화를 예의 주시하면서 아치 모양의 다리를 바라봤다. 하지만 어떤 낌새도 없었다. 외관상 완고하고 변할 것 같지 않던 아치 모양도 아무런 흔적도 남기지 않은 채 지나갔고, 결국 전임자들처럼 서서히 사라졌다.

이러한 장대한 자줏빛을 제외하면, 알래스카 어디에서나 오로라를 볼 수 있다고 한다. 하지만 아름다움에 있어서 이 두 은빛 오로라보다 더 차분하고 화려한 것을 지금까지 보지 못했다.

373

장상원

뒷마당의 울타리를 훌쩍 뛰어넘어
자연이라는 대학으로

19세기의 위대한 사상가이자 시인인 에머슨(Ralph Waldo Emerson)은 말년에 자신의 생애에 많은 영향을 끼친 사람들의 명단을 발표했다. 그 명단은 맨 첫 줄에 토마스 칼라일(Thomas Carlyle)[1795~1881, 영국의 비평가이자 역사가]로 시작해서 존 뮤어의 이름으로 끝을 맺는다. 에머슨은 존 뮤어와 동시대 사람이지만, 뮤어를 만날 당시 이미 미국의 위대한 사상가이자 문학가로서 미국 역사책에 커다란 족적을 남기고 있었다. 존 뮤어 역시 에머슨의 산문집을 연필로 줄을 그어 가며 읽었을 정도로 사상가 에머슨을 존경했다. 그런 에머슨이 말년에 자신의 생애에 많은 영향을 끼친 사람 가운데 한 명으로 뮤어를 지목한 것이다.

미국의 국립공원, 주립공원 같은 유명한 자연 보전 지역에 가보면 안내 게시판 및 책자에 '뮤어'라는 낯선 이름이 빠지지 않고 등장한다는 사실을 발견하게 된다. 또한 미국 지도를 펼쳐 놓고 보면, 북서부 지역을 중심으로 '뮤어'라는 이름만큼 자주 등장하는 지명도 드물다. 알래스카의 뮤어 빙하(Muir Glacier), 워싱턴 주 마운트 라이너 국립공원의 캠프 뮤어(Camp Muir) 등이 대표적이다. 특히 캘리포니아에는 다른 어느 주보다 '뮤어'라는 이름이 여러 곳에 헌사되어 있다. 샌프란시스코 근처의 뮤어 우드 내셔널 무우먼트(Muir Woods National Moument)와 뮤어 해변(Muir Beach), 뮤어 산(Mount Muir), 뮤어 호수(Lake Muir), 뮤어 봉(Muir Peak), 요세미티 공원의 뮤어 골짜기(Muir Gorge), 킹스 캐니언(Kings Canyon)의 뮤어 패스(Muir Pass), 세코이아 공원의 뮤어 크레스트(Muir Crest)와 뮤어 그로브(Muir Grove), 시에라 고준 산맥을 관통하는 뮤어 트레일(Muir Trail), 위스콘신 주의 존 뮤어 와일더니스(The John Muir Wilderness), 로스앤젤레스의 존 뮤어 대학(John Muir College), 뮤어 역(Muir Station) 등이 그것이다. 그리고 제1차 세계대전 때는 해군의 수송선 이름을 존 뮤어 호(SS John Muir)라고 명명하기도 했다. 이렇듯 '뮤어'라는 이름이 헌사된 지명 및 단체가 미국 전역에 200곳 이상이 된다고 한다. 미국에서 존 뮤어는 어린아이뿐 아니라 성인을 위한 자연교육 자료에서 제일 자주 거론되는 이름이기도 하다.

존 뮤어는 미국에서 가장 유명하고 영향력 있는 자연주의자이자 환경보호주의자였다. 먼저, 미국에서 존 뮤어는 국립공원을 만들어 후손들에게 아름다운 자연경관을 훼손하지 않고 물려준 공로로 '국립공원의 아버지'라고 불린다. 이 헌사와 더불어 '등산가, 탐험가, 지질학자, 발명가, 식물학자, 농부, 자연보호의 선구자, 숲 속의 성자, 시인' 등 다양한 별칭들이 그의 명예를 더욱 화려하게 빛내고 있다.

1838년 스코틀랜드 던바에서 태어나 1849년에 미국으로 이주해 온 존 뮤어는 성인이 될 때까지 위스콘신 주의 킹스턴에서 살았다. 위스콘신 주립대학에서 몇 년간 공부하다가 인간이 만들어 놓은 대학을 마치지 않고 29세에 접어든 1867년에, 그의 표현을 빌리자면 "물에 타 마실 차와 마른 빵 덩어리를 낡은 배낭에 집어넣고 뒷마당의 울타리를 훌쩍 뛰어넘어 자연이라는 대학"에 들어갔다. 그리고 인디애나에서 플로리다까지의 1600킬로미터 대장정을 시작으로 먼 알래스카까지 전 생애에 걸쳐 미국과 브라질을 비롯한 세계 여러 나라를 탐험했다.

1892년에는 현재 60만 회원이 등록된 환경보호단체 '시에라 클럽'을 만들어 죽을 때까지 회장으로서 임무를 다했다. 시에라 클럽의 회원들과 함께 존 뮤어는, 미래의 자손들을 위해 자연을 보호 및 보전하려면 국립공원을 지정할 필요가 있다고 주장했다. 이를 위해 시어도어 루스벨트 대통령을 요세미티로 초청해 3일간 함께 지내면서 이 아름다운 자연이 어떻게 파괴되고 있고 왜 보전되어야 하는지를 직접 보여 주었다. 이를 계기로 요세미티, 그랜드 캐니언 등 많은 곳이 국립공원으로 지정되어 지금까지 잘 보전되고 있다.

참고로 2003년 5월, 시에라 클럽은 새만금 갯벌 간척사업 문제로 한국 정부와 시민단체가 한창 격돌하고 있을 때 노무현 대통령에게 개발 중지를 요청하는 편지를 보내와 환경단체에 힘을 보태 주었다.

일본이 조선의 마지막 명줄을 짓누르고 있던 1903년에는 존 뮤어가 직접 우리나라를 방문했다. 하지만 기록이 남아 있지 않아 그가 그때 무엇을 보고 갔는지는 알 수 없다. 그래도 그가 우리나라와 인연이 있었던 것만은 분명하다.

존 뮤어가 이승에서 마지막 생을 보내고 있던 1914년, 로조 아즈마라는 일본 유학생이 뮤어의 글을 읽고 감명받아 워싱턴 주의 타고마에서 로스앤젤레스까지 그를 찾아갔다. 후에 아즈마는 일본의 환경 보호주의자 및 산악인이 되어 일본의 존 뮤어라고 불렸으며, 시에라 클럽의 평생 명예회원이 되었다. 그해 12월, 존 뮤어는 크리스마스이브에 폐렴으로 로스앤젤레스의 한 병원에서 숨을 거두었다.

자연은 나의 예배당이자 연구소

존 뮤어는 왜 뒷마당의 울타리를 훌쩍 뛰어넘어 자연 속으로 들어갔을까. 말 그대로 거친 산야, 즉 여기저기 사나운 짐승들이 어슬렁거리고, 언제 어디서 무슨 일이 생길 줄 모르는 예측 불허의 자연 속에서 대부분의 사람들은 감기에 걸리지 않을까, 방울뱀에 물리지 않을까, 곰의 습격을 받지 않을까, 독이 있는 덩굴을 만지지나 않을까, 도둑을 만나지 않을까, 길을 잃지 않을까, 먹을 것이 떨어져 굶지는 않을까 등등의 염려와 두려움으로 인해 한 발자국도 내딛기가 쉽지 않을 것이다.

더구나 존 뮤어는 산행이나 도보여행을 할 때 그 당시 누구나 지녔던 총조차 가지고 다니지 않았다. 그의 허리춤에는 총 대신 여행일지 노트와 식물 채집본이 묶여 있었다. 그럼에도 뮤어는 자연 속에서 전혀 두려움을 느끼지 않았으며, 거친 황야에서 감기 한 번 걸린 적이 없었다. 자연 속에서 겪게 될 어려움과 우뚝 솟은 봉우리를 정복했다는 뿌듯함, 승리감을 만끽하기 위해 그 거친 황야에 뛰어들었다고 말한다면 그가 겪은 시련과 고통이 너무 가벼워지고 만다.

존 뮤어에게 있어서 자연은, 위험을 감수하면서 알래스카의 빙하를 뛰어넘을 때 느꼈을 스릴의 대상도, 100년 전에 낡은 담요 한 장과 뒷굽에 징을 박은 장화를 신고 마른 빵만 먹으면서 4000미터나 되는 리터 산을 정복했을 때 느꼈을 쾌감의 대상도 아니었다. 존 뮤어는 자연을 그 이상의 무엇이라 생각했다. 자연은 그에게 예배와 숭배를 위한 신전이었으며, 탐구와 조사를 위한 연구소였던 것이다.

어려서 아버지의 광신적인 신앙에 휘둘린 존 뮤어는 성장한 후에는 어떤 종교도 갖지 않았다. 그럼에도 그는 굉장히 신앙심이 깊은 사람이었다. 그래서 울창한 숲이나 거대한 산을 자신의 예배당으로 만들었다. 자연에 다가가는 행위 자체를 하나의 경건한 예배로 여겼던 것이다. 그는 자연 속에서 조물주의 보살핌으로 인한 삼라만상의 숭고함을 관찰하고 느꼈다. 그 속에는 자연과 함께 있을 때 경험하는 영적이고 종교적인 희열이 존재했다.

득도한 예언자가 산에서 내려와 진리를 설파하는 것처럼 존 뮤어도 산에서 내려와 자연의 신전에서 발견한 바를 사람들에게 전파하

기 시작했다. 이와 같은 종교적인 열정과 영적인 희열감은 그로 하여
금 자연보호를 위해 더욱 헌신하게 만들었다.

존 뮤어는 자연을 잃을 때 겪을 수 있는 경제적 손실의 관점에서
만 자연보호를 언급했던 사람이 아니다. 이 숲 속의 성자는 늘 사람
들에게 자연에서 관찰한 높은 정신적 숭고함을 전달하고자 애썼다.
특히 "인간은 자연 속에 있는 것이 아니라 자연과 함께 공생한다"라
는 말은 자연과 인간의 궁극적인 관계를 맑고 깊게 선언한 예라고 할
수 있다.

오늘날에는 존 뮤어를 생태학자로 볼 수도 있을 듯하다. 그
에게 있어서 자연은 경외와 숭배의 대상일 뿐 아니라 경외의 본질을
탐사하고 조사하는 대상이기도 했다. 어려서부터 지적 호기심이 많
았던 뮤어에게는 땅에서 뒹구는 풀 한 포기, 바람 한 줄기, 그 바람을
타고 들려오는 새들의 울음소리, 파란 하늘에 흘러가는 구름 한 점,
다람쥐 한 마리, 무너진 산모퉁이 한 자락 등 자연에 있는 모든 것들
이 과학이란 이름으로 조사 및 연구대상이 되었다. 그는 자신이 직접
발견한 식물과 곤충에 이름을 붙임으로써 식물학자, 곤충학자가 되
기도 했다.

존 뮤어의 넓은 관심의 폭은 다양한 과학을 섭렵하게 만들었다.
그는 새로운 종을 발견하는 데 그치지 않고 다른 과학 분야의 발전에
기여하기도 했다. 존 뮤어는 처음으로 알래스카의 빙하만(灣)을 탐험
한 사람이다. 즉, 시에라 산맥에 있는 빙하를 발견했을 뿐 아니라, 요
세미티 계곡도 빙하로 인해 생긴 것이라는 사실을 밝혀냈다. 그 당시

까지 시에라 산맥에는 빙하가 존재할 수 없다는 것이 일반적인 이론이었다. 하지만 오늘날에는 어느 누구도 요세미티 계곡을 형성한 빙하의 역할에 대해 의심의 말을 던지지 않는다. 이런 점에서 지질학자 또한 그에게 어울리는 별칭이다. 이처럼 존 뮤어는 자연을 바라보는 것에 만족하지 않고, 자연의 본질을 탐사하고 연구하는 데 일생을 바쳤다. 거친 황야, 자연이 그의 연구소였던 것이다.

『침묵의 봄』, 『월든』, 그리고 존 뮤어의 글들

'자연나눔'으로 우리나라에도 많이 소개된 조셉 B. 코넬 (Joseph B. Cornell)은 환경과 자연에 관심 있는 사람이 읽어야 할 필독서로 레이 첼 카슨의 『침묵의 봄』과 헨리 데이비드 소로의 『월든』, 그리고 존 뮤어의 글들을 추천했다. 이 가운데 특히 존 뮤어의 글들은 책 자체의 의미 못지않게 내용도 무척 흥미롭고 재미있다.

『침묵의 봄』은 내용은 충격적이지만, 책에 나오는 전문 용어와 약품명, 화학용어로 인해 많은 부분을 건너뛰고 주요 내용만 찾아가며 읽었던 기억이 난다. 『월든』은 도시의 편안함에 안주해 자연과 동떨어진 생활을 하면서 속절없이 세월만 보내던 나에게 생을 다시 한번 돌아볼 기회를 주었다. 자연에서 익힌 소로의 삶에 대한 성찰과 생각이 매우 깊고 맑아서 좋았다. 하지만 내용을 따라가기가 버거워서 몇 번이나 책을 내려놓았던 기억이 난다.

이에 비해 존 뮤어의 글들은 주제의 다양성과 지리적 다양함에 따른 재미 측면에서 위의 두 책을 압도한다. 뮤어의 글은 어느 제한된 장소, 시간 속에서 이루어진 실험과 생각들을 기록한 것이 아니다. 즉, 소로가 제한된 장소에서 자신의 생각을 풀어 나갔다면 뮤어는 아메리카 대륙을 넘어 전 세계를 자신의 무대로 삼았다. 거의 평생을 미국뿐 아니라 전 세계를 탐험하면서 때로는 1600킬로미터의 도보 여행을 하고, 변변한 장비 없이 눈보라가 휘날리는 산정을 건너며, 여기저기 입을 쫙 벌리고 있는 빙판 위를 애견과 함께 헤쳐 나가는 등의 이야기는 가만히 자연을 관조하고 사색하면서 기록한 글과 달리 생동감과 사실감으로 가득하다.

실제로 알래스카 빙판에서 애견 스티킨과 겪었던 모험담은 동물과 인간이 함께 만들어낸 어드벤처를 극적으로 보여 주는 최고의 글이다. 생각해 보라. 빙판 아래로 천 길 낭떠러지가 있는 크레바스를 말도 통할 리 없는 동물과 건너는 것이 얼마나 긴장감 넘치고 심장 뛰는 일이겠는가! 스티킨과의 모험 이야기는 존 뮤어의 글 가운데 가장 인기 있는 단편이기도 하다.

존 뮤어의 글 중에는 재미있는 과학논문도 몇 편 있다. 단지 재미있게 쓰여 있어서 논문이 논문처럼 느껴지지 않을 뿐, 분명히 과학논문처럼 새로운 동식물에 대한 내용을 담고 있다. 대자연을 자신의 연구소로 여겼던 뮤어가 그 연구소에서 탐사하고 조사한 동식물에 대한 내용을 적어 놓은 것이다. 과학논문이 유려한 문체와 유머러스한 묘사로 구성되어 있어서 무척 재미있게 읽힌다.

물론 존 뮤어의 글에 모험담만 있는 것은 아니다. 여행 도중 공동묘지에서 야영한 내용을 담은 글은 철학자나 시인이라는 그의 별칭이 결코 틀리지 않다는 확신을 심어 주기에 충분하다.

"죽음만큼 왜곡되고 비루하게 치부되는 것도 없다. 사실 천지 만물에서 생명과 죽음은 매우 우호적이면서도 서로 조화를 이루며 결합해 있다. 그런데도 죽음은 늘 생명의 대적(大敵)인 원죄에 의해 생겨나는 재난이나 피할 수 없는 벌로 인식되어 왔다. 특히 어린아이들은 이러한 잘못된 인식에 사로잡혀 있다. 죽음의 자연스런 모습에 대해서 어른들이 아이들에게 전혀 말해 주지 않기 때문이다. …… 장의사, 검은색 옷에 어두운 표정, 특히 침울하고 귀신이 나올 것 같은 기분 나쁜 장소에 묻히는 검은색 관에 의해 죽음은 두려운 대상이 되어 버렸다. 우리가 임종의 자리에서 듣게 되는 가장 믿을 수 없는 말은 '죽는 게 두렵다'라는 것이다.

무엇보다도 어른들은 아이들로 하여금 숲과 초원, 들판과 산, 신성하게 흐르는 별 속에서 자연과 어울리게 해야 한다. 그리고 삶과 죽음이 혼재된 아름다움을 보게 하고, 삶과 죽음이 결코 떼어낼 수 없는 하나라는 사실을 이해하게 해야 한다. 그럼 아이들은 죽음은 결코 나쁘지 않으며, 삶처럼 아름답다는 사실을 깨달을 것이다. 죽음은 전투가 아니기 때문에 승자나 패자도 없다. 그 모든 것은 신의 섭리 안에 있는 하나의 조화일 뿐이다." (본문 121쪽)

동양에서는 오래전부터 죽음과 삶을 함께 인식하는 경향을 보였지만, 19세기에 한 서양인이 죽음을 이렇게 또 다른 삶으로 인식했다는 점은 실로 놀라운 일이 아닐 수 없다. 하지만 동서양을 불문하고 자연이 주는 교훈은 똑같은 것 같다. 기독교 문명에서 생활한 존 뮤어였지만 죽음은 두려운 것이 아니라 또 다른 삶인 동시에 아름답기까지 하다는 그의 깨달음은, 인간이 자연으로 돌아갈 때 자연은 인간에게 똑같은 깨달음의 선물을 준다는 사실을 잘 보여 준다. 그래서 마치 어느 고승의 선(禪)이야기를 듣고 있는 듯하다.

지금까지 우리나라에서는 존 뮤어를 단순히 산악인으로 소개하는 경향이 있었다. 그를 산악인으로 한정짓기에는 그가 한 일이 무척이나 다양하다. 등산가, 탐험가, 지질학자, 발명가, 식물학자, 농부, 자연보호의 선구자, 숲 속의 성자, 시인 등 어느 것도 틀린 별칭이 아니다. 따라서 존 뮤어의 글을 읽다 보면 위에서 서술한 것 이상의 즐거움과 재미를 만끽할 수 있으리라 자신한다.

국립공원의 아버지 존 뮤어 단편집
자연과 함께한 인생

초판 1쇄 인쇄   2007년 1월 18일
초판 1쇄 발행   2007년 1월 27일

지은이   존 뮤어
옮긴이   장상원
펴낸이   유현희
펴낸곳   도서출판 느낌표
            등록번호 제19-0171호
            주소 / 서울특별시 월계1동 26-32호 우)139-841
            전화 / 972-9834 팩스 / 972-9835
            e-mail / tofeel21@hanmail.net